LES DAMES DE MARSANGES

MICHEL PEYRAMAURE

Orages lointains

*

LES DAMES DE MARSANGES

roman

ÉDITIONS ROBERT LAFFONT
PARIS

ISBN 2-221-05601-9 (édition complète)
ISBN 2-221-05602-7 (tome 1)

Pour mes amis
Christian
Claude
Denis
Jacques

1.

LA GRANDE PEUR

Fin juillet 1789
Plateau de Millevaches, en Limousin.

— Le tocsin..., dit Diane.

Elle sauta du lit, écarta le rideau sur l'éblouissante lumière du matin qui baignait la façade du château. Le soleil de cette fin de juillet avait mis longtemps à s'extraire du nid de cendres chaudes d'où il émergeait comme un gros œuf rouge. Maintenant il frôlait les crêtes du mont Ventéjoux et faisait fondre un petit nuage échappé aux nuées orageuses de la veille.

La campagne semblait calme de ce côté-ci. On ne voyait pas la moindre fumée d'incendie, on ne percevait pas le moindre cri.

— Laisse donc ! soupira Jacques. Si quelque taillis est en train de brûler, qu'y pouvons-nous ?

Il songea que ce pouvait être une simple facétie de gamin. La semaine passée, alors qu'il se trouvait à Ussel, au titre de procureur du Roi pour le district, afin d'y régler une affaire de succession, il était tombé au milieu d'un attroupement, sur le parvis de l'église. L'abbé Forrest était en train de tirer les oreilles de deux morveux en guenilles qu'il avait surpris à sonner les cloches. Ces petits diables ne savaient qu'inventer pour se distraire.

Diane traversa la chambre pour aller se poster à l'autre fenêtre. Jacques tendit la main pour l'arrêter au passage et l'inviter à se recoucher ; elle l'écarta d'un geste rageur. De ce côté-ci non plus, rien qui décelât le moindre incident. Les puys baignaient dans une lumière de paradis et dans un silence d'empyrée contre lequel venait battre l'insistante vaguelette de cloches perdues.

— Il se passe un événement anormal, dit-elle. Pas seulement à Marsanges, mais partout.

— Referme ces rideaux, dit Jacques. Tu laisses entrer la chaleur et bientôt l'atmosphère sera irrespirable. Viens te recoucher.

— Vous feriez mieux, monsieur le Procureur, de courir au village. Peut-être avons-nous la guerre…

Jacques bâilla, se renversa en travers du lit.

— Des gosses qui s'amusent, dit-il.

Diane haussa les épaules. Des gosses ? Il aurait fallu une conjuration pour que toutes les cloches sonnent en même temps.

— Ce que tu dis n'a pas de sens. Il s'agit d'une chose grave. Je le sens.

Elle n'aurait pu expliquer l'impression diffuse qui la pénétrait : le monde autour d'elle semblait exsuder la peur. Cette lumière trop vive, ce silence trop profond ajoutaient à la vague d'angoisse qui s'épaississait autour d'elle. Elle ordonna vivement à Jacques de se lever.

Il bougonna :

— Cela faisait un mois que nous ne nous étions pas vus et nous n'avons fait l'amour qu'une fois.

— Tu prétendais être fatigué.

— Je ne le suis plus. Regarde…

Elle détourna les yeux lorsqu'il écarta le drap.

Diane se dressait, nue, au milieu d'une flaque de lumière crue découpée sur le vieux parquet des combles, aux planches disjointes, que l'humidité avait fait se gondoler, la toiture prenant eau de toute part. C'est là que Diane avait installé ce qu'elle appelait son « pigeonnier ».

A chacune de ses visites à Marsanges, trop rares à son gré — mais Tulle était loin — Jacques Brival trouvait en Diane quelque changement. Il s'interrogea brièvement sur celui qui s'était opéré depuis son dernier voyage ; il ne trouva rien, ou peu de choses, et se divertit à en déceler d'illusoires afin de les faire coïncider avec l'image qu'il se faisait d'elle dans ses rêves ou au long de ses pérégrinations entre Brive, Uzerche, Limoges et Tulle, en poste ou à cheval. Il prenait plaisir à corriger les défauts de sa nature physique, qui n'étaient que les conséquences d'une évolution inaccomplie : le visage où s'attardaient des airs d'adolescence, la poitrine qui semblait avoir pris son ampleur définitive, les hanches un peu maigres alors qu'il les aimait épanouies, les cuisses longues et musclées de garçon, qui n'avaient pas encore rencontré la grâce qu'il aimait chez certaines autres femmes, les pieds longs et secs, qu'il eût préférés petits et potelés. En revanche, les reins et la croupe avaient pris une splendide vénusté, avec un sillon haut placé qui s'épanouissait vers deux fossettes attendrissantes.

— Vas-tu cesser de me regarder avec cette mine de vieux satyre ? dit-elle. Tu sais que je n'aime pas ça, Brival.

— Je sais, dit-il en se renfrognant. Tu préférerais voir à ma place le petit Sombreuil...

— Le capitaine Sombreuil ? Je m'en moque. Il est laid, il a deux ans de moins que moi et il ne m'a jamais témoigné qu'une bonne amitié.

— C'est sans doute par amitié qu'il fait pour te voir le voyage de Limoges une fois par mois ! A moins que ce ne soit pour s'entretenir de la situation du royaume avec ton père Ambroise, de botanique avec ton frère Louis-Amour, d'orgies ou de mauvais coups avec François, ou encore pour faire sa cour à l'une ou l'autre de tes sœurs. Julie ? Elle est vraiment trop jeune. Angélique ? Trop mollassonne pour ce foudre de guerre. Marion ? Elle est plus âgée que lui, ne se soucie que des soins de la maison et de l'enseignement des enfants du village. Alors qui donc l'intéresse, selon toi ?

Diane refusa de répondre. Nerveusement, elle commença à s'habiller. Jacques lui arrachait ses vêtements au fur et à mesure qu'elle s'en emparait, les jetait aux quatre coins de la chambre. Ils s'injurièrent, se battirent ; elle se dégagea en lui donnant une gifle.

— C'est fini entre nous, dit-il d'un air sombre. Je ne reviendrai plus dans cette maison. Je me demande ce que je fais en cet endroit, au lieu de m'occuper de mes affaires, à Tulle. Je ne t'aime pas. T'ai-je jamais aimée, d'ailleurs ? Tes grands airs, ta morgue, ta vulgarité, ton caractère exécrable ont eu raison de la modeste passion que j'ai cru éprouver au début de nos rapports. C'est fini entre nous, mademoiselle de Marsanges !

— C'est cela ! dit tranquillement Diane en enfilant un jupon. Nous avons rompu une fois de plus, maître Brival, mais je donnerais ma main à couper que tu ne tarderas pas à reparaître, penaud, sur ton beau cheval blanc. Pour te consoler de cette nouvelle rupture, tu iras courir la gueuse avec ton ami Antoine-Joseph Lanot.

— Je te souhaite beaucoup de bonheur avec ton capitaine de deux sous !

— Je me le tiens pour dit. A sa prochaine visite, je saurai que répondre à ses avances.

— Tu l'avoues ! Il te fait la cour !

Diane s'immobilisa, un doigt sur les lèvres.

— Ecoute ! dit-elle. Cette rumeur..

Peu à peu, la cour s'animait d'un va-et-vient de fourmis. Louis-Amour, le « botaniste », venait de sortir de sa maison d'herbes, la petite grange désaffectée qui lui servait d'atelier et de laboratoire ; il se tenait près du puits couvert de lauzes occupant le centre de la cour. Il retrouva là le régisseur, Valentin Lafaye, entouré de sa femme, Riette, et d'un chapelet de marmots. Le comte Ambroise déboucha à son tour du château en traînant sa jambe raide, avec sur ses talons Julie et Angélique dans leur petite tenue du matin. Marion apparut quelques instants plus tard sur le seuil de l'office, les mains blanches de farine jusqu'aux coudes. Tous parlaient haut en faisant des signes, s'éloignaient de quelques pas en direction du mur qui surplombait la vallée ou du portail situé au fond de la cour, revenaient, bras écartés, courant et gesticulant au milieu de la volaille et des porcs.

— Cela semble sérieux, dit Diane. Il faut descendre.

Ils regardèrent un point de l'horizon où s'épanouissait un bouquet de poussière blonde comme sur le passage d'un troupeau, en direction de Pérols, au pied du Ventéjoux.

Et ce tocsin qui semblait s'amplifier...

— Tu as raison, dit Brival en grattant sa joue rêche. Il doit y avoir quelque émeute. Les paysans sont très excités ces temps-ci.

— Rejoins discrètement ta chambre. Je ferai semblant d'aller te réveiller, comme d'habitude. Descends vite. On nous appelle.

Elle ajouta en se collant contre lui :

— Je t'aime à ma façon. Quoi qu'il arrive, songe que je suis à toi et que tu es le seul.

— Ma grande chérie... Je t'aime aussi. Oublie toutes les sottises que je t'ai dites. Je reviendrai dès que possible. Les affaires de ton père sont un excellent prétexte et je les ferai traîner en longueur.

— Mon père n'est pas dupe, mais il a pour toi beaucoup de reconnaissance et d'amitié. Je n'en dirais pas autant de François qui te reproche tes idées libérales. Maintenant, pars vite !

Elle le regarda s'habiller et quitter la chambre, admira du coin de l'œil son allure puissante, un peu gauche, de colosse encombré de ses dimensions. Elle attendit qu'il se fût éloigné pour descendre à son tour.

C'est Picharou, le vagabond, qui venait de donner l'alerte au château.

Il arrivait de Bugeat après avoir marché depuis le lever du jour. Dans les hameaux qu'il avait traversés, il avait colporté la nouvelle brûlante qu'il avait recueillie, et personne n'avait omis de le remercier d'un verre de cidre ou de vin, de glisser dans sa musette un chanteau de pain ou une taille de lard. Il était en train de vider un nouveau verre à l'office lorsque le comte Ambroise, déjà pomponné, perruque poudrée, jaquette à rayures bleues et blanches, bas de soie bien tirés, se dirigea majestueusement vers le puits où se trouvait l'attroupement, pour s'enquérir des raisons de ce remue-ménage.

— Eh bien, Picharou, dit-il, quelles nouvelles nous apportez-vous ? Allons, parlez ! Vous êtes ivre, une fois de plus !

Picharou, vacillant, les mains plaquées contre sa musette gonflée, s'accota à la margelle du puits et jeta en patois :

— Ils ont débarqué, monsieur le Comte.

— Qui donc a débarqué ? Et où ?

— Le comte d'Artois[1]. A Bordeaux, à ce qu'on dit.

— Que me chantez-vous là ? Le comte a émigré et ne retournera pas en France de sitôt. S'il est parti pour Turin sur ordre de son frère le roi, après la prise de la Bastille, ce n'est pas pour revenir une quinzaine de jours plus tard. Le vin vous a porté à la tête, mon brave !

Valentin Lafaye intervint d'un air sombre.

— Ce n'est pas tout, monsieur le Comte. Artois aurait débarqué avec dix mille hommes d'armes. Des bandes de brigands se seraient jointes à eux en cours de route et elles approchent. C'est pourquoi le tocsin sonne dans toutes les paroisses.

Picharou paraissait accablé comme s'il portait à lui seul le poids de l'événement. Cet ancien forgeron bâti en hercule avait dû renoncer à son métier à la suite d'une blessure qui l'avait pratiquement privé de l'usage d'une main. Il s'était mis à courir les routes, à remuer du vent et de la poussière ; c'était un simple ; les gens le brocardaient mais lui

1. Le frère de Louis XVI, le futur Charles X.

offraient parfois le gîte et le couvert en échange de menus services ; les enfants lui jetaient des pierres, glissaient des crapauds ou des couleuvres dans sa besace mais l'aimaient bien ; quand ils l'importunaient, il les menaçait de son gourdin dont on savait qu'il n'était pas l'arme d'un méchant bougre.

Le comte se tourna vers Louis-Amour qui donnait des signes d'inquiétude.

— Eh bien, dit-il, qu'avez-vous, mon fils ? On dirait que les brigands sont à nos portes.

— Ils y sont, en effet, père, dit le « botaniste ». Une bande se dirige vers nous. On voit la poussière d'ici.

Le comte se dirigea vers le mur, sonda l'horizon dans la direction de Pérols et sursauta.

— Par Dieu, mon fils, vous dites vrai ! Eh bien, nous allons les recevoir à notre façon. Valentin, de combien de fusils disposons-nous ?

Valentin eut un pauvre sourire.

— En tout trois mousquetons datant du Bien-Aimé, monsieur le Comte, mais, sauf votre respect, ils risquent de nous péter dans la gueule. Avec le mien, qui est en bon état, ça fait quatre.

— Nous allons armer tous nos hommes ! Ce qu'il faut surtout, c'est impressionner l'ennemi. Où est François ?

— On ne l'a pas revu depuis trois jours, dit Louis-Amour.

— Et Brival ? Il dort encore à cette heure ?

Le procureur surgit dans la grande entrée.

— Me voici, dit-il. Avez-vous besoin de mes services ?

Le comte lui expliqua la situation en quelques mots très militaires. Brival avait deux pistolets d'arçon et tirait fort bien. Il attendait les ordres.

— Les voici, dit M. de Marsanges du même ton assuré. Picharou ira fermer le portail et faire le guet. Valentin rassemblera toutes les armes et munitions qu'il trouvera, y compris celles que nous avons rapportées d'Amérique. Riette et vous, mes filles, vous allez préparer de la charpie. Rassemblement ici dans cinq minutes. Où est Florent ?

— Il doit garder les moutons dans les « bruges [1] » de Nadoulet, dit Valentin.

1. Landes. Pacages pour les moutons.

— Julie, va lui demander de nous rejoindre !

Il posa sa main sur l'épaule de Valentin, soupira, radieux :

— Ah, mon ami... Voilà qui me rappelle notre guerre d'Amérique. Souvenez-vous de notre dernière bataille contre les Anglais, alors que nous venions de nous retrancher dans cet endroit qui porte un curieux nom indien...

Brival l'interrompit d'une voix impatiente.

— Monsieur le Comte, il est temps d'agir et non d'évoquer des souvenirs, aussi glorieux soient-ils. L'affaire semble sérieuse.

— Pardonnez-moi, monsieur le Procureur du Roi, mais je me sens tout ragaillardi. Il me semble déjà respirer l'odeur de la poudre brûlée !

Il ajouta avec un sourire narquois :

— Voulez-vous prier Diane de se joindre à nous ? Vous savez sans doute où la trouver... J'oubliais : il nous faut un retranchement. Il y a dans nos caves quelques vieilles futailles qui feront l'affaire. Picharou s'en chargera.

— Souhaitons que les brigands n'aient pas d'artillerie, dit Brival.

Diane accourait en relevant le bas de sa jupe.

— Ce sont des cavaliers et des gens de pied, dit-elle. Une dizaine d'hommes tout au plus. Je viens de les apercevoir de mon « pigeonnier ». Ils semblent avoir le choléra à leurs trousses.

Elle montra le rempart de futailles.

— Que faites-vous ? Avez-vous l'intention de soutenir un siège ?

— Nous ne nous laisserons pas égorger sans résistance, dit M. de Marsanges. Si leurs intentions sont hostiles, nous riposterons.

— Des armes vous seraient-elles tombées du ciel ?

Le comte se rengorgea.

— Nous avons des fusils, des pistolets, des sabres, les armes indiennes dont mes panoplies sont bien pourvues et que nous gardons pour le cas où il faudrait poursuivre la résistance dans le château. Ne vous moquez pas, ma fille ! Se battre arme au poing est une belle et noble chose. Je me sens rajeuni de vingt ans !

— Cher vieux fou... murmura Diane entre ses dents.

Les volées de cloches se poursuivaient, obsédantes. Il semblait qu'elles fussent des centaines à s'envoler à travers la montagne, au point que cela faisait parfois un bourdonnement de ruche. A d'autres moments, quand un léger vent d'« en haut » soufflait du nord-ouest, la rumeur semblait se tapir au fond des vallées, et il ne restait à travers l'espace que ce bruit léger au creux des citernes de l'été.

Le comte de Marsanges parcourut du regard la barricade et son cœur s'émut. Ces futailles vermoulues dataient de l'époque où la famille connaissait une honnête aisance et faisait venir le vin par charrois de la plaine de Brive et des lointaines collines de Puy-d'Arnac. Aujourd'hui, on devait se contenter pour l'ordinaire de quelques outres en peau de bœuf apportées par des muletiers : une mauvaise piquette de taverne qui brûlait l'estomac.

Le dispositif de défense était en place. A la droite du comte, Valentin, armé de son redoutable fusil double ; à sa gauche, Brival, armé de ses deux pistolets, un sabre dans la ceinture ; Louis-Amour avait reçu à contrecœur un vieux fusil à pierre dont il était bien incapable de se servir mais qui faisait impression ; Diane et Picharou, chargés de faire le guet près du portail, avaient reçu chacun un sabre et un fusil à pierre. Dans la masure de Valentin, Riette et les filles mettaient en pièces de vieilles lingeries jaunâtres.

C'est Diane qui donna l'alerte en sonnant d'une trompe de chasse.

Sur un ordre très sec du comte, les combattants se mirent en position de tir, l'œil rivé sur les trois ou quatre perches de chemin enfoui sous une épaisse hêtraie, qui constituait l'allée du château, tandis que Picharou et Diane se repliaient vers la barricade. Un brouillon d'hommes et de chevaux s'inséra dans la perspective.

— Ne tirez que sur mon ordre ! s'écria le comte.

Engagés dans l'allée, les brigands semblaient forcer l'allure derrière l'unique cavalier de la bande, un personnage d'assez bonne apparence, à en juger par ses bottes de cuir fauve et son joli tricorne noir. Le cheval broncha contre la grille verrouillée de chaînes par Picharou.

— Qui va là ? s'écria M. de Marsanges. Nommez-vous et ne bougez pas, sinon nous vous trouons la peau !

— Je veux simplement vous parler, répondit le tricorne. J'ai d'importantes nouvelles à vous communiquer de la part de mon père.

Il précisa qu'il était Augustin de Tourdonnet. On le connaissait bien : il était le fils du directeur des haras du Limousin, écuyer cavalcadour du roi et maître de la garde-robe du comte d'Artois.

Propriété de la famille de Tourdonnet, qui comptait dans la bonne noblesse du Limousin, le château des Oussines se dressait à quelques lieues du manoir de Marsanges. Les relations entre ces deux familles s'en tenaient à l'essentiel : elles étaient courtoises mais distantes. Les garçons du comte de Marsanges, François et Louis-Amour (le cadet, Hyacinthe, menait grand train à Paris), se rendaient parfois aux Oussines pour chasser le colvert en compagnie d'Augustin et de ses frères ou admirer les chevaux les plus racés de la province. De réceptions, point : on recevait beaucoup chez les Tourdonnet, mais uniquement la bonne noblesse, et plus du tout à Marsanges où tout allait à vau-l'eau, malgré les grands airs du comte Ambroise.

— Eh bien, mon cher Augustin, dit M. de Marsanges en s'avançant, la main tendue, qu'est-ce qui nous vaut l'honneur de votre visite ? De loin, nous vous avons pris pour des brigands. Avons-nous une jacquerie dans le pays ou s'agit-il de cette fable d'un débarquement à Bordeaux, que Picharou nous a rapportée ?

Il tendit sa tabatière à Augustin qui refusa avec un mouvement d'impatience. Le comte s'administra une prisée, éternua avec discrétion derrière sa main, dispersa les brins de tabac sur son jabot : de simples gestes qui avaient le pouvoir de remettre les choses à leur vraie place. Tourdonnet confia les guides de son cheval à un valet d'écurie et se tamponna les tempes avec son mouchoir.

— Des émissaires de bonne foi nous ont rapporté des faits inquiétants, dit-il. Une armée de trente mille hommes a débarqué à Bordeaux sous les ordres du comte d'Artois. Les avant-gardes se dirigent promptement vers le plateau.

— Alors, que craignez-vous ? s'exclama la comte. Artois a quitté la France pour échapper au vent de folie qui souffle sur la capitale. Il revient pour restaurer le règne de notre bon roi. Au lieu de marquer une telle inquiétude, vous devriez pavoiser !

— C'est une véritable armée qui a débarqué à Bordeaux, riposta Augustin, mais ce qui m'inquiète, ce sont ces gens de sac et de corde, des galériens, qui se sont joints à eux. Ces gueux pillent, massacrent, violent et incendient ! Après leur passage, plus rien ne reste de vivant. Savez-vous qu'ils ont mis Périgueux à feu et à sang, qu'ils sont sur le point de prendre Limoges et Uzerche ? Partout, la population est en armes. Nous n'allons pas tarder à les voir paraître, et vous...

— Du calme, mon ami, dit le comte. Vous pouvez constater que nous avons pris la chose au sérieux, mais pas au tragique. Rien ne presse. Prenons le temps de nous désaltérer. Cette animation m'a mis la gorge en feu, comme jadis, lorsque je combattais en Amérique. Un épisode me revient en mémoire. Sur le point de franchir l'Hudson pour rejoindre l'escadre de l'amiral de Grasse qui faisait voile vers la baie de Chesapeake, nous avons attendu toute une nuit dans la boue une attaque anglaise. J'étais alors sous les ordres du colonel en second du régiment du Soissonnais, le vicomte Louis-Marie de Noailles.

Il aspira une nouvelle pincée de tabac avant de poursuivre :

— C'est là, mon jeune ami, que j'ai appris à aimer la guerre jusque dans les épreuves qu'elle nous inflige. J'ai failli laisser une jambe entre les mains d'un sauvage emplumé, auxiliaire des Anglais, mais je ne l'aurais pas regretté. La guerre est une garce, mais elle n'est redoutable que pour les pleutres et les timides. Il faut la regarder dans les yeux quand vous faites l'amour avec elle, et elle devient alors une ardente maîtresse. Mon expérience m'a appris qu'il en va de la guerre comme des femmes.

Il pensait à Manon qu'il n'avait pas vue depuis près d'un mois. Avec elle, la guerre et l'amour allaient de pair.

La pénombre de la grande salle se referma sur eux comme une coquille marine. L'odeur de foin et d'herbe sèche évadée de la nuit flottait encore autour des meubles vermoulus, des panoplies indiennes violemment bariolées et des portraits d'ancêtres qui ornaient les murs. Sur la table qui occupait le centre de la pièce s'entassaient livres et paperasses, entre deux coffres : l'un réservé à Rousseau et l'autre à Voltaire.

M. de Marsanges libéra deux sièges pour Brival et Tourdonnet, appela Marion qui arriva en traînant la savate. Il lui demanda de leur apporter de son « ordinaire ». On entendit peu après grincer la corde et Marion revint, portant une carafe d'eau et des gobelets. Augustin eut un mouvement de surprise qui fit sourire le comte.

— C'est bien l'« ordinaire » dont je parlais, dit-il. Excusez-moi, mais je n'ai rien d'autre à vous offrir. Les muletiers ne poussent plus jusqu'ici et le courage me manque pour aller quérir du vin à Bugeat ou à Meymac. L'argent aussi. Les récoltes sont désastreuses et tout renchérit. Les procès dans lesquels je suis engagé traînent en longueur et me coûtent les yeux de la tête.

— Vous les gagnerez, dit Brival en feuilletant le *Contrat social.*

— Encore faudrait-il, mon ami, que vous vous occupiez davantage de nos affaires et moins de politique. Votre seul souci semble être de rédiger les cahiers de doléances de ces états généraux dont doit naître, selon vous, une ère de prospérité pour tous. Vous êtes un homme de bon sens, Brival. Proche de la quarantaine, vous avez appris ce qu'est l'existence et ce que valent les illusions. Celles-ci risquent de nous coûter fort cher, à commencer par la vie.

— Comme vous y allez ! Qui donc songerait à vous causer du tort, et pour quelles raisons ? Vous ne portez ombrage à personne. Vos métayers n'ont pas à se plaindre de votre autorité et vous ne menez pas un train de vie qui puisse autoriser quiconque à vous envier.

Il ajouta, en s'asseyant dans un fauteuil antique qui geignit sous son poids :

— Pardonnez-moi, mais le seul reproche que l'on pourrait vous faire, c'est de laisser quasiment à l'abandon un domaine de dimensions aussi considérables. Plus rien ne semble retenir votre attention désormais que la lecture des philosophes et ces mémoires sur la guerre d'Amérique auxquels vous travaillez. Deux occupations très honorables, mais qui ne devraient pas vous occuper totalement.

M. de Marsanges s'incrusta dans son fauteuil d'un air renfrogné. Sa main tremblait lorsqu'il voulut prendre une nouvelle prisée. Il laissa la poudre tomber sur son jabot, s'en servit une autre, rejeta nerveusement la tabatière vide sur sa table. Plus de tabac, et Diane n'irait pas à Meymac de quelques jours...

Le comte fixa d'un œil chargé d'amertume et de reproche ce colosse aux reins puissants, aux traits d'une extrême finesse, qui se permettait de lui donner des leçons alors qu'il partageait sans trop s'en cacher le lit de sa fille. Il s'apprêtait à lui jeter ses quatre vérités au visage lorsque Augustin, qui commençait à perdre patience, intervint en donnant raison à Brival et en reprochant au comte de Marsanges de prendre trop à la légère les événements qui agitaient le royaume.

— Lorsque les brigands seront à votre portail, dit-il, serez-vous capable de vous défendre sérieusement ? Ils vous égorgeront et feront un feu de joie de ces livres et de ces écrits qui vous sont chers.

Le comte frappa sur la table du plat de la main.

— Nous résisterons ! s'écria-t-il. Nous vous avons montré tout à l'heure que nous y étions prêts. Avec quelques bons fusils, nous sommes de taille à tenir tête à une horde de brigands !

— Certes ! Mais ces bons fusils, vous ne les possédez pas. Les antiquailles que vous nous avez brandies sous le nez ne peuvent impressionner personne, et je doute que Valentin accepte de vous confier son arme : il ne s'en sépare jamais, surtout lorsqu'il braconne autour de mes étangs...

Ambroise de Marsanges foudroya Augustin du regard. Il n'avait jamais aimé cet avorton maigre comme une cigogne, au long nez à la crête indécise, coiffé de deux minces amandes rapprochées sous des sourcils en broussaille qui envahissaient la glabelle étroite. Il détestait ses airs de limier, cette manie qu'il avait de gratter le tuf des événements et des personnages pour y découvrir de quoi accréditer ses convictions intimes. Il avait ainsi l'air d'avoir toujours raison et se satisfaisait de ses apparences.

L'année passée, ce grand escogriffe était venu lui demander la main d'Angélique. Il l'avait écouté durant deux heures formuler sa demande. Augustin semblait en connaître sur Angélique, son caractère, ses goûts, ses ambitions, plus que son père lui-même qui, à vrai dire, n'en savait rien. Le prétendant avait parcouru par la pensée chemins et traverses avant d'aboutir à cette conclusion : Mlle de Marsanges était l'épouse dont il avait toujours rêvé.

Avec son bon sens coutumier, le comte avait flairé l'astuce. Le moulin de Saulière, les tourbières de Peschadour, la forêt de la Bessade, réputée giboyeuse, quelques autres biens compenseraient les insuffisances notoires de la fiancée et l'absence de dot en numéraire, dont le comte de Marsanges était quasiment dépourvu.

Ambroise avait laissé le prétendant s'emberlificoter dans ses arguments puis avait décidé d'ajourner sa réponse, soucieux, disait-il, de parler de ce projet à l'intéressée.

Le lendemain, il disait à Angélique :

— Si vous le souhaitez, ce grand dadais est à vous, mais je tiens à vous mettre en garde : ce n'est pas parce qu'il vous a fait quelques sourires à la foire aux valets de la Saint-Georges qu'il faut le croire éperdument amoureux de vous. Ce qu'il aime par-dessus tout, c'est la promesse d'un moulin, d'une tourbière et d'une belle forêt pour ses chasses. Epousez-le et vous irez moisir au fond d'une cuisine, au château des Oussines. Alors, choisissez.

Angélique, pétrifiée, avait écouté ce discours auquel elle ne comprenait pas grand-chose. Jamais son père ne lui avait parlé aussi longuement, sauf lorsqu'il avait, en pure perte, avec l'aide de Marion, tenté de lui apprendre l'alphabet. Il avait considéré avec tristesse et tendresse cette grosse fille aux yeux de génisse, en apparence indolente, mais active et infatigable, qui se cantonnait par vocation autant que par nécessité aux besognes subalternes. Le vide semblait le propre de sa nature ; elle le comblait par le mouvement.

— Alors, veux-tu de Tourdonnet ?

— Beuh... avait répondu Angélique.

— Ce n'est pas une réponse. Tu le veux pour mari, oui ou non ?

— S'il vient vivre ici, je veux bien.

Objection stupide mais catégorique. Le mariage n'aurait pas lieu. Trouver un mari pour Angélique se révélait impossible. Cette fille du désert et de la pauvreté ne tentait guère la progéniture mâle des boutiquiers. Un barbier bossu de Tarnac qui s'était proposé avait été récusé sans appel ; le fils d'un cabaretier de Pérols avait eu un moment les faveurs d'Ambroise de Marsanges, mais il passait pour être violent ; il s'était présenté un boulanger d'Ussel, mais il avait la poitrine creuse et l'on disait qu'il crachait ses poumons dans son pétrin. Sur les instances de Me Brival, un marchand de coton des Iles, qui tenait boutique à Tulle, avait postulé ; cette fois-ci, l'affaire semblait proche de réussir et l'on en était aux préliminaires, ce qui autorisait le procureur du Roi à effectuer de fréquentes visites au château.

Le comte se leva d'un bond.

— C'est assez d'insolence, jeune homme ! Nous attendons « vos » brigands de pied ferme. Avec ou sans votre secours, nous saurons les mettre en fuite. Bien le bonjour, monsieur !

La cigogne déplia ses longues jambes bottées de cuir noir, recoiffa son élégant tricorne et s'inclina sèchement avant de se retirer, sans que M. de Marsanges daignât se lever pour le raccompagner.

— Comme vous y allez ! dit Brival. Je n'aime guère ce petit monsieur qui se prend pour un général, mais de là à l'éconduire comme vous l'avez fait... Il ne vous pardonnera pas cette insolence. Je ne connais rien de plus vindicatif qu'un Tourdonnet que l'on a offensé. Cet affront, après votre refus de lui donner la main d'Angélique, va l'empêcher de dormir.

— J'ai passé l'âge de faire des ronds de jambe et je n'ai plus le goût de me faire des amis. Ce que l'on pense et dit de moi m'importe peu. Je vis à ma guise, avec des êtres qui me sont chers. L'âge incite à se replier sur soi-même et ses vraies richesses, qui sont la famille. Chaque matin en me levant, je prends la mesure de ma solitude, et je constate sans amertume qu'autour de moi tout se réduit comme une peau de chagrin. Alors je me plonge dans la lecture, l'écriture de mes mémoires. Je me crée des dimensions nouvelles et mon horizon semble s'élargir. C'est pourquoi les sentiments qu'éprouve envers moi ce « petit monsieur », comme vous dites, m'importent peu.

Brival leva son verre d'eau dans le rayon de soleil filtrant des volets clos.

— Vous l'avez humilié en lui servant votre « ordinaire », alors qu'il sait que votre cave recèle encore quelques fameuses bouteilles. Je jurerais que votre intention était de l'éconduire, bien qu'il soit venu vous prévenir d'un danger. Alors, pourquoi l'avoir invité à entrer ?

Le comte eut un petit rire grinçant.

— Vous avez touché juste, Brival ! Comment aurais-je pu le mettre dehors sans le faire entrer ?

— Machiavel n'aurait pas mieux raisonné, dit Brival, ou peut-être Voltaire. J'ai le sentiment que vous prenez de plus en plus de distance avec la noblesse du pays. Vous refusez toutes les invitations et vous avez renoncé à recevoir. Est-ce la lecture des philosophes qui vous a mis ce parti pris en tête ? En quoi votre classe vous a-t-elle déçu, que vous vous teniez ainsi à l'écart ?

— Une classe, dites-vous ? La noblesse serait donc une classe ? Allons donc ! C'est une masse amorphe de jouisseurs attachés à leurs privilèges, à des apparences de puissance, à des nostalgies de féodalisme, un vaisseau démâté qui file droit aux écueils. Les nobles ont cessé pour la plupart d'être des tyrans. Ils seraient même enclins au libéralisme envers leurs paysans, mais ce qui est grave, c'est qu'ils ne les voient pas, sinon à travers quelques sentiments de géorgique. Ils aiment bien ce pauvre innocent de Louis Capet et ils le plaignent, mais prendront-ils les armes pour le défendre ? Au temps des grands féodaux, on savait au moins à quoi s'en tenir. Les nobles d'aujourd'hui sont de beaux nuages ; ils se laisseront emporter par le vent qui se lève.

— Une fois de plus, protesta Brival, votre humeur vous égare. Tous les nobles ne sont pas comme vous dites. J'en connais trois sortes : les pleutres, qui s'enterrent dans leur aisance en attendant que passe la tourmente ; les orgueilleux, comme les Tourdonnet, les Chabanne, les Pradel de Lamase, qui sont prêts à défendre leurs privilèges les armes à la main ; enfin ceux qui acceptent de composer avec les mouvements de l'histoire. Ceux-là rachètent la veulerie et l'orgueil des précédents, et c'est avec eux que nous fonderons une société nouvelle. On peut penser de même du clergé : d'une part, les grands seigneurs qui ne veulent rien céder de leurs privilèges et de leurs immenses fortunes ; de l'autre, la masse du petit clergé qui crève de solitude et de misère dans les paroisses de campagne.

M. de Marsanges fit effort pour se redresser, chancela lorsqu'il fut debout. Il ouvrit sa tabatière vide, la referma d'un geste sec, la remit machinalement dans sa poche.

— Etes-vous certain de n'avoir pas de tabac ?

— Vous savez bien que je n'en use pas, mais je vous en rapporterai à ma prochaine visite.

— Dans quelle catégorie me rangez-vous ?

Brival parut embarrassé. Il fit à pas lents le tour de la table, une main dans l'échancrure de son gilet rayé.

— Vous me mettez dans l'embarras, dit-il. Vous ne correspondez pleinement à aucune des catégories que j'évoquais et vous relevez des trois à la fois, mais ce qui me plaît en vous, c'est votre bon sens et votre esprit d'ouverture. C'est ce qui fait que je me plais à Marsanges.

— N'y a-t-il rien ni personne d'autre qui vous attire, mon bon ami ?

— Nous bavardons... Nous bavardons..., dit Brival, et les événements se précipitent.

Au hennissement du cheval de Tourdonnet succéda le grincement du portail que Picharou refermait. M. de Marsanges se versa un nouveau verre. L'eau était encore fraîche.

— Vous, au moins, dit-il, vous savez ce que vous voulez et où vous allez. J'apprécie votre amour de l'ordre social et de la justice, mais je me méfie de vos opinions qui sont dangereuses pour la stabilité du règne, et encore plus de votre appartenance à la franc-maçonnerie, dont on ne peut attendre que de fumeuses utopies. En revanche, il me plaît de voir des gens comme vous bouger, agir, tenir un langage un peu fou mais courageux. En Amérique, vous auriez fait un bon « insurgent », et vous seriez au gouvernement de la République si le hasard vous avait fait naître au Nouveau Monde.

Il se porta vers la fenêtre dont il poussa les volets pour voir Tourdonnet disparaître avec sa bande de serviteurs et de paysans. Revenu s'asseoir près de Brival, il ajouta :

— Ce n'est pas de gaieté de cœur que je l'avoue, mais je crois que de grandes choses peuvent naître de l'ébranlement de notre monde et que c'est de votre tiers état qu'elles viendront. Ce n'est pour l'heure qu'un brouillon de classe, qu'une vague nuée, mais qui porte l'orage dont peut venir notre salut s'il ne dévaste pas tout aveuglément. De mon modeste observatoire de province où n'arrivent que des synthèses d'événements, je le vois se former, cet orage, se concentrer, lâcher ses premiers éclairs...

Les mains sèches froissèrent sur ses genoux quelque chose d'invisible comme une corde à laquelle il essaierait de se rattraper.

— Monsieur le Procureur du Roi, une chose m'inquiète entre beaucoup d'autres. Ces états généraux que Louis a acceptés risquent de déclencher des mouvements de l'histoire dont nous ne serions plus maîtres. Notre pauvre souverain est trop indécis dans ses prises de position et le Parlement trop accroché aux privilèges de la haute noblesse pour tenir ferme les rênes de la loi. Et vous, le tiers état, bourgeois et gens du peuple, comment y parviendriez-vous ? Ces cahiers de doléances que vous avez rédigés dans les provinces afin de les présenter au roi, à quoi serviront-ils ? Exposer les problèmes, est-ce les résoudre ?

— On ne peut résoudre les problèmes sans les connaître. Vous n'ignorez pas que la misère est grande dans le royaume. Cette guerre d'Amérique dont vous avez gardé la nostalgie et qui vous fait mépriser notre temps et notre pays nous a conduits là où nous en sommes : à cette dette fantastique que les talents de M. Necker parviennent mal à camoufler, à la dépréciation constante du papier-monnaie, au risque de banqueroute... Ajoutons à ce tableau les mauvaises récoltes, le défaut de circulation des subsistances qui amène des disettes, l'obstination de la haute noblesse et des grands prélats à refuser de céder la moindre parcelle de leurs privilèges et de leurs richesses, à accepter la notion d'égalité devant les charges, une attitude qui nous mène à la ruine des finances et à la révolution.

La Révolution... Brival évoqua les événements qui secouaient la capitale : la prise de la Bastille, l'attaque de la maison Réveillon, la réunion du Jeu de paume à laquelle il avait assisté, le 20 juin dernier, la transformation du tiers état en Assemblée constituante...

— Le peuple vient d'entrer en force dans l'histoire, monsieur le Comte, et il y restera. Vous qui avez aidé à l'indépendance du peuple américain avec La Fayette, vous ne pouvez renoncer à voir certaines concordances avec ce qui se passe en France, sauf que personne ne viendra au secours du peuple français dans l'ordre nouveau qu'il est en train d'instaurer.

Brival se leva, arpenta fébrilement la pièce, balayant du regard les poutres armoriées reliées par des toiles d'araignée, les portraits goudronneux, les panoplies dérisoires, les sièges qui montraient le crin sous le velours chamarré. Il entendit le comte soupirer :

— Peut-être l'histoire vous donnera-t-elle raison, mais je dois avouer que « votre » peuple me fait peur. Je le plains, mais comme on s'apitoie sur un chien pris de rage. J'exècre ces émeutes, ces foules exaltées de souillons d'auberge, de catins, d'aigrefins et de tueurs qui brandissent des têtes au bout de leurs piques ! Vous voyez dans ce tumulte une promesse de liberté ? J'y vois, moi, une explosion d'envie et de haine primaires. Autant j'aime le courage, autant je déteste la violence aveugle. Or, le peuple est aveugle, vous le savez mieux que moi. Lâchez-lui la bride et vous n'en serez plus maître...

Brival se tenait, avec ses cinq pieds six pouces, derrière M. de Marsanges. Il ne voyait du vieil homme qu'une perruque qui semblait poudrée de cendre grise. Il en conçut une grande pitié.

— C'est l'injustice, c'est la misère qu'il faut accuser d'aveuglement, dit-il. Un champ que l'on néglige ne donne que de mauvaises herbes ou de piètres récoltes. Ce champ-là, lorsqu'on l'a, de plus, foulé aux pieds, retourne à la sauvagerie. Si les événements que nous a rapportés Tourdonnet ne sont pas une fable, si une invasion est en cours, quelle sera votre position ?

— Seigneur ! que pourrais-je faire ? Vous me voyez décrochant mes arcs, mes flèches indiennes, mes antiques pétoires et voler vers la victoire ? A mon âge et dans ma condition, on ne peut qu'observer les événements et y participer par la pensée. Ce que j'ai envoyé à la figure de Tourdonnet n'était qu'une provocation. Charles, prince d'Artois, n'est qu'un jean-foutre ! Mais vous-même, Brival, croyez-vous à cette invasion ?

— Je n'en sais fichtre rien. Nous vivons une époque étrange. L'affaire de Brest le mois dernier, ce faux complot, ce débarquement manqué des Anglais et des émigrés, a souligné la collusion de la royauté française avec l'étranger. Pourquoi écarter l'hypothèse d'une nouvelle tentative ? Ce soir, à Tulle, j'aurai quelque lumière.

— Quand partez-vous ?

— Dès que possible. Je n'ai que trop tardé.

— Eh bien, plus rien ne vous retient, mon ami, sauf une question qui me tient au cœur.

— Le temps presse, et...

— Asseyez-vous. Je ne vous retiendrai pas longtemps. C'est des rapports que vous entretenez avec ma fille dont je veux vous parler.

Vous connaissez mon libéralisme. Cette demeure n'a pas attendu votre révolution pour devenir le domaine de la liberté. Vous m'accorderez que je n'ai rien d'un tyranneau familial ni d'un patriarche enterré dans les traditions morales, encore que je ne me sois jamais désintéressé des conditions de vie de mes enfants auxquels je suis fort attaché. Alors, dites-moi, quelles sont vos intentions envers ma fille Diane ? Cela fait des mois que je ferme les yeux sur vos rapports. Il est temps qu'elle prenne conscience de son avenir. L'aimez-vous, au moins ?

— Certes.

— Vous aime-t-elle ?

— J'ai la fatuité de le croire.

— Vos sentiments l'un pour l'autre sont-ils assez forts pour vous permettre d'envisager une union légitime ?

Brival prit l'air boudeur que ne lui aimait pas le comte : ce signe attestait qu'il nageait entre deux vérités, qu'il mûrissait une échappatoire. Le comte insista :

— Répondez-moi franchement ! Vous savez que je suis soucieux du bonheur de mes enfants plus que des avantages matériels qu'ils pourraient tirer d'une union contractée contre leur convenance. Je vous préviens que la dot de Diane sera mince, mais je vous accorderai sa main volontiers, car vous ne manquez pas de talent et encore moins d'ambition. Quelles sont vos intentions ?

— Je ne souhaite pas épouser Diane et elle ne le souhaite pas non plus, répondit abruptement Brival.

— Diantre ! Expliquez-vous !

— Nous nous aimons, je vous le répète, mais nous avons renoncé à une vie commune, à moins qu'il ne se produise des changements dans notre nature et nos conditions de vie. Nous sommes l'un comme l'autre attachés à notre indépendance. Nos caractères, volontiers portés aux extrêmes, déclenchent de fréquentes querelles et une perpétuelle épreuve de force. Aujourd'hui encore, nous n'avons pu échapper à ce penchant singulier qui nous porte à nous déchirer.

— Je connais cela, dit rêveusement le comte. C'est parfois l'enfer.

— Diane, poursuivit Brival, est vive, impulsive, entière. Avec elle, aucune nuance : elle est le manichéisme incarné. La raison, la logique sont les moindres de ses soucis. Nous connaissons des moments terribles où nous nous jetons au visage nos vérités, nos griefs, des menaces de rupture. Nous rompons et les retrouvailles sont des moments de paradis, que nous ne connaîtrions pas si nous vivions ensemble. Il n'y a pas de bonheur dans l'accoutumance. Voilà pour ce qui est de nos natures. Quant à nos conditions de vie réciproques... Je n'ai pas le moindre goût pour l'existence de gentilhomme campagnard et Diane aurait du mal à supporter les servitudes de mes fonctions...

Le comte fit bouffer son jabot d'un geste désinvolte et sourit.

— Diane m'a parlé de vous, récemment. Votre âge ne fait pas de vous un barbon, loin de là, et elle vous trouve du charme. Elle vous reproche votre égoïsme. Vous disposez d'elle en maître, quand l'envie vous prend de la revoir. Elle vous juge vaniteux, avec cet étalage que vous faites de vos succès auprès des femmes. Elle vous trouvc tyrannique à vouloir lui imposer vos opinions. Elle affirme que vous n'avez pas envers elle la moindre attention délicate, mais vous savez combien exigentes sont les femmes... Bref! au vu de vos griefs réciproques, on se demande ce qui, hormis le penchant charnel, peut bien vous rester à partager.

— Il reste beaucoup, monsieur le Comte : nos différences elles-mêmes, qui font que l'imprévu et le mystère gouvernent nos rencontres.

Le comte se leva, posa une main sur l'épaule de Brival, soupira :

— Je sais cela, mon ami. Je le vis couramment avec cette fille, Manon, mon « mauvais ange », comme dit mon fils François, qui la connaît aussi bien, sinon mieux que moi. Mais, Dieu merci, Diane n'est pas Manon...

Le cheval blanc du procureur du Roi sabotait d'impatience dans la cour, en proie aux attaques des mouches et des taons. Valentin venait de le seller après lui avoir servi un picotin.

— Vous avez été bien longs, dit Diane en voyant surgir Brival. Lorsque vous êtes réunis pour parler de politique, le monde peut s'écrouler autour de vous.

— Le monde, dit Brival, n'est pas, que je sache, en perdition, et qui te dit que nous nous entretenions de politique ?

Il ajouta d'un ton abrupt :

— M'a-t-on préparé un en-cas ?

— Tu trouveras des auberges sur ton chemin. Elles se feront un honneur de recevoir M. le Procureur du Roi. Bon vent !

Elle recula de quelques pas. Brival monta en selle et remercia le comte pour son « ordinaire » et son hospitalité.

— Quand M. le Procureur nous fera-t-il l'honneur d'une autre visite ? ironisa Diane.

— Je l'ignore, répondit Brival, mais ce sera le plus tôt possible, tant j'ai de plaisir à m'entretenir avec vous, monsieur de Marsanges.

Il fit claquer sa langue et sa bride. Almanzor se donna le plaisir d'un petit trot autour du puits, qui dispersa la volaille et les porcs. Au moment où il franchissait le portail, Diane courut vers lui en criant :

— Jacques ! Arrête-toi ! J'ai deux mots à te dire. Quand reviens-tu ?

Il arrêta son cheval, attendit.

— Peut-être dans quelques jours. Peut-être dans un mois. Peut-être jamais. J'irai exercer ailleurs la tyrannie qu'on me reproche ici. Salut !

Elle se cramponna à sa botte.

— Si tu ne reviens pas, je me tuerai.

Il éclata de rire.

— Te tuer, toi ? Tu t'aimes trop.

— Je te tuerai d'abord. Avec ça !

Elle arracha le poignard de selle avant qu'il eût pu retenir son geste.

— Tu ne crois pas que je pourrais te tuer, Brival ?

— Rends-moi cette arme. Tu risques de te blesser en jouant.

— Ce n'est pas un jeu et je ne crains pas de me blesser. Regarde !

Sans hésitation, elle s'ouvrit la paume de la main gauche puis piqua fortement Brival à la cuisse. Il sursauta, s'écria :

— Tu es encore plus folle que je ne pensais !

Elle lui tendit l'arme avec une courbette et un sourire d'une féroce ironie.

— La prochaine fois, s'il y en a une, je pourrai faire mieux.

— Il n'y aura pas de prochaine fois. Adieu !

Tandis qu'il piquait son cheval, elle lui cria :

— Je t'aime ! Entends-tu, Brival ? Je t'aime ! Si dans une semaine tu n'es pas revenu, je...

Le reste se perdit dans le bruit du galop.

Aux approches de midi, la chaleur devint intense. Au sortir de l'allée de hêtres, passé le portail, elle se dressait, droite, épaisse comme un mur. La montagne semblait accablée par le poids d'incandescence du ciel où le vol d'un milan planait comme un défi. On n'entendait plus la rumeur multiple du tocsin, mais il en restait dans l'oreille un frisson obsédant. Tout paraissait calme.

Le dîner fut ce qu'il était d'ordinaire : un rendez-vous manqué.

Depuis longtemps, le comte de Marsanges avait renoncé à obtenir de ses enfants qu'ils fussent présents en même temps au dîner ou au souper, et d'ailleurs Marion ne dressait même plus la table, sauf lorsqu'une affaire importante requérait la présence de tous. Il n'y avait que pour le souper que la famille retrouvait une apparence de cohésion.

Par habitude, Diane se dirigea vers l'office, en tenant sa main bandée d'un mouchoir. Elle n'avait pas faim. Son altercation avec Brival lui pesait sur le cœur. En la voyant paraître, Marion étouffa une plainte.

— Ce n'est pas grave, dit Diane, une blessure d'amour qui guérira vite.

Les vingt ans de Marion s'empâtaient. Elle tenait cet embonpoint précoce de sa mère, née Gabrielle de Fontloube, morte hydropique quelques années auparavant, dans la chambre de l'étage d'où elle n'était descendue, après une interminable claustration, que pour aller dormir dans le petit cimetière des Marsanges, situé derrière le château, à la limite du couderc et des champs de fougères. En revanche, on s'interrogeait sur cette opulente chevelure rousse qui détonnait dans les réunions de famille, peut-être héritée d'un capitaine de hussards originaire du Brabant, que le couple avait rencontré lors d'un séjour dans la demeure de Limoges, vendue depuis peu.

— Montre, dit Marion. Je vais te soigner. Je t'ai vue suivre Brival dans l'allée. C'est lui qui...

— Non, dit Diane.

Marion fit couler de l'eau-de-vie sur la plaie, y colla quelques fleurs de lis macérées dans l'alcool et fit un pansement comme on lui avait appris à les faire dans le pensionnat des Ursulines, à Ussel, où elle avait passé son adolescence.

Julie, la cadette, la sauvageonne de la famille, s'était approchée à son tour. Son visage mince et long, hâlé comme celui du moricaud qui servait aux écuries des Tourdonnet, s'ornait d'une chevelure couleur de châtaigne mûre, coupée à la diable, pareille à un champ de seigle ravagé par les tourbillons de l'été. Comme son frère François, il lui arrivait de disparaître une journée ou deux sans prévenir mais sans occasionner d'inquiétude : elle dormait où elle se trouvait, mangeait d'une rave ou d'une pomme de terre que lui donnaient les métayers ou les journaliers. On la rencontrait souvent au bord des tourbières, l'œil perdu dans ces espaces mystérieux, immobile, comme si elle cherchait à s'y perdre.

— Brival, dit Diane, ne cesse de me dire que je suis folle. Un jour, je le tuerai.

— Tu t'es trop attachée à lui, dit Marion. Tu sais qu'il ne t'épousera jamais, et d'ailleurs tu ne le souhaites pas. Il vaudrait mieux renoncer à vous voir.

Elle coupa un chanteau à la tourte, l'enduisit de caillade de brebis et le tendit à sa sœur, avec un verre de piquette, ajoutant :

— Ce soir, je te ferai une omelette si j'arrive à trouver des œufs. S'il y en a suffisamment, j'en ferai pour tout le monde. Pour toi aussi, Julie. Alors, tâche d'être là.

Elle coupa un autre chanteau pour Louis-Amour et demanda à Julie de le lui porter. Il ne quittait son atelier que pour aller herboriser. Si l'on n'avait pas pris soin de lui, qui sait s'il ne se serait pas laissé mourir de faim ?

— A-t-on des nouvelles de François ? demanda Marion.

— Aucune depuis une huitaine, répondit Diane. On ne sait pas où il est. Un jour, il tombera sur des brigands ou sur un troupeau de loups.

— Si François court un danger, c'est d'attraper une maladie

honteuse avec une fille d'auberge, comme l'an dernier. Louis-Amour l'a soigné avec des tisanes de parisette à quatre feuilles.

Retour de chez le « botaniste », Julie se coupa une tartine d'oiseau.

— Regarde-la, dit Marion, une vraie bohémienne ! On devrait la marier à Picharou ! Tu me laisseras ta jupe et ta chemise ce soir, pour que je les lave et les ravaude. Elles sont en train de te pourrir sur la peau.

Julie, par défi, tourna sur elle-même, faisant s'épanouir en corolle son jupon crasseux et découvrant des jambes brunes et nerveuses. Elle se dirigea d'un pas dansant vers la porte, parut hésiter sur le seuil dont la pierre surchauffée lui brûlait la plante des pieds, puis, d'un bond de chèvre, elle sauta dans la cour.

De la crête du mamelon couronné de bruyères fleuries et tapissé de crottes de moutons, on découvrait un paysage profond ouvrant au sud sur la chaîne des Monédières somnolant dans des vapeurs bleues qui sentaient l'orage. Tout autour les pentes semblaient se liquéfier. De chaque côté du Riou qui faisait ses effets de couleuvre, des nappes de buée s'amassaient dans les fonds. Un champ de seigle mûr montait à l'assaut des premières bruges.

« Avec cette sécheresse, songea Marion, on pourra moissonner d'ici une dizaine de jours, sauf si les brigands... »

Elle poussa ses talons dans les flancs de Thabor, le vieux cheval des Marsanges, qui redescendait prudemment la pente de la vallée. Un cavalier chevauchait vers Bonnefond, petite tache de couleur claire qui ne se laissait pas dévorer par l'étouffante épaisseur de la forêt : Jacques Brival. Il serait ce soir à Tulle d'où il partirait pour Paris, et Diane en aurait pour des jours, des semaines à sauter d'une humeur à l'autre selon qu'elle aurait eu ou non des nouvelles. « Ces deux-là, se dit Marion, je ne les vois pas ensemble et je ne les imagine pas séparés. Le mieux serait que Brival reste à Paris pour s'occuper de sa politique et qu'il ne revienne jamais. Il ne peut rien sortir de bon de cette liaison... »

La piste s'enfonçait dans une épaisseur végétale riche d'odeurs. Sur le talus ensoleillé, les bruyères encensaient de tout leur miel. Sous le couvert des feuilles vernissées, les myrtilles achevaient leur maturation. Marion reconnut l'arbre où, un mois auparavant, elle avait surpris une couleuvre arboricole en train de chasser l'oiseau.

Elle montait Thabor, qui avait sursauté en entendant un bruit et un mouvement insolites au-dessus de sa tête. Tout d'abord, s'étant arrêtée, elle n'avait rien vu de suspect et se disait qu'il pouvait s'agir d'une buse blessée prise dans les branches, mais il y avait un mouvement si intense que tout l'arbre semblait soudain, dans le calme et l'immobilité de la forêt, pris de frénésie. Son sang se glaça lorsqu'elle vit, sous la plus basse branche, pendre une sorte de cordon de sonnette mordoré. Du regard elle en remonta le fil et distingua entre deux feuilles, confondue en elles, la tête plate et les yeux d'or. La couleuvre semblait fixer Marion qui n'osait pas bouger et se répétait : « File ! N'attends pas qu'elle te saute dessus ! » Elle n'avait poussé sa monture qu'après que le serpent eut happé un merleau à plastron blanc qui tremblotait sur une branche voisine.

Les brebis gardées par Florent pacageaient dans une bruge située en contrebas. Le Riou était muet, réduit à un mince filet d'eau coulant entre des pierres couvertes de mousse sèche. Marion siffla et Mirette, la chienne de Florent, apparut sur la crête d'une de ces roches usées qui faisaient le gros dos sur la pente descendant au ruisseau.

— Florent... dit Marion. Mène-moi à Florent.

Le « baïlero [1] » était assis près du ruisseau, un doublon entre les genoux. Une vipère avait piqué la bête dont la tête s'était mise à enfler.

— Elle n'en mourra pas, dit Marion. Passe-moi ton couteau.

Florent secoua la tête. Il n'avait pas de couteau.

— Alors trouve-moi une épine de n'importe quoi.

Il ramena une épine de buisson blanc que Marion piqua dans l'enflure d'où s'écoula une humeur rosâtre.

— C'est fini, dit-elle. Il s'en tirera. Tu peux le relâcher. Et la vipère ?

Elle avait disparu vers le ruisseau.

— Tu as étudié un peu ce matin ?

Florent sortit de sa ceinture un almanach défraîchi. Marion le feuilleta, piqua du doigt sur une page, lui ordonna de lire. Il s'exécuta d'une voix hésitante.

1. Petit berger.

— « *Vingt-cinq juillet... Fête de saint Jacques, apôtre. Jésus l'appelait fils... fils de tonnerre pour son... pour son impétuosité. Exécuté en quarante-deux. Il aurait été ense... enseveli en Espagne, à Saint-Jacques-de-Compos... Compostelle...* »

— C'est bien, dit Marion. Tu apprendras par cœur le chapitre consacré à ce saint, et tu me le réciteras ce soir.

En remontant sur Thabor, elle ajouta :

— Si tu vois ou si tu entends remuer dans les parages, rassemble tes bêtes et remonte vite au château. Il paraît qu'il y a des brigands dans le pays. Si tu les rencontres et qu'ils te questionnent, fais le sourd-muet. S'ils te menacent, ne cherche pas à te défendre : ils te tueraient.

Elle se baissa pour l'embrasser. Il sentait le jeune et il était beau comme un Jésus : un visage brun aux traits d'une extrême finesse, comme modelés dans de la soie. Un hiver d'il y a six ans, c'est elle qui l'avait trouvé accroché à la grille du château comme une épave contre la herse d'un moulin. Il ne parlait pas, mais on devinait dans ses yeux démesurément ouverts une telle expression de terreur que toute question eût été superflue. Aidée d'Angélique, Marion l'avait lavé et lui avait donné à manger. Il pouvait avoir quatre à cinq ans ; on ne savait pas au juste et lui non plus. Un matin, il avait pris Marion par la main et l'avait conduite à l'étang du Diable, situé au nord de Marsanges, en pleine lande. Il avait montré le milieu de l'étang où dormait une barque vide. On y avait trouvé un papier posé sur la banquette avec une pierre dessus. Le papier disait : « Il s'appelle Florent. Prenez soin de lui. A la grâce de Dieu. »

Il avait fallu des trésors de patience pour que Florent racontât, bribe à bribe, son aventure : le départ de Bugeat, son père le tenant par la main, la longue errance dans le froid, l'arrivée à l'étang... Le père l'avait embrassé, avait pris une pierre et une corde à bestiaux, puis il s'était éloigné seul dans la barque jusqu'au milieu de l'étang où il avait plongé. On ne l'avait pas retrouvé ; il remonterait à la surface lorsque l'eau aurait rongé la corde.

On apprit à Marsanges que le désespéré était un brave homme de charron qui ne s'était pas remis de la mort de sa jeune femme et, depuis, faisait tout de travers dans son atelier. Il s'appelait Jaumières. A Bugeat, on l'avait bien regretté car c'était un fameux artisan, et honnête.

Florent était resté au château où on lui avait confié la garde des moutons. Il avait été long à s'exprimer ; sans la patience de Marion, il serait resté cloîtré dans son silence ; elle lui avait littéralement tiré les mots de la bouche. Il semblait venir d'un autre monde.

— Je vais voir ce qui se passe à Marsanges, dit Marion.

Elle longea un champ de seigle sur lequel rayonnait une chaleur blanche, puis un champ de sarrasin qui avait souffert de la sécheresse. Elle devina le village derrière des haies de sorbiers et de houx. La cloche s'était tue depuis un long moment, mais la peur semblait s'être figée au-dessus des toits de chaume. Il n'y avait personne dans les champs et, bien qu'on fût à l'heure du dîner, pas une fumée au-dessus des chaumières. On avait dû fermer les chiens, car pas un aboiement ne troublait le silence oppressant. Il semblait que la peste ou le choléra se fussent abattus sur le pays.

Marion faillit rebrousser chemin. Elle arrêta Thabor dans l'ombre d'un buisson de houx et réfléchit. Si les brigands étaient passés par là, ils auraient laissé du désordre et des foyers d'incendie ; or, tout était en place et rien ne brûlait. Simplement, le village était déserté.

Thabor, comme s'il redoutait quelque surprise, fit des façons pour repartir. Il s'engagea avec réticence dans l'artère principale d'où l'on ne percevait que le vrombissement des mouches bleues sur les tas de fumier et le grognement des chiens sous les portes. Les volailles et les porcs étaient à l'abri. Portes et fenêtres closes, les masures semblaient faire la sieste.

Marion poussa jusqu'à l'église. Des traces de pas dans la poussière y menaient tout droit. Une poupée de chiffon était tombée près d'un bouquet d'orties.

« Ils sont là, songea Marion. Ils se sont réfugiés dans l'église. »

Elle se dirigea hardiment vers la porte. La lumière crue donnait une sorte de jeunesse à l'édifice : une nef lourde puissamment étayée de contreforts, une façade allégée par un clocher-mur où pendaient deux cloches dont l'une avait été offerte à la paroisse par le grand-père du comte Ambroise, qui avait vécu à la cour du Bien-Aimé.

Marion tenta d'ouvrir la porte ; elle était fermée. Elle cogna et personne ne répondit. En collant son oreille au lourd battant de chêne, elle perçut un murmure de voix.

— Ouvrez ! dit-elle. C'est moi, Marion.

Le battant droit s'ouvrit comme un souffle d'orage. Il en sortit le canon d'un fusil et un visage de femme qui cria en patois :

— Passez votre chemin ! Vous seriez le pape en personne que nous ne vous laisserions pas entrer.

Marion n'eut pas de peine à reconnaître la femme du forgeron Amadieu, une drôlesse connue pour son franc-parler. Elle répondit dans la langue du pays :

— Ne crains rien, Eléonore. C'est moi, Marion. Je venais aux nouvelles.

— Il n'y a pas de nouvelles ! Déguerpis !

— Dis-moi au moins où je peux trouver notre métayer, Sauviat. Sa maison semble déserte.

— Il n'y a plus d'hommes ici, rien que des femmes, des vieux et des enfants. Les hommes sont dans la forêt. Avant de partir, ils nous ont laissé un fusil et une consigne : tirer sur tout ce qui bouge. Tu devrais être morte.

— Dis-moi au moins où je peux le trouver.

Elle perçut un murmure de conciliabules derrière la porte refermée, puis le canon du fusil s'abaissa.

— Excuse-nous, dit Eléonore, mais tu sais que nous sommes menacés. Si tu veux voir les hommes, tu vas au bois de la Chabanne où ils sont tous, mais gare ! annonce-toi avant d'approcher de trop près. Ils ont trois ou quatre fusils et en sont au point de tirer sur leur ombre. Sauviat est avec eux.

Le bois de la Chabanne s'étendait sur la route de Bugeat, à l'entrée de la vallée qui s'ouvrait, au nord, sur le château de Marsanges. De là, quelques hommes pouvaient tenir tête à une compagnie.

Marion s'avança à découvert pour se faire reconnaître. Il faisait presque frais dans cette coulée de terre brune et marécageuse, encastrée entre les deux versants opposés des montagnes, qui se rapprochaient, mêlant par-dessus le chemin leurs odeurs et leur silence.

Elle croyait se trouver encore loin du but lorsqu'un homme surgit au milieu du chemin et braqua sur elle un mousqueton, en criant :

— Halte ! Qui va là ?

Marion éclata de rire en reconnaissant Etienne Sauviat, fils du métayer, qu'on appelait Tiénou. Elle releva l'avant de son chapeau de paille et sauta de sa monture.

— Le fier soldat que voilà ! Prêt à décharger son arme sur le moindre suspect... Alors tire, si tu crois que je précède les brigands !

Il abaissa son arme, s'essuya le front d'un revers de main.

— Nous avons des consignes, tu comprends, et...

— Je suis au courant. J'ai été reçue de la même manière par la femme d'Amadieu, à l'église.

— Suis-moi.

Il la précéda jusqu'à un rempart naturel : une pierre ronde posée comme un boudin au milieu des fougères. Tiénou était long comme un jour sans pain, avec des épaules étroites et musclées, un peu voûtées, un visage mince barré d'épais sourcils qui lui donnaient l'air farouche. A diverses reprises, ils avaient dansé ensemble dans des bals de village ; il lui avait fait cadeau d'une petite broche avec une image de terre cuite qu'il avait gagnée dans un concours de tir, à Tarnac. Ses approches timides, ses propos à double sens, ses regards de chien craintif amusaient Marion. Ce « petit paquet de femme », comme on disait, lui plaisait et il faisait en sorte qu'elle en eût conscience sans qu'il eût à se déclarer.

Etienne mit deux doigts dans sa bouche et siffla plusieurs sons modulés.

— Tu peux avancer à présent, dit-il. Tu ne risques rien.

Tenant Thabor par la bride, Marion descendit l'escalier naturel qui menait à un gros chêne sous lequel elle distingua un épais mouvement d'hommes rassemblés autour d'un foyer éteint. Ils étaient là une bonne vingtaine, des gens de Marsanges et des hameaux voisins : métayers, journaliers, bordiers...

— Sauviat, dit Marion, je vous cherchais. J'ai soif. Donnez-moi à boire.

Elle but à la gourde qu'on lui tendit une eau fraîche, sans quitter de l'œil le métayer de son père : il était armé du couteau à longue lame qui servait à saigner les porcs et d'une fourche ; les autres portaient des faux, des faucilles, des couteaux ou de simples gourdins ferrés ; rares étaient les fusils. Sauviat était plus grand que la moyenne des paysans qui l'entouraient, presque tous de petite taille et mal bâtis. Son visage austère, tout en lignes verticales, portait les mêmes sourcils buissonneux que son aîné, Tiénou : la marque de la famille.

— Alors, c'est la guerre ? interrogea Marion d'un ton badin.

— Ne plaisantez pas, demoiselle, répondit Sauviat. C'est pas la guerre, mais elle pourrait bien nous tomber dessus sans tarder. Tout est trop calme. Ça sent pas bon. Un voiturier est passé de bonne heure ce matin. Il portait des nouvelles. Les brigands sont pas loin.

Marion versa de l'eau dans le creux de sa main pour en humecter son visage, son cou et le haut de sa poitrine. Elle était jolie comme une pomme sous la rosée.

— Vous avez fait tout ce chemin sans arme ? dit Sauviat.

— Je ne crois pas à cette histoire de brigands.

— Vous êtes de ceux qui ne croient au danger que lorsqu'il est trop tard. Le voiturier...

Le voiturier était un homme de la Marche limousine, des environs de Felletin. Pas du genre à raconter des sornettes. Dans les contrées qu'il avait traversées la veille couraient les mêmes bruits, répétés avec une telle insistance qu'on ne pouvait les mettre en doute. On parlait de dix mille soldats anglais, puis de trente mille. D'autres troupes venaient par les Pyrénées. Des galériens les précédaient et mettaient tout à feu et à sang.

— Le pire, demoiselle, ajouta Sauviat, c'est que les Autrichiens eux-mêmes s'en mêlent. Ils ont franchi les montagnes et ont pris Lyon. Trois étrangers suspects — des Italiens, à ce qu'on dit — ont été capturés près d'ici et conduits à Tulle. A Uzerche, quatre cents paysans se sont enfermés dans la ville. A Tulle, une troupe s'est concentrée à la Bitarelle pour faire face aux envahisseurs... Et vous, demoiselle, vous jouez les esprits forts !

Les paysans s'étaient peu à peu regroupés autour d'eux, visages crispés par la fatigue et la peur. Cette campagne vide, ces monts du haut desquels on pouvait peut-être apercevoir les premiers éléments des forces d'invasion, ces forêts d'où pouvaient d'un instant à l'autre surgir des galériens les rendaient fous. Ils avaient envie de s'en prendre aux chiens, aux arbres, aux pierres, au ciel. Ça se lisait dans leurs yeux.

— On sait bien, dit un charbonnier, que les Marsanges ont partie liée avec le roi et qu'ils se joindront aux armées d'Artois pour nous faire retomber en esclavage.

— Ils cachent leur or et leurs bijoux dans des caves, mais nous saurons bien les leur faire cracher, ajouta un chaumier.

— Des tyrans ! Des affameurs !

— Mort aux aristocrates !

D'un geste, Sauviat les calma et les renvoya à leur poste. Avant qu'ils se soient dispersés, Marion leur jeta :

— Nous sommes plus pauvres que certains d'entre vous ! Nous vivons comme vous vivez ! Ce n'est pas à nous qu'il faut jeter la pierre. Mon père a combattu pour le peuple américain et il a laissé dans cette guerre son sang et sa fortune ! Quant aux trésors, si vous en découvrez, ils sont à vous !

Les paysans lui jetèrent un regard de chien et firent le gros dos sous cette averse de mots qui les fustigeait d'autant mieux que Marion s'exprimait dans leur langue.

— Faut les excuser, demoiselle, bredouilla Sauviat. Ils ont peur pour leurs femmes, leurs enfants, leurs troupeaux. Ils ne vous feront pas de mal.

Il ajouta en la raccompagnant à son cheval :

— Allez tenir compagnie à mon fils. Il a besoin d'être rassuré. C'est pas qu'il manque de courage, mais il est comme nous, et la peur du danger est quelquefois pire que le danger lui-même.

Marion enfourcha Thabor qu'elle montait à cru et repartit sans un mot, les oreilles bourdonnantes de colère. Elle n'avait pas envie de retrouver Etienne, pas plus que de poursuivre la conversation avec son père, personnage obséquieux, ambitieux, vicieux — elle avait surpris son regard trouble lorsqu'elle avait découvert ses cuisses pour monter à cheval. Ces travers, elle ne les retrouvait pas chez Etienne, mais elle se disait parfois qu'ils devaient dormir en lui et ne tarderaient pas à se réveiller. Elle n'était pas naïve au point de n'avoir pas décelé dans les propos du père quelque allusion à leurs rapports. Il savait que les Marsanges vivaient plus chichement que sa propre famille, mais à qui la faute ? Leurs biens fonciers, considérables mais mal exploités, étaient pour la plupart retournés à la friche. Agriculteur avisé, ouvert aux techniques prônées jadis par Turgot, intendant du Limousin, Léonard Sauviat exploitait avec célérité le domaine qu'il tenait du comte de Marsanges, et il en tirait plus de bénéfices qu'il n'en avouait. Il avait amendé ses terres par un système de rotation triennale, de préférence au système ancestral des jachères. Le rendement s'en trouvait accru dans de larges proportions. Dans les foires de la région, ses moutons faisaient l'admiration de tous. Il vivait dans une apparence de pauvreté, par calcul, afin de ne pas susciter l'envie.

Diane avait dit à Marion :

— Méfie-toi de ce rustre. Il voudrait te faire épouser son aîné que je n'en serais pas surprise. Si cet imbécile d'Etienne te fait la cour, il faut lui rabattre son caquet.

Marion n'était pas dupe. Elle se demandait simplement si Tiénou avait conscience de la manœuvre et si ses hésitations à se déclarer étaient la conséquence d'une timidité naturelle ou d'un calcul. Elle penchait pour la première hypothèse, sans y adhérer le moins du monde.

Il était temps de rentrer.

Pour éviter Tiénou, Marion obliqua vers le Riou qu'elle traversa sur un de ces ponceaux de bois qu'on appelle « arcadour » dans la région. Thabor l'aborda avec réticence, de même que le sentier qui s'engageait dans des étendues de genêts, d'églantiers chargés de cenelles, de bruyères et de fougères. La vue d'un serpent le rendait fou. Marion lui flatta l'encolure pour le rassurer.

— Courage, mon vicux Thabor. Les êtres les plus venimeux ne sont pas ceux que tu crois...

François de Marsanges suffoqua en allumant sa petite pipe en terre blanche. La chaleur avait fait sécher le tabac dans la blague en vessie de porc, et il brûlait comme du foin, avec un goût insoutenable. D'un geste de la main, il dissipa la fumée. Ruzy, la petite chienne de Manon, qui s'apprêtait à sauter sur ses genoux, éternua avant de se réfugier sous un fauteuil.

François ôta son gilet, défit son jabot à gros nœud et posa sa pipe sur la table de nuit. Bras écartés, il se laissa tomber sur le lit défait.

— Je ne pourrai pas m'attarder, dit-il.

— A peine es-tu arrivé, dit Manon, tu parles de repartir. Qu'est-ce qui te presse tant ?

— Ma famille. Je suis inquiet à cause d'elle. Elle ne pourrait pas se défendre contre une bande de galériens.

— Ils ne s'aventureront jamais dans ce désert. Nous courons plus de risque qu'eux, ici, à Ussel. Si tu m'aimes, il faut rester pour me protéger.

La voix de Manon venait de très loin, à travers le souvenir de ce tumulte, de ces mouvements qu'il avait observés en ville.

Ussel bourdonnait comme une ruche dans la puanteur de l'été. La place de l'église, avec les boutiques et les étalages de bouchers accrochés aux flancs du sanctuaire et dégorgeant leurs sanies sur la chaussée, baignait dans une odeur épouvantable. On était en train d'assommer une génisse quand il était passé ; la bête blessée meuglait et se débattait dans ses entraves au milieu d'un groupe de gamins loqueteux.

Depuis le lever du jour, le tocsin sonnait presque sans discontinuer, faisant écho aux cloches des paroisses voisines, et cela faisait dans le ciel blanc un invisible ballet funèbre.

« Est-ce possible ? songeait François. Trente mille soldats anglais commandés par le comte d'Artois et précédés d'une troupe de forçats... » En ville, on n'en doutait pas. Des chiffres couraient : sept à huit cents galériens se dirigeaient vers la ville. Ils étaient à quelques lieues de là, à Meymac. Du haut des tours, des vigiles interrogeaient l'horizon. Une fumée, un flocon de poussière, et le tocsin reprenait de plus belle.

Manon préparait du café dans la cuisine. Elle lui demanda s'il croyait à cette affaire et il ne répondit pas, tout au bonheur de se trouver là et d'attendre Manon tandis que la ville allait courir aux armes. Il avait eu sa part d'angoisse tout à l'heure. Armés de fourches, de faux et de gourdins, des groupes de paysans terrorisés avaient fait irruption dans la ville avec leurs familles. Le maire, Barbier de Villeneuve, avait convoqué d'urgence le vicomte Jean-Hyacinthe d'Ussel, ancien officier, mestre de camp-cavalerie, pour tâcher de maîtriser cette chienlit et de faire de cette tourbe une milice. Le vicomte s'était attelé sans conviction à cette mission désespérée. François l'avait surpris en train de faire manœuvrer les paysans et les citadins ensemble. Une pitoyable mascarade...

Etienne Galand, avocat et capitaine, avait dit à François en lui posant une main sur l'épaule :

— Eh bien, citoyen, nous sommes en guerre, à ce qu'il semble ! Nous allons vivre de grandes heures dans cette cité où il ne se passe rien de notable d'ordinaire. Je vais te faire donner un mousqueton avec le grade de capitaine et nous nous battrons côte à côte. Qu'en dis-tu, Marsanges ?

François, poliment, déclina l'offre. Il préférait « attendre les événements ». Il voulait surtout se retrouver seul avec Manon.

Elle apparut en négligé, un joli bonnet de dentelle moussant autour du visage aigu, au nez légèrement busqué qui tenait, disait-elle, de la « jaunerie », des origines juives de sa famille. Elle avait d'admirables yeux noisette et le regard vif. Elle posa les tasses sur la table de nuit, s'assit au bord du lit.

— Buvons tant qu'il est chaud, dit-elle.

Elle ajouta :

— Je te trouve bizarre. C'est cette ridicule affaire d'invasion qui te tracasse ? N'y pense plus. Je te la ferai oublier.

— Tu as peut-être raison, mais la peur est communicative. J'ai entendu des récits horribles. J'ai vu des femmes pleurer, des hommes blêmes de peur et de colère. J'ai refusé de prendre les armes, mais j'aurais dû. Cela m'aurait rassuré.

Il lui raconta sa rencontre avec Etienne Galand. Manon le connaissait bien : un trublion, un ambitieux sans vergogne.

— Si on l'écoute, dit-elle, il sera avant la nuit commandant de la place.

— C'est un de tes anciens amants ?

— Il l'est toujours, mais je le supporte de moins en moins, lui et ses bravades, et j'espace ses visites.

— Et mon père, dit François, il y a longtemps que tu ne l'as pas revu ?

Elle se leva vivement.

— Pourquoi me parles-tu de lui ? Tu sais que cela ne me plaît guère. J'ai aimé Ambroise de Marsanges, sincèrement et même avec une pointe de folie. Je ne regrette rien de ce qui s'est passé entre nous. Il est aimable, généreux, attentionné, mais il a eu le tort de s'éprendre de moi, et tu sais combien je tiens à mon indépendance. Nous nous voyons de moins en moins et il en souffre.

— Ce médaillon vient de lui ?

— Il a tenu à me l'offrir la dernière fois que nous nous sommes vus. Il appartenait à ta mère. Cessons de parler de lui, veux-tu ?

Il l'attira contre lui, défit le nœud de son déshabillé de soie mauve. Il songeait : « Tenir une arme ou faire l'amour, c'est toujours un moyen de se rassurer. » Il préférait l'amour. Elle se laissa aller contre lui en gémissant. Il aimait ces étreintes du matin, la moiteur humide où le sexe se prélasse, la souplesse de la chair sous laquelle il devinait le moindre mouvement, la plus subtile crispation des muscles, les odeurs composites qui se mêlaient au parfum du café, la fièvre légère qui se substitue à la fraîcheur matinale de l'épiderme. Il la pénétra jusqu'au vertige.

Aimait-il Manon ? Il n'aurait su le dire. Il prenait avec elle un plaisir lent et paisible, toujours renouvelé par la science experte de sa partenaire. Il y avait dix femmes en une seule et ce n'était jamais la même. La gravité de Manon le comblait, lui faisait oublier les plaisanteries salaces et les rires gras des filles d'auberge ou de bordel. Son ambition était de la dépouiller de son passé, de l'arracher à ces compagnons invisibles qui se succédaient dans son appartement, de lui rendre une nouvelle virginité. Peut-être, alors...

Son visage tout près du sien, elle lui dit, comme si elle avait suivi le cheminement de sa pensée :

— Tu ne m'aimes pas, François. Tu prends ton plaisir avec moi, c'est tout. En ce moment même, tu es en train de te demander comment tu pourrais me quitter sans paraître insolent. Si tu m'aimais vraiment, tu accepterais de vivre avec moi.

— Tu ne me supporterais pas ! Tu tiens trop à ton indépendance et, un jour ou l'autre, tu retomberais dans tes mauvais penchants. Pour moi, ce serait l'enfer. J'ai parfois l'impression que je ne connais de toi que celle que tu es dans l'instant présent : une petite lumière entre deux mystères.

— Partage ma vie et il n'y aura plus de mystère. Les femmes flairent le bonheur là où il se trouve. Il est à notre portée et tu le refuses.

Il ne le refusait pas ; il s'en méfiait. Il redoutait un bonheur fait de compromissions, d'abandons, de querelles, de réconciliations précaires. C'est ce bonheur-là que lui proposait Manon, et il s'en méfiait.

Cette conversation sans issue commençait à l'importuner. Il écarta Manon.

— Ecoute, dit-il. Le tocsin a repris. Tu entends ces clameurs ? Cette fois-ci, ça semble sérieux. Il faut que je parte. Les miens sont en danger, je le sens.

— Et moi ? dit-elle âprement. Tu te soucies peu de ce qui risque de m'arriver. Ton égoïsme me révolte !

Il répliqua sur le même ton :

— Tu ne manques pas de protecteurs. Ils se feront un plaisir de te faire un rempart de leur corps. A commencer par Etienne Galand.

Il ouvrit le tiroir de la table de nuit, en tira un pistolet à crosse damasquinée, cadeau d'un « protecteur », glissa l'arme dans sa ceinture et promit de la lui rendre à sa prochaine visite. Elle lui jeta :

— Je souhaite que tu ne reviennes jamais ! File ! Va rejoindre ta tribu ! Adieu, Marsanges...

La colère lui chauffait encore le visage lorsqu'il enfourcha Almanzor, un magnifique cheval arabe issu des haras des Tourdonnet, acheté cinquante louis empruntés à son frère, Hyacinthe, qui gagnait aux jeux de table, à Paris, de quoi s'offrir le nécessaire et le superflu. Cette monture élégante mais capricieuse n'allait pour ainsi dire qu'au pas, mais tellement allongé qu'elle pouvait dépasser d'excellents trotteurs. Sa résistance était exceptionnelle, malgré la délicatesse des lignes : elle pouvait tenir la campagne une quinzaine de jours sans un seul repos prolongé, alors que la plupart des chevaux doivent se faire débrider un jour sur trois.

La fièvre montait à travers la ville balayée par les lourdes vagues du tocsin. Devant une auberge, un orateur improvisé haranguait la foule. François ne s'arrêta que le temps de recevoir une bordée d'emphase : l'« ogre autrichien » volait au secours de la « royauté moribonde ». Il haussa les épaules et passa son chemin, suivi du regard par un groupe de drôles hargneux armés de piques et coiffés du bonnet rouge. L'un d'eux cracha son jus de chique et brandit le poing en criant :

— On aura ta peau, Marsanges !

François se retint de mettre son pistolet sous le nez de cette canaille et préféra laisser Almanzor aller son train. Il se rangea pour laisser place à une compagnie de paysans en guenilles conduits par un petit gentilhomme qui semblait sortir d'un couvercle de bonbonnière. Les miliciens traînaient leurs socques dans le ruisseau puant qui coulait au milieu de la chaussée.

Autour de la fontaine de Bourbounoux un attroupement s'était formé. François se pencha vers un brave homme de boulanger qui écoutait, les bras croisés sur sa poitrine, un orateur juché sur un escabeau, en train de débiter des balivernes en montrant du doigt un vieil homme aux mains liées dans le dos, dont on ne distinguait que la perruque posée de travers.

— Contre qui en a-t-on ? demanda François.

— Contre un certain Douhet d'Auzers qui s'apprêtait à prendre Saint-Angel sous le feu de ses batteries. C'est un gibier qui ne vaut pas la chasse qu'on lui fait. Je le connais : ce n'est qu'un vieil original.

— Je le connais aussi, dit François Il est incapable d'une mauvaise pensée contre son prochain.

Le Démosthène, un contremaître de la fabrique de bas de M. Bernard, s'adressait à l'assistance en patois, avec des mouvements de bras propres à défoncer les portes d'une forteresse. Il accusait Douhet d'Auzers de menées destinées à rétablir l'ordre monarchique d'antan et d'attenter à la vie des « citoyens » — un mot qu'il employait à tout bout de champ, plus familier aux Parisiens qu'aux gens d'Ussel. François se demandait de quoi on pouvait accuser en réalité le vieil homme. D'Auzers était passionné de sciences physiques, d'électricité notamment : il arrivait à produire de beaux éclairs avec des machines compliquées. Un siècle auparavant, il aurait comparu devant un tribunal pour sorcellerie. On n'en était plus là.

— Que lui reproche-t-on ? demanda François.

Eberlué que l'on osât interrompre son discours, l'orateur répondit en français :

— D'être un complice du comte d'Artois, monsieur. C'est suffisant pour le conduire à la lanterne.

Le bonhomme raconta que d'Auzers avait été surpris en train de conduire en direction de Saint-Angel « une canardière chargée de matières inflammables avec lesquelles il aurait eu dessein de mettre ce bourg en feu ».

— Pendons-le ! lança un badaud.

— A la lanterne, l'aristocrate ! Mort au traître à la Nation ! La mort pour les ennemis du peuple ! reprirent d'autres voix.

Dressé sur ses étriers, François tenta de protester : il se portait garant de l'honnêteté du gentilhomme que tout le monde connaissait et respectait. Il força un peu sur la louange en le proclamant « homme de science et de progrès », ce qui déclencha un nouveau concert de vociférations et de rires.

— Il n'est pas coupable ! insista François. Laissez-le en paix.

— Mettriez-vous en doute, riposta l'orateur, les sentiments patriotiques de Me Lagrave, notaire à Saint-Angel, qui nous a fait prévenir de ces menées ?

— Laissez-le au moins s'expliquer ! dit François.

Le gentilhomme intervint mollement, d'un ton résigné :

— Merci, mon jeune ami, mais rien ne sert de protester. Il faudrait être le Christ en personne pour faire retrouver leur bon sens à ces excités et rendre la vue à ces aveugles.

— Il nous injurie ! cria un saute-ruisseau.

Le Démosthène populaire imposa le silence et permit au vieil homme de s'expliquer. Sans une trace d'acrimonie dans la voix, il expliqua qu'il amenait sa « canardière » dans une bruge voisine de sa demeure, afin de l'expérimenter en vue d'une invasion des forçats. Alerté, Me Lagrave avait vu dans cette manœuvre une volonté de complot.

— La cause est jugée ! décréta François. Ecartez-vous !

Il tira son pistolet de sa ceinture, poussa Almanzor vers le prisonnier, lui délia les mains et l'aida à monter derrière lui. Les badauds, dont aucun n'était armé, s'écartèrent. Seul demeura immobile un forgeron qui portait un tablier de cuir et dont le crâne rasé témoignait de son état.

— On ne passe pas ! dit-il. La justice, c'est nous.

— Ecarte-toi ou je te brûle la gueule ! cria François.

Le forgeron s'écarta en maugréant.

— Où le conduis-tu ? demanda l'orateur.

— Aux représentants de la justice. La vraie. Pas la vôtre.

Il tenait son arme d'une main, la bride de l'autre. Dans son dos, le vieil homme pleurait.

François se dit que, si l'un de ces sauvages s'était interposé, il aurait tiré.

— J'aurais tiré, dit François. L'injustice me révolte.

Louis-Amour approcha une feuille de papier de la chandelle, la promena devant la flamme.

— Regarde, dit-il, ce que Valentin m'a rapporté de Guéret. Du pur chiffon. Je n'ai jamais vu un papier de cette qualité. Une parfaite régularité dans la texture, une épaisseur égale partout, pas une tache, pas un grain... La perfection. Mes plantes y dormiront à l'aise, comme dans les draps d'un lit.

François réprima un mouvement d'humeur. Son frère jumeau l'avait écouté sans l'interrompre, mais il était ailleurs.

Les deux jumeaux n'avaient aucun point commun. François tenait de son père l'élégance des traits que durcissait à l'occasion une impression d'énergie ; Louis-Amour avait hérité de sa mère et des Fontloube la lourdeur diaphane des chairs, la démarche lente et compassée, les réflexes hésitants ; son visage n'était pas sans charme, mais ses gestes et ses attitudes lui donnaient une allure équivoque qu'il n'avait cure de dissimuler. On ne lui connaissait qu'une liaison, fort brève d'ailleurs, avec un jeune abbé frais émoulu du grand séminaire de Brive, venu se perdre dans ce désert. Louis-Amour avait compensé son affliction par une recrudescence pour cette autre passion : la botanique. Son atelier était son paradis sur terre.

— Dans quel monde vis-tu ? dit François.

Louis-Amour parut surpris.

— Dans un monde à ma mesure et à ma convenance. Je ne vois pas pourquoi j'en changerais.

— L'ennui, c'est qu'il te dissimule le vrai : celui où nous vivons et dont nous sommes tributaires. Une tempête se lève et nous voilà tous embarqués sur le même navire, voués aux mêmes risques. Et toi...

Appuyé des deux mains à la table de travail où il avait rangé les simples séchés récoltés quelques jours avant, Louis-Amour parut se recueillir.

— C'est vrai, dit-il. Il se passe des événements inquiétants. La fausse alerte de ce matin, celle de ce soir...

Il était en train d'herboriser lorsqu'il avait entendu des cris et des coups de feu venant de la forêt de la Chabanne. Des miliciens d'Ussel en campagne contre des déserteurs, sans doute. Ils avaient dû en surprendre un et le tuer. De plus, cette affaire d'Ussel, cette histoire de brigands que François venait de lui raconter...

— Quand les hommes vivent en paix et n'ont pas d'ennemis, dit Louis-Amour, il faut qu'ils s'en inventent, que leur violence trouve un exutoire. Cela fait des années que nous vivons en paix. Cette situation ne pouvait pas durer. Il fallait que les armes et les mains des hommes se rejoignent. Nous sommes d'étranges animaux. Nous avons besoin de la guerre pour affirmer notre suprématie sur les autres hommes, alors qu'il y a tant de moyens de se montrer supérieurs ou différents.

François sourit. Son jumeau ne manquait pas de bon sens et philosophait agréablement. La compagnie des plantes, la seule qu'il supportât sans ennui, l'avait confirmé dans son goût pour la solitude, le silence, la méditation. On l'avait souvent surpris en train de parler aux simples comme à un chat ou à un chien. Entre pétales et radicelles, il avait trouvé le chemin de la vie, qui va de pair avec le sentiment de la beauté et le goût du bonheur. Personne n'osait contrarier cette passion ou s'en moquer, car il tirait de la vente de ses tisanes, de ses onguents, du miel de ses ruches des ressources qui aidaient la famille à subsister. Ses connaissances lui avaient acquis une modeste renommée : il correspondait avec Mme de Genlis ; à chacun de ses courriers, trois ou quatre fois l'an, elle lui adressait des pages de considérations sur ses plantes favorites ; elle évoquait avec passion l'ouvrage qu'elle préparait sur la botanique dans l'histoire.

Les idoles de Louis-Amour étaient Aristote et Théophraste qui avaient découvert les particularités des plantes dioïques, mais il estimait beaucoup Linné dont les ouvrages épais lui servaient de presse pour des herbiers en voie de constitution.

François se sentait mal à l'aise dans cet antre de dimensions réduites, tapissé, murs et plafond, de bouquets aux fragrances variées, où Louis-Amour macérait à l'aise, comme au cœur d'un printemps fané. En revanche, il appréciait le vin de myrtille ou de framboise sauvage que fabriquait son frère, ou l'hydromel qu'il tirait du miel de ses ruches. Il se plaisait aussi à regarder son frère manier les brucelles avec une délicatesse de chirurgien, étudier à la loupe, en marmonnant des paroles indistinctes, le gynécée où s'élaborait la vie végétale et qui contenait les secrets du monde vivant. Il suivait le jeu des doigts épais, mais déliés, en train de trier la dernière collecte, éliminant d'un coup d'ongle précis les inflorescences inutiles. Il relisait pour la centième fois le texte de Rousseau, calligraphié par Marion, cloué au-dessus du fenestron qui éclairait l'établi : « *On dit qu'un Allemand a fait un livre sur un zeste de citron ; j'en aurais fait un sur chaque gramen des prés, sur chaque mousse des bois, sur chaque lichen qui tapisse les rochers. Enfin, je ne voulais pas laisser un poil d'herbe, pas un atome végétal qui ne fût amplement décrit...* »

Louis-Amour travaillait seul. A diverses reprises, il avait tenté d'intéresser Florent à sa passion, mais le baïlero vivait dans son monde à lui, qui n'était pas celui du « botaniste ». Tout ce que Louis-Amour avait pu obtenir, c'est qu'il collectât pour lui les plantes de la montagne et du plateau.

— Ta fameuse drosera géante, dit François, tu la cherches toujours ?

Il faisait allusion à une plante rarissime que son frère recherchait inlassablement depuis des années. Elle existait, il le savait ; un vieil herboriste de Faux-la-Montagne lui en avait parlé et, depuis, il en rêvait.

— Je finirai bien par la trouver, dit-il. Nous avons tous une drosera dans notre vie. La tienne, c'est les femmes. Mais je trouverai ma fleur rare avant que tu rencontres la femme idéale. Et ce n'est sûrement pas cette Manon.

François eut un sursaut de surprise. Comment son frère avait-il appris leurs rapports ?

— Elle est venue m'acheter un pot de miel sur le marché d'Ussel, dit Louis-Amour. Nous avons parlé. Elle est très libre dans ses propos et n'a pas le moindre sens moral. Ce qui me choque plus encore, c'est ce partage de ses faveurs entre notre père et toi. Il est vrai qu'on peut tout attendre d'une fille publique.

— Tu es sévère. Dis plutôt une femme entretenue.

— Je ne vois pas la différence.

Il ajouta en tournant devant la chandelle le petit ventre gris rosé d'un silène :

— A chacun sa passion, François. Les plantes ne me déçoivent jamais. Elles me rendent en émotion, au centuple, l'amour que je leur témoigne. Je te plains. Je plains mon père, et Diane aussi. Brival est revenu. Ils se sont querellés et battus. Diane avait une main en sang. Voilà où mène l'égarement des sens. J'ai idée que ces deux-là n'arriveront jamais à se rejoindre.

Louis-Amour raconta en détail l'affaire du matin, à laquelle il avait assisté de sa fenêtre, sans s'émouvoir, puis il ajouta en bâillant :

— C'est assez travaillé pour ce soir. Il est au moins dix heures de relevée et mes yeux se fatiguent vite à travailler à la chandelle. Demain, j'irai voir où en sont les myrtilles.

— Bonsoir, mon frère, dit François. Je te laisse en compagnie de tes belles-de-nuit.

— Elles valent les tiennes, mon frère..

En traversant la cour pour se rendre à l'écurie afin de donner ses soins à Almanzor, François observa, dans le fenestron de la bergerie où couchait Florent, une petite lumière qui brillait là, comme chaque soir. Le baïlero faisait signe à son père qu'il attendait son retour, de jour comme de nuit.

L'ombre était encore moite de chaleur lorsque François regagna sa chambre. Il s'arrêta au moment de pousser la porte, la main sur la crosse de son pistolet. Les chiens de Valentin s'étaient mis à aboyer dans leur niche, près du portail. François songea qu'il pouvait s'agir de quelque sauvagine, ou peut-être d'un loup. Les gens de Marsanges en avaient signalé un couple dans les « fradasses [1] » de la Bessade et un troupeau dans le Longeyroux.

Il redescendit, se tapit dans un coin d'ombre pour observer la nuit. Elle était calme en apparence. Les chiens reprirent leurs aboiements, et François parvint à distinguer une ombre qui bougeait derrière le portail. C'était un homme et il était seul. Il semblait attendre quelqu'un ou quelque chose. Ses deux mains s'agrippèrent aux grilles du portail comme s'il eût voulu les ouvrir d'une poussée. Il portait un fusil en bandoulière.

François sortit son pistolet et, à demi courbé, longea la murette surplombant la vallée et l'atelier de Louis-Amour. L'homme n'était qu'à quelques pas lorsqu'il bondit et ordonna à l'intrus de jeter son arme. Une voix narquoise lui parvint, qui disait en bon français :

— Ne t'affole pas, petit Marsanges, et fais taire tes chiens, qui

1. Lieux buissonneux.

vont donner l'alarme pour rien. Je ne suis ni un brigand ni un vagabond. Mon mousqueton ne me sert que pour les loups.

— Que veux-tu ?

— Depuis que tu m'as aperçu et que tu es venu vers moi, je ne t'ai pas quitté de l'œil. J'aurais pu te tirer comme un lapin, d'autant que j'ai l'habitude de la nuit et que j'ai la vue perçante. Je pourrais distinguer le négrillon des Tourdonnet, tout nu, par une nuit sans lune, à cinquante pas.

— Qui es-tu ?

— Mon nom ne te dirait rien et, que tu me connaisses ou non, ça t'avancerait à quoi ?

— Qu'est-ce que tu viens chercher ici ?

— Rien. Je passe une partie de mes nuits à arpenter la montagne. Pour le plaisir. C'est mon droit. J'aime la nuit, et pas seulement celle-ci, qui est molle et douce comme une femme endormie. J'aime aussi quand la pluie la réveille et qu'elle se met à chanter. Et aussi quand la neige tombe, la première surtout, celle qui ne tient pas, qui se contente de poudrer la forêt comme une perruque de marquis. Tu n'imagines pas ce qu'on peut se raconter, moi et la nuit. Ce n'est pas seulement une grande oreille : elle te dit des choses. Pour ça, je ressemble à ton frère, Louis-Amour, qui vient d'éteindre sa loupiote. Je le rencontre souvent en train de parler aux fleurs. Ce genre de folie me plaît. Pas à toi ?

— Où veux-tu en venir ? Tu es un beau parleur...

— A rien. A parler, justement. Si ça t'ennuie, je peux décamper. Si tu as peur, je te rassure : je n'ai jamais tiré sur un homme.

— Je n'ai pas peur. J'ai un bon pistolet...

— Oh si ! tu as peur ! Tu t'es dit : voilà les galériens du comte d'Artois qui rappliquent ! Et tu mouillais ta chemise. Il y a de la peur jusque dans ta voix.

François remit son pistolet dans sa ceinture et fit un pas vers l'inconnu. L'homme était de taille moyenne, sans rien de remarquable dans sa tenue. Son chapeau à large bord cachait la moitié de son visage et sa barbe l'autre moitié.

— Je te connais ? demanda François.

— C'est bien possible.

— Tu es du pays ?

— J'y vis pour le moment.

— Et tu vis de quoi ?

— Je braconne un peu sur tes terres et celles des Tourdonnet, comme tous les paysans. Au temps des grands travaux, je trouve à m'occuper. Tu me verras pour les moissons, à Marsanges, mais tu ne me reconnaîtras pas. J'ai peu de besoins. Ce que je gagne ici et là, c'est pour mon tabac, mon vin et mes cartouches.

— Ce n'est pas toi que la milice ou les gendarmes d'Ussel chassaient cet après-midi dans la forêt de la Chabanne ? Tu as l'allure d'un insoumis.

Un petit rire jaillit de l'ombre.

— Non, petit Marsanges. J'ai eu la chance de ne pas tirer un billet noir, sinon j'aurais pris la forêt comme celui dont tu parles et comme beaucoup d'autres. Le gars de cet après-midi, je le connais. C'est un bon bougre, mais pas fait pour porter l'uniforme et obéir aux ordres. Comme moi.

— Tu viens souvent rôder par ici ?

— Souvent. La nuit et le jour. Cette grande baraque décrépite me plaît. On n'y sent pas l'arrogance des Tourdonnet ou des Chabanne. Parfois, je m'installe sur un petit suquet de bruyères, là-bas, au-dessus du château, et je prends mon plaisir à regarder. J'aime bien tes sœurs, et ça m'amuse de les voir jouer au volant ou à la balle dans le couderc. Ton aînée, Diane, a des airs de princesse, mais celle que je préfère, c'est la petite Julie. Nous nous ressemblons. Je la rencontre parfois au bord des tourbières. Une fois j'ai essayé de lui faire la conversation, mais elle a eu peur et s'est enfuie.

— Julie n'est pas pour ton bec. Diane encore moins. Et si je te prends...

— Ne te fâche pas ! Je ne suis pas du genre à culbuter les filles dans les fougères. Je dis simplement que ta sœur Julie est une solitaire comme moi. Et quand deux solitaires se rencontrent, ça peut faire un beau duo d'amoureux. C'est tout.

L'homme recula de quelques pas, toucha d'une main le bord de son chapeau.

— Il est tard et j'ai trop parlé. C'est ma manie. Bonne nuit, petit Marsanges, et fais de beaux rêves.

François déposa sur la table le gros chandelier où, par économie, il faisait brûler seulement une chandelle. La lumière dégagea de l'ombre des murs verts d'humidité des poutres armoriées, une peinture due à un petit maître de la province représentant une scène mythologique incertaine.

Après avoir poussé les volets et respiré à longs traits l'air de la nuit, François se laissa tomber dans son fauteuil. Il sourit en constatant que son père avait fouillé ses tiroirs dans l'espoir d'y découvrir quelques bribes de tabac pour ses prises. Il s'en voulut de ne pas avoir pensé à lui en ramener un rouleau, et il lui en restait fort peu dans sa blague.

— De toute manière..., dit-il tout haut.

De toute manière, il n'avait pas assez d'argent et il aurait été mal venu d'en emprunter à Manon. Il tâta sa bourse : elle était vide. Vide également le petit coffret où il rangeait l'argent que son père ou son frère Hyacinthe lui donnaient avec parcimonie.

Cette année encore les fermages rentraient mal, en dépit des interventions pressantes de Valentin auprès des métayers. Le jour était proche où la famille devrait vendre des terres pour subsister, et François devrait songer à se marier. « *Je vous plains,* écrivait Hyacinthe. *Au train où vont les choses, la petite noblesse de province sera la première sacrifiée. Les vrais possesseurs seront vos métayers et vous n'en tirerez que des grimaces...* »

Il bourra sa pipe avec ce qui restait de tabac. Malgré l'heure avancée, il n'avait pas sommeil. Curieusement, sa discussion avec l'inconnu lui donnait envie de rêver à des choses heureuses. Il chercha sur lui quelque pouce de peau ou d'étoffe pour y respirer l'odeur de Manon. Le souvenir de leur étreinte du matin lui avait laissé, en même temps qu'une âcreté de colère, une grosse soif d'amour.

Manon... Tantôt il l'aimait, tantôt il la détestait ; il rêvait de la posséder totalement, puis de la détruire ; elle était alternativement sa joie et sa souffrance, sans que ces deux sentiments puissent lui donner en se complétant un sentiment d'équilibre. Leur liaison était fragile comme un château de cartes que la moindre bourrasque de colère pouvait faire s'écrouler à jamais. François ne franchissait jamais sa porte sans éprouver une joie intense et sans se préparer à la lutte.

Il ressentit un dégoût intense en songeant qu'après avoir fait l'amour avec lui elle ouvrirait son lit à d'autres. Cette nuit peut-être... Il essaya de l'imaginer en train de mimer les signes du plaisir comme elle savait si bien le faire, la futée, lorsqu'elle ne se trouvait pas dans des dispositions favorables. Par exemple, avec ce gros homme à moustaches, Bernard, fabricant de bas, ou l'avocat Etienne

Galand, ou encore l'un de ces bons bourgeois qu'il croisait parfois dans l'escalier en montant chez elle.

Il se tassa dans son fauteuil en tirant la première bouffée, songea : « Louis-Amour avait raison : c'est une fille publique, une vulgaire putain. Qu'ai-je à m'embarrasser d'elle ? Il y en a tant d'autres... »

Il s'ébroua, se dit qu'il fallait faire quelque chose, là, tout de suite. Lui écrire. Du maroquin brunâtre qui s'écaillait, il sortit une feuille à vergeures, aviva en trois coups de canif la plume d'oie et déboucha l'encrier d'argent. Le tabac diffusait dans sa tête une amère alacrité. Il fallait se venger, brûler la sorcière, lui faire payer ce goût de déchéance et de malheur qu'elle suscitait en lui.

Il se chatouilla le menton avec les barbules. Les mots se pressaient dans sa tête, y menaient une folle sarabande. Cette lettre, il aurait aimé la rédiger dans le style de Choderlos de Laclos, avec des mots d'une précision redoutable et des gouttes de venin ici et là, mais il ne lui venait que des banalités. Il se lança :

« *Ma chère Manon...* »

Pourquoi « chère » ? Elle n'était plus rien pour lui, une ombre qu'il rejetait dans son néant, chargée de tout son mépris. Il froissa la feuille, en prit une autre, commença :

« *Manon,*

« *Aujourd'hui, nous avons touché au terme de notre liaison. Sur le chemin du retour, je n'ai cessé de chercher les raisons d'une séparation. Elles sont multiples. Le plaisir que nous prenons ensemble ne justifie pas nos querelles incessantes. Il vaut mieux en finir tout de suite. Un Marsanges ne se commet pas avec une catin de ton espèce. Je m'en tiendrai à ma résolution et te laisserai à tes turpitudes...* »

Il se renversa dans son fauteuil, le feu au visage, tirant de sa pipe de voluptueuses bouffées. Satisfait, il se dit que M. de Laclos n'eût pas mieux écrit. Tout était facile désormais : la voie ouverte, il lui suffisait de suivre le chemin de la rancœur. Il sourit en imaginant Manon en train de lire cette missive, son beau visage baigné de larmes. Il poursuivit :

« *Cette famille à laquelle tu me reproches d'être trop attaché requerra désormais tous mes soins. L'abandonner pour toi serait une faute. Pis : une mauvaise action. Je comprends à présent l'étendue de mon erreur. Le désir que j'éprouvais en ta présence, je pouvais aussi bien le satisfaire avec d'autres filles qui ne m'auraient pas laissé ce goût d'amertume et m'auraient gardé une passion néfaste.*

« *Je songe de plus en plus à me marier. Mon âge et mon état m'imposent cette fin. Dieu merci, les beaux partis ne manquent point dans notre province où le nom des Marsanges est partout estimé. L'année ne se terminera pas sans que j'aie fait mon choix...* »

Un jus âcre lui brûla la langue. Il ressentit toute la perversion du mensonge. Il tenait à Manon beaucoup plus qu'il le lui avait jamais avoué. Quant à convoler, il n'y avait jamais pensé sérieusement. Il fallait conclure. Il chercha ses mots dans les dessins des poutres armoriées, se délectant à l'avance de cette flèche du Parthe qui allait transpercer le cœur de la belle. En même temps, il se sentait gagné par une émotion indicible, et les larmes lui vinrent aux yeux. Il chantonna pour la dissiper et reprit sa plume :

« *Dois-je t'avouer que je n'oublierai jamais nos instants de bonheur ? Il n'est pas dans la nature humaine de faire à volonté table rase de ses souvenirs, mais je vais faire en sorte d'oublier dans la sérénité du présent les égarements du passé...* »

La flèche du Parthe était bien émoussée, mais tout était clair. Il se sentit soudain rasséréné, comme si, au sortir de l'enfer, il pénétrait dans un Canaan de lumière et de beauté. Le visage de Virginie se dessina dans sa mémoire.

A vrai dire, François n'avait jamais ressenti une folle attirance pour Virginie de Lamase, fille des seigneurs de Roffignac, dont le domaine se situait dans les parages de Brive, à Allassac. Et voilà que, soudain, elle revêtait un charme singulier, dansait dans sa tête un ballet de séduction. Dix-huit ans, blonde à ravir, un peu lourde de taille, poitrine forte, mais d'une belle santé. On la jugeait un peu sotte, mais il se dit qu'elle n'était que timide. Ah, Virginie, Virginie, porte des délices !... Il demanderait sa main dès la fin des grands travaux de l'été, dans l'opulence de l'automne au cœur de ce bas pays limousin où palpitait une ineffable douceur de vivre. L'enfant qu'il lui donnerait naîtrait l'été suivant. Puis un autre, et d'autres encore. Il peuplerait le château de petits Marsanges. Il...

François songea de nouveau à la flèche du Parthe. Il ajouta un post-scriptum d'une écriture nerveuse :

« *Je t'interdis de revoir mon père. Tu as assez abusé de sa crédulité. Si tu refusais d'observer cette consigne, tu aurais à subir les foudres de ma colère.* »

Il ôta ses bottes et ses vêtements, souffla la bougie et s'allongea nu sur le lit frais. La vie était belle et ardente. Il songea un moment au solitaire de la nuit, à ce philosophe rustique qui avait trouvé la clé du bonheur. La sienne, il venait de la découvrir. Il s'endormit dans la grâce.

2.

POUSSIÈRE DE SEIGLE

En dépit d'un hiver terrible et d'une sécheresse de deux mois qui avait fait sortir de leur niche les saints faiseurs de pluie, les récoltes avaient été bonnes. Le seigle, qu'on appelait le « blé » dans la campagne limousine, emplissait les greniers aux endroits épargnés par les tourmentes de la fin de l'été. Quelques jours de fortes pluies étaient venus ensuite; elles avaient fait reverdir les pacages cendreux, verni de frais les forêts grisâtres et fait chanter les levades dans les prairies. Il était temps. Pour sauver leurs troupeaux, les paysans devaient les conduire dans des bruges perdues.

Passé la grande peur de juillet, campagnes et villes se reprenaient à vivre. Leurs fusils rangés au ratelier, leurs faux et leurs faucilles revenus à leur usage habituel, les hommes s'interrogeaient : qui avait bien pu susciter, jusque dans les provinces les plus retirées du royaume, ce mouvement de panique qui avait provoqué une mobilisation spontanée contre l'armée imaginaire du prince? On avait appris avec soulagement et stupeur que ces rumeurs étaient sans fondement; on soupçonnait une manœuvre, mais imaginée par qui, et dans quelle intention? Hyacinthe de Marsanges avait sa petite idée; dans l'un de ses courriers, il avait glissé deux noms : le comte de Mirabeau et M. Necker, ministre d'Etat. Il ajoutait que leur intention non avouée était évidente : montrer que l'on pouvait, en quelques jours, mobiliser la nation pour faire face à un retour des émigrés princiers à la tête des armées étrangères coalisées.

Paysans, ouvriers, bourgeois avaient regagné leurs demeures, mais la nation, ayant montré sa force et sa cohésion, refusait de se démobiliser tout à fait, et l'on avait créé des corps de gardes nationaux.

Dans les grandes villes et les bourgades on avait invité les jeunes, bourgeois à s'incorporer à cette légion. Ils durent payer leur uniforme de leurs deniers, mais ils avaient grande allure avec leur habit bleu à revers rouges, au collet orné de parements blancs, aux doublures blanches lisérées de rouge, la culotte et le gilet blancs, les souliers noués d'un cordon, le bicorne noir... Ils défilaient précédés de tambours et de clairons, derrière le drapeau béni par l'évêque. Ils avaient juré de « défendre la nation, la loi et le roi ». Les banquets se multipliaient. Les musiciens incorporés donnaient des concerts sur les places et les promenades. Officiers et sous-officiers se faisaient peindre par des artistes amateurs ; il ne leur manquait que des médailles pour ressembler aux héros de la guerre de Sept Ans ou de l'Indépendance d'Amérique. Les filles faisaient les yeux doux à ces nouveaux militaires, leur envoyaient des fleurs lorsqu'ils défilaient sous leurs fenêtres. Ils étaient grenadiers ou chasseurs. Parfois, on les mobilisait contre des émeutes de paysans qui menaçaient les châtelains, les bourgeois et les officiers de justice. Ils lâchaient en l'air quelques salves impressionnantes et tout rentrait dans l'ordre. Toujours ou presque.

A Paris, on avait nommé à la tête de ce corps de volontaires un personnage qui n'était pas le premier venu : le généralisime Marie Joseph Paul Yves Roch Gilbert Motier, marquis de La Fayette, héros des Amériques. A Versailles, on avait nommé commandant Charles Henri Jean-Baptiste, comte d'Estaing, amiral de France, lui aussi héros de la guerre d'Indépendance et tout auréolé encore de l'éclat des canons de marine devant Savannah.

L'été à Marsanges avait eu l'odeur de la poussière de seigle. Elle flottait en légers nuages sur les aires recouvertes de draps, où les hommes battaient au fléau, où les femmes vannaient le grain dans le souffle tiède du vent d'« en haut » qui donne cette étrange immuabilité au bleu du ciel. Toute la famille, à part le comte Ambroise en raison de son infirmité, Louis-Amour de son incompatibilité avec les travaux pénibles, de Julie qui courait la campagne, y avait participé, passant d'une métairie à une autre, prenant leurs repas à la table commune, couchant parfois à la paillade sous des ciels crépitant d'étoiles.

François cherchait l'homme de la nuit. Non qu'il attachât quelque importance à ce personnage mystérieux, mais par simple curiosité.

L'inconnu lui avait dit : « Tu me reverras au temps des moissons, mais tu ne me reconnaîtras pas. » François surveillait les hommes qui s'approchaient trop de Julie quand elle daignait se montrer, mais aucun ne correspondait exactement à l'image qu'il s'était faite de ce garçon.

On donna une petite fête chez Sauviat lorsque le procureur du Roi, Me Jacques Brival, vint sur son cheval blanc s'informer de la qualité et de l'importance des moissons. En son honneur, le métayer déboucha quelques bouteilles de vin de Saint-Chamant et mit un jambon sur la table.

Brival parvint à attirer Diane derrière une meule. Il lui dit :

— La moisson m'intéresse moins que toi. Tu m'as manqué. Les occupations, les tracas ne me font pas défaut, mais j'y trouve peu d'intérêt, sachant que je ne puis en parler avec toi. Pourquoi n'as-tu pas répondu à mes lettres ?

Il embrassa la paume où se marquait encore la cicatrice, essuya son visage auquel la chaleur donnait un éclat juvénile. Sa lèvre supérieure s'embuait d'une sueur légère qui donnait à Diane envie d'y mordre comme dans un fruit. Elle-même rayonnait de beauté sous le large chapeau de paille au bord effrangé qui imprégnait son visage d'une étrange luminosité.

— Je n'aime pas écrire, dit-elle. Tu le sais, Toi, tu as l'habitude de la plume... Que pourrais-je te raconter, d'ailleurs ? La vie à Marsanges est sans intérêt pour un procureur du Roi, et ce que peut raconter une « folle » en a moins encore. Tu ne m'aimes plus, Brival. Alors aie le courage de rompre. Ce courage, mon frère François l'a eu : il vient de répudier sa maîtresse pour épouser Virginie de Lamase. Maintenant, laisse-moi. On a besoin de mon aide.

— Si tu le souhaites vraiment, dit-il, je t'épouserai. J'y suis prêt.

— Tu dis cela parce qu'en ce moment tu as envie de moi. Si je te cédais, nous retomberions dans nos querelles une heure plus tard.

— Tentons une expérience : viens vivre quelque temps chez moi, à Tulle.

— Que je devienne ta concubine, chez toi ? Jamais ! D'ailleurs, ta mère ne m'accepterait pas sous son toit.

Il s'écarta d'elle brusquement.

— Tu as revu Sombreuil ?

Elle baissa les yeux. Blême, il se laissa aller contre la meule en continuant à se tamponner le visage avec son mouchoir. Elle le regardait en suçant une paille. Il était beau malgré ce léger embonpoint qui lui conférait d'ailleurs une certaine autorité. Il était tête nue, les cheveux tirés en arrière, avec des rouleaux sur les tempes et la petite queue nouée sur la nuque par un catogan de velours grenat. Sa bouche épaisse, rouge, bien modelée, laissait entrevoir des dents parfaites bien qu'un peu larges. Il transpirait abondamment et sa chemise portait des auréoles autour des aisselles.

Elle s'approcha de lui, se colla contre son corps, se hissa sur la pointe des pieds pour chercher ses lèvres.

— Sombreuil... Quelle jalousie stupide ! Presque un adolescent...

Elle lui ouvrit la chemise, respira la peau humide et brûlante qui sentait l'amour.

— Reste, dit-elle. Reste avec moi cette nuit, je t'en prie.

— Tu sais bien que je dois rentrer. On m'attend à Uzerche...

Elle écrasait les mots sur sa bouche, les buvait, les mains plaquées sur sa nuque.

— Rien n'est plus urgent que de faire l'amour. Nous aurons la nuit tout entière.

— C'est impossible !

Elle s'écarta brutalement.

— Alors va-t'en et ne reviens plus ! Je te déteste, Brival !

Il la rattrapa par le poignet alors qu'elle lui tournait le dos.

— Attends ! Je vais envoyer mon lieutenant prévenir le maire d'Uzerche que je ne serai pas de sa fête.

— Tu ne regretteras pas ta décision. Je te réserve moi aussi une petite fête de ma façon...

M. de Marsanges n'avait pas quitté son cabinet de toute la matinée qu'il avait occupée à écrire un chapitre de ses mémoires d'Amérique et à annoter un chapitre de *la Nouvelle Héloïse,* de Rousseau : celui qui relate la séparation entre Julie et Saint-Preux, pour cause de mésalliance. Il retrouvait chaque fois qu'il relisait ce passage la même émotion, et de nouvelles observations s'imposaient à lui.

« *Les plaisirs innocents de notre première jeunesse,* écrivait le philosophe, *la douceur d'une ancienne familiarité, la société plus resserrée encore depuis une année entre lui et moi par la difficulté qu'il avait de te voir; tout portait dans mon âme l'amertume de cette séparation.* »

Ce matin-là, le temps était plat, grisâtre, d'une mollesse qui annonçait l'automne. Le vent brassait des odeurs de seigle chaud.

Une rumeur lointaine montait, avec un léger flocon de poussière, derrière les hêtraies où se nichait le village. Au-dessus du mont Ventéjoux, l'œil mort du soleil pendait sur la joue d'un nuage gris.

Ambroise aimait cette vacuité de la maison. Après une nuit passée au château — avec Diane — le procureur du Roi était venu le remercier de son hospitalité et lui donner quelques nouvelles avant son départ pour Uzerche.

— Je suis inquiet, lui avait dit Brival. Les grands travaux achevés, je crains que nos paysans ne veuillent prendre leurs Bastilles. La province s'agite. Nous avons appris que des rassemblements se produisaient en divers points du haut et du bas pays. C'est mauvais signe.

Il avait recommandé instamment au comte de prendre cette menace au sérieux et de se procurer des armes. Il pouvait lui faire livrer à bon compte des mousquetons et des pistolets fabriqués par la manufacture royale de Tulle. Le comte avait soupiré :

— Je n'ai pas de quoi m'offrir un arsenal. Et d'ailleurs, que trouverait-on à piller chez moi ? Mes paysans me connaissent aussi bien que je les connais.

— Détrompez-vous ! Certains sont persuadés que vous cachez un trésor dans vos caves et que vos greniers sont pleins. Il suffit que la rumeur se propage pour que vous ayez des surprises. Leur ignorance les pousse à accréditer les pires légendes. La situation véritable du pays est aussi étrangère à nos paysans qu'à nous celle de la cour du Grand Mogol. Les états généraux qui siègent à Versailles ne sont pour eux qu'une assemblée de gens inutiles qui s'entendront pour que le peuple et les paysans soient les dindons de la farce. La seule vérité à laquelle ils accordent quelque crédit est celle de leur ventre. On pourrait en dire autant de la majorité des bourgeois et des ecclésiastiques qui ont élu nos représentants aux états. La France, dit-on, est devenue un champ d'expériences, mais la plupart des Français, illettrés qu'ils sont, ne comprennent rien à ce qui se passe. Une poignée d'hommes ébranlent le monde et le reste regarde cela comme un feu d'artifice.

Avant de prendre congé, il avait ajouté avec une pointe d'embarras :

— J'aurais aimé présenter mes civilités à votre fille Diane, mais je ne la vois point.

— Elle était debout avec le soleil, dit le comte. Vous pourrez la retrouver en train de battre le seigle chez Sauviat.

Il était une heure de relevée lorsqu'un bruit de galop tira M. de Marsanges de sa somnolence. Riette, la femme de Valentin, était allée ouvrir le portail à un joli cabriolet bâché de toile rouge, attelé d'un cheval gris fougueux, qui fit le tour du puits en dispersant la volaille. Le comte eut un coup au cœur : ce véhicule, il le connaissait bien ; il l'avait offert à sa jeune maîtresse, Manon, et avait dû, pour le payer, se défaire d'une parure de turquoise ayant appartenu à son épouse. Quelqu'un d'autre — il ignorait qui — avait offert le cheval.

Il se précipita dans son cabinet de toilette, changea de vêtements, poudra sa perruque, s'inonda d'eau de senteur, se rinça la bouche et veilla à ce que son sourire ne montrât pas trop sa dent gâtée.

— Vous ici ! s'écria-t-il en lui tendant les bras. Quel honneur de vous voir ! Savez-vous que vous arrivez à point nommé ? J'étais en train de m'émouvoir une fois de plus de la rupture entre Julie et Saint-Preux, et voilà que vous ramenez la joie dans mon cœur.

Elle le renifla, lui jeta au visage :

— Vous vous êtes encore inondé d'eau de violette. J'ai horreur de ce parfum, vous le savez.

— Je veillerai à m'en procurer un autre.

Il s'effaça pour la laisser entrer, ajouta :

— Accepterez-vous de partager mon frugal repas de célibataire ? Je vais demander à Riette de l'améliorer en votre honneur.

— N'en faites rien. Votre soupe paysanne et un morceau de fromage me conviendront parfaitement. Mais si vous avez un vin léger et agréable...

Il lui prit les mains, l'éloigna un peu de lui, l'admira : elle rayonnait de jeunesse et de charme dans son habit de voyage en tissu léger mais robuste ; un petit chapeau de couleur prune la coiffait.

— Vous m'apportez un air de paradis, dit-il. J'aurais aimé que Jean-Jacques vous vît. Il en aurait oublié Mme de Warrens et toutes les Héloïse qui ont suivi.

Comme elle fronçait un sourcil interrogateur, il ajouta :

— Je parle de Jean-Jacques Rousseau, vous l'avez compris.

Elle se dégagea d'un geste vif, avoua qu'elle avait faim et soif, et demanda si l'on allait bientôt passer à table. Pour ne pas faire d'embarras, on dînerait dans la cuisine. Elle le pria d'aller chercher la bouteille.

Volets clos, la cuisine était sombre et fraîche comme une crypte.

Ordre et propreté : c'était le domaine de Marion. Tout était à sa place. Les batteries de casseroles brillaient au mur comme autant de petits soleils de cuivre rouge. Un œil de braise veillait dans la cendre du réchaud, que Manon ranima d'un souffle, au canon de roseau, avant d'éparpiller au-dessus une poignée de charbon de bois et d'y poser le pot. Ambroise se plaisait à constater qu'elle était d'un naturel simple malgré les apparences d'affectation qu'elle réservait à ses relations urbaines.

Elle renvoya Riette qui la gênait sous prétexte de l'aider, mit le couvert, sortit du tiroir de la table monumentale une tourte dans laquelle elle tailla deux robustes chanteaux.

— Du vin de Puy-d'Arnac ! s'exclama Ambroise en surgissant de la cave, un pot d'étain à la main. C'est celui que je réserve aux bonnes occasions. Permettez que je me mette à mon aise, et faites-en autant, s'il vous plaît.

Il ôta sa jaquette rayée et ses vieux bas de bristol rapiécés. Manon ne garda que sa chemise et son jupon. En transparence, sous l'étoffe arachnéenne, la poitrine menue laissait à peine deviner les aréoles brunes des seins. Elle servit le vin, le goûta, leva les yeux au ciel.

— Une merveille ! Cela me change du mauvais vin de Limoges dont je fais mon ordinaire depuis quelque temps.

— Du vin de Limoges ? Les négociants d'Ussel n'ont-ils rien d'autre dans leurs chais ?

— Ils n'en manquent point, mais les temps sont difficiles et vous savez que les bons vins ont renchéri comme toute chose. Par souci d'économie, je ne puis m'offrir que des mixtures de gargotier.

— Seigneur ! Seriez-vous à ce point dans la gêne ?

— La gêne ? C'est peu dire. Mes pratiques s'évaporent comme rosée au soleil. Les hommes ne sont préoccupés que de politique, et ceux que j'accueille me font pitié à gratter le fond de leur bourse. J'en suis au point de songer à gagner honnêtement ma vie.

Il lui prit la main, l'embrassa.

— Vous songez donc à travailler, vous, Manon ? Que pourraient donc faire ces jolis doigts ?

Elle retira sa main.

— Des bas.

— Plaît-il ?

— Vous avez bien entendu. Je vais trouver à m'embaucher chez un ami fidèle, Bernard, qui dirige une manufacture de bas à Ussel.

Que voulez-vous ! Il faut en passer par là ou travailler dans une auberge, ou pire.

— Au diable ce manufacturier ! s'écria Ambroise. C'est un monstre ! Après les bontés que vous avez eues pour lui, comment peut-il tolérer de vous voir aux machines, en sarrau, comme une fille du peuple ? Si je m'appelais Bernard et que je sois riche à millions, je...

— Ne vous tourmentez pas ainsi, dit-elle en posant sa main sur la sienne. Vous n'êtes pas Bernard et vous ne pouvez rien pour moi. Avons-nous assez pleuré ensemble sur la triste condition de vos finances...

— Et la situation ne s'arrange pas, au contraire. Les métayers font la sourde oreille quand il s'agit de me régler mon dû et je n'ose les y contraindre par la voie légale, comme m'y incite maître Brival. Je vais être contraint de vendre un moulin et quelques terres pour payer mes dettes.

Manon haussa les épaules, se versa nerveusement un autre gobelet de vin. A peine avait-elle bu la dernière gorgée, elle porta ses mains à son visage.

— Mon cœur... Mon ange... Ma beauté..., gémit Ambroise. Ne pleurez pas, je vous en conjure. Cela me bouleverse. Il n'est pire situation à laquelle on ne puisse porter remède. En attendant, mangeons notre soupe.

Il remplit les assiettes. Manon mangeait du bout des lèvres en reniflant ses larmes. Elle versa une rasade de vin dans ce qui restait de bouillon au fond de son assiette.

— Ambroise, dit-elle en se mouchant et en s'essuyant les yeux, vous êtes ma providence. Sans vous, que deviendrais-je ? Si vous saviez quels remords m'affligent lorsque je songe à vos générosités si mal payées de retour. Je me dis souvent que, si je pouvais revenir en arrière, j'aurais dû accepter de vous épouser.

Il eut un sursaut. Le lui avait-il jamais proposé ?

— Voyons, Manon, vous pourriez être ma fille !

Elle rétorqua avec vivacité :

— Le bonheur serait-il une question d'âge ? Dans le tourbillon d'aventures dérisoires qui agitent ma vie, vous seul comptez pour moi. Vous êtes le père que je n'ai pas connu, mais aussi l'ami et l'amant, mon seul refuge. En douteriez-vous ?

— Seigneur ! En ai-je jamais douté ? Vous ne sauriez me conter des sornettes, n'est-ce pas, mon amie ?

— Cela m'arrive parfois avec d'autres. Avec vous, jamais.

— Bien... bien... dit Ambroise avec un mince sourire. Je vous crois.

Il alla prendre deux caillades dans la claie suspendue aux poutres, les choisit pas trop fermes, comme elle les aimait. Ils y mêlèrent du miel de bruyère venu des ruches que Louis-Amour avait installées dans le Longeyroux. Puis ils écoutèrent en silence, en achevant le cruchon de vin, les jeux des enfants dans la cour.

Elle s'allongea sur le lit défait, ôta les derniers vêtements qu'elle avait gardés pour dîner, pria Ambroise de fermer les volets. Le silence se mit à bruire délicieusement dans la chambre : un bourdon vrombissait autour d'une tasse à café vide posée sur le guéridon. Ambroise s'excusa du désordre : il n'attendait pas la visite de son amie.

— Peu importe, dit-elle. Si vous saviez combien il me tardait de me retrouver dans vos bras. J'y suis divinement bien...

Il songea que le vin de Puy-d'Arnac devait être pour quelque chose dans ce bien-être : elle avait bu à elle seule les trois quarts du cruchon. En ôtant ses vêtements avec des pudeurs d'adolescent, il se sentait devant elle vieux et laid comme Restif de La Bretonne devant la belle et jeune Sarah. Il aurait aimé qu'elle fût aveugle. Ils ne s'étaient pas revus depuis plus d'un mois et, comme toujours, il se sentait gauche. La dernière fois, Manon était restée deux heures ; elle était repartie avec dans sa bourse une petite émeraude en pendentif extraite du coffre au trésor qui commençait à sonner le creux. Il se reprochait ces générosités dès qu'elle avait disparu ; sur le moment, il lui eût donné beaucoup plus, car il ne savait rien lui refuser. Les jours passaient et il souhaitait son prompt retour. Il lui adressait des lettres d'un style élégant et sensible, pour lui reprocher son silence et ses absences prolongées ; elle ne répondait pas, et puis un jour, comme celui-ci, elle surgissait, toute froufroutante des apparences de la passion. Sa passion à lui n'avait rien d'affecté : Manon était le lien unique qui le rattachât aux élans de sa jeunesse, à ce désir qui l'animait encore et dont il guettait non sans angoisse la régression. Il se survivait en elle, retrouvait dans leurs étreintes des ivresses qu'il n'osait plus espérer. Elle le grisait de mensonges, mais ces mensonges lui étaient aussi précieux que sa vie.

— Laissez-moi vous regarder, mon cœur, dit-il. Vous n'avez jamais été aussi belle. On dirait une source au creux d'une forêt.

Elle se cambra sous ses mains, lui fit don d'un petit délire de mots tendres, l'attira vers elle. Ambroise se dit que ce corps qui palpitait contre le sien, c'était sa vie même. Les femmes qu'il avait aimées se retrouvaient en elle, dans ce réceptacle de souvenirs, confondant leurs images dans ce miroir de chair mouvante. Et soudain le temps paraissait se distendre, éclater, révélant une lumineuse image d'éternité. Il eût aimé mourir en elle.

Les mots qu'il attendait et redoutait à la fois lui firent bondir le cœur.

— Maintenant, Ambroise. Faites-moi l'amour, je vous en conjure.

Ils restèrent un long moment allongés l'un près de l'autre, la main dans la main, laissant les ondes de fièvre s'évaporer. Comme elle se tournait vers lui pour l'embrasser, elle constata qu'il pleurait. Elle ressentit une immense pitié envers cet homme qui, pour ne pas sombrer dans l'impuissance et la solitude, se raccrochait à l'épave dérisoire qu'elle lui proposait.

— Qu'avez-vous, mon ami ? dit-elle.

— Je crains de vous avoir déçue, dit-il. Tout s'est passé si vite. D'ici quelques années, je ne serai plus capable que de vous regarder. Mes ardeurs déclinent. La sagesse serait de renoncer à nous voir.

Elle se dressa vivement sur ses coudes, fit voler autour du visage d'Ambroise un écheveau de chevelure blonde.

— François vous aurait-il parlé ?

— Que voulez-vous dire ?

— Il m'a écrit pour m'interdire de vous revoir.

— François ? Par exemple... Nous étions convenus tacitement que vos faveurs ne seraient contestées ni par l'un ni par l'autre. De quel droit ose-t-il se prévaloir pour m'interdire vos visites ?

— Sa lettre était injurieuse. Il m'y traitait de catin et m'accusait de vouloir le séparer de sa famille, comme si j'en avais jamais eu l'intention. Il m'annonçait aussi son intention de se marier.

— C'est un vieux projet qui semble se confirmer, mais je crains que François ne soit pas fait pour le mariage. Il est trop indépendant de nature. L'avez-vous revu depuis cette fameuse lettre ?

Elle replia ses genoux sous son menton, les entoura de ses bras, laissa sa chevelure couler sur son visage.

— Nous ne nous sommes pas revus. Il ne reviendra pas. Depuis quelque temps, nos rapports étaient devenus difficiles. Il supporte de plus en plus mal la vie que je mène et moi je ne puis tolérer ses exigences et ses jalousies.

— Je regrette que les choses en soient là. Nous avions réalisé une combinaison harmonieuse, contraire aux lois de la morale, certes, mais à notre époque où les pires licences sont monnaie courante, cela ne peut choquer que les gens d'Eglise, et encore... L'imbécile ! Il a tout détruit par sa sottise.

Elle se détendit, déploya un voile de peau fraîche contre la sienne, lui couvrit la poitrine de baisers.

— Il n'a détruit que ce qui devait l'être, dit-elle. Il reste vous et moi, mon cœur. M'avez-vous assez répété que nos rapports sont d'une qualité rare : le mariage de l'intelligence et de la beauté, de l'expérience et de la jeunesse. Je vous aime, Ambroise. Je ne cesserai de vous le répéter et de vous le témoigner pour autant que vous tiendrez à moi.

Il savait déjà qu'elle ne repartirait pas les mains vides. S'il eût été Dieu, il lui eût donné le monde entier.

On avait dû renoncer à marier Angélique.

Le négociant en coton des Iles avancé par Brival s'était récuse après un entretien d'une heure avec le comte de Marsanges qu'il avait trouvé trop désargenté et de quelques instants avec la fille qu'il avait jugée trop sotte. M. de Marsanges, toute réflexion faite, se félicitait que ce projet eût tourné court : le prétendant était un personnage arrogant, prétentieux, grossier comme un rustaud d'écurie. Angélique avait essuyé une larme avant de reprendre son train-train de maritorne.

C'est alors que l'abbé Plazanet, curé de Marsanges, avait propose de confier Angélique aux sœurs de Nevers, à Uzerche, établies dans une bâtisse proche du domicile d'Héraclius de Marsanges, frère d'Ambroise.

Le départ fut l'occasion d'une scène déchirante, jamais Angélique n'ayant quitté le château plus d'une journée. Elle regardait la grande malle dénichée dans les combles, où l'on entassait son maigre trousseau, comme s'il devait l'accompagner jusqu'en Amérique. Elle fondait en larmes et toute la famille pleurait de la voir dans cet état. Il fallut un véritable conseil de famille pour la raisonner, lui faire admettre qu'elle ne trouverait jamais, hormis le Seigneur, un homme qui voulût d'elle et la rendît heureuse ; l'existence qu'elle mènerait chez les saintes filles d'Uzerche ne la changerait guère de celle qu'elle menait au château ; elle pourrait, par une vie édifiante, intercéder auprès du Ciel pour que la famille connût des jours de prospérité et de bonheur.

— Tu n'auras pas la plus mauvaise part, dit Diane en la prenant dans ses bras. Les sœurs de Nevers sont de bonnes filles. Elles te protégeront alors que nous, ici, nous resterons exposés aux misères du temps. Nous aurions souffert de te voir trimer chez un marchand qui t'aurait donné une ribambelle de mioches et aurait fait de toi son esclave. Servir Dieu est un sort digne d'envie.

— Beuh... fit Angélique en inondant de larmes l'épaule de sa sœur.

Le jour fixé pour le départ, elle disparut. Valentin la retrouva sur le bord de l'étang des Saulières au moment où elle allait se jeter à l'eau. Il dut se battre avec elle pour la ramener et la conduire à Uzerche.

Angélique reçut en dot une forêt et des bruges qui iraient enrichir le patrimoine de la congrégation.

C'est au cours du même automne, alors que la montagne commençait à flamber comme une torche dans un délire d'or et de cuivre roux, que l'on commença, chez les Marsanges, à parler du mariage de François avec Virginie.

Cela ne se fit pas, lors des rencontres entre les deux familles, sans discussions, si âpres parfois qu'à diverses reprises le prétendant fut sur le point d'annuler son projet.

Les Lamase comptaient parmi les seigneurs les plus huppés du Limousin. Leurs possessions, en immeubles et biens-fonds, constituaient le domaine le plus important du district. Ils répugnaient à échanger des vignobles et des champs situés en plein pays fromental contre des tourbières et des bruges. Par chance, les fils du marquis de Lamase s'étaient pris de sympathie pour François avec qui, souvent, depuis l'adolescence, ils partageaient jeux violents et parties de plaisir. Ils étaient dotés, comme les Marsanges, d'un grain de folie : Poulou, qu'on appelait aussi « Aquilon », poussait à l'extrême la passion des chevaux ; celui qu'on surnommait le « Chevalier du Diable », Bijou, ne rêvait que plaies et bosses, maltraitait les paysans, provoquait la maréchaussée et ne vivait jamais aussi intensément que lorsqu'il avait sur les bras quelque vilaine affaire.

Leur sœur supportait mal cette alternative d'espoirs et de déceptions. Sa virginité commençait à lui peser, mais elle tint bon face aux exigences de François qui fut contraint de mettre pavillon bas pour ne pas risquer de compromettre son projet.

Lorsque l'atmosphère entre les deux familles se détendait, elle écoutait distraitement les récits que son père entreprenait, pour la centième fois, de ses campagnes durant la guerre de Succession d'Autriche et des circonstances de ses six blessures. Il avait été traversé de part en part, au niveau de l'abdomen, par une baïonnette autrichienne et n'avait dû qu'à l'intervention de la Providence d'en être quitte pour une immobilisation prolongée.

Un soir, après qu'un accord eut semblé se dessiner entre les deux familles, les Marsanges assistèrent à une singulière démonstration. On fit l'ombre dans la grande salle de Roffignac, en ne laissant brûler qu'une chandelle. Le marquis retroussa sa chemise de manière à laisser apparaître son héroïque blessure. François puis les autres Marsanges qui se trouvaient là furent conviés à constater qu'on distinguait la lumière de la chandelle à travers le corps, fort maigre, il est vrai.

Ce jeu de société parut un bon signe pour une entente définitive. On décida effectivement que le mariage aurait lieu au printemps. François aurait toute liberté de rencontrer sa promise, après les fiançailles qui furent fixées en janvier, aussi souvent qu'il le souhaiterait, sans abuser de cette latitude, mais c'est avec « Aquilon » et le « Chevalier du Diable » qu'il passait le plus clair de son temps.

A l'issue des fiançailles, le marquis le prit à part pour lui dire :

— Mon enfant, je suis averti de votre liaison avec cette fille publique, une certaine Manon, qui partage ses faveurs entre vous et votre père. J'entends que vous rompiez. D'autre part, je vous saurai gré de ne pas abuser de la candeur de ma fille. Ai-je votre parole d'honneur ?

— Vous l'avez, dit François d'un ton maussade.

Il songea que son honneur allait être bien lourd à porter.

Le vent s'est roulé toute la nuit sur le plateau. Maintenant il dort au milieu de l'étang, à cet endroit où l'eau s'écaille et frise à chaque mouvement qu'il fait dans son sommeil.

« Un jour, songe Julie, je le verrai et je lui parlerai. » Lorsqu'elle le sent sur sa peau, elle tente de le saisir, mais il lui file entre les doigts. Tous les vents de la montagne et du plateau, elle les connaît par leur nom. Son préféré, c'est celui qu'on appelle « Jean d'Auvergne » ou encore le « vent blanc » : il souffle sec et froid, de l'est, précédant parfois les premières neiges. Elle aime bien aussi l'« ouréto », ce léger vent d'hiver, qui fait courir sur les espaces enneigés des buffades larges et profondes comme des haleines de vaches. Ou encore le « vent noir » — celui-là, dès qu'il gronde sur les hauteurs du Ventéjoux et roule en cascade jusqu'au Riou, on peut être sûr que les premières bordées de neige ne sont pas loin. Elle aime moins la « biujo », cette sorcière qui griffe et qui mord, et il lui suffit d'entendre prononcer son nom pour se sentir enveloppée d'une chape de glace.

Ils sont ses compagnons de solitude, au cours de ces hivers où la montagne n'appartient à personne, donc à elle, Julie. Même la « biujo » est parfois de bonne compagnie, lorsqu'elle se met en colère pour rire, qu'elle danse, la folle, au-dessus des bruges, faisant chanter les forêts de givre et soulevant les tourbillons de neige où elle s'enroule.

Les vents d'été, Julie feint de les ignorer. Ce sont des vents pour les autres ; ils appartiennent à toutes ces fourmis qui s'échinent dans les champs, à ces troupeaux de moutons qui nomadisent sur les champs froids des landes et des communaux. Des vents qui ne servent qu'à faire un peu de pluie ou de beau temps. Elle leur préfère les vents des loups.

— C'est beau, dit une voix derrière elle en patois.

Une voix d'homme, un peu rude. Elle se retourne. Il doit être là depuis un moment, car il est à demi couché sur le revers du talus, une herbe entre les dents. Elle devrait fuir ; elle reste immobile, car il n'a pas l'air d'un mauvais bougre. D'ailleurs, le moulin des Saulières n'est pas loin : il suffit qu'elle appelle, et le meunier rapplique avec son fusil et ses chiens.

Il poursuit :

— Toi qui aimes cet endroit, tu as remarqué le Riou ? Il entre dans l'étang, là-bas. Il se roule dans les eaux noires comme un cul de marmite et il ressort là, à cent pas de nous, pur comme la lumière, avec des reflets d'or.

Un silence. Il se met à rire, tête renversée, et dit, toujours en patois :

— Tu n'es pas bavarde, petite. Je te fais peur ?

Elle secoua la tête. Il ajoute :

— C'est moi qui devrais avoir peur. J'ai parlé à ton frère, François, une nuit, devant le château. Il m'a prévenu que, si je touchais un cheveu de ta tête, il me réglerait mon compte, et il n'avait pas l'air de plaisanter. Comme il ne m'a pas interdit de te parler, je te parle. Ça t'ennuie ?

Elle fait « non » de la tête, se retourne franchement, le regarde sans crainte. Elle a appris à se méfier des hommes qui courent la campagne avec un fusil et un chien, lui barrent le chemin, ont un méchant sourire, font des gestes bizarres et courent après elle sans parvenir à la rattraper. Celui-là, elle le connaît : c'est Gaspard, un enfant trouvé, comme Florent, mais qui a su, lui, échapper à la nuit et au silence et qui ne place pas une lumière chaque soir à sa fenêtre pour un rendez-vous de fantômes. L'année passée, lorsqu'elle a suivi Sauviat à Treignac chercher un chargement de châtaignes pour l'hiver, Gaspard était de l'expédition, et c'est lui qui a construit la hutte où ils ont passé la nuit ; elle a dormi entre lui et Sauviat ; il ne l'a pas touchée : il lui a simplement montré une étoile en prononçant un nom bizarre, puis s'est endormi comme une masse. Gaspard. Gaspard comment ? On l'ignore et lui aussi sans doute, mais il s'en moque. L'étonnant, c'est qu'il sait lire et écrire, comme Sauviat. Ça lui confère un certain prestige auprès des autres, qui le traitent de savant et lui font écrire leurs lettres.

Sauviat souhaiterait l'attacher à son service, mais Gaspard est de ceux qu'on n'attache pas. D'ailleurs, il n'aime guère ce métayer au profil en lame de couteau ébréchée. Il se loue et se reprend à sa fantaisie, fait payer cher ses services parce qu'il est intelligent, travailleur, et qu'il trouve toujours un patron pour lui taper dans la main lors de la louée. La plupart du temps, c'est Sauviat : il y met le prix, mais il n'est jamais déçu, car Gaspard fait le travail de deux journaliers. Docile avec ça, à condition de ne pas le prendre à rebrousse-poil ou de le traiter comme un esclave. On ne lui connaît pas de liaison, sauf avec la veuve d'un boulanger de Meymac qu'il va retrouver à la morte saison et pour laquelle il boulange. Le reste du temps, il couche avec la liberté.

— Je te reconnais, dit Julie. Tu es Gaspard et tu ne me fais pas peur.

— Mlle Julie de Marsanges a retrouvé la parole. C'est bien. Tu veux qu'on parle ?

Elle hausse les épaules comme qui s'en moque, mais elle en a très envie.

— Je t'observe depuis un moment, dit-il. Qu'est-ce que tu regardes ? Les canards sauvages ? Ils s'amusent comme des fous. Pour un peu, ils viendraient te manger dans la main. Si tu veux, je te montrerai comment les prendre vivants.

— Tu ne travailles pas aujourd'hui ?

— C'est dimanche. Je me repose.

Un doigt sur ses lèvres, il tire un lapin mort de sa gibecière, explique que c'est un « cadeau » de M. le marquis de Tourdonnet — son domaine commence tout juste là, derrière le gros sorbier à baies rouges. Celui-là, c'est un plaisir de lui voler du gibier. Il y a trois ans, il a battu à mort un vagabond pris en train de piéger. Depuis, Gaspard se fait un devoir de braconner sur ses terres et de tromper la vigilance de ses gardes. Histoire de venger le vagabond qu'il connaissait bien et qui était un brave homme.

— Tu restes encore longtemps dans le pays ? demande Julie.

— J'aiderai à battre le blé noir, en octobre, vers la Saint-Séraphin, puis j'irai boulanger à Meymac. Nous ne nous reverrons pas avant le printemps.

— Tu ne t'ennuies pas, tout un hiver à Meymac ?

— Et toi, tu ne t'ennuies pas à Marsanges ?

Il ajoute :

— Quand je m'ennuie, j'ai ma boulangère pour me tenir compagnie. C'est une honnête femme pleine de bons sentiments. Elle est un peu grasse, mais au lit on s'entend bien. Elle ne me fait jamais de scènes, sauf quand je repars, mais je n'y peux rien : il faut que je reparte, c'est plus fort que moi.

— On dit que tu lis des livres.

— Des livres, mais aussi des journaux, des almanachs, tout ce qui me tombe sous la main. Ça m'occupe l'esprit. Le curé me prête ses « Livres bleus », mais ils sont un peu naïfs pour moi. L'hiver dernier, j'ai lu *l'Iliade* et *l'Odyssée* d'un poète grec, Homère. Ça parle de la mer, du soleil, des collines d'oliviers, et moi quand je levais la tête, je voyais tomber la neige. J'ai relu ces livres trois fois sans me lasser, et je les relirai. J'en connais par cœur des pages entières. Tiens, écoute...

Il s'assied près de Julie, lève la tête comme pour suivre le vol d'un nuage, s'éclaircit la voix et se met à déclamer avec un brin d'emphase :

— « *Quand Ulysse arriva dans l'île lointaine, il s'éloigna de la mer violette et se dirigea vers la terre ferme. Il parvint à une grotte spacieuse où demeurait la nymphe aux belles boucles et la trouva à l'intérieur. Un grand feu brûlait dans l'âtre et, loin, dans toute l'île, se répandait l'odeur du cèdre facile à fendre et du thuya, qui se consumaient...* »

Il lui récita de nouveau ce passage, mais en patois, sans la moindre hésitation, ajoutant :

— Tu vois, c'est comme chez nous quand on fait brûler de la tourbe. Tu aimes son odeur ?

Si elle aimait ou non, quelle idée ? Il tenait des propos bizarres. Elle dit :

— C'est beau, mais ton Homère raconte des mensonges. La mer n'est pas violette : elle est bleue. C'est mon père qui me l'a dit.

— En Grèce, elle est violette. Ton père n'est jamais allé en Grèce. Homère, lui, le savait : c'était son pays.

Il lui parle de ce qu'il a appris de la Grèce à travers l'œuvre du poète. Elle le regarde et elle le voit comme elle ne l'a jamais vu. On ne peut pas dire qu'il soit beau ou laid, mais quand on a croisé son regard, on ne peut plus l'oublier et, surtout lorsqu'il parle, on en est ému, on oublie le nez busqué, posé au milieu du visage, dirait-on, pour arrêter le bord du chapeau, les taches de rousseur sur la peau trop brune, les oreilles en ailes de papillon et la barbe désordonnée.

— Tu aimerais qu'on se revoie ? dit-il.

Elle fait « oui » de la tête. Elle savait qu'il lui poserait cette question et quelle serait sa réponse. Alors, il lui parle des endroits qu'il aimerait lui faire mieux connaître : la vallée des Cent-Pierres, dans le Longeyroux, les « fonts bullidières » où l'on voit respirer la terre, les grandes tourbières de Pérols qui sentent si bon après la pluie, le temple en ruine, là-haut, sur les hauteurs des Cars, l'immensité des Agriers d'où l'on aperçoit les monts d'Auvergne couverts de neige, par temps clair...

— Je te suivrai, Gaspard, mais il faudra prendre garde à François. S'il nous voit ensemble, il te tuera et me tuera peut-être aussi.

— Je lui parlerai de nouveau et, comme l'autre nuit, il m'écoutera. Je lui ferai comprendre que, toi et moi, on est de la même race et que nous ne faisons pas de mal en restant ensemble.

Comme il se lève pour partir, elle lui demande s'il a vu le vent.

— Souvent, répond-il, surtout quand il est en habit de poussière ou de neige. Tu peux le voir aussi. C'est une question de patience et de bon vouloir.

3.

COMME L'ÉCUME SUR LA MER

Brival bourra nerveusement sa pipe, l'alluma à la chandelle.

La nuit tombait vite en cette saison. Par la fenêtre dont il n'avait pas encore refermé les volets intérieurs, il distingua, sur l'ancien pont-levis qui donnait accès au quartier de l'Enclos, une lumière de lanterne qui vacillait : la poste partait pour Limoges — il perçut le grondement des roues sur le tablier et les cris du cocher dispersant la populace. Des fumées de tourbe et de bois montaient pesamment dans l'air froid, stagnaient au-dessus de l'amas grisâtre des hôtels nobles et des taudis qui escaladaient en désordre la colline du Puy Saint-Clair coiffé de sa chapelle. Sur la Petite Place où se trouvait la demeure de Me Jacques Brival, des groupes discutaient avec animation. Une femme cria ; de grosses voix d'hommes bourdonnaient.

— Cette fois-ci, mon cher Lanot, dit Brival en se renversant dans son fauteuil, aucun doute : toute la ville est au courant. Je ressens la même impression que l'an dernier, lorsque des rumeurs annonçaient une invasion de galériens. Aujourd'hui, les brigands sont parmi nous et nous devons nous attendre au pire.

— Ce ne sont que des paysans, dit Me Antoine-Joseph Lanot, et il faut essayer de les comprendre. Ils ont faim, ils manquent de tout et ils croient qu'on les gruge. Depuis la nuit du 4 août, ils savent qu'ils existent, qu'ils ont des droits, qu'ils sont indispensables à la vie de la nation. Cette révélation leur est montée à la tête. Ils n'acceptent plus la misère comme une fatalité, alors que les parasites de la haute noblesse et du haut clergé baignent dans l'opulence. De même pour les ouvriers et les artisans : depuis qu'on leur a annoncé qu'ils ne sont pas des esclaves, qu'ils sont des citoyens à part entière, ils redressent la tête et parlent haut.

Il resta quelques instants silencieux, appuyé de l'épaule à la fenêtre.

— Je les comprends, ajouta-t-il, et je suis prêt à les défendre, car ils sont le peuple souverain. On a fait tomber les écailles de leurs yeux avant de changer le monde autour d'eux, et ce qu'ils découvrent les irrite. Tout s'est fait si vite...

— Devenir citoyen, dit posément Brival, n'implique pas que l'on fasse table rase du monde ancien : de l'ordre, de la justice, de l'autorité royale, et que l'on prenne les armes ! Cela commence par des rassemblements organisés par une poignée de trublions. Cela continue par l'incendie des bancs réservés à la noblesse dans les églises comme nous l'avons vu en divers endroits de la généralité. Et cela finira par des massacres. L'exemple nous vient de Paris, mais nous avons moins de têtes pensantes, ici, en Limousin. Si nous n'étouffons pas les foyers d'insurrection, nous irons droit à la guerre civile et à l'anarchie.

Il brandit un papier posé sur son bureau.

— Je suis requis pour aider à la répression des émeutes qui viennent d'éclater à Favars et je ne me déroberai pas à mon devoir, quoi qu'il m'en coûte.

L'ordre de réquisition le sommait de se trouver le lendemain, au petit jour, place de l'Aubarède, pour prendre le commandement d'une section de volontaires qui devait rejoindre, à Favars, un détachement de la garde nationale et de la maréchaussée.

— Je suis toujours procureur du Roi et, en tant que tel, je dois veiller au respect de l'ordre et de la discipline. Ce n'est pas de gaieté de cœur que je prendrai les armes contre ces braves gens qui se conduisent soudain comme des brigands, car je n'ai pas l'esprit militaire ni la pratique du commandement, mais je ferai mon devoir jusqu'au bout.

Lanot sourit, fit claquer ses mains.

— Bravo, mon ami ! Voici un exorde qui mériterait de figurer dans le registre où tu ranges les déclarations dont tu arroses si généreusement le district. M. le Procureur du Roi sacrifiera le peuple sur l'autel de l'ordre révolu ! Pauvre Jacques... Le roi n'est aujourd'hui rien d'autre que le capitaine d'un navire démâté dans la tempête, qui s'amuse à fabriquer des serrures tandis que d'autres donnent les ordres à sa place ! Je le dis tout net, au risque de te déplaire : le roi est un imbécile qui se laisse manœuvrer par une garce : l'« Autrichienne », la cour et les ministres !

Brival se dressa, le feu au visage.

— Je te somme de retirer ces propos ! Je ne tolère pas que l'on insulte Sa Majesté dans ma demeure !

— Calme-toi, dit Lanot. Je retire ce que j'ai dit, mais je persiste à croire que l'affaire de Favars ne mérite pas un bain de sang, et je te connais trop pour savoir que tu hésiteras avant de déclencher une salve sur ces malheureux.

La veille, le 24 janvier, des paysans de Favars et des paroisses voisines s'étaient portés en masse sur la berge de l'étang de Lachamp, propriété de la famille de Saint-Hilaire, dans le but de le vider et de le pêcher. Ils portaient des pelles, des pioches, des filets, mais aussi des fusils. Prévenue de cette manœuvre, la baronne de Saint-Hilaire, qui demeurait seule au château avec son frère et sa fille, une adolescente d'une quinzaine d'années, avait alerté la maréchaussée de Tulle, ville distante d'une dizaine de kilomètres. Les gendarmes avaient constaté avec stupéfaction que les paysans, conduits par des déserteurs, étaient plusieurs centaines. On entendait, dans une proche forêt de châtaigniers, des bruits de flûtes et de cabrettes, et l'on apercevait des groupes qui dansaient sous les premiers couverts de la futaie. M. de Marcillac, qui commandait le détachement, se demanda s'il devait se borner à consigner cet événement dans son rapport ou disperser le rassemblement. Il se décida pour l'action lorsqu'il s'aperçut que des paysans armés se déployaient face à lui tandis que d'autres commençaient à s'attaquer à la chaussée.

Après les sommations d'usage, le lieutenant avait fait s'avancer ses hommes, dans un silence oppressant, la musique s'étant arrêtée. A de nouvelles sommations répondirent des coups de feu, mais les insurgés s'étaient contentés de brûler des amorces sans dommage pour leurs adversaires.

En bon ordre, sans se démonter, les cavaliers avaient investi la chaussée, capturé quelques excités et laissé le gros de l'attroupement se disperser dans la forêt. Certains insurgés demeurés à la lisière avaient clamé des injures et des menaces, jeté des pierres, annoncé qu'une armée de paysans allait arriver. L'approche de la nuit avait ramené le calme.

— Connaît-on le nom des meneurs ? demanda Lanot.

— Pas encore, dit Brival. La prévôté interroge les prisonniers, mais il semble qu'ils ne veuillent pas parler. Il ne s'est rien passé aujourd'hui, mais je crains que, demain, l'affaire ne tourne mal. La pêcherie de l'étang n'est qu'un prétexte. C'est contre la famille de Saint-Hilaire qu'ils en ont. S'ils ne peuvent vider l'étang, ils s'en prendront au château, dans l'espoir que la baronne renoncera à ses rentes foncières.

Brival dressa l'oreille. Un roulement de tambour grondait dans le quartier du Trech, sur le bord de la Solane que l'on devinait, à travers le brouillard et la fumée, à des éclats de fer.

Le visage aigu de Lanot, encadré de cheveux plats et jaunâtres, noués sur la nuque, se crispa.

— Cette affaire de Favars, dit-il, a mis la ville en émoi. Le peuple risque d'être repris par ses vieux démons : sa haine contre les paysans. Demain, les fusils des volontaires partiront tout seuls face aux insurgés. Je te plains, Brival.

— Il se peut que tout s'arrange, que les paysans se dispersent en face de la troupe.

Lanot estimait que le lieutenant de Marcillac et ses gendarmes avaient eu tort de ramener des prisonniers. Les insurgés ne se disperseraient que si les leurs étaient libérés. C'était aussi l'avis du maire de Tulle, Melon du Pradeau. Il ouvrit la fenêtre, tendit l'oreille.

— Les tambours... Le tocsin... Comme lors de la grande peur de l'été dernier, sauf que, cette fois-ci, ce sont les paysans eux-mêmes qui menacent. Nous vivons une étrange aventure...

Lanot décrocha son manteau de la patère. Sa haute silhouette noire, cravatée de gris, évolua avec lenteur entre le bureau et la fenêtre. Il ne se décidait pas à partir, soucieux de connaître les véritables intentions de Brival, dont il connaissait la pusillanimité ; de plus, il aimait cette demeure que Brival avait héritée de son père, avocat lui-même et fortuné : elle était simple, meublée sans ostentation mais confortable, dotée d'une bibliothèque impressionnante dans laquelle il puisait volontiers. Brival occupait tout le premier étage, en célibataire ; sa mère occupait l'étage supérieur, avec une vieille gouvernante, Flavie.

— Je t'en conjure au nom de notre amitié, dit Lanot en s'appuyant des deux mains au bureau de Brival, lorsque tu seras à la tête de tes volontaires, ne joue pas les va-t'en-guerre. Que tu le veuilles ou non, la révolution est en marche. Ne cherche pas à t'y opposer trop brutalement. Une guerre civile serait la pire des catastrophes.

— Soit, dit Brival. Je m'en souviendrai, mais je ne commande pas aux événements.

Toute la ville voulait être de l'expédition.

Partout, on battait la générale, on appelait aux armes, on décrétait qu'il fallait donner une leçon aux culs-terreux qui affamaient le peuple, à ces sauvages qui, sans rien entendre aux affaires de la nation, prétendaient imposer leur loi. Bourgeois, artisans, ouvriers se portaient déjà en ordre dispersé en direction de Favars dans le petit jour. La maréchaussée, ayant le lieutenant de Marcillac à sa tête, la garde nationale, conduite par M. Leyx de Nussane, la milice des volontaires derrière Me Jacques Brival prirent de conserve, en fanfare, sous la pluie glacée, la même direction.

A pied et à cheval, la troupe régulière devança la foule des excités sur les hauteurs de Poissac où elle se scinda en deux : l'infanterie prit la route de traverse tandis que la cavalerie s'engageait au trot sur la route de Brive.

Les rebelles avaient pris position dans une forêt située avant Favars. En face d'elle, M. de Marcillac déploya ses forces, appuyées par les gardes nationaux. Les insurgés se postèrent en face d'eux et se mirent en position de tir. Les minutes passaient, lourdes comme du plomb, dans un grand silence. Droit sur son cheval, sabre au clair, M. de Marcillac lança les premières sommations. Il venait d'apercevoir le mouvement de la cavalerie sur les arrières des rebelles.

Pris comme dans un étau, les paysans se concertaient. Ils étaient plus de mille. Dotés de quelques fusils et d'armes dérisoires, commandés par des déserteurs incompétents, ils semblaient pourtant résolus à ne pas s'en laisser compter.

M. de Marcillac songea que le moment était venu d'agir, en ne faisant feu qu'en cas de nécessité absolue, comme on lui en avait donné la consigne. Il se détacha de sa troupe, s'avança à cheval jusqu'au milieu de la prairie qui séparait les adversaires, de manière à se trouver assez proche des insurgés pour bien se faire entendre. Il rengaina ostensiblement son sabre, mit sa main en porte-voix et lança en patois :

— Rendez les armes ! Vous n'avez aucune chance. Il ne vous sera fait aucun mal et vous pourrez rentrer dans vos foyers sans être inquiétés.

Un homme qui portait sous sa limousine grise une veste militaire de drap bleu, des braies nouées autour des chevilles, s'avança pieds nus, le visage à demi dissimulé sous un large chapeau de feutre noir. Il écarta sa limousine pour montrer qu'il était désarmé et lança :

— Nous mettrons bas les armes si vous libérez les prisonniers.

— Ils sont entre les mains de la justice, dit M. de Marcillac. Est-ce votre dernier mot ?

— Vous l'aurez voulu, Marcillac ! lança le déserteur.

A peine avait-il rejoint les rangs des paysans qu'une salve éclatait en direction des forces de l'ordre. Blessé au bras et au visage, M. de Marcillac vacilla sur sa selle, parvint à rejoindre ses gendarmes en criant :

— Ouvrez le feu !

« Cette fois, songea Brival, il va falloir se battre. »

Il poussa son cheval vers la forêt où les insurgés étaient en train de se disperser, tirant au hasard, brandissant des fourches, des faux et des piques. Il tenait son fusil à l'épaule et parvenait mal à diriger sa monture affolée par le tumulte et les mouvements désordonnés. Il criait à tout vent qu'il ne fallait tirer que par nécessité, que ces hommes étaient des frères.

— Que dis-tu, citoyen ? répliqua un chaudronnier armé d'un pistolet. Des frères qui nous tirent comme des lapins ! Regarde ce que j'en fais, de tes « frères » !

Il visa un grand diable qui le menaçait de sa fourche et lui fit éclater le visage.

— Arrêtez ! criait Brival. C'est un massacre !

Dans toute la profondeur de la forêt humide et glacée, les paysans embusqués continuaient à faire le coup de feu au milieu des hennissements de chevaux apeurés ou blessés, des appels et des hurlements de douleur. Vers une heure de relevée, il se mit à tomber une averse glaciale qui ajouta à la confusion.

On avait transporté M. de Marcillac sur les arrières avec quelques autres blessés, des morts et des prisonniers.

Un sergent de la garde nationale passa en rafale. Brival eut le temps de l'entendre crier qu'un autre rassemblement avait lieu près du château. Il fit tourner bride à son cheval blessé à l'oreille droite, et rameuta quelques hommes de sa milice.

Parvenu à proximité du château, il s'arrêta, stupéfait. Au milieu d'un cercle de gardes et de miliciens, deux hommes se battaient à coups de sabre. Brival reconnut M. Leyx de Nussane en train de tenir en respect un colosse qui lui donnait du fil à retordre : un paysan puissant et lourd qui semblait fendre des bûches avec son sabre de dragon.

— Qui est-ce ? s'enquit Brival.

— On n'en sait fichtre rien, dit un sergent de la garde. Le bonhomme prétendait interdire l'entrée du château à M. de Nussane en le traitant de jean-foutre. M. de Nussane a dégainé.

— Qu'on arrête ce duel stupide ! cria Brival.

— M. de Nussane a interdit qu'on intervienne, dit le sergent, quoi qu'il arrive. Il veut donner une leçon à ce cul-terreux. C'est d'ailleurs un beau spectacle qui nous change de la chasse aux manants. On en a capturé une soixantaine. Le reste court la campagne. Il y a beaucoup de morts et de blessés.

— Sacrebleu, le joli coup ! s'écria Brival.

M. de Nussane avait profité de ce que le paysan, emporté par son élan, trébuchait, pour lui planter son sabre dans le côté à la suite d'une demi-volte pleine d'élégance. Sans le moindre signe d'affolement, le blessé remonta sa large ceinture de cuir pour boucher sa plaie et reprit sa posture de bûcheron.

Brival observa que, d'une fenêtre du château, la baronne de Saint-Hilaire faisait des signes désespérés et criait sans qu'on pût entendre ce qu'elle disait. Il s'approcha d'elle, lui demanda ce qui la préoccupait. Elle répondit :

— Dites à ces imbéciles de cesser de s'entrelarder ! Cet homme est mon régisseur, Marbeau. Je l'avais chargé de garder l'entrée du château, pas de déclarer la guerre à la garde nationale. Il faut l'excuser : c'est un homme simple, qui ne connaît que la langue du pays. Intervenez, je vous prie, avant qu'il ne soit trop tard.

Brival se précipita vers le lieu du duel. Blessé au bras, le commandant de la garde avait dû rendre les armes. Sans le secours des badauds, le rustre l'aurait achevé.

— Tenez-le en respect, dit Brival, mais ne lui faites aucun mal. C'est un pauvre innocent et il a son compte lui aussi.

On transporta les blessés sous l'arbre qui occupait le milieu de la place et l'on s'apprêtait à leur donner des soins lorsque Mme de Saint-

Hilaire arriva avec son frère et sa fille. C'était une grande et jolie femme, du genre de celles qui n'hésitent pas à retrousser leurs manches pour étancher le sang. Elle examina les blessures des deux duellistes et ordonna aux gardes de conduire les blessés au château. Brival les suivit, portant les lattes roses de sang.

La grande salle du premier étage était un véritable arsenal. Brival se dit qu'il n'y manquait que des canons.

— Vous avez là de quoi tenir un siège, dit-il.

— Et nous l'aurions sûrement tenu, dit la baronne. Ces paysans, je les connais tous ou presque, et ils ne me font pas peur. Ils sont plus sots ou ignares que méchants, mais il suffit de quelques meneurs qui sachent manier les mots et les phrases pour en faire des loups. Ceux-là, si vous les prenez, il faudra les pendre !

— La justice sera sans indulgence, assura Brival.

La baronne raconta que la veille, après l'affaire de l'étang, une troupe d'insurgés s'était présentée à sa porte, menaçant de faire brûler les amorces si l'on n'ouvrait pas. Elle avait consenti à recevoir une délégation.

— Sous la menace, dit-elle, ils m'ont forcée à écrire à la municipalité de Tulle pour demander que les rebelles capturés soient libérés sur-le-champ. L'un d'eux m'a menacée de brûler le château si je refusais. Il m'a tendu la plume et m'a mis son pistolet sur la tempe. Que vouliez-vous que je fasse ? J'ai écrit et signé. Ils étaient fous de joie et m'ont honorée du titre de « citoyenne » !

Elle ajouta :

— Passe encore de me menacer, mais me traiter de « citoyenne » ! Ces gueux ne respectent rien.

Cet hiver-là, durant le mois de décembre, il était tombé une neige violente et drue, comme si l'Auvergne proche déversait sur le plateau le contenu de ses ciels épais.

Elle tombait sans répit plusieurs jours durant, se figeait sous un ciel de verre bleu puis se reprenait à danser sur les espaces solitaires. Les forêts loubatières libéraient des troupeaux de fauves qui venaient hurler leur faim aux portes des bergeries et des chaumières, se battaient et se dévoraient entre eux. Les hommes ne sortaient jamais sans leur fusil. Un chien de Valentin Lafaye, qui était allé vadrouiller sur la piste d'un lièvre, s'était fait dévorer vivant ; on ne retrouva que des traces de sang et une patte.

Un matin d'avant Noël, on s'inquiéta de l'absence de Louis-Amour au déjeuner. On le découvrit enfoui sous ses couvertures, inconscient et à demi mort de froid, car il avait omis de recharger son poêle pour la nuit. Il fallut des heures pour le ranimer. A peine avait-il avalé une soupe brûlante et un robuste chabrol qu'il voulut retourner dans son atelier. Diane lui barra la porte.

— Tu te passeras de tes plantes pour aujourd'hui. S'il le faut, nous t'attacherons.

Les veillées se déroulaient dans la bergerie, au milieu des bêtes, pour profiter de leur chaleur. Valentin avait toujours quelque histoire de loup à raconter, qui faisait froid dans le dos. Il parlait d'une voix lente, avec de gros silences au cours desquels il se refaisait des souvenirs ou des imaginations, sans que ses mains longues et sèches cessent de tricoter la paille de seigle et la ronce des paniers destinés aux foires de printemps.

— Raconte la louve de Turenne, demandait Marion.

Il ne se faisait pas prier. C'était une histoire terrible. Un voyageur attaqué par une louve géante s'était battu avec elle des heures durant et avait fini par l'étrangler. L'étrange de l'affaire est qu'elle portait au cou une collerette comme dans l'ancien temps. Il y ajoutait volontiers celle de la bête de Vigeois qui mourut après avoir blessé ou tué neuf personnes. Sur la bête du Gévaudan, il était intarissable. Valentin ne faisait que relater ce qu'on racontait dans les gazettes, mais il en rajoutait et semblait se délecter de ses propres inventions.

Ces histoires faisaient renaître, dans la nuit lourde de neige et de silence, les antiques terreurs des hommes du plateau. Quand il entamait un récit, on se disait qu'on n'avait rien à redouter, que le cocon de chaleur animale, la grosse matrice de la bergerie, protégeait contre la peur et le danger et, pourtant, on se sentait des frissons dans les reins et des images folles dans la tête. Ce diable d'homme avait le don de susciter, par une phrase, par un simple mot lâché d'un air indifférent, sans regarder personne, rien que ses mains qui tressaient la paille et la ronce, un théâtre fantastique où renaissaient les conflits ancestraux entre l'homme et la bête.

Lorsqu'il sentait monter la tension, Valentin désamorçait son jeu fantasmagorique, y introduisait une aimable plaisanterie, parlait, par exemple, de la « pierre loubatière » de Treignac, sur laquelle tous les loups de la région viennent péter à des dates immuables comme des conclaves. Et la nuit, soudain, se déchargeait de ses terreurs ; les gens et les bêtes cessaient d'être des proies convoitées par les mystères de la nuit. Sous le plafond bas, tendu de courtines arachnéennes, la flamme de la chandelle redevenait amicale.

— Mes ruchers..., soupira Louis-Amour.

— Ne te tracasse pas, dit Diane. Valentin est allé leur dire bonjour, à tes abeilles. Il a toqué contre le bournat et ça s'est mis à bourdonner. Si tu sortais aujourd'hui, c'est toi qui mourrais. On te portera tes livres et tes paperasses, si tu veux.

Les abeilles de Louis-Amour avaient bien travaillé, l'été passé. Il avait installé ses ruchers dans les immenses champs de bruyère du Longeyroux et elles avaient donné en quantité un miel dont Louis-Amour avait tiré un bon prix à la foire de Tarnac.

Lorsque les grands froids s'abattaient sur le plateau, la famille se regroupait dans la grande salle du rez-de-chaussée. Chauffée par une vaste cheminée, elle proposait un refuge agréable dont chacun s'accommodait, malgré la promiscuité. Des paillasses étaient alignées contre le mur du fond, séparées par des paravents. Celle de François demeurait vide la plupart du temps ; il avait décidé de passer une partie de l'hiver chez le marquis de Roffignac, auprès de ses amis, Bijou et Poulou, et de sa fiancée ; il ne passait par Marsanges qu'au retour d'Ussel où ses rapports avec Manon avaient repris comme si de rien n'était.

— Vous vivez à Marsanges comme les sauvages des Amériques, dit-il un jour à son père. Pourquoi ne pas imiter les Tourdonnet, les Mirambel ou les Chabanne qui vont passer l'hiver en ville ? Un jour, on vous retrouvera tous morts de froid. De plus, vous puez : ces vêtements que vous ne quittez pas de tout l'hiver...

Ambroise s'obstinait. Il n'avait jamais quitté son repaire et il y resterait jusqu'à sa mort. Tant mieux si on le retrouvait raide de froid : ce serait une belle fin.

— Et vos filles ? Y pensez-vous ? Ce n'est pas une condition pour elles ! Comment voulez-vous qu'elles trouvent un mari si vous les cachez ainsi ?

— Demandez-le-leur vous-même, mon fils. Cette condition leur agrée. Regardez-les ! Ecoutez-les ! Elles s'amusent comme des folles. Diane fait des réussites, Marion cuisine, Julie va chasser avec Valentin et Florent. La seule de mes filles qui se fût peut-être ennuyée, c'est Angélique, mais elle est partie à regret, vous le savez bien.

Chaque hiver, aux mêmes remarques de François, le comte faisait les mêmes réponses.

— Au moins, dit-il avant de repartir, assisterez-vous, passé les fêtes, à mes fiançailles. Allassac n'est pas loin : moins d'une journée de cheval.

— Sans doute... sans doute... dit rêveusement le comte en se demandant quel costume il pourrait bien mettre. Si le temps le permet...

Certains jours, Ambroise de Marsanges s'ennuyait à mourir. Il s'arrêtait en pleine partie de whist ou de reversi, et les cartes lui tombaient des mains. Diane savait qu'il était inutile de le relancer : il était ailleurs et elle se doutait bien auprès de qui. Un jour où elle surprit une larme dans l'œil de son père, elle posa sa main sur la sienne et lui dit :

— Cette fille vous manque vraiment ? Alors, allez la rejoindre dès que les chemins seront praticables.

Il avait riposté avec humeur .

— Une fille ? Quelle fille ? Si c'est de cette catin d'Ussel dont vous parlez, sachez qu'elle n'existe plus pour moi. Ne me parlez plus d'elle, je vous prie. Est-ce que je vous parle de Brival, moi ?

Diane se l'était tenu pour dit. Son père ne lui parlait jamais du procureur du Roi ; on ne l'avait pas revu au château depuis l'automne — il avait fait une brève apparition, aux alentours de la Toussaint, entre deux « affaires importantes ».

— Dois-je comprendre, avait riposté Diane, que je ne fais pas partie des « affaires importantes » ?

Il s'en était défendu. Il l'aimait plus qu'elle ne pouvait l'imaginer ; elle occupait constamment sa pensée ; s'il ne lui rendait pas visite plus souvent, c'est que l'agitation qui régnait dans la sénéchaussée depuis l'affaire de Favars le tenait constamment en haleine. Il lui avait écrit des lettres brèves mais un peu folles, où il laissait libre cours à sa passion, en belles phrases creuses et sonores comme le vent. Il joignait parfois à ces courriers des feuilles volantes imprimées : ses discours aux représentants des états généraux, ses prises de position, en toutes circonstances — avec lui, l'imprimerie Chirac ne chômait pas...

Parfois, seule ou en compagnie de Marion, Diane faisait tourner le guéridon pour interroger les esprits. L'avenir sentimental de Diane ? Beaucoup d'ombre et peu de lumière... Les cartes ne disaient pas autre chose.

Quelques jours avant Noël, alors que le temps s'était radouci, Ambroise de Marsanges prit une résolution qui surprit la maisonnée : il irait à Ussel faire emplette de tabac et de cadeaux. Ni Diane ni Marion ne furent dupes : le but réel du voyage était cette Manon, dont il supportait de plus en plus mal l'absence.

— Au moins, dit Diane, ne partez pas seul. Faites-vous accompagner de Valentin.

— Sa place est ici. C'est le seul homme sur lequel on puisse compter en cas de difficultés.

Il finit par accepter la compagnie de Florent et une paire de pistolets d'arçon, dits « coup de poing », pour le cas où il ferait de mauvaises rencontres.

Partis en cabriolet, ils arrivèrent sans encombre à Ussel. Ambroise retint une chambre à un lit dans la modeste auberge des « Trois Pigeons » où il descendait d'ordinaire. Il versa deux livres d'avance et se fit servir, ainsi qu'à son compagnon, une soupe grasse et du jambon. Le pain était fait d'un peu de farine de seigle et de beaucoup de son, de paille et de détritus divers. La patronne expliqua qu'on manquait de farine et qu'ils avaient bien de la chance qu'on pût leur servir un repas. « Le peuple, dit-elle, est victime à la fois des paysans et des aristocrates : ils cachent les subsistances dans leurs greniers, et les prix montent... »

Il était trop tard pour frapper à la porte de Manon, et c'eût été d'ailleurs de la pire inconvenance. Sa montre indiquait six heures et il faisait nuit déjà. Les allumeurs de réverbères déambulaient avec leurs échelles. Il croisa un ramoneur savoyard traînant son barda, sa marmotte et sa fatigue à travers les dernières plaques de neige qui maculaient la chaussée. Autour de l'église, les bouchers avaient fermé leurs grilles, mais des lumières palpitaient à l'intérieur de leurs échoppes qui étaient, disait-on, des lieux de débauche. Il traînait autour d'elles des puanteurs de vieilles tripailles et de cimetière.

Malgré la douleur qui s'était réveillée dans sa jambe et accusait sa claudication, M. de Marsanges, en s'aidant de sa canne, poussa jusqu'au domicile de Manon, où il parvint par des ruelles sordides. Dans la louche clarté des réverbères, une vieille femme se dégagea de l'encoignure d'une porte, lui accrocha le bras et lui réclama l'aumône. Il la repoussa. Plus loin, une fille lui chanta une invite prometteuse qu'il refusa. L'approche de la demeure de Manon lui causait un trouble singulier, comme s'il retrouvait un regain de jeunesse.

Il s'arrêta sous un porche pour reprendre souffle et laisser reposer sa jambe. Le vent de la nuit commençait à charrier des masses d'air glacé et la neige menaçait de nouveau, malgré le beau crépuscule lilas qui s'épanouissait entre deux masures.

La demeure de Manon présentait une façade massive, grisâtre, sans la moindre fioriture. Les moellons disjoints crachaient un mortier pourri. Le tisserand qui occupait le rez-de-chaussée avec sa famille travaillait encore à la lumière d'un quinquet à huile ; on entendait le tic-tac de la navette et sa voix qui chantait une chanson patoise parlant de l'eau de rose qui est fatale aux filles ; il était très gai, chantait sans arrêt pendant son travail et passait son temps libre à jouer avec ses enfants. L'appartement de Manon était au deuxième étage, sous les combles, le premier étant occupé par un couple de bourgeois, les Goudouneix, qui tenaient commerce d'armurerie.

M. de Marsanges, les yeux fixés sur les lumières tremblotantes du deuxième étage, sentait une chaleur étrange le pénétrer. Il ferma les yeux, imagina qu'il frappait à l'huis, entendait l'aboiement de Ruzy et la voix de Manon lui intimant l'ordre de se taire. Elle apparaissait dans un déshabillé chaud et confortable, le visage nimbé par la lumière des chandelles. Elle l'invitait à entrer, lui prenait la main pour lui faire oublier sa timidité. Un repas était prêt sur la petite table. Il reconnaissait les chandeliers d'argent qu'il lui avait offerts, et la vieille gravure anglaise au-dessus de la commode...

Il frissonna dans sa pelisse de chèvre et se glissa dans le courant glacé qui descendait la rue, en se disant qu'il reviendrait demain, mais en se faisant annoncer par un billet que porterait Florent.

La chambre était mal chauffée par un feu de tourbe qui brûlait dans une cavité aménagée dans le mur en guise de cheminée. Il avait regardé Florent approcher la chandelle de la fenêtre, comme il le faisait chaque soir à Marsanges, pour faire un signe d'intelligence aux êtres de la nuit et du vent. L'année passée, il avait interrogé Florent sur les raisons de cette étrange manie, et l'enfant lui avait répondu que son père lui avait fait promettre, avant de disparaître, de lui faire un signe tous les soirs : une lumière de préférence à une prière. Florent n'y avait jamais manqué, sachant que c'était inutile et que son père ne reviendrait jamais.

Ils passèrent la nuit serrés l'un contre l'autre pour échanger leur chaleur, déjeunèrent d'une soupe mélangée à un gros vin de roulier. M. de Marsanges se sentait d'humeur plaisante. Le soleil baignait la ville suintante d'une vieille neige. Dans la salle, un colporteur d'almanachs et un « peilharot » chargé de peaux de lapin échangeaient des propos salaces sur la patronne.

Sur un coin de table, Ambroise griffonna un billet à l'intention de Manon pour lui dire qu'il se trouvait à l'augerge habituelle et qu'elle pouvait lui faire tenir une réponse. Il fit signe à Florent de le suivre, l'arrêta devant la maison de Manon et s'éloigna tandis que l'enfant remplissait sa mission.

Ils passèrent une partie de la matinée à parcourir la ville pour faire quelques emplettes destinées aux fêtes de Noël qui auraient lieu trois jours plus tard, sans oublier quelques rouleaux de tabac. Ambroise offrit un craquelin à Florent, mais renonça à acheter des oranges dont les prix étaient hors de proportion avec l'argent dont il pouvait disposer, et à faire porter des fleurs à Manon, pour les mêmes raisons. De nombreux magasins avaient décoré leurs vitrines et regorgeaient d'une clientèle huppée, que la misère des temps ne touchait guère.

A l'auberge où ils étaient de retour vers midi, pas de réponse de Manon. « Elle va venir elle-même », songea Ambroise pour se réconforter. Ils dînèrent dans la grande salle qui s'était remplie de voituriers, de muletiers, de négociants ambulants, tous gens de modeste condition, voire de traîne-misère. Ambroise écouta les conversations qui allaient bon train ; il apprit que l'Assemblée constituante avait effacé les limites des districts, des sénéchaussées et des généralités, et découpé le pays en départements : une nouvelle qui faisait autant de bruit que le décret sur la spoliation des biens du clergé.

Ils dînèrent chichement, Ambroise ayant sondé le fond de sa bourse, d'une soupe au lard, de lentilles et d'un cruchon de vin. Leur repas s'achevait lorsqu'une fillette se présenta, un billet à la main. Ambroise lui remit un sou et, l'espoir au cœur, déplia lentement le billet rédigé d'une plume hésitante : « *J'oré était contante de vous rancontré mais il se trouve que je doit partir en callaiche voir ma tente mallade. Ce serra pour une otrefois. Manon.* »

Ambroise sentit un voile blanc s'interposer entre lui et la réalité. Le tumulte de l'auberge ne lui parvenait qu'à travers des épaisseurs ouatées au milieu desquelles s'ouvraient des abîmes de silence. Il se cramponna à la table, sentit la main de Florent sur la sienne et retrouva ses esprits.

— Ce n'est rien, petit, dit-il. Ce vin me monte à la tête.

Il vida néanmoins le cruchon et dit d'un ton joyeux :

— Eh bien, mon ami, c'est une bonne journée ! Etes-vous content de ce voyage ?

— Oui, monsieur.

— Alors, allez préparer la calèche. Nous repartons.

— Il est bien tard, monsieur. Nous ne serons pas à Marsanges avant la nuit.

— Vraiment ? Alors, puisque mon Mentor l'a décrété, nous passerons ici une nouvelle nuit.

Il craignit soudain de n'avoir pas assez d'argent. L'aubergiste n'était pas du genre à faire crédit, surtout à ces aristocrates qui mesurent leurs dépenses à l'aune des miséreux et enterrent leur or dans les caves. Il n'avait emporté que le nécessaire, mais il n'avait pas compté avec l'augmentation des prix. Il ne comptait jamais, d'ailleurs, pas plus que les autres membres de la famille, sauf Diane, la moins folle de tous. Bah... Ils dîneraient ce soir d'un croûton.

Ils reprirent leur déambulation à travers la ville. Ambroise faillit rendre visite à quelques connaissances, mais y renonça, de crainte de paraître importun. La même idée l'obséda durant toute cette promenade : la « tente mallade » n'était qu'un prétexte pour éviter sa visite. Il rentra de bonne heure, s'installa près de la cheminée où une brochette de poulets commençait à rissoler et s'attacha à lire le petit in-folio de Restif : *Sarah*, mais il parvenait mal à fixer son attention sur le texte et devait relire plusieurs fois la même phrase en songeant avec ironie à la maxime de Montesquieu : « *Il n'est aucune peine au monde qui résiste à un quart d'heure de bonne lecture...* » Il sombrait dans un abîme de tristesse, appelait de tous ses vœux le sommeil et l'oubli puis, soudain, il était saisi d'une intense jubilation : il la tenait, la garce ! Il allait la confondre, dénoncer ses mensonges et ses trahisons ! Il romprait ses relations avec elle, lui supprimerait tout subside ! Qu'elle vienne le relancer à Marsanges : elle serait éconduite de belle manière...

Pris d'une résolution subite, laissant Florent à la lecture du *Télémaque* prêté par Marion, il revêtit sa pelisse et s'enfonça dans la pénombre et le froid en fouettant l'air de sa canne. On allait bien voir si Manon était chez sa « tente »...

Ses soupçons ne l'avaient pas abusé. A l'abri du porche situé en face de la demeure de Manon, il aperçut des lumières et des ombres qui bougeaient derrière les fenêtres. Il s'y donnait, semblait-il, une fête dont il était volontairement exclu.

Débordant d'une amère jubilation, il s'engouffra dans le couloir, monta péniblement l'escalier en s'agrippant à la corde gluante qui tenait lieu de rampe, traînant derrière lui sa jambe raide. Parvenu sur le palier du deuxième étage, il s'adossa au noyau de l'escalier pour reprendre son souffle. Des voix d'hommes lui parvenaient, mêlées à des rires de femmes. Il réussit à reconnaître la voix de Manon, à reconstituer quelques bribes de ses propos, tenta de l'imaginer, parée des robes et des bijoux qu'il lui avait offerts, passant d'une pièce à l'autre avec un mot pour chacun de ses invités, faisant couler les vins fins dans les cristaux...

Soudain, à peine avait-il prémédité ce geste absurde, qu'il tira le cordon de la sonnette. Le son grêle lui parut énorme, propre à ébranler l'immeuble. Le bruit des voix amorça un ressac, se fit rumeur. Le judas s'ouvrit, claqua en se refermant aussitôt, tandis qu'un rire qu'il connaissait bien éclatait derrière la porte.

« Puisque j'ai choisi le rôle ridicule de l'amant éconduit, se dit Ambroise, autant le tenir jusqu'au bout ! »

Il tira le cordon à plusieurs reprises sans que le judas se rouvrît. Il cogna de toutes ses forces, avec sa canne, sans plus de résultat. A l'intérieur, le silence avait succédé à la rumeur ; les invités avaient dû, sur les instances de Manon, se retirer dans le salon, à l'autre extrémité de l'appartement, sous la grande tapisserie d'Aubusson qui provenait des générosités du comte de Marsanges.

De guerre lasse, Ambroise renonça. Après tout, il savait ce qu'il voulait savoir. En arpentant de nouveau la chaussée, il se sentait étonnamment serein, comme si cette démarche intempestive l'avait vidé des rancœurs, des jalousies et des colères accumulées.

Ce n'est qu'en reconnaissant au loin les lumières des « Trois Pigeons » que les raisons de cette fête surgirent dans son esprit : Manon venait d'avoir vingt-cinq ans et fêtait cet anniversaire...

Devant le portail du château, la neige avait été piétinée comme par un troupeau de loups. En descendant de la calèche, M. de Marsanges reconnut des traces de bottes ou de sabots. Il leva les yeux vers le haut des grilles. Une pancarte de bois portait quelques mots griffonnés au charbon : « *Tout paysan pris à payer la rente au seigneur de Marsanges sera pendu. Pris à collecter les rentes, le seigneur sera lui-même pendu.* » Une potence portant un nœud coulant complétait le tableau.

Il sortit sa trompe, sonna pour qu'on vînt lui ouvrir. Il vit surgir Picharou ; le vagabond paraissait affolé.

— Eh bien, mon ami, dit le comte, que s'est-il passé ?

— Ah ! monsieur, se contentait de gémir le vagabond. Ah ! monsieur...

Il ouvrit le portail, le referma, prit le cheval au mors pour le dételer et le conduire à l'écurie.

— Va-t-on enfin m'expliquer ce qui s'est passé ? dit le comte en voyant surgir Valentin.

— Ils sont venus ce matin, dit le régisseur. Des gens de Marsanges qui se cachaient derrière une avant-garde de meneurs venus je ne sais d'où. Ils étaient une cinquantaine au total, armés de mousquets pour certains. Je me suis présenté armé de mon fusil pour demander ce qu'ils voulaient. Ils exigeaient que j'ouvre le portail pour vous voir. J'ai répondu que vous étiez absent et qu'on ne visitait pas le château comme un moulin. Je les tenais en joue, prêt à brûler la gueule au premier qui tenterait de passer par-dessus la grille.

— Ils voulaient me voir, dites-vous ? Et quoi encore ?

— Pas autre chose que ce qu'ils étaient allés chercher à Lissac, chez M. de Laporte qui en est mort d'émotion, à ce qu'on dit, chez Delord de La Faurie, ou encore à Jugeals, à Terrasson, à Monceaux, à Voutezac et ailleurs. Certains réclamaient le trésor, d'autres des grains, d'autres encore l'abandon des rentes. Il y avait même un grand escogriffe, un déserteur, je crois, un de ceux qui étaient de l'affaire de Favars, qui réclamait les archives de la famille pour les brûler, alors qu'il aurait été incapable de les lire...

— Des gens de Marsanges se trouvaient parmi eux, dis-tu ? J'irai leur dire deux mots. Ceux qui criaient le plus fort sont sans doute ceux qui n'ont pas payé depuis des années leur fermage. Sauviat en était sûrement.

— Je ne l'ai pas reconnu : ils portaient tous leur chapeau au ras des yeux, mais j'ai bien cru reconnaître Tiénou, le fils de Léonard Sauviat.

— Celui qui voudrait épouser Marion... Curieuse façon de faire sa demande !

— Les Sauviat en veulent surtout à vos terres. Ils attendent de leur révolution qu'elles leur soient octroyées aux moindres frais ou gratis. Le père Sauviat ne se mêle jamais de ces manœuvres : il est trop rusé pour se compromettre et envoie ce grand dadais de Tiénou.

— Léonard Sauviat..., dit le comte en se grattant la joue. J'irai le voir dès demain. En attendant, enlevez cette pancarte et ce gibet !

Diane serra avec effusion son père contre sa poitrine.

— Vous avez sagement raisonné, dit-elle, en laissant Valentin à Marsanges. Sans lui, qui peut dire à quelles extrémités en seraient venus ces excités ?

— Nous nous serions défendues, dit Marion. Je ne me serais pas laissé faire.

— Pauvre sotte ! dit Diane. Qu'aurions-nous pu faire contre cinquante furieux ?

Marion servit aux deux voyageurs du vin chaud à la cannelle. Ils étaient transis après avoir voyagé, lentement pour ne pas fatiguer le vieux Thabor poussif. A plusieurs reprises, ils avaient croisé des troupeaux de loups qui les avaient suivis sans les attaquer. Entre Le Jassoueix et Lavaur, ils avaient rencontré trois gueux qui, postés en travers du chemin, leur faisaient signe de s'arrêter. Le comte les avait menacés de ses pistolets et les trois hommes avaient renoncé à les poursuivre.

Lorsque le comte se présenta au village, Léonard Sauviat était absent, parti avec deux de ses fils lâcher du plomb dans quelque forêt loubatière. Il ne tarderait pas à rentrer.

Margot, la femme de Léonard, fit asseoir le comte sur l'archabanc de la cheminée et lui servit un bol de vin chaud dans lequel trempait un chanteau de seigle. Le comte avala son « trempil » sans mot dire, le regard concentré sur les flammes qui léchaient les flancs terreux d'une souche.

Les enfants jouaient autour de la table. L'intérieur était sobre, mais bien tenu ; il y régnait une agréable chaleur et une pénombre rassurante. Chaulés au printemps, les murs n'avaient pas eu le temps de prendre leur patine de fumée. Le râtelier suspendu au-dessus de la table portait une confortable réserve de tourtes ; deux jambons et des morceaux de lard pendaient sous le manteau de la cheminée ; le coffre de bois brut rempli de cendres devait en abriter d'autres. Huit bouches à nourrir, ce n'était pas rien, mais Sauviat était un habile métayer, ouvert aux méthodes d'exploitation nouvelles ; il savait lire et avait ainsi profité des techniques préconisées naguère par M. Turgot et appliquées avec succès par l'ami de l'intendant du Limousin, M. de Lamase. Alors que les gens du plateau et de la montagne se méfiaient de cet étrange tubercule appelé « patate » ou « pomme de terre », accusé d'empoisonner lentement la population, Sauviat, après Lamase, en avait semé et récolté en suffisance pour franchir sans encombre les pires disettes. Sa réserve de châtaignes était inépuisable, et il les traitait de telle manière qu'une fois retirées des fumées du « séchadou », la soudure était assurée. Sur les terres que lui avait concédées le comte de Marsanges, il ne laissait en bruges que ce qui était nécessaire au pacage. On le disait riche et il l'était, mais il devait cette aisance à son intelligence, à son travail, à son sens de l'économie qui allait jusqu'à la malversation lorsqu'il fallait partager les fruits de l'exploitation.

Ambroise de Marsanges n'aimait pas Sauviat, mais l'estimait. Sans illusion quant à l'honnêteté de son métayer, il se disait que, pour dupé qu'il fût, il se retrouvait mieux dans ses comptes avec lui qu'avec d'autres métayers qui pleuraient misère pour éviter de payer leur dû.

Sauviat marqua un recul en voyant M. de Marsanges. Il suspendit son fusil au râtelier et sa pelisse à la patère.

— C'est une fameuse journée, dit-il. Nous avons tué une louve et ses louvarts. Une vraie battue serait nécessaire, monsieur le Comte. Cette engeance prolifère et nous ne serons bientôt plus maîtres de nos chemins.

— C'est une fameuse journée, en effet, dit le comte en se levant, mais celle d'hier l'était moins. J'ai appris ce qui s'est passé en mon absence. Je suppose que vous n'étiez pas au courant de cet incident, sinon vous seriez accouru pour défendre ma famille, n'est-il pas vrai ?

Il sortit sa tabatière, s'administra une prise carabinée, regarda Sauviat prendre sa pipe en terre et la bourrer d'un air méditatif.

— Certainement, monsieur le Comte. Certainement. J'aurais décroché mon fusil et dispersé ces braillards. Mais j'ai appris la nouvelle trop tard. D'ailleurs, ils ont fait plus de bruit que de mal.

— Vous êtes bien renseigné. Par Tiénou, sans doute ?

— Mon fils, dit le métayer, n'a rien à voir dans cette affaire. Ce n'est pas ici qu'il faut chercher les meneurs.

— Je n'en doute pas, mais il était parmi ces « braillards », comme vous dites. Valentin l'a reconnu.

Sauviat sursauta.

— Tiénou, dit-il, approche.

Le garçon, qui était en train de décrotter ses sabots sur le seuil, s'avança sans empressement, le regard bas.

— Viens ici, chenapan ! C'est vrai que tu étais de ce rassemblement, hier, au château ? Lafaye affirme t'avoir vu. Réponds !

— Ben..., fit Tiénou, c'est vrai que j'y étais, mais...

Interrompu par une gifle, le garçon bascula contre la table et se releva en gémissant, la lèvre fendue.

— Voilà pour t'apprendre à obéir à ton père ! s'écria le métayer. Je t'avais interdit de te mêler à ces traîne-misère et à ces meneurs. Si je t'y reprends, ce sera le fouet, et tu sais que je ne plaisante pas.

— Mais, père, protesta Tiénou, vous savez bien que...

— Tu n'as pas eu ton compte ? hurla Sauviat.

Le comte intervint.

— Laissez-le parler, dit-il avec un sourire narquois. Il a peut-être des révélations intéressantes à nous faire.

— Il parlera si je l'y autorise ! dit Sauviat. Et je lui interdis de m'adresser la parole jusqu'à nouvel ordre.

— Peut-être est-ce à moi qu'il a envie de parler, insista le comte. Vous pouvez vous livrer à moi sans crainte, mon enfant. Maintenant, demain ou quand il vous plaira. Vous savez où me trouver. Mais si vous préférez vous confier à Marion...

— Avec votre permission, dit Sauviat, cette affaire se réglera en famille. Voulez-vous que je vous raccompagne jusqu'au château ?

— Merci, dit le comte. Je connais le chemin et je préfère être seul.

Diane était en train de tirer l'eau du puits lorsque son père revint du village.

— Alors ? dit-elle.

— Alors, je sais ce que je voulais savoir. Tiénou était parmi nos agresseurs. Il aurait tout raconté, mais son père l'en a empêché. Je suis persuadé que cette menée était inspirée par Sauviat, mais dans quel but ? Il est pourtant le moins à plaindre de tous nos métayers.

— Picharou a rapporté des nouvelles d'Ussel, dit Diane. On aurait pillé des châteaux dans les environs. Lesquels ? Il l'ignore. Vous n'étiez pas au courant ?

— J'ai quitté la ville très tôt et tout semblait calme.

— Nous ne pouvons pas rester exposés ainsi, sans pouvoir nous défendre. Il faut acheter des armes dès que possible. Brival avait raison.

— Vous me la baillez belle. Vous savez combien coûte un fusil ?

— A peu près le prix de cette montre que vous avez laissée hier chez votre catin d'Ussel.

— Cette montre, je n'en ai pas fait cadeau à cette fille. J'ai dû la laisser en gage à l'aubergiste, car je n'avais pas de quoi acquitter ma note. François ira la reprendre à son prochain voyage.

Il ajouta :

— A propos de François, je suis inquiet. Cela fait une quinzaine de jours que nous n'avons pas de nouvelles. Où peut-il être ?

— Où voulez-vous qu'il soit ? Auprès de sa promise, bien sûr ! Ne vous inquiétez pas pour lui. De toute manière, notre sort lui importe peu.

4.

LE VIN DE LA COLÈRE

Allassac, janvier 1790.

Au château de La Motte-Roffignac d'Allassac, on se sent protégé. Autour du donjon carré qui domine le bourg et l'opulente plaine de la Vézère se développent remparts, tours, courtines, échauguettes. Les rumeurs de soulèvement qui courent le pays viennent mourir au pied de cette forteresse inexpugnable dans laquelle veille une des plus puissantes et des plus anciennes familles du Limousin : les Pradel de Lamase. Jean, le patriarche, héros aux six blessures, sexagénaire encore très vif, a été le collaborateur de Turgot. Très ouvert aux idées économiques de son temps, il a introduit dans ses immenses domaines répartis aux quatre coins de la province les méthodes d'exploitation prônées par l'intendant du Limousin. Il a fait construire et entretenir à ses frais un « pavé du Roi » : la route d'Allassac à Uzerche qu'empruntent la poste aux lettres et aux voyageurs, les voituriers livrant au nord de la généralité les vins et les céréales du bas pays et de la province du Quercy. Son épouse, née Marie de Lubersac, sœur de l'archevêque de Chartres, l'un des grands prélats du royaume, a contribué à sa renommée et à sa richesse.

Dans la tempête qui agite le Limousin, le château de Roffignac est un asile sûr. Il a résisté à tous les séismes de l'histoire, depuis l'époque où l'apôtre Martial est venu christianiser la province et baptiser dans leur repaire les membres de la famille qui, depuis, portent avec fierté le titre de « premiers barons chrétiens ».

Ce dimanche de janvier, il y avait foule à Allassac où devait se dérouler l'élection des officiers municipaux. Une foule singulièrement nombreuse, composée en majeure partie de paysans et d'ouvriers venus des paroisses voisines et qui n'avaient pas à se trouver là. Certains, armés de pétoires, se promenaient en groupes, les mains dans les poches, lorgnant les maisons des bourgeois ou déambulant autour du château.

Au moment de partir pour la messe, le marquis de Lamase s'était interrogé : d'où et de qui pouvaient bien venir les consignes de ce rassemblement ? Il hésita à conduire sa famille à l'église, mais s'y résolut en se disant qu'il pouvait être dangereux de donner le moindre signe de faiblesse alors que les esprits semblaient s'échauffer. Fort heureusement, Bijou était absent — avec lui tout pouvait arriver.

Sur le chemin qui conduisait à l'église, ils avaient eu tout loisir de mesurer le degré d'hostilité de la foule mieux que des terrasses du château. Des menaces et des quolibets en jaillissaient, que le marquis accueillait par un silence glacial, sans que l'on pût savoir à quoi rimaient ce rassemblement et cette attitude. Les élections, quelles qu'elles fussent, n'avaient jamais attiré une telle affluence ni causé un tel tapage.

L'office dominical touchait à sa fin lorsque les portes de l'église s'ouvrirent avec fracas, livrant passage à des hommes armés de haches qui se mirent en mesure de fracasser les prie-Dieu pour en jeter les débris sur la place où l'on se proposait d'en faire un feu de joie.

Le prêtre dut interrompre sa messe. Il fit signe au marquis et à quelques notables de le suivre et de quitter le sanctuaire par la sacristie.

— Ne restez pas ici, dit François. Poulou et moi, nous allons tâcher d'en savoir plus sur cette émeute.

— Prenez garde ! dit le marquis. Ces gens semblent attendre la moindre occasion de brûler de la poudre. Ne les provoquez surtout pas. A la première alerte, retournez au château.

Mêlés à la foule, jouant des coudes, François et Poulou tentèrent de s'approcher du bûcher où des émeutiers venaient de jeter les débris des bancs de la famille de Lamase. La maréchaussée n'avait eu garde d'intervenir : elle aurait été écrasée sous le nombre. Quant aux notables, aux bourgeois et artisans, ils se contentaient de regarder la scène derrière leurs volets ; quelques-uns, sur l'invitation de M. de Lamase, avaient accepté de se replier sur le château et de laisser passer l'orage, comptant sur les cloches de midi pour inciter les forcenés à se disperser.

François et Poulou allaient se retirer lorsqu'ils virent, de l'autre côté du cercle formé par les émeutiers, surgir un personnage au visage rouge d'indignation.

— Le maire ! souffla Poulou. Il est accompagné de quelques conseillers.

— C'est très courageux de leur part, dit François. Ils risquent de se faire écharper.

Le maire s'avança vers le feu. C'était un gros homme à la moustache abondante, dont les bajoues retombaient au-dessus du col dur. Il ne semblait pas impressionné par les menaces qui l'accueillirent.

— Qui êtes-vous et que voulez-vous ? s'écria-t-il. A quoi rime ce sacrilège ? Où sont les responsables ? Présentez-vous si vous n'êtes pas des lâches ! Regardez : je n'ai pas d'arme sur moi. Je vous conjure de...

Le reste de l'exorde se perdit dans les vociférations et les coups de feu tirés en l'air et contre les façades de la place. Il allait se retirer lorsque l'un des meneurs, vêtu d'une vareuse militaire avachie, dépourvue d'insignes et de boutons, s'avança, armé d'un sabre et d'un pistolet. Il écarta les bras pour réclamer le silence et s'écria :

— La loi martiale est proclamée de par la volonté du peuple. Messieurs les notables, retirez-vous. Si vous n'obéissez pas, nous n'hésiterons pas à tirer sur vous !

Poulou tira le bras de François.

— Retirons-nous aussi, dit-il. Si ces excités me reconnaissent, ils sont capables de me tuer.

Ils s'engouffrèrent dans une ruelle entre les jardins, atteignirent le château sans se faire remarquer.

— Vous, enfin ! s'écria le marquis. Alors, que se passe-t-il ?

— Nous n'en savons fichtre rien, dit François. Ces gueux ont décrété la loi martiale au nez et à la barbe du maire. Les choses ne peuvent qu'empirer. Ils vont s'en prendre aux demeures des notables avant d'attaquer le château. Il faut le mettre en état de défense.

— Seigneur..., dit la marquise en se signant.

— C'est ce que nous avons commencé de faire, dit le marquis. Il y a de l'ouvrage pour vous. Suivez-moi !

Aidés de quelques bourgeois ramenés au château par le marquis, les domestiques avaient commencé à charrier des futailles vides et de vieux meubles pour défendre le point le plus vulnérable. Retour de Brive depuis quelques minutes, le « Chevalier du Diable », Bijou, en manches de chemise, le visage coloré par l'excitation, mettait allègrement la main à la pâte, jurant que, lui vivant, aucun de ces forcenés ne franchirait le mur d'enceinte. Il serra François contre sa poitrine.

— L'affaire risque d'être chaude, dit-il, mais nous disposons d'un petit arsenal que nous avons fait distribuer à tous les hommes présents. J'ai fait prévenir par un domestique le maire et ses conseillers de nous rejoindre au plus tôt. En comptant au plus juste, nous serons une vingtaine.

Il tendit à François une paire de pistolets de duel à manche de nacre et une poignée d'amorces. François les considéra avec appréhension : jolies comme des joyaux, ces armes devaient être redoutables ; il se demandait si, le moment venu de tirer, il en aurait le courage — d'un tempérament impulsif, il n'avait jamais cependant eu recours à une arme pour se défendre.

— Ils t'impressionnent, dit Bijou, mais, quand on est dans le feu de l'action, on tire sans se poser de question. Tu as bien failli, il y a quelques mois, à Ussel, souviens-toi... Quant à moi, cela ne me pose aucun problème. Je me suis déjà servi à deux reprises de ces bijoux et ne m'en porte pas plus mal. Aujourd'hui, nous ne ferons que nous défendre. Alors, n'écoute plus la petite musique de ta conscience. Retrousse tes manches et viens nous aider.

Envoyé en reconnaissance dans le centre du bourg, un domestique en revint affolé, bégayant :

— Ils ne vont plus tarder ! Ils ont juré de prendre le château ! Des centaines... Ils sont des centaines... avec des fusils !

Il raconta que les brigands s'en prenaient aux demeures des bourgeois : les Bruchard, les Eysat, les Chatras, les Lasteyrie et quelques autres. Ils exigeaient de l'argent, forçaient portes et fenêtres, défonçaient meubles et coffres qu'ils jetaient au-dehors, détruisaient tout ce qu'ils ne pouvaient emporter. Des futailles roulées sur la chaussée, le vin coulait à flots.

— Tant mieux ! dit le marquis. Une fois ivres, ils seront moins dangereux. Après une démonstration de force, quelques coups de feu destinés à impressionner la population, ils iront cuver leur vin et retourneront chez eux. Nous en serons quittes pour quelques vitres brisées, une messe interrompue et quelques bancs d'église brûlés. Nous allons montrer à cette racaille que les « premiers barons chrétiens » ont encore le sang chaud et méritent le respect !

Le domestique envoyé en reconnaissance précédait de peu le maire et ses conseillers qui arrivaient à cheval, suivis à peu de distance par les premiers groupes d'émeutiers qui tirèrent sur eux sans les atteindre.

— Soyez les bienvenus, dit le marquis. Cette maison est la vôtre. Nous avons des armes et des munitions. Bijou, indique à chacun son poste, mais gare ! Je ne veux pas que cette mascarade dégénère en tuerie. Ces gens sont de malheureux égarés.

Ils arrivaient par vagues, accompagnés par le roulement des tambours et la rumeur sinistre des cloches. Dans la poussière soulevée par leur piétinement, des aigrettes métalliques volaient au-dessus des têtes : fusils et armes de fortune. A sa vareuse de soldat, François reconnut le chef des émeutiers qui, une heure auparavant, jouait les bravaches devant le maire. Il songea qu'il suffisait de quelques paroles ronflantes, de fausses promesses mirifiques, d'une once de menaces ou de chantage pour faire d'un troupeau de moutons une horde de fauves. Qu'ils fussent acculés à la misère, contraints d'aller mendier leur pain sur les routes, leur jacquerie aurait reçu sa justification, mais ils n'en étaient pas là. Comparé à celui des paysans de Marsanges, leur sort était enviable. En compagnie de sa fiancée, François était allé visiter à diverses reprises quelques domaines de métayers, de part et d'autre de la Vézère ; nulle part il n'avait, comme sur le plateau, respiré l'odeur de la misère et vu des gens réduits à la famine. Le marquis veillait à ce que ses domaines fussent des modèles de rentabilité.

Il n'était pas de détail dont le marquis se désintéressât. Un jour de l'automne dernier, il avait entraîné son futur gendre sur une propriété qu'il possédait à Ceyrat, au débouché des gorges sauvages du Vaysse, et lui avait montré l'outillage qu'il avait reçu de Limoges. Il lui avait dit :

— Regardez ce nouveau modèle de charrue. Ce soc laboure en profondeur. Ainsi, le blé rend quatorze à quinze pour cent au lieu de huit ou neuf comme avant. C'est cela, le progrès. Tout le monde en bénéficie, jusqu'au plus humble de mes paysans. Lorsque je me suis installé à Allassac, au retour des armées, les journaliers recevaient douze sous par jour l'été et huit l'hiver. J'ai relevé ces salaires et veillé à ce que ces braves gens aient une nourriture suffisante, car les travailleurs bien nourris et bien payés sont plus efficaces. C'est ce que j'ai tenté de faire comprendre à mes amis. Certains m'ont suivi. D'autres non. Votre père, je le regrette, était de ces derniers.

Le marquis l'avait conduit sur une rive de la Vézère pour lui montrer une de ses réussites : les « pontons fluviaux », sortes de radeaux faits de futailles vides, sur lesquels on embarquait les vins et les blés que l'on destinait, via Libourne et Bordeaux, aux Bretons qui appréciaient les crus du bas Limousin, plus légers et moins chers que ceux d'Espagne.

Jean Pradel de Lamase n'était pas de ces hobereaux en gants blancs qui gouvernent le peuple des serfs du haut de leur alezan, les conduisant à la cravache en évitant de crotter leurs bottes. Il mettait carrément la main à la pâte quand les circonstances l'exigeaient, maniait le pic ou la pelle, prêchant l'exemple lorsqu'il s'agissait de planter aux endroits favorables de nouvelles espèces de pêchers, d'abricotiers ou d'amandiers. Il semblait éprouver une véritable jouissance à se barbouiller de terre, à parler patois avec ses paysans qui étaient, disait-il, sa « grande famille ».

— J'aime ces gens, dit-il, et ils me le rendent bien. Vous ne trouveriez personne, sur toute l'étendue de mes domaines, qui vous dise du mal de moi.

Beaucoup, parmi les émeutiers qui se pressaient sous les murs du château, étaient ivres et tenaient à peine sur leurs jambes. Accrochés par grappes les uns aux autres, ils hurlaient des obscénités et les chants grivois appris dans les tavernes.

— Il faut que je leur parle, dit le marquis. Ils m'écouteront. La plupart d'entre eux vivent sur mes terres.

Ils durent s'y mettre à plusieurs pour le dissuader de cette folie qui le condamnait. Le maire intervint à son tour.

— Je ne vois qu'une manière de mettre fin à cette émeute : faire prévenir la garde nationale de Brive. Si nous envoyons tout de suite un émissaire, elle sera là avant la fin de la journée. Préparez, je vous prie, un billet à l'intention de M. Coeghegan, commandant de la garde.

L'émissaire parvint sans encombre à forcer la vigilance des assaillants et à filer à grandes guides vers Brive.

Ils surgissaient de partout, alertés par le tocsin qui sonnait à toutes les églises d'Allassac et des paroisses proches, obsédant au point que l'on eût dit un monstre d'apocalypse en train d'agiter ses grelots en se roulant dans la campagne. Le ciel bas et lourd ajoutait à l'angoisse des assiégés qui interrogeaient le ciel en se disant qu'une de ces pluies froides et drues qui surgissent parfois, en cette saison, derrière les collines du nord provoquerait peut-être une retraite précipitée des émeutiers. Non seulement la pluie ne se décidait pas à tomber, mais de nouveaux groupes s'installaient sur la place, autour de quelques feux, et, des fenêtres des maisons voisines, narguaient les défenseurs et braquaient vers eux leurs fusils.

— Cette attente est insupportable ! dit le marquis. Si ces messieurs de Brive n'arrivent pas avant la nuit, nous allons devoir établir des tours de garde. Mon idée première : tenter une négociation, était la bonne.

— Peut-être avez-vous raison, soupira le maire, mais c'est à moi que revient cette mission.

— Permettez-moi de protester, mon ami. Cette affaire me concerne au premier chef. Si ces gens ont des choses à dire, c'est à moi qu'ils les diront. Ce sont pour la plupart mes gens et ils ont mis le siège devant mon château.

Il écarta vigoureusement les objections de Virginie, de Bijou et de Poulou. Toute tentative pour le faire renoncer eût été inutile. Il remerciait le ciel que son épouse se reposât dans son boudoir de ses émotions.

— Soit ! convint le magistrat, mais nous ferons bonne garde et nous vous couvrirons le cas échéant. Si l'un de ces gredins vous menace, nous vous dégagerons par une salve nourrie. Je me permets néanmoins de vous recommander la prudence dans vos propos. Un mot de trop risque de vous être fatal...

Le marquis l'interrompit d'un geste. Il se dépouilla de son baudrier auquel pendait son sabre, de ses deux pistolets, rectifia sa perruque et rejeta sur ses épaules, d'un geste plein de majesté, les pans de son manteau. Indifférent aux pierres qui pleuvaient autour de lui, il s'avança hardiment jusqu'aux barricades, les enjamba d'un pas alerte, s'avança sur la place, leva les bras pour montrer qu'il était désarmé et réclama le chef. Les jets de pierres cessèrent sur-le-champ ; on cherchait l'homme à la vareuse militaire. Il se présenta, entouré d'un état-major dérisoire, fit taire les exaltés qui vociféraient aux fenêtres.

— Nous t'écoutons, citoyen Lamase, dit-il.

— Vous me connaissez, dit le marquis, et vous savez que je ne suis pas un tyran. Si les hommes qui vous suivent et qui vivent sur mes terres ont quelque grief contre moi, qu'ils le proclament sans crainte et je m'efforcerai de leur démontrer que cette violence était inutile.

Derrière le chef des mutins, qui paraissait au comble de l'embarras, une voix lança :

— Les girouettes ! Nous exigeons que l'on détruise les girouettes du château !

Le marquis faillit s'étrangler de rire. Tourné vers ses amis qui l'avaient accompagné jusqu'aux barricades, il les prit à témoin :

— Avez-vous bien entendu ? Ils veulent que l'on abatte nos girouettes ! Si je m'attendais à cette requête...

Il se tourna de nouveau vers les émeutiers.

— Votre souhait sera exaucé, dit-il. Dès demain, je ferai enlever de mes toits ces objets qui ne sont plus un privilège, ne signifient rien et ne servent pas à grand-chose. Est-ce tout ?

— Non, dit le chef. Nous voulons entrer dans ce monument de la tyrannie qu'est ton château. Fais ouvrir les portes. Si tu refuses, nous les enfoncerons.

François, qui se tenait appuyé, ses deux pistolets aux poings, près de Bijou, sur le cul d'une futaille, lui glissa à l'oreille :

— Ils veulent leur Bastille, et ils semblent bien décidés à donner l'assaut. S'ils attaquent avant l'arrivée de la garde nationale, il est à redouter qu'ils n'y parviennent. Ils sont trop nombreux et nous serons submergés.

Bijou ne répondit pas. Il caressait nerveusement la culasse de son fusil, prêt à faire feu, à la moindre tentative d'agression, sur le chef des émeutiers.

— Vous voulez visiter notre demeure ? dit le marquis. Soit. Je n'en ai jamais refusé l'entrée à quiconque. Je vous recevrai donc volontiers et vous offrirai même une collation, mais il faudra revenir demain.

— Bien joué ! dit François. Demain, les Brivistes seront là pour les accueillir.

D'une fenêtre voisine, une voix laissa tomber :

— C'est tout de suite que nous voulons entrer, citoyen ! Fais ouvrir tes portes !

Le marquis réclama le silence, renouvela sa promesse et demanda aux insurgés de se retirer

— C'est ton dernier mot ? demanda le chef.

— Je n'ai rien à ajouter, rétorqua le marquis.

— Alors, nous allons vous tirer comme des lapins !

— Nous n'ouvrirons pas le feu les premiers, mais je vous préviens : nous avons de quoi vous donner à réfléchir.

— Vous avez été très courageux, père ! dit le « Chevalier du Diable », et je vous admire.

— Et moi, je suis heureux que tu sois parvenu à te maîtriser.

M. de Lamase rejoignit le maire et le groupe des officiers municipaux pour faire son rapport, tandis que, venues de la foule, des salves crépitaient contre la façade du château.

— Ces misérables deviennent dangereux, dit le maire. Tant qu'ils font voler les vitres, il n'y a pas à s'inquiéter, mais s'ils donnent l'assaut nous ne pourrons résister et il y aura des morts des deux côtés. Je suggère que nous tâchions de les intimider par une charge de cavalerie. Rien de tel pour impressionner la canaille. Nous pouvons réunir une dizaine de bons cavaliers.

— J'ai dans mes panoplies quelques bons sabres de cavalerie, dit le marquis, mais évitez d'en faire usage, sauf en cas de nécessité.

Attaqués par surprise, les émeutiers se débandèrent vers les demeures d'alentour, tandis qu'un feu nourri éclatait, depuis les terrasses du château, destiné à ajouter à la confusion. En quelques minutes, la place fut balayée. Il restait seulement sur le carreau quelques blessés et peut-être des morts, on ne savait au juste.

Il était environ sept heures de relevée et la nuit était tombée, lorsque le maire pressa son hôte d'envoyer un nouvel émissaire à Brive pour renouveler la demande de secours de la garde nationale

— Ils devraient être là, dit-il. D'ordinaire, ils agissent avec rapidité pour ce genre d'affaire.

Le marquis griffonna un nouveau billet. L'émissaire prit la route de Brive dans le soir que commençait à voiler une bruine glacée. A peine avait-il disparu, un groupe de cavaliers se présentait, venant de la même direction. On pensa qu'il s'agissait des premiers éléments de la garde, et la joie éclata dans le château.

— Détrompez-vous, dit le maire. Tous ces gens sont des cavaliers et la garde se compose uniquement de fantassins. Ce sont des amis. Veuillez leur faire ouvrir vos portes.

La petite troupe entra dans le château en passant par la place quasi déserte, la crosse du fusil sur la cuisse, un œil sur les fenêtres derrière lesquelles, prêts à faire feu, se tenaient les insurgés.

M. de Lamase se porta à leurs devants, les bras ouverts, la voix vibrante d'émotion. Il venait de reconnaître le comte de Cosnac qui descendait de cheval et s'inclinait, son tricorne sous le bras, en ôtant ses gants.

— Quelle joie vous me faites, dit le châtelain ! Vous êtes notre sauveur. Mais qui sont ces gens qui vous suivent ?

Le comte les présenta l'un après l'autre, brièvement. C'étaient des nobles et des bourgeois de Brive. Alertés par la nouvelle qui faisait grand bruit dans la ville, choqués du peu d'empressement de la garde à se porter au secours des assiégés, ils avaient décidé d'agir sans en référer aux autorités. Leur troupe se composait d'une trentaine de cavaliers armés en guerre auxquels, à en juger par leur mine rogue, il ne ferait pas bon en compter. Il y avait parmi eux des Corn, des Malden, des Lajoanie, et un jeune homme aux cheveux blond roux, fils d'un fabricant irlandais de tissus de soie installé à Brive : Le Clere.

— Au reçu de votre billet, dit le comte de Cosnac, les chefs de la garde et les autorités se sont concertés. Ils ont décrété que votre message aurait dû, pour être pris en considération, être accompagné d'une réquisition régulière de la municipalité d'Allassac. C'était vous condamner sciemment à subir un siège en règle. Par bonheur, la nouvelle nous est parvenue. Nous avons fait le tour de nos amis, et nous voilà !

— Nous vivons une triste époque, dit le marquis. On ne peut compter, en cas de malheur, que sur sa famille et ses amis. La loi est bafouée par ceux-là mêmes qui devraient la faire respecter.

— Je connais bien M. de Coeghegan, dit le chevalier de Salès. C'est un brave homme, mais tatillon et lent à prendre des décisions. La garde sera à vos portes demain, dans la matinée. S'il en était autrement, cela voudrait dire que le désordre et l'anarchie règnent désormais dans notre province.

— Je lui ai fait tenir un second billet, dit le marquis. Si vous n'avez pas rencontré l'émissaire en chemin, c'est qu'il a pris un raccourci.

D'un air jovial, il convia les cavaliers à un repas qui fut préparé sur-le-champ. Il fit monter de son cellier quelques bonnes bouteilles de vin de Voutezac, et les agapes se déroulèrent dans la gaieté, bien que les émeutiers eussent réinvesti la place et allumé des feux de bivouac.

— Cette nuit, dit le comte de Cosnac, nous ferons bonne garde. Des sentinelles seront installées aux points sensibles de manière à ce que nous soyons à l'abri d'une mauvaise surprise. Vous, monsieur de Lamase, allez prendre un peu de repos. Vous en avez le plus grand besoin.

Malgré les va-et-vient incessants entre le château et l'église par les ruelles éclairées de torchères, la nuit fut calme, sans le moindre incident. Alertés par le tocsin, d'autres paysans étaient venus se joindre aux émeutiers de la première heure, si bien qu'ils pouvaient être un millier lorsque le jour parut. Un bûcher brûlait au sommet d'un sinistre donjon de schiste noir, la « tour de César », qui dominait le bourg.

La fusillade ne tarda pas à reprendre dans le petit jour pluvieux, embué d'un crachin qui faisait fumer les derniers brandons des bûchers. Des vitres du château volèrent en éclats, des balles s'écrasèrent sur les murs. En dépit des consignes formelles de son père, le « Chevalier du Diable » ne put résister à la tentation de tirer sur un bougre qui brandissait sa pétoire à une vingtaine de pas de la barricade en dansant la bourrée, et qui tomba raide mort.

Ce fut le signal de l'assaut.

Les émeutiers jaillissaient de partout en groupes compacts, portant des échelles qu'ils posaient contre le mur d'enceinte et que les assiégés repoussaient au fur et à mesure. De part et d'autre, on faisait le coup de feu, en respectant, du côté des assiégés, les consignes du marquis.

François conduisit la marquise, ainsi que Virginie et sa sœur, Rosine, dans le donjon carré qui dominait la forteresse, où elles seraient à l'abri des projectiles.

— Nous voilà revenus au Moyen Age, dit-il jovialement. Il ne manque plus que des tours d'assaut, des béliers et des chaudrons d'huile brûlante ! Ne vous exposez pas. Evitez de vous montrer aux fenêtres. La garde ne va pas tarder à arriver.

Partie de Brive à cinq heures, bien pourvue en armes à feu et en munitions, la garde nationale commandée par un certain Durieux arriva à neuf heures et demie. Elle avait été précédée de peu par celle d'Uzerche conduite par le maire, M. de Chignac, qui s'était installé sous la halle, chassant les insurgés qui avaient déguerpi sans protester, avec armes et bagages, fruits du pillage des demeures bourgeoises. M. de Chignac se dit que l'affaire était plus sérieuse qu'il ne l'avait prévu : des cadavres étaient alignés dans l'église, des blessés demandaient du secours et, dans les maisons occupées, on entendait des cris et des appels de femmes et d'enfants. La ville fut mise en état de siège, toutes les issues gardées par les troupes régulières qui bloquaient les émeutiers à l'intérieur des murs.

Le chef du détachement de la garde franchit les barricades et se présenta militairement au marquis de Lamase.

— Tambour-major Durieux, dit-il. On m'a confié le soin de lever le siège avec le moins de dégâts possible. Le sang a déjà coulé, à ce que j'ai pu voir. Il y a des morts chez les paysans. Et dans vos rangs ?

— Dieu merci, aucun, dit le marquis. Quelques blessés seulement, mais sans gravité.

— Vous n'auriez pas dû tirer, dit sévèrement Durieux. Cela risque d'aggraver votre affaire.

— Mais nous avons été attaqués ! s'écria le marquis. Fallait-il que nous nous laissions tuer sans opposer de résistance ? Il y a des femmes et des enfants dans ce château, et....

— Nous allons mettre bon ordre à cette folie, trancha Durieux.

C'était un colosse de six pieds de haut, fort arrogant, qui se donnait des allures de général. A sa manière de se comporter et de parler, on devinait qu'il guignait le galon. Il ne lui manquait que des gardes du corps, des aides de camp et un nuage de drapeaux au-dessus de sa tête.

— Que comptez-vous faire ? demanda le comte de Cosnac qui sentait la colère lui monter au visage. Allez-vous prêcher la bonne parole à ces forcenés ?

— Je vous ferai part de ma décision sans tarder. En attendant, veillez à ce que nos hommes aient de quoi se restaurer.

Il se dirigea vers les émeutiers qui, contenus par un barrage de gardes, avaient mis bas les armes. Debout sur le piédestal de la croix qui se dressait devant le château, il les harangua, puis demanda à parler aux chefs. Une demi-heure plus tard, il était de retour au château.

— J'ai conclu un accord avec les paysans, dit-il. Ils s'engagent à ne pas attaquer le château, à condition que vous le quittiez.

— Vous plaisantez ? dit M. de Lamase. A peine aurons-nous tourné les talons, Roffignac sera pillé de fond en comble !

— J'ai interdit toute violence, citoyen, dit Durieux, mais il faut comprendre ces malheureux. Ils ne se sont révoltés que poussés par la misère, la famine et l'arrogance des aristocrates. Vous en avez tué quelques-uns. Ceux qui ont échappé à vos balles réclament vengeance et réparation. Le peuple...

— Cessez cette comédie ! s'écria M. de Cosnac. Nous attendons de vous le rétablissement de l'ordre, pas un encouragement au pillage et l'absolution des criminels. Si vous ne répondez pas à ce que nous souhaitons, nous nous plaindrons au commandant de la garde et à la municipalité de Brive. Veuillez donner les ordres que nous attendons, monsieur le tambour-major !

Piqué au vif, Durieux répliqua :

— Les ordres sont que vous quittiez le château sans plus attendre en emportant ce qui vous plaira. Je ne les répéterai pas.

Le comte de Cosnac se tourna vers M. de Lamase qui se tenait à l'écart, conscient que la tragi-comédie allait tourner à ses dépens et qu'il était inutile de chercher un accommodement.

— Eh bien, monsieur le Marquis, que décidez-vous ? Allez-vous vous laisser bafouer et déposséder sans réagir par ces gueux ?

— Il y a eu assez de sang versé, dit le marquis, tête basse. Nous allons évacuer les lieux. J'en ai le cœur brisé, mais...

— Père ! intervint Bijou, une telle attitude est indigne de vous. Le sens de l'honneur commande de...

— Tais-toi, citoyen ! dit Durieux, sinon tu nous accompagneras à Brive. Il y a de la place dans nos prisons.

Les émeutiers n'avaient pas attendu pour agir la fin de cet entretien. Profitant du retrait des sentinelles, des groupes avaient escaladé les murs d'enceinte et s'étaient rués vers les appartements. Les portes étant fermées, ils avaient pénétré par les fenêtres en brisant les vitres. Le pillage du mobilier avait commencé.

— Vous n'allez pas les laisser faire ? insista Bijou. Ils vont tout emporter ! Monsieur de Cosnac, monsieur de Corn, intervenez, je vous prie !

— Laisse, mon fils, dit le marquis d'un air accablé. Depuis que j'ai parlé à Durieux, j'ai compris que toute résistance serait inutile. Ce qui compte, c'est de sauver nos vies. Le reste...

Le valeureux soldat de Casal, de Lawfeld, de Berg-op-Zoom, le héros aux six blessures des guerres contre l'Autriche mettait pavillon bas avant de combattre. Il avait ôté sa perruque. Sous une couronne de cheveux gris, son visage paraissait plus long, plus fripé que d'ordinaire. Il se laissa tomber dans une bergère, insensible aux bruits de tonnerre que les déménageurs faisaient dans les étages, aux éclats de rire et aux cris de victoire qui accompagnaient la chute d'un coffre ou d'un fauteuil, aux insultes qui fusaient autour d'eux.

Les soldats de la garde assistaient impassibles au pillage. Mieux, ils l'encourageaient :

— Allez-y, les gars, servez-vous ! Il en restera toujours assez pour les aristos !

— Si vous trouvez le trésor, prévenez-nous ! Citoyens paysans, faudra partager avec vos frères de la ville !

Ils avaient fini par pénétrer dans les caves et les avaient envahies avec des vociférations de triomphe. Le tambour-major Durieux lui-même, qui s'était retiré pour veiller à ce qu'aucune violence ne soit commise, revint avec une bouteille de vin à la main. Planté avec un air de défi devant le marquis, il but au goulot quelques rasades et fit claquer sa langue.

— Ce vin est excellent, citoyen marquis, dit-il. Compliment ! vous avez bon goût...

— Qu'allez-vous faire de nous ? demanda M. de Lamase.

— Rassurez-vous : il ne sera fait aucun mal à vos personnes. Je m'en porte garant. Notre mission s'achève. La glorieuse phalange briviste va rejoindre ses pénates avec le sentiment du devoir accompli. Vous avez le choix entre plusieurs de vos résidences. Si vous choisissez Uzerche ou Limoges, M. de Chignac fera un bout de chemin avec vous, histoire de vous tenir compagnie. Votre présence ici risquerait de déclencher de nouveaux incidents, et nous sommes respectueux de l'ordre public.

Le « Chevalier du Diable » fit quelques pas vers lui. Ils se mesurèrent du regard.

— L'ordre public ! cria Bijou. On voit bien comment vous le concevez. Vous laissez piller nos biens sans intervenir, et vous en prélevez même votre part.

— Toi, blanc-bec, dit Durieux, si tu persistes dans tes provocations, je te jette dehors avec mon pied au cul !

— Essaye donc, brigand !

Bijou tira son épée, se mit en garde comme pour un duel en faisant claquer sa botte sur le parquet. Durieux éclata de rire, jeta sa bouteille à peine entamée dans la cheminée.

— Ce petit citoyen de merde veut se battre ? dit-il. Eh bien, soit, mais je te préviens que je ne te ferai pas de cadeau. J'en ai déjà mouché plus d'un. Le dernier...

— Cesse de bavarder pour cacher ta peur ! trancha Bijou. Je vais te donner une leçon, jean-foutre ! Ce n'est pas pour rien qu'on m'appelle le « Chevalier du Diable ». Peut-être as-tu déjà entendu parler de moi ?

Le visage de Durieux s'assombrit.

— Si je te connais... Il paraît que tu es un fameux bretteur. Ça me plaît. Nous allons bien nous divertir, toi et moi.

Avant que Durieux ait eu le temps de dégainer, François, auquel le marquis venait de glisser quelques mots à l'oreille, bousculait Bijou et lui arrachait son épée.

— Malheureux ! dit le marquis. Tu voulais donc mourir et nous laisser à la merci de ce brigand ?

— Nous sommes tous d'accord avec père, dit Poulou. Tu aurais peut-être transpercé cette brute, mais nous l'aurions payé de notre vie.

Durieux n'était pas d'accord. On l'avait provoqué ; il se devait de riposter.

— N'insistez pas, dit le comte de Cosnac. Vous avez eu beaucoup de chance. Bijou a eu le meilleur des maîtres d'armes : son père. Si François de Marsanges ne lui avait pas enlevé son arme, vous seriez déjà mort.

Durieux tenait plus que jamais à son duel. La pointe de sa rapière dans le jabot de François, il exigeait que l'on remît son arme à l'adversaire.

— Inutile ! dit Bijou. Je ne me battrai pas. Il n'est pas dans mes habitudes de croiser le fer avec un rustaud pris de vin. L'ivresse est une alliée dont je ne veux pas. Cependant, dis-toi bien que je te retrouverai.

— Je serai toujours ton homme, citoyen, bougonna Durieux en rengainant.

— C'est moi, d'abord, que tu retrouveras, dit M. de Cosnac. Je vais concocter un joli rapport destiné à tes supérieurs et à la municipalité. Tu ne tarderas guère à passer en jugement. Je veillerai personnellement à ce que tu sois destitué et jeté en prison.

Durieux était resté inflexible devant la requête de M. de Chignac : la « glorieuse phalange briviste » allait regagner ses foyers, l'« ordre » étant rétabli. Le maire d'Uzerche, commandant de sa propre garde, protesta, mais en vain : ce n'étaient pas les vingt hommes et la poignée de gendarmes dont il disposait qui pourraient, en cas d'incident grave, assurer la sûreté des châtelains et de leurs amis. La plupart des émeutiers étaient ivres et la moindre étincelle pouvait mettre le feu aux poudres.

— C'est votre affaire, dit Durieux. Nous n'avons pu nous opposer au sac du château, mais c'est le moindre mal et, dans un sens, c'est un acte de justice sociale. Les Lamase auront toujours les murs pour s'abriter, après un petit séjour à Uzerche ou à Limoges. Quant à leur sécurité, j'ai donné des consignes : plus un seul coup de feu ne sera tiré contre eux. Poursuivez votre mission ; la mienne est terminée.

— Vous avez une singulière façon de considérer votre « mission » ! Ces messieurs de Brive seront prévenus de votre comportement, et je puis vous promettre qu'il vous en cuira !

— A votre aise, citoyen, mais gare aux retours de flamme. Les aristocrates de votre acabit finiront tous à la lanterne.

Il était cinq heures de relevée lorsque la garde nationale de Brive, précédée de Durieux qui avait du mal à tenir son assiette et vidait au goulot sa dernière bouteille, reprit la route de Brive sous de gros nuages de pluie, au milieu des acclamations de la populace.

— Il faut vous préparer et me suivre, monsieur le Marquis, dit M. de Chignac.

— Qu'allez-vous faire de nous ?

— Vous accompagner sur la route d'Uzerche. Il n'y a pas d'autre solution si vous ne voulez pas vous faire écharper par ces forcenés qui ne parlent que de venger leurs morts. Si vous acceptez notre protection, vos personnes seront sauves ; sinon je ne réponds de rien. Prenez votre nécessaire : vêtements, argent et bijoux, et faites préparer vos voitures. Quant à ces messieurs de Brive, qui se sont portés spontanément à votre secours, leur présence n'est plus nécessaire.

Le marquis ne put contenir son émotion en voyant M. de Cosnac et ses amis monter à cheval, la crosse sur la cuisse, certains d'entre eux portant des pansements à la tête et aux bras. En quelques heures, il semblait avoir vieilli de dix ans et se sentait prêt à toutes les compromissions, à tous les abandons. Il se sentait aussi fragile et insignifiant qu'un fétu emporté dans les remous de l'histoire. Il laissa à ses enfants aidés de quelques domestiques le soin des préparatifs.

— Vous pouvez partir vous aussi, dit-il à François. Je ne me sens pas le droit de vous en demander plus. Votre aide nous a été précieuse et je ne l'oublierai pas.

Il se leva avec effort pour permettre à deux gredins avinés d'emporter la bergère qu'il occupait avec son épouse. Il la regarda partir d'un œil morne. Ce cadeau de M. de Launay, gouverneur de la Bastille, cousin germain de son épouse, massacré par les émeutiers parisiens était son lieu de repos favori. A travers la fenêtre, il pouvait apercevoir des pentes de vignobles et les hameaux dominant la vallée de la Vézère.

— Qu'allez-vous faire, mon petit François ?

— Vous accompagner jusqu'à Uzerche ou Limoges et, d'ici peu, épouser votre fille si elle me garde son amour et vous votre confiance.

Le détachement de la maréchaussée qui avait accompagné la garde se présenta, sabre à l'épaule, pour encadrer le marquis et son monde jusqu'à la halle où se tenait le gros de la troupe. Le cortège s'éloigna du bourg dans un concert de vociférations et de chants avinés. Les femmes étaient les plus excitées, et il fut malaisé de contenir leur colère : elles s'accrochaient aux harnachements des chevaux, frappaient à coups de poing les cuisses des cavaliers, demandant qu'on leur abandonnât en otages le marquis et sa famille ; elles avaient perdu dans la bataille qui un fils, qui un père, qui un mari, et elles hurlaient leur détresse en s'arrachant les cheveux et en se déchirant la poitrine avec leurs ongles.

L'escorte s'engagea sur le « pavé du Roi » que le marquis avait fait construire à ses frais quelques années auparavant et qui était parfaitement entretenu. Il tombait une pluie fine et serrée qui faisait fumer la torche tenue par un gendarme chevauchant en tête du cortège.

Comme ils atteignaient le lieu-dit les Vignes qui dominait le bourg, le marquis demanda à M. de Chignac de s'arrêter. Il escalada sur son cheval un talus surplombant les étendues de vignes ensommeillées. La vue donnait sur le château de Roffignac dont la façade massive s'illuminait des clartés mouvantes des feux et des torches. On distinguait par endroits la meute des insurgés en train de consommer leur pillage ; leur masse confuse grouillait autour de la bâtisse dans une agitation de fourmis. Il en montait une rumeur confuse : celle d'un orage en train de mûrir à fleur d'horizon.

Des flocons de neige se mêlaient à la bruine. Au ras de l'horizon, un nuage tranché au couteau saignait sur les lointains d'Yssandon.

— Je reviendrai sans tarder, je le jure ! dit tout haut Jean de Lamase. Par Dieu, oui, je reviendrai...

Printemps 1790.

Il s'agitait beaucoup, et plus que jamais. Aucune pièce ne semblait assez grande pour ses évolutions : il se cognait aux meubles, faisait tinter le fourreau de son épée contre les chaises et les fauteuils ; soudain, il piquait droit vers la fenêtre comme s'il avait dessein de s'y précipiter, puis obliquait brusquement et faisait demi-tour. Il était de ces personnages qui ne trouvent leur assiette et leur calme qu'à cheval, lorsqu'ils peuvent se donner les dimensions de leurs désirs ou de leurs ambitions.

Diane, que ce manège commençait à excéder, se dit que ce « petit Sombreuil », comme l'appelait Jacques Brival, ressemblait, dans son comportement imprévisible, au « Chevalier du Diable » qui, naguère, lui avait fait un brin de cour, qu'elle avait éconduit et qui n'avait pas insisté. La ressemblance se bornait à leur manière d'être plus qu'à leur physique : Lamase était rond et rose, avec des yeux ardents dans un visage de garçonnet qui aurait arrêté sa croissance ; Charles de Sombreuil, brun et sec, chafouin, les oreilles décollées, les yeux noirs et profonds, était beau, d'une certaine manière.

Diane s'était amusée un moment à le regarder évoluer dans la cuisine de Marsanges où elle aidait Marion à préparer une tarte aux myrtilles. Elle se souvenait de ce que Brival lui avait dit quelques mois auparavant, lui reprochant de lui préférer ce « petit chevalier de rien du tout », ce « vibrion farci d'orgueil et d'ambition ». Orgueil ? Ambition ? Diane s'interrogeait. Elle ne voyait dans son prétendant que le reflet d'une grosse tendresse qui ne parvenait pas à trouver un objet. Il ressemblait parfois à un bourdon désireux d'entrer dans une pièce aux fenêtres closes

Sombreuil avait freiné l'élan qui le portait vers la bassière et s'était retourné vivement.

— Que dites-vous ?

— Ouvrez un peu vos oreilles au lieu de tournicoter en bourdonnant. Je vous demande si vous souhaitez partager notre dîner.

— Oui... Non... Je ne sais pas, répondit-il, perplexe.

— D'ordinaire, vous êtes plus prompt à prendre vos décisions. Qu'est-ce qui vous retient ? Etes-vous attendu par cette lingère de Limoges que vous menez parfois danser dans les bals publics, le samedi soir ?

En le voyant rougir et s'immobiliser, Diane et Marion pouffèrent.

— Une lingère ? A Limoges ? Quelle est cette fable ? Qui a pu vous la raconter ? François ?

— C'est mon secret, dit Diane, et vous ne le saurez pas si vous ne me révélez pas le motif de votre visite. Un coup de vent vous aurait-il conduit jusqu'à Marsanges contre votre volonté ? Les vents sont capricieux en cette saison et ils rendent parfois les gens un peu fous.

— Le vent ? dit-il. Quelle idée ?

Diane comprit qu'il ne dirait rien de ses intentions. Par vengeance, elle ne lui dirait rien non plus de la lettre récente que François lui avait adressée de Limoges où il avait suivi la famille de sa fiancée après le tumulte d'Allassac. Il lui racontait son entrevue avec Charles de Sombreuil.

Ils étaient allés boire du vin, un soir, dans un cabaret du Port-aux-Bois, en garçons libres qu'ils étaient ou qu'ils voulaient paraître. Bijou s'était joint à eux, et c'est lui qui s'était pris d'une subite passion pour une jolie lingère. Avec des hésitations, des circonlocutions, des rougeurs brutales de coquelicot, Charles lui avait parlé de Diane qu'il avait rencontrée deux ou trois fois à Limoges les années précédentes, où elle avait accompagné son père en cabriolet ; il avoua, le vin aidant, qu'il n'avait pu l'oublier.

Avec sa brusquerie et sa franchise coutumières, François avait conclu de ces propos désordonnés que Charles était amoureux de Diane.

— Pourquoi ne pas lui déclarer ta flamme ?

Le visage de Charles s'était rembruni.

— Je l'aurais fait, mais je crains qu'elle n'ait donné sa parole à quelqu'un d'autre.

— C'est vrai, dit François, et tu sais bien à qui

— Brival... Me Jacques Brival, avocat, procureur syndic du département, ci-devant procureur du Roi...

— Brival, dit Bijou... Je le connais. C'est une girouette. Dans l'affaire de Favars, alors qu'il se prétendait partisan de l'ordre et commandait un groupe de volontaires, il suppliait que l'on épargnât ses « frères insurgés ». Mon père a conservé ses palinodies et nous les lit parfois pour nous divertir. En fait, elles n'ont rien de drôle. Ce Brival est en train de tourner casaque. Déçu que les élections à l'Assemblée législative n'aient pas envoyé au tiers état son candidat favori, le duc d'Ayen, il se sent pousser des ailes de vautour et l'ambition le dévore. La révolution pourra compter sur ce bon commis.

— Je te trouve bien sévère, dit François.

Charles avait écouté en buvant du petit-lait. Un tel homme ne pourrait faire le bonheur d'une fille comme Diane, qui était la droiture et la fidélité mêmes. D'autre part, il avait plus de vingt ans qu'elle. Un barbon...

— Malgré son âge, avait ajouté François, Brival est fort bel homme. Si j'en juge par son éloquence, il doit plaire aux femmes, ce qui ne semble pas être ton cas, mon pauvre Charles...

Le capitaine Sombreuil fit la grimace en avalant cul sec son verre de vin. La lingère, jugeant que la discussion s'éternisait, avait pris Bijou par la main pour le faire danser. Il l'avait rabrouée, et la belle était partie au bras d'un petit monsieur bien mis.

— Bon débarras, dit François. Que trouves-tu à cette péronnelle ?

— Si tu n'étais pas fiancé à ma sœur, dit Bijou, je te mettrai cette fille dans les bras et tu ne me poserais plus cette question.

— Brival... Diane..., dit Sombreuil, qui poursuivait son idée, je ne les imagine pas ensemble. Ils se voient peu, d'ailleurs, à ce que tu m'as dit.

— Alors il faut tenter ta chance, dit François. Je t'appuierai dans ton entreprise, si toutefois tu persistes et que ma sœur ne t'écarte pas trop brutalement. Tu n'es pas un don Juan, mais avec un père gouverneur des Invalides et une fortune bien assise, on dispose d'arguments sérieux.

François écrivit dans sa lettre, à la suite du récit de cette soirée : « *Te voilà assiégée par un nouveau soupirant, plus sérieux que cette girouette de B... Depuis qu'il t'a rencontrée, Ch... de S... ne dort plus. Ne sois pas surprise de recevoir sa visite. C'est un garçon étrange, à la fois timide et violent, mais qui ne manque pas de cœur. Il hésitera sûrement à se déclarer, mais tu es assez femme pour découvrir, sous des propos futiles, la vérité des sentiments... »*

Le petit capitaine de Sombreuil prétendit, en débarquant à Marsanges, avoir à faire à Tarnac où sa famille avait des terres, et apporter des nouvelles de François.

« Parle toujours, beau merle... », songeait Diane en le regardant tournicoter dans la cuisine où elle l'avait sans façon invité à la suivre.

— Eh bien, dit-elle, allez-vous vous décider ou voulez-vous que je prenne les devants ? Soit ! C'est François qui m'a raconté votre passion pour cette lingère du Port-au-Bois.

Charles sursauta. Encore cette lingère ! Que voulait dire Diane ? Il sembla chercher dans sa mémoire, jura qu'il ne connaissait même pas le nom de cette fille, qu'elle était l'amie de Bijou, pas la sienne.

— Allons ! dit Diane en riant. C'était un jeu. Je vous taquinais et vous avez marché, monsieur l'innocent ! Et maintenant, à vous : quel est votre secret ?

Il s'approcha d'elle, lui glissa à l'oreille :

— Je vous le dirai lorsque nous serons seuls, vous et moi.

— Marion, dit Diane, nous allons manquer de lait. Veux-tu aller en demander à Riette ? Par la même occasion, rapporte des œufs. Tu sais dans quels nids les trouver ?

Marion partit en chantonnant, avec un sourire narquois. Diane poussa le volet inférieur de la porte, que Marion avait laissé ouvert pour mieux entendre le fameux secret.

— Nous sommes seuls, dit Diane en le regardant droit dans les yeux. Quelles sont les raisons véritables de votre visite ? Vous n'avez pas de terres à Tarnac et, des nouvelles de François, nous en avons toutes les semaines. Eh bien, parlez ! Voulez-vous que je vous aide ?

— Cessez de me presser, je vous en conjure ! Vous vous jouez de moi et cette comédie m'est insupportable. J'aimerais que vous m'autorisiez à vous faire la cour.

Il ajouta vivement, comme s'il avait préparé une formule qu'il allait oublier :

— En tout bien tout honneur, naturellement.

— Naturellement, dit Diane en écho.

Il se laissa tomber sur un escabeau, comme si cet aveu longtemps contenu l'avait vidé de toute énergie. Son épée entre les genoux, tête basse, la respiration oppressée, il observait Diane du coin de l'œil.

Un poing plongé dans la pâte, remontant de son autre main une mèche qui lui tombait sur les yeux, elle lui adressa un regard de compassion mêlée de tendresse. Il se redressa péniblement comme s'il portait le poids du monde sur ses épaules, essuya avec son mouchoir son front et ses mains moites. Il paraissait désemparé.

— Pardonnez-moi, Diane, dit-il. J'ai soudain conscience du ridicule de ma démarche. Vous êtes belle et je suis laid, intelligente et moi sot. Vous êtes plus grande que moi d'au moins trois pouces et plus âgée de deux ans. De plus, vous êtes engagée ailleurs. Oubliez mes propos et permettez-moi de me retirer. Vous présenterez mes hommages et mes regrets pour mon départ si rapide à monsieur votre père et...

Elle arrêta son geste lorsqu'il voulut reprendre son tricorne.

— Je vous en prie, dit-elle, restez ! François m'a annoncé votre visite. Nous en avons beaucoup plaisanté avec Marion, mais maintenant je n'ai plus envie de rire. Je ne sais que vous dire, Charles, sinon que votre présence me fait plaisir. Je regretterais que vous partiez après ce que vous m'avez avoué. Vos objections sont ridicules, mais, en revanche, il est vrai que je suis engagée ailleurs, et vous savez sans doute auprès de qui.

Il hocha tristement la tête en se rasseyant.

— Je suis au courant, dit-il. Me Brival...

Une ombre froide venait de se dresser entre eux au seul énoncé de ce nom.

— Brival... répéta Diane. Je l'aime en sachant que nous ne vivrons jamais ensemble. Nous sommes trop différents l'un de l'autre et incapables de trouver des points d'équilibre dans nos rapports. Je ne l'ai pas revu depuis longtemps. Il occupe les fonctions de procureur syndic du département, et il est trop occupé pour me rendre visite ou m'écrire : Tulle est loin de Marsanges et il passe son temps à griffonner des paperasses. Enfin, et cela risque de devenir notre plus grave motif de discorde, il donne dans les idées révolutionnaires, lui qui ne jurait que par l'ordre et le roi, et ne rêvait que d'être introduit à la Cour. Son ambition d'aujourd'hui est de se faire élire député et de siéger à Paris au milieu des nouvelles gloires populaires. S'il y parvient, ce sera la fin de notre liaison. Souhaite-t-il, d'ailleurs, donner suite à ses rapports avec l'aristocrate que je suis, ce qui risquerait de faire échouer ses projets ?

Le visage de Sombreuil s'était ravivé. Il cachait mal sa nervosité, triturait la poignée de son épée sans quitter de l'œil cette grande fille qui, avec beaucoup de discrétion, était en train de lui faire comprendre que tous les espoirs ne lui étaient pas interdits.

— Vous savez tout, dit-elle. Tirez-en les conclusions qu'il vous plaira.

— Vous ne me repoussez pas. Je puis donc espérer faire votre conquête ?

Elle sourit. Il parlait comme un personnage de Laclos.

— Espérez, Charles, mais sachez que je ne puis rien vous promettre. Revenez quand il vous plaira : cette maison vous est ouverte et vous avez déjà conquis mon père tout à l'heure. Mais... que faites-vous ?

Il était tombé à genoux et embrassait les mains de Diane, se barbouillant le visage de pâte et de farine.

— Je n'attendais pas autant de cette première entrevue, dit-il. Diane, je sens que je vous aimerai toute ma vie.

— Voyez le joli pâtissier, dit-elle en riant. Allons, relevez-vous, voilà Marion qui revient, et laissez-moi vous nettoyer le visage.

Le repas fut détendu sans être joyeux. On avait en toute simplicité mis le couvert dans la cuisine. La soupe était robuste et savoureuse, le jambon discrètement odorant de la fumée de tourbe, le fromage épais et rude, la tarte aux myrtilles onctueuse. M. de Marsanges honora son hôte, dont il connaissait la famille, d'une bouteille de vieux vin. Charles se montra moins taciturne qu'à l'ordinaire, sans cesser d'être réservé et un peu raide. M. de Marsanges parvint même à le dérider en lui contant la fausse alerte de la Grande Peur et obtint qu'il lui rapportât ce qui s'était passé à Limoges à cette même occasion, et notamment l'histoire du troupeau de vaches qui avait mis en alerte les défenseurs, car on les avait prises pour les escadrons du comte d'Artois.

Au moment où il mettait le pied à l'étrier, Diane retint Charles et l'embrassa sur les deux joues. Comme il commençait à délirer, étant un peu gris, elle lui mit un doigt sur la bouche, lui rappela qu'il pouvait revenir à Marsanges quand bon lui semblerait. Il rougit, sauta en selle, brandit son tricorne et enleva son cheval en poussant un cri de joie. Il s'en fallut de peu qu'il ne déchargeât son pistolet dans le ciel. Parvenu au portail, il cria :

— Diane, je vous aime !

Elle lui répondit par un petit signe de la main.

— Gentil garçon, mais singulier... dit Ambroise de Marsanges. Je n'ai pas très bien saisi le motif de sa visite. Ce voyage à Tarnac pour affaires me semble une invention, car il n'a rien à faire là. Il devait avoir un autre objet de préoccupation. Ne serait-ce pas vous, ma fille ?

— Si fait, père. Sous ses airs timides et abrupts, ce garçon est tout feu tout flamme. Je l'ai forcé à m'avouer les raisons de cette halte. Il voulait me rencontrer. Il est amoureux de moi. Qu'en dites-vous, père ?

— Ma foi, il est de la meilleure famille, et je n'ai rien à redire à votre union si vous en êtes vous-même d'accord. Déjà capitaine à son âge, cela promet une belle carrière. Si vous parvenez à l'apprivoiser, il peut faire un excellent mari, mais le souhaitez-vous ?

— Charles ne m'est pas indifférent. Il est même parvenu à m'émouvoir par sa sincérité. Quant à devenir sa femme... Je n'ai pas découvert l'homme sous l'adolescent qu'il est resté. Il est vrai que, à part sa passion, il n'a pas révélé beaucoup de lui-même. Ce qui est certain, pour parler comme votre cher Laclos, c'est que Charles brûle d'une flamme amoureuse. Reste à savoir s'il trouvera en lui et si je trouverai en moi de quoi l'alimenter.

Elle ajouta à voix basse :

— Et puis, il y a Brival...

5.

ISLES D'AMOUR

Brival se souvient : il y a un an, à quelques jours près, qu'il a prononcé ce discours dont il tient le texte imprimé entre les mains. C'était un 12 mars, en l'église des Feuillants, lors de l'assemblée préliminaire du tiers état. Ce discours d'ouverture avait fait sensation. Brival proclamait :

« *Les avenues du trône sont enfin ouvertes. Les ministres qui en défendaient l'entrée ont disparu. Le meilleur des princes veut connaître et réparer les maux qui nous affligent. Il est le père de ses sujets ; nous sommes les bien-aimés de son cœur. Nous pouvons faire de la France l'école des Rois et des humains, et fixer à jamais l'époque du bonheur...* »

Il se dit qu'il est des textes que l'on aimerait n'avoir jamais écrits. Celui-là, par exemple. Il tourne et retourne le feuillet grisâtre, mal imprimé et cadré à la diable par Chirac, l'imprimeur tulliste. On ne manquera pas de le lui mettre sous le nez. Déjà, M. de Saint-Priest, major de place, a déclaré en sa présence, en le fixant afin que nul n'en ignore : « *Il est des girouettes qui ne résistent pas à la moindre brise. Le vent de la Révolution les rend folles d'ambition...* » Brival avait failli lui jeter son gant au visage mais s'était promptement ravisé : il connaissait les talents de bretteur du major et ne tenait pas à finir sa carrière au petit matin, dans un pré des bords de la Solane, avec une épée en travers du corps.

Depuis son retour de l'auberge, en pleine nuit, il se bat contre son désarroi. Il est tenté de fumer une pipe, mais le tabac ne ferait qu'ajouter à sa nervosité. « Le mieux, songe-t-il, serait de travailler. Tout ce courrier en retard... »

Sur son sous-main de maroquin s'empilent des lettres de Berlin, de

Madrid, de Saint-Pétersbourg qui attestent de sa notoriété. Des juristes lui demandent conseil sur des points litigieux. Dans un dossier voisin, les textes imprimés de ses discours — il ne laisse pas se perdre un souffle d'éloquence. Les lettres de ses amis de Paris et des grandes villes du royaume constituent une autre liasse : il les relit souvent comme pour chercher à travers leurs propos une réponse à ses propres interrogations. Les rares lettres de Diane s'envolent et se posent ici et là...

Tout à l'heure, à l'auberge, il a montré le fond de son désarroi.

Il se trouvait en présence de son collègue Antoine-Joseph Lanot et d'un obscur médecin de Xaintrie, contrée située entre Tulle et les confins de l'Auvergne : Jean-Augustin Pénières, que l'ambition a poussé dans les remous et les tempêtes de la Révolution. La bonne chère, le vin y étaient pour quelque chose, mais aussi le besoin impérieux de révéler le fond de son cœur.

Le voyant soucieux, Pénières l'avait encouragé à se délivrer de ses tourments. Lanot n'avait rien dit, mais il avait commandé une autre bouteille : rien de tel que le vin pour provoquer des confidences. La salle voisine était occupée par un repas de chasseurs de la garde nationale qui fêtaient la promotion d'un bourgeois devenu sergent et qui menaient grand tapage.

— C'est une peine de cœur qui t'afflige ? dit Pénières.

— Tu n'y es pas, dit Brival.

— Alors, c'est l'affaire Durieux ?

Les événements qui s'étaient produits à Allassac avaient échauffé les passions, non seulement dans la province, mais encore à Paris. Elle avait failli provoquer une guerre civile entre Brive et Tulle. Le procès aura lieu à Bordeaux.

— Durieux sera acquitté, dit Lanot. S'il est condamné, si les juges passent outre aux directives des révolutionnaires parisiens, cette affaire risque de déclencher des émeutes. Les gens de Brive ont le doigt sur la gâchette et n'attendent que l'occasion pour marcher sur Tulle.

Il avait posé sa main sur celle de Brival et ajouté :

— Nous avons tous deux le sens de la justice et nous supportons mal de la voir bafouée, fût-ce par des représentants du peuple. Que l'Assemblée nationale s'intéresse à cette affaire, soit. Qu'elle décide de la faire juger à Bordeaux après en avoir dessaisi la prévôté de Tulle, c'est raisonnable. Mais qu'elle confie cette affaire non au tribunal mais à l'assemblée municipale, voilà qui est choquant ! Des officiers municipaux arbitrairement érigés en juges... Autant faire un procès sur la place publique et livrer les condamnés à la vindicte du peuple !

Brival lui demanda de parler plus discrètement. Les délateurs étaient partout et une salle d'auberge n'était pas le lieu idéal pour ce genre de conversation.

— Je suis de ton avis : nous allons assister à une parodie de justice. Je tiens de Vergnaud, l'avocat de Durieux, que l'Assemblée nationale a pratiquement dicté le verdict au pseudo-tribunal en arguant des vertus civiques, du courage et du désintéressement du prévenu. Les Brivistes vont pavoiser, mais nous savons bien, nous, que Durieux est une crapule et qu'il s'est mêlé aux pillards lors de l'affaire d'Allassac.

Pénières renchérit. Personne n'ignorait que Durieux, maître de billard, ancien grenadier du régiment de Normandie, tambour-major de la garde nationale, était de toutes les émeutes qui avaient agité la province. Et c'est à Jacques Brival, ex-procureur du Roi, président du tribunal prévôtal de Tulle, que l'on avait confié la défense de ce trublion ! Peu après les événements d'Allassac, Durieux, accompagné d'un groupe de forcenés, était venu demander aux Tullistes de libérer les meneurs pris à Favars. Suprême imprudence ! La prévôté de Tulle lui avait mis les fers aux pieds. Malgré l'avis de Brival, qui redoutait une recrudescence des troubles, deux prisonniers de Favars avaient été pendus et quelques autres condamnés au carcan et au fouet.

Malgré la présence de ses deux amis, Brival avait senti la solitude et l'impuissance se refermer sur lui. Une solitude à deux : un personnage né de lui-même, son ombre maléfique, décidait à sa place, l'entraînait là où il aurait dû refuser d'aller, le mettait en face de ses contradictions. Il reconnaissait parfois en cette ombre une vieille compagne : l'ambition. Il était devenu le champ de bataille entre elle et son honnêteté de magistrat. Le choix était difficile, et cette affaire Durieux allait le forcer à prendre position.

Tulle, dans sa quasi-totalité, s'était déclarée contre Durieux. Et c'est lui, Jacques Brival, qui avait eu mission de le sauver de la pendaison avant que l'affaire ne fût déférée aux juges de Bordeaux. Il avait dû affecter de prendre fait et cause pour un malfaiteur. Si Durieux était condamné à la corde, Brival aurait des comptes à rendre à la communauté ; s'il était acquitté, c'est à sa conscience qu'il aurait affaire. Quelle que soit l'issue du procès, elle ne pouvait le satisfaire.

— Je sais à quoi tu penses, dit Pénières : à ta conscience. N'en sois pas prisonnier. Impose-lui provisoirement une sourdine. Parfois, elle peut devenir notre pire ennemie. Il faut savoir la maîtriser sinon l'on risque de se faire maîtriser par elle.

Brival n'était pas d'accord. Une conscience que l'on tente de maîtriser n'est plus que l'esclave de nos perversions.

— Ma conscience, mon cher Jean-Antoine, je lui prêterai l'oreille jusqu'à la fin de mes jours. S'il m'arrive parfois de me libérer de ses contraintes, à aucun moment, en aucune circonstance, je ne chercherai à étouffer sa voix.

Il songeait à l'ombre qui bougeait dangereusement en lui, le précédait sur des chemins équivoques. Il ajouta :

— Je sais qu'on me dit ambitieux. Sans doute, mais ma conscience me reprochera toujours d'avoir pris la défense de Durieux.

— Durieux sera acquitté à Bordeaux, dit sombrement Lanot. Je le souhaite et le redoute à la fois. J'aurais aimé pour notre révolution une autre image que celle de cette crapule dont le seul avantage est de mesurer six pieds de haut et de parler plus fort que les autres. Je l'ai entendu haranguer la foule lors de son arrivée à Tulle, et cela m'a fait froid dans le dos. C'est le type parfait de ces meneurs d'hommes dont la Révolution aura besoin mais dont elle devra se méfier.

Un chœur puissant, venant de la salle voisine, interrompit leur entretien. Il s'y mêla une salve de bouteilles de champagne. Alors que le nouveau sergent portait un toast à son unité, un sous-officier qui commandait une patrouille de grenadiers se présenta dans l'auberge, l'air soupçonneux.

— On fait beaucoup de bruit ici, dit-il. Que se passe-t-il ?

— Une petite fête entre chasseurs de la garde, dit l'aubergiste.

— Et ces trois-là, c'est qui ?

— Ils complotent... mais pour des affaires de sentiment.

Il allait se retirer quand un chasseur surgit, verre et bouteille en mains.

— Citoyen grenadier, dit-il, viens trinquer à l'union de nos armes contre les ennemis de la Nation. Dis à tes hommes de se joindre à nous.

— Il nous est interdit de boire pendant une ronde.

— Tu refuses de boire à l'unité de nos armes, à accomplir ce que je considère comme un devoir civique ?

— Dans ce cas... dit le grenadier.

Il fit entrer ses hommes qui furent accueillis avec des vivats et quelques remarques narquoises. Le sergent des chasseurs porta un toast emphatique et confus à la Nation, à l'Etat, au roi, à la fraternité.

— Tu oublies la reine, citoyen ! lança l'un des convives chasseurs.

— Je lève mon verre à ce que vous avez dit, bougonna le sergent des grenadiers, mais pas à « l'Autrichienne ».

Il reposa son verre, fit signe à ses hommes d'en faire autant et de sortir. Cela fit un beau tollé. Des injures fusèrent, des hommes se levèrent pour invectiver ces mauvais citoyens, adversaires de l'unité de la Nation. L'un d'eux menaça de caresser à rebrousse-poil le bonnet d'ourson du sergent des grenadiers, qui tira son sabre à pompons rouges et demanda qu'on vînt lui répéter la menace les yeux dans les yeux.

— Je crois que nous devrions nous retirer, dit Pénières, qui avait blêmi. Ce règlement de comptes ne nous concerne pas.

— Ta conscience de médecin devrait t'imposer de rester, dit Lanot. Il peut y avoir des blessés.

Brival se leva pesamment, donna l'ordre au sergent des grenadiers de rengainer son arme. L'autre protesta. De quel droit...

— Du droit, tonna Brival, qu'a le procureur syndic du département de requérir contre un faquin qui accepte de boire dans les auberges durant une ronde. Je connais le règlement aussi bien que toi !

Droit comme un « i », pâle comme un cierge, le sergent des grenadiers salua, fit un demi-tour réglementaire et se retira avec ses hommes. Brival écarta le sergent des chasseurs qui, radieux, arrivait avec une bouteille et un verre. Il en avait autant à son service.

— Bravo ! dit Lanot. Voilà qui s'appelle parler. A défaut de ce champagne qui me faisait envie, je bois du petit-lait.

— Qu'à cela ne tienne ! dit Pénières qui semblait renaître à la vie. J'offre une bouteille de champagne. Aubergiste !

Brival l'arrêta d'un geste. Il avait remporté une petite victoire contre lui-même, contre l'« ombre », mais il se sentait déchiré plus que rasséréné. L'événement ferait le tour de la ville ; on apprendrait que cette « girouette » de Brival avait refusé de laisser chasseurs et grenadiers de la garde nationale trinquer à l'unité de la Nation.

— Restez si vous en avez envie, dit-il en coiffant son tricorne. Moi, je rentre.

— C'est la conscience qui t'attend à la maison ? dit Lanot.

C'était elle. Ils ne pouvaient vivre longtemps l'un sans l'autre.

Il se prépara un café très fort, dégusta la première gorgée debout devant la fenêtre ouverte sur la nuit de printemps qui suintait d'odeurs de prairies et de rivières, avec dans l'air comme une fraîcheur de pluie. Sa montre marquait onze heures : trop tôt pour se coucher ; trop tard pour travailler. Il n'avait d'ailleurs envie ni de l'un ni de l'autre.

Maintenant sa pipe est devant lui, bourrée de gros tabac, mais il résiste à la tentation de l'allumer. Il aime cette heure de la nuit, ce silence qui semble se resserrer autour de lui, ces craquements arthritiques des meubles familiaux, ces courtes promenades du couple de chats, Philémon et Baucis, à travers la pénombre. la tête pleine des échos de la tumultueuse soirée, reflet de l'ambiance tendue de la ville, il parcourt distraitement quelques courriers.

Sous une convocation à assister à la réunion des Amis de la Constitution, à laquelle il doit répondre d'urgence, apparaît une missive rédigée d'une main fiévreuse : les dernières nouvelles de Diane, où elle lui raconte la visite de Charles de Sombreuil et l'aveu qu'il lui a fait.

Il se renverse dans son fauteuil, l'amertume aux lèvres. Cette lettre, il l'a lue cinq ou six fois déjà, avec colère d'abord, puis avec une résignation qui n'allait pas jusqu'au renoncement. Il la relit, renversé dans son fauteuil, cherche sous chaque phrase, sous chaque mot, un sens qui lui aurait échappé. Curieusement, comme si elle souhaitait le laisser seul juge, elle s'abstient de commenter la visite et les propos de Sombreuil. Brival n'a pas répondu. La réponse qu'il lui a faite sous le coup du ressentiment, il l'a déchirée. Il lui écrivait : « *En amour, la contrainte est la pire des attitudes. Tu es libre de me quitter comme je suis libre de mes décisions. Comment pourrais-je t'en vouloir de me préférer le* “ *petit Sombreuil* ” *si tes sentiments t'inclinent vers lui ? J'en aurai du regret, mais j'accepterai un choix dicté par la logique...* » Sagement, il a décidé d'attendre pour répondre. La lettre de Diane frise le chantage ou la mise en demeure. Il sait qu'elle l'aime et que lui, Brival, n'aimera jamais qu'elle.

La longue lettre qu'il lui écrira, il la sent bouger en lui, faire éclater des mots et des phrases comme des bulles. Il lui parlera comme il sait le faire, en évitant de lui donner un tour trop littéraire — un travers auquel il sacrifie trop souvent en d'autres circonstances — de leur passion commune qui résiste à tous les orages, de son désir de la retrouver maintenant que les routes du plateau sont de nouveau praticables. Il évoquera ses soucis, ses conflits entre son côté lumineux — sa conscience — et son versant sombre — ses ambitions. Ses torts envers elle, il ne les cachera pas, mais il ne manquera pas de lui rappeler, avec ménagement, les siens propres.

— Diane, dit-il tout haut, ma petite lumière...

Il sait que le moment qu'il a longtemps retardé est venu. Tout l'incite à cette confrontation. Il décapsule son encrier, se sert une nouvelle tasse de café, respire l'odeur de la pluie qui caresse la ville endormie et commence sa lettre comme il se jetterait sur le lit de l'aimée.

Depuis plusieurs semaines, Ambroise de Marsanges ne vivait plus qu'en état second.

Persuadé que sa liaison avec Manon était à jamais révolue et que pour lui la porte des sentiments était désormais condamnée, il se morfondait, fuyant la présence de ses proches dans la mesure où son silence ne paraissait pas trop ostentatoire, s'en tenant aux propos sommaires ou aux monosyllabes. Lui qui détestait les promenades solitaires malgré son goût pour les œuvres de Rousseau et les églogues de l'abbé Delille, il semblait prendre une joie sauvage à crotter ses guêtres dans les fondrières.

Un matin de brume, il s'égara dans les immenses mouillères du Longeyroux, sur le bord de ce filet d'eau, la Vézère, et ne revint au château que le soir, blême, transi de froid, des râles dans la poitrine, contraint de s'aliter et de boire les tisanes de Louis-Amour. Marion lui posa des ventouses en le morigénant :

— Ne recommencez plus jamais ce genre d'exploit. Vous avez eu de la chance qu'il n'y ait ni pluie ni neige et que vous n'ayez pas rencontré de loups. Quelle folie vous prend soudain ? Avez-vous décidé de vendre vos domaines, que vous les arpentiez sans relâche comme un géomètre ?

Pour l'aider à s'endormir, elle lui lisait quelques pages de *l'Isle inconnue,* du chevalier de Gastines, ou les lettres de Clarisse Harlowe, mais c'est elle qui s'endormait la première et lui qui, retrouvant dans cette littérature pour vieille dame quelques échos de ses joies et de ses peines, la réveillait pour lui demander de poursuivre sa lecture. Elle y brûla des brasses de chandelles et crut périr d'ennui.

Il avait passé quelques mauvais jours à délirer, parlant d'une certaine Marie Troubady que personne dans le château ne paraissait connaître et qui était peut-être, songeait-on, une nouvelle conquête, sans qu'on pût dire dans quelles circonstances il avait bien pu la rencontrer. Lorsqu'il eut vidé son sac à délires et que la fièvre fut tombée, Marion lui demanda qui était cette inconnue qui semblait tant lui tenir au cœur. Il parut surpris.

— Une personne sans importance, dit-il.

— Elle semblait pourtant vous créer beaucoup de soucis.

Il avait éclaté :

— Il faut oublier ces radotages de vieillard ! Prépare-moi plutôt un « trempil ».

C'est Diane qui lui porta le bol de vin chaud. Elle essuya le front du malade que cette brève algarade avait trempé de sueur.

— Pourquoi vous mettre dans ces états ? dit-elle. Vous n'êtes pas le seul à savoir que cette Marie Troubady se fait appeler Manon.

Il bondit. Comment avait-elle appris ?

— Cela importe peu, poursuivit Diane. L'essentiel, c'est que vous oubliiez cette fille. Elle aurait causé votre malheur et notre ruine. Rassurez-vous : elle ne vous importunera plus. Dites-vous que vous venez de traverser un cauchemar, et buvez votre vin tant qu'il est chaud. J'y ai coupé une tranche de pain de froment que François nous a rapporté de Limoges. Il a eu du mal à se le procurer, car la farine se fait rare. Il y a eu des émeutes.

— François ? Il est donc revenu ?

— Vous lui avez même parlé, mais la fièvre vous faisait délirer et vous lui avez dit des sottises dont nous nous serions divertis en d'autres circonstances. Picharou est venu lui aussi. Il paraissait tout ému et il a pleuré. Il puait tellement que nous l'avons chassé et ouvert les fenêtres après son départ. Vous avez reçu des gazettes de Paris et une lettre de M. de Lamase vous souhaitant une prompte guérison.

Diane omit de dire qu'elle avait ouvert une lettre de Manon, adressée à son père : un charabia comportant d'étonnantes approximations de syntaxe au point que Diane avait dû s'y reprendre à deux fois avant d'en saisir pleinement le sens. Manon aimait Ambroise et n'aimait vraiment que lui ; elle regrettait l'incident de l'« otre soir » (quel incident et quel soir ?) ; elle s'abîmait dans la confusion et le remords, mais elle n'était pas maîtresse de ses décisions et de son comportement ; à la suite du fameux « évainement », elle s'était querellée avec le sieur Bernard et avait rompu avec lui ; elle était seule, désespérée... et libre. Elle concluait : « *J'aie plus que vous au monde, vous aite mon soveur...* »

Une semaine plus tard, à la faveur d'une éclaircie, Manon avait frété son cabriolet pour se rendre à Marsanges. Diane l'avait reçue fraîchement et avait refusé de la laisser entrer en prétextant que son père était à l'article de la mort. « C'est votre faute, ma chère, lui avait-elle dit. Vous avez trop et trop longtemps abusé de sa crédulité. Oubliez-le. Il vous sera aisé de vous consoler avec d'autres protecteurs, et je ne parle pas de mon frère, François, qui va se marier. » Comme Manon insistait pour voir le moribond « une dernière fois », Diane avait rétorqué que toute visite était interdite, sauf celle du curé, qui n'allait pas tarder à venir lui administrer l'extrême-onction.

Le visage baigné de vraies larmes, Manon était remontée dans son cabriolet et s'était éloignée sans se retourner. Au moment où elle franchissait le portail, Diane lui avait lancé :

— Adieu, Marie Troubady, et bonne chance !

6.

LE RETOUR
DE L'ENFANT PRODIGUE

Paris.

A peine remis des suites de son escapade, M. de Marsanges reçut des nouvelles de son fils, Hyacinthe : il annonçait sa décision de revenir au début de l'été, et pour un temps indéterminé, dans sa famille ; il serait accompagné de son amie, Estelle, et de son serviteur noir, Diouf.

— La nouvelle ne semble pas vous réjouir outre mesure, père, dit Diane.

— Je ne te cache pas que je redoute ce retour. Il va bouleverser notre existence. Qui est cette Estelle, et que va-t-il s'encombrer d'un nègre comme les Tourdonnet ?

Ambroise de Marsanges n'avait jamais manifesté beaucoup d'affection pour son fils aîné qui tenait davantage de son épouse que de lui. Il retrouvait dans son comportement, en plus accusé, le grain de folie que Gabrielle avait fait éclater dans le caractère de tous ses enfants et dont lui-même, par mimétisme, avait hérité.

La mort de Gabrielle de Marsanges, six ans auparavant, avait délivré Hyacinthe de l'indifférence de ce père qui l'avait toujours tenu à distance et de la banale affection qui l'unissait à ses frères et sœurs. Sa mère était le seul être de toute la famille avec lequel il se sentît en communion d'idées et de sentiments et qui l'eût encouragé à s'éloigner de ce désert où l'on risquait de périr d'ennui.

Ambroise de Marsanges l'avait écouté sans surprise et sans déplaisir lui demander son émancipation et l'autorisation de quitter sa famille pour Paris. Ambroise lui confia même un billet le recommandant aux bons soins d'un frère de Gabrielle, M. de Fontloube, qui occupait dans les bureaux de Versailles une sinécure de commis au service des Finances.

Hyacinthe s'était embarqué pour la capitale avec un modeste pécule. Il n'avait dû qu'à la générosité de son oncle de pouvoir figurer sans se faire remarquer dans ce monde où les apparences de la médiocrité provinciale ne pardonnaient pas. Il avait additionné des chiffres et gratté du papier pendant quelques mois : le temps d'observer les mœurs de la Cour et d'en tirer profit. Très vite, il avait compris que les voies de l'ambition étaient fermées pour lui et toutes les places occupées par une nuée de parasites dont le seul souci était de s'approcher du trône d'assez près pour que le regard du roi, mais surtout de la reine, s'arrêtât sur eux.

C'est vers Paris que Hyacinthe tourna ses ambitions. C'était un proche continent exempt de contraintes morales, riche de promesses pour l'aventurier qu'il sentait s'affirmer en lui et qui rêvait de conquêtes. Il se dit qu'il n'avait pas quitté Marsanges pour s'enfermer dans un bureau en compagnie de gratte-papier arrogants, portés sur l'intrigue, méprisants pour le provincial qu'il était.

Il s'ouvrit de son projet à M. de Fontloube qui lui répondit :

— Je ne te retiens pas, mais sache que ma générosité a des limites et que je ne suis pas homme à me contenter d'ingratitude pour tout salaire. Tu n'obtiendras de moi ni subsides ni billet d'introduction. Et garde-toi de venir frapper à ma porte quand tu seras las de manger de la vache enragée.

Hyacinthe se le tint pour dit.

Afin d'économiser les quelques sous que coûtait un voyage en poste, il partit pour Paris à pied. Il coucha dans un asile de vagabonds puis parvint, grâce à sa bonne mine, à trouver à se loger chez deux vieilles filles bossues, toujours vêtues en petit deuil et qui puaient le tabac à priser pis que son père. Elles acceptèrent de l'héberger *gratis pro Deo* pourvu qu'il s'occupât de leur cheval et de leur calèche, ultime reliquat d'une aisance qui allait rapidement sur son déclin. Il fut logé dans une sentine donnant sur une cour profonde et sombre comme une citerne, qu'il meubla d'un coffre vermoulu trouvé dans les combles, où il rangea ses effets et ses livres, d'un fauteuil qui montrait son crin et d'un antique lit de jour orné de siamoise flambée.

Conscientes d'héberger un garçon bien honnête, qui ne recevait pas de créatures dans sa chambre, savait entretenir et conduire un attelage à travers les rues les plus encombrées de Paris, les deux vieilles dames finirent, sur sa requête, par lui assurer le couvert en plus du gîte, sans pour autant qu'il partageât leur table, exigeant même qu'il fît le service lorsqu'elles recevaient, ce qui, fort heureusement, était rare.

C'est à l'occasion d'une de ces réceptions, plus riches de conversations que de mets, que Hyacinthe de Marsanges rencontra pour la première fois Mme de Ponty, une veuve qui vivait dans l'aisance, sinon dans le luxe, et habitait un hôtel vétuste du Marais.

Aurore de Ponty s'épanouissait dans une heureuse opulence de chair sous les rayons d'un crépuscule encore ardent et chaleureux ; elle portait la toilette avec élégance, toujours dans le violet, laissait volontiers apparaître une poitrine mouchetée de pastilles sous une écume de malines blanche, portait des corsets très serrés pour faire illusion sur sa taille et, passé la cinquantaine, elle arborait un sourire qui mettait en valeur les reliquats d'une denture qui avait été éblouissante.

Naguère, cette grande dame avait eu des rapports d'affaires avec M. de Fontloube ; elle n'avait pas gardé le meilleur souvenir de cet aigrefin de haute volée et fut heureuse de partager son acrimonie avec Hyacinthe qui n'aimait guère le bonhomme malgré les bontés qu'il lui devait.

Mme de Ponty prit tant d'intérêt à ces entretiens qu'elle pria Hyacinthe de venir chez elle faire collation. Il se présenta, des fleurs à la main, et repartit avec des espoirs. Comme il n'était pas sot, qu'il n'avait pas sa langue dans sa poche et savait, à bon escient, user de sa modeste érudition pour placer une citation, un bon mot, une critique pertinente, puisée pour l'essentiel dans le *Mercure,* du dernier opéra-comique de Nicolas Daleyrac ou du dernier roman de M. Restif de La Bretonne, il plut, fut réinvité, se trouva à son aise dans cette demeure vaste et meublée avec goût, en se disant qu'il eût aimé y vivre.

Il en rêva tant qu'il finit par l'avouer à la jolie veuve. Elle rosit de bonheur derrière son éventail violet « à la Constitution », minauda et finit par avouer :

— J'y pensais aussi, figurez-vous. Eh bien, cette maison est la vôtre.

Ce qui ne semblait être qu'une boutade sans conséquence donna lieu à un échange de confidences sur le mode enfiévré. Elle se plaignit des affres de la solitude dans son hôtel du Marais ; il évoqua celle qu'il avait connue durant son enfance et son adolescence sur le plateau. Ils échangèrent leurs déserts.

Leurs échanges ne s'en tinrent pas là.

Un dimanche, jour de congé pour Hyacinthe, alors qu'ils revenaient en voiture de louage du Palais-Royal où le spectacle des hétaïres les avait mis en des conditions favorables, ils joignirent leurs solitudes dans le grand lit de la baronne de Ponty. Elle se révéla une maîtresse ardente et insatiable, lui un ami tendre et vigoureux.

Lorsqu'ils se séparèrent au petit matin, leur décision était prise : ils ne se quitteraient plus.

Les deux vieilles chattes regardèrent Hyacinthe avec regret faire sa malle. Sa joue essuya les larmes ruisselant sur la pommade et la poudre. Il se confondit de nouveau en excuses, répéta que sa santé exigeait un changement d'air et qu'il avait fini par céder aux sollicitations d'un marquis dont il assurerait l'intendance.

Dans la compagnie de la baronne de Ponty, Hyacinthe vécut un été de passion violente auquel il jugea bon de mettre un frein pour ne pas gâter à la fois sa santé et cette beauté de visage et de corps qui était son orgueil.

Il ne manquait de rien. La baronne, quoiqu'elle ne fût pas d'une inépuisable richesse — elle vivait de rentes sur des domaines proches d'Orléans — ne lésinait pas sur la nourriture et le train de vie. Deux fois par semaine, ils dînaient ou soupaient en ville et elle commandait les meilleurs vins dont son sigisbée savait apprécier les qualités.

Trois fois par mois, elle recevait dans son salon tendu de superbes Aubusson, meublé de fauteuils tapissés de velours violet, éclairé de flambeaux de cristal, au parquet recouvert en son milieu d'un somptueux tapis de Perse. C'étaient de folles soirées. Hyacinthe y brillait comme s'il fût né dans ce milieu et qu'il connût tout ce qu'un honnête homme pût savoir de ce qui se passait à Versailles et à Paris en restant à la surface des choses et sans courir le risque de se hasarder dans des détails qui eussent risqué de le faire passer pour un imposteur. Son secret était simple : il passait deux heures par jour dans les cabarets et les salles de lecture, à lire les gazettes et à écouter les conversations. Il constatait avec orgueil que les dames n'étaient pas insensibles à sa faconde, à son esprit et à la qualité de ses informations.

Mme de Ponty prenait parfois ombrage de ses succès, et cette jalousie le flattait. Elle lui disait :

— Mon « neveu », je trouve que vous avez porté beaucoup plus d'intérêt qu'elle n'en méritait à cette péronnelle maigrichonne.

— Vous vous méprenez, ma « tante », protestait Hyacinthe. C'est elle qui cherchait à m'aguicher, mais elle est si sotte et si laide qu'elle ne pouvait susciter que ma pitié. Vous lui damez sans effort le pion en toute chose.

C'est au cours d'une de ces soirées, à la fin du souper, que la « tante » de Hyacinthe eut la révélation d'une passion que son « neveu » lui avait bien cachée : celle du jeu. Elle-même détestait les cartes comme tous les jeux de société.

Ce soir-là, elle éprouva un sentiment de surprise et d'anxiété en le voyant répondre à l'invitation d'un personnage important, le duc de Bouillon, un infirme, cul-de-jatte, qui avait été l'ami de feu le baron de Ponty et s'était usé avec lui à de folles « parties de femmes » auxquelles ce dernier n'avait pas survécu. Hyacinthe avait tout d'abord refusé poliment, prétextant qu'il ignorait tout des jeux de table, alors qu'en réalité il y était passé maître en jouant avec les commis, dans les bureaux de Versailles, en l'absence de M. de Fontloube.

— Dans notre monde où le hasard commande aux événements, dit le marquis, qui se piquait de philosophie, il faut être plus fort que lui si l'on a le goût de la réussite. Les cartes sont une clé du succès ; elles vous ouvriront des portes que vous auriez crues condamnées à jamais. On vous regardera de haut si vous faites étalage de votre savoir, mais on vous respectera si vous savez manier les cartes. Si vous et votre tante en êtes d'accord, je vous donnerai quelques leçons. Je suis persuadé que vous y prendrez goût.

Il décida que l'on débuterait par une partie de whist, un jeu d'origine anglaise qui faisait fureur à Paris et dont les règles, disait-il, étaient fort simples. Ils disputèrent plusieurs parties à l'essai, et le maître ne tarda pas à s'étonner des bonnes dispositions de son élève, malgré quelques maladresses insignes mais qu'il lui pardonna de bonne grâce.

— Vous êtes très doué, mon jeune ami, dit-il, et je vous prédis une belle carrière aux tables. J'aime cet air détaché que vous prenez, cette feinte indifférence au gain, ce sens de la dissimulation en toute circonstance qui sont les symptômes des grands talents. Plus tard, nous en viendrons au pharaon et au macao, puis, si vos dons se confirment, au lansquenet, le roi des jeux, mais auquel on passe facilement de la richesse à la ruine.

Il ajouta jovialement :

— Et maintenant jouons de l'argent si cela vous tente.

Il fit glisser quelques louis sur le tapis vert, interrogea son partenaire du regard.

— Fort bien, dit Hyacinthe. Je vous suis.

Il perdit plusieurs parties d'affilée, récupéra ce qu'il avait perdu, vida de nouveau sa bourse et la regarnit promptement.

— Voyez le petit prodige ! s'exclama le duc de Bouillon. Il est aussi fort que moi. Je vous tire mon chapeau, monsieur le débutant. Ou vous m'avez berné ou vous avez une chance inouïe.

— J'ai en effet beaucoup de chance, dit Hyacinthe en glissant un regard amoureux vers sa tante pâmée d'émotion.

Le duc regagna ses pénates délesté de vingt-cinq louis, mais heureux d'avoir rencontré un partenaire de sa valeur. On se promit de nouvelles rencontres, si la « tante » était d'accord.

— Vous êtes fou ! dit Aurore lorsqu'ils se retrouvèrent seuls de nouveau. Bouillon est un des plus fameux joueurs de la capitale. Il dilapide au jeu des fortunes, certaines soirées, mais les reconquiert toujours avec *boni.* Voulez-vous nous ruiner ?

Il fit de cette réprimande un bain de tendresse quand, le lendemain, avec l'argent qu'il avait gagné, il lui offrit le bijou dont elle avait envie. Il ajouta à ce présent un aveu :

— Mon cœur, je vous ai dissimulé que je suis possédé de la passion des cartes. Je l'ai fait par égard pour vous qui l'avez en horreur. Je joue depuis fort longtemps et j'ai, moi aussi, la réputation d'être un fameux joueur. Hier, je n'ai pu résister à la tentation de faire quinaud ce prétentieux imbécile, et vous avez vu comme il a baissé pavillon. J'aurais pu faire mieux et l'obliger à donner en gage son carrosse et tout son équipage. J'ai renoncé parce qu'il est de vos amis. Me pardonnez-vous ?

— Je ne vous aurais pas pardonné de perdre. Vous avez bien fait de relever le défi. Je n'aurais pas aimé que vous passiez pour un niais.

Son visage se figea soudain.

— Hyacinthe ! Auriez-vous triché ?

— Moins que lui, mais avec plus de subtilité. Bouillon est un vicieux. J'aimerais lui faire tâter le fond de son coffre. Vous m'y aiderez, et nous trouverons d'autres pigeons plus gras encore à plumer.

Elle lui sauta au cou, délirante.

— Vous êtes un brigand, mon cœur, mais comme je vous aime !

Dans son désespoir d'infirme, le duc de Bouillon ne vivait que pour cette passion : les tables.

Il s'y adonnait avec une sorte de fureur glacée, y passait des nuits, ne dédaignant pas de faire porter sa chaise à roulettes dans les tripots où il savait rencontrer des joueurs de son acabit. Encadré de deux gardes du corps qui dissimulaient des poignards dans leur ceinture, il s'était mesuré aux plus fines cartes de Paris et, bien qu'il jouât du biseau, il perdait souvent sans pour autant laisser entamer sa légende de joueur imbattable. Une telle fatuité méritait une leçon ; Hyacinthe se promit de la lui infliger : le bonhomme l'écœurait — il faisait sous lui et empestait l'atmosphère.

— Nous allons le ruiner si vous en êtes d'accord, dit-il, et nous mènerons la grande vie.

Aurore finit par y consentir, mais le pigeon était plus réticent à se laisser plumer qu'ils ne l'avaient supposé. Au lansquenet, par exemple, il ne connaissait pas son maître. Persuadé encore, malgré quelque soupçon, de l'ingénuité de son partenaire, qui, il est vrai, ne prisait guère ce jeu de brigands, le duc l'avait prévenu :

— On dit du lansquenet qu'il « sent son soudard à plein nez ». C'est vrai, puisqu'il fut inventé par des militaires qui mouraient d'ennui en campagne ou dans des villes de garnison. Vous y laisseriez votre chemise et peut-être votre vie si je ne vous chaperonnais, mais vous verrez comme il est facile de tricher quand on a vos dispositions. Le roi Louis XIV l'interdit, mais ce jeu trouva refuge dans les tripots clandestins et les hôtels des gentilshommes les plus huppés. Il paraît même que, de nos jours, on y joue dans les salons de la reine ! Prenez garde : à ce jeu, il n'y a que des dupes et des fripons. Faites en sorte de vous trouver parmi ces derniers et votre fortune est faite... si vous survivez.

M. de Bouillon expliqua à son protégé les règles compliquées, que ce dernier connaissait parfaitement.

Il lui fit faire ses débuts chez Laurent, tripot proche du Palais-Royal, où fréquentaient des médecins et des avocats marrons, des escrocs de billard forts en gueule, des aventuriers sans vocation précise, des invertis, des maquerelles et une certaine noblesse décatie et mal lavée, qui sentait l'aigre sous la poudre de violette. Dans ce monde interlope et patibulaire, Hyacinthe joua l'innocent fortuné tenté par l'ivresse du jeu et qui ne regardait pas aux mises. Il y mit tant de conviction que tous ces roués se dirent qu'ils allaient sans peine le soulager de ses écus.

Le premier soir, au milieu d'une tabagie suffocante et d'un tumulte de salle de garde, Hyacinthe se contenta d'observer et de tirer certaines leçons du spectacle, estimant de l'œil et de l'oreille les qualités et les défauts des joueurs, ce qu'il pouvait entrevoir de leur fortune par leurs mises, relevant au passage de jolis coups de tricherie qui lui mettaient le cœur en joie. A la dérobée, il notait tout sur un calepin.

Ce soir-là, désireux d'impressionner son élève, le duc joua de fortes sommes, garda longtemps la banque, perdit beaucoup sans en paraître affecté et dut mettre en gage son carrosse, car il n'avait pas suffisamment d'argent sur lui.

Il retint une voiture de louage, laissant ses gardes du corps revenir à pied. Il déposerait Hyacinthe chez Mme de Ponty.

— Je vous dois beaucoup de reconnaissance, monsieur le Duc, dit Hyacinthe, et j'éprouve même pour vous des sentiments d'amitié. C'est pourquoi j'ai de la peine à vous voir perdre aussi gros, comme si l'argent vous brûlait les doigts. Vous êtes resté à la banque trop longtemps pour finir par vous laisser dépouiller comme à plaisir. Au dernier coup, vous avez été victime d'une magistrale tricherie. J'ai failli vous prévenir, mais j'ai vu briller les couteaux. Vous me prêchez la prudence, mais la négligez pour vous-même.

Une main grasse et moite se posa sur le genou de Hyacinthe.

— Vous avez raison de me sermonner, mon petit. La tricherie dont vous parlez ne m'a pas échappé. J'aurais dû poursuivre et répliquer par un coup plus raide encore, mais je commençais à être las et cette partie ne m'intéressait plus. D'autre part, j'ai observé moi aussi parmi certains de mes « pontes » de fort mauvais bougres qui portaient des couteaux sous leurs manchettes crasseuses, et je n'ai pas voulu risquer de déclencher un esclandre qui eût vite dégénéré en rixe. Ces gens sont dangereux : la lie de la société. Il y a quelques années, je fus mêlé, dans les mêmes circonstances, à une bataille en règle. Un de mes gardes du corps y a laissé sa vie et j'ai bien failli y perdre la mienne. J'étais téméraire, alors. Aujourd'hui, j'ai peur, mais la passion du jeu est une drogue si puissante que ce sont toujours les endroits dangereux qui m'attirent, alors que les aimables tables de salon m'indiffèrent : on y joue des haricots en parlant de bons sentiments. Cela durera jusqu'au jour où la police m'embarquera dans ses fourgons et où une lettre de cachet m'enverra à la Bastille rejoindre mon ami, le marquis de Sade, qui, lui, a d'autres jeux en tête. Ce jour-là, j'aurai cessé de vivre.

— On n'osera pas en venir à de telles extrémités. Votre famille est trop puissante.

Le duc se mit à rire doucement, essuya son visage avec son mouchoir. Il transpirait beaucoup et puait fort. La nuit était lourde, zébrée d'éclairs lointains, au-dessus de Montmartre. Le cocher ivre et somnolent conduisait avec indolence un attelage fatigué. Privé de l'appui de ses jambes, le duc se cramponnait à Hyacinthe qui contenait avec peine une envie de vomir.

— Détrompez-vous, mon jeune ami ! De plus illustres personnages que votre serviteur sont allés méditer à la Bastille sur leurs écarts de conduite ou leur impertinence à l'adresse de plus grands qu'eux.

Il eut une profonde éructation qui sentait le poisson gâté, somnola quelques instants, la tête appuyée à l'épaule de son commensal.

— Des événements graves se préparent, dit-il en se réveillant. La guerre d'Amérique a ruiné les caisses de l'Etat, et ce ne sont pas les emprunts et les comptes d'apothicaire de M. Necker qui vont les remplir. Nous sommes au bord de la banqueroute, et elle n'épargnera personne. Le roi tergiverse, repousse la seule solution qui permettrait de rétablir les finances de la nation : faire cracher au bassinet la noblesse et le clergé. Le peuple est las de se saigner à blanc pour les guerres de prestige, les fastes de la Cour et les caprices de la reine. Un jour, il se mettra en colère et, ce que nous refusons de lui donner, il nous l'arrachera. Les folliculaires sont en train d'entretenir ce mécontentement. Un jour qui est proche, le couvercle de la marmite sautera, et nous serons les premières victimes, vous et moi qui portons la particule. C'est pourquoi, comme vous dites, l'argent me brûle les doigts. Il ne me reste que peu de temps à vivre, mais je veux le vivre à ma guise, dangereusement s'il le faut, avant d'être emporté par la tempête. Peut-être me donnez-vous tort ?

— Dieu me garde de vous juger, monsieur de Bouillon, mais je possède trop peu de bien pour ne pas frémir en vous voyant dilapider le vôtre.

La main du duc pianota sur le genou de Hyacinthe.

— Soyez franc jusqu'au bout : vous avez eu votre part du gâteau ; vous avez amassé une petite fortune avec les miettes de la mienne. Combien de fois vous ai-je vu tricher sans vous en faire la remarque ! Cela m'amuse. J'aime vous voir rafler mes louis avec une lueur de gourmandise dans l'œil. Je n'ai jamais été dupe, allez. Depuis longtemps, je n'ignore plus que vous m'avez berné depuis le début de nos relations. Vous n'étiez point un novice, reconnaissez-le !

— Je l'avoue, dit Hyacinthe qui se sentait soudain pris d'une grosse tendresse pour ce vieil homme qu'il avait mésestimé.

— C'est bien, mon petit. Je ne vous aurais pas pardonné de protester de votre innocence.

Il ajouta :

— Nous voici chez votre amie de cœur, votre « tante », comme vous dites, mais si vous le souhaitez, je vous emmène chez les filles. Je connais une maison accueillante non loin d'ici. Nous pourrions y finir la soirée. Le champagne y est de bonne qualité et les filles sont les plus racées de Paris. Prêtez-moi simplement quelques louis pour la course et le reste.

— Je vous remercie, mais je dois rentrer. Mme de Ponty n'aimerait pas que je passe la nuit hors de chez elle sans la prévenir. Nous nous retrouverons un autre soir, si vous le désirez, et, à nous deux, nous ferons cracher leur or aux gredins qui vous ont dévalisé.

Une fois par semaine, le duc de Bouillon et Hyacinthe de Marsanges se retrouvaient chez Laurent.

Lorsque Hyacinthe tenait la banque face à une tourbe de pontes ou de carabins, la table allait bon train. Ce « jeu de soudards » passionnait le jeune homme ; il s'y donnait avec une sorte de joyeuse ardeur dont rien ne transparaissait dans son comportement. Cette jubilation intérieure était sensible seulement pour le duc qui fondait d'admiration devant les sublimes coups fourrés de son protégé, sa souveraine aisance face à la meute de ces « Juifs », comme disait le duc avec une pointe de mépris. Il gagna des sommes importantes, dont il envoya une partie à sa famille.

Les soirées se terminaient au bordel où le duc retrouvait de vieux amis portés comme lui sur la chair fraîche. Ils revenaient à l'aube à travers un Paris maussade et grisâtre, encombré de voitures de poste et de rouliers, dans l'odeur des légumes frais et des vieilles pourritures.

C'est là, au « Cygne de Léda », où fréquentait Restif de La Bretonne, toujours à court d'argent mais jamais d'arguments pour en emprunter, que Hyacinthe rencontra Estelle, fille d'honnêtes guinguetiers de Meaux, qui avait rompu les ponts avec sa famille et s'était retrouvée à la rue. Comme elle était d'un abord agréable, elle avait connu de rapides succès aux Halles de Champeaux, un des lieux de débauche notoires de la capitale. Des trottoirs des Halles, elle avait vite évolué vers les arcades du Palais-Royal où elle jouait pour les bourgeois en goguette un rôle qui lui allait à merveille : celui de la prostituée juvénilc, toute suintante d'innocence sous des allures très libres. Une maquerelle lui avait trouvé un lieu plus conforme à ses dons et elle s'était retrouvée attifée comme une princesse sur les banquettes du « Cygne de Léda ».

Tout d'abord rebuté par la vulgarité de parade, Hyacinthe ne tarda pas à tomber sous le charme de son opulente chevelure rousse, de ses larges yeux verts, de ses hanches épanouies et de sa jeunesse — elle allait avoir seize ans. Leurs débats atteignaient une dimension lyrique ; elle ne faisait pas l'amour : elle le déclamait, et ses contorsions laborieuses mettaient ses pratiques au comble du bonheur. Après un mois de commerce assidu avec elle, Hyacinthe n'en voulut pas d'autre, car jamais, auprès d'aucune autre fille, il n'avait connu un tel paroxysme des sens.

Cela dura jusqu'à un certain soir où ce vieil hypocrite de Restif, qui puait l'encre d'imprimerie et le mal lavé sous sa cape de corbeau, se mêla de leurs relations. Il avait découvert que cette fille n'était pas ordinaire, et, pour sauver l'âme d'Estelle, prétendit la conduire chez une dame patronnesse, Mme de Montalembert, afin de la blanchir et de lui trouver un bon mari.

Comme Hyacinthe protestait, le duc de Bouillon lui dit :

— Si cette fille vous plaît tant, enlevez-la ou achetez-la à la matrulle. Vous pouvez l'avoir pour quelques dizaines de louis. Si la vieille rechigne, faites-lui comprendre que vous connaissez une personne bien en place dans la grande police. Que comptez-vous en faire ? L'épouser après l'avoir ramenée à ses parents ? Ce sera l'enfer, mon ami, mais vous êtes libre de votre choix.

Hyacinthe demeurait perplexe. Il avait obtenu sans peine l'agrément de la fille mais, avec plus de difficultés et une forte somme, celui de la matrulle.

La supérieure d'un couvent pour filles repenties, cousine du duc de Bouillon, accepta d'héberger Estelle, le temps qu'elle se refasse une innocence et apprenne les bonnes manières. Le temps aussi, pour Hyacinthe, de prendre avec élégance et discrétion congé de sa « tante ».

La bonne Aurore de Ponty ne tarda pas à être prévenue qu'un événement fâcheux pour elle se préparait. Les silences de son « neveu », ses absences de plus en plus prolongées sans qu'elle en fût avertie, l'abandon où il la laissait de toute affection l'avaient mise en alerte. Elle se refusait pourtant à imaginer l'inévitable, jusqu'au jour où elle aperçut un entassement de bagages au bas de l'escalier. Elle chancela, fondit en larmes et s'étouffa de sanglots. Bouleversé, Hyacinthe, qui avait décidé de partir sans explication, la prit dans ses bras et lui murmura à l'oreille :

— Mon cœur, j'ai décidé de me marier. Cela devait arriver, mais je ne savais comment vous y préparer, tant je vous dois de gratitude et d'affection.

Elle ne pouvait supporter l'idée d'une séparation définitive. Il la rassura :

— Nous resterons amis et nous nous reverrons, c'est promis.

Ils ne se reverraient pas ; elle le croyait, lui non. On ne transforme pas d'une passe magique un amour qui se défait en amitié. Il serra longtemps Aurore sur sa poitrine, versa une larme et protesta lorsqu'elle glissa dans la poche de sa vareuse un rouleau de louis.

— Au moins, dit-elle, me quittez-vous pour un parti digne de votre qualité et de votre rang ?

Il mentit effrontément pour ne pas la décevoir : Estelle était fille d'un riche négociant qui avait ses entrées à la Cour.

Au couvent des filles repenties, Estelle ne s'était pas refait une innocence. Elle avait perdu un peu de sa vulgarité, mais pris quelque embonpoint, la supérieure l'ayant affectée aux cuisines. Elle ne fut pas surprise d'apprendre que son ami avait renoncé à l'épouser, « de crainte, lui dit-il, que les contraintes de l'état matrimonial ne gâtassent leur passion commune ». Il coupa ainsi à la corvée qui consistait à se rendre chez le guinguetier de Meaux pour demander la main de la demoiselle. Elle accepta sans rechigner de vivre en concubinage avec Hyacinthe pourvu qu'il lui assurât une existence large et animée.

Le logis de la rue des Rats où Hyacinthe installa Estelle n'avait rien du luxe qu'il avait connu chez Mme de Ponty, mais ils s'attachèrent à le rendre plaisant, en dépit de la saleté et de la puanteur qui régnaient alentour.

Ils n'étaient pas installés de trois jours que, un matin, Hyacinthe, affolé, annonça à Estelle que la ville était sens dessus dessous. Une émeute avait éclaté devant l'immeuble occupé par un industriel connu pour son honnêteté et sa mansuétude envers ses employés : M. Réveillon, fabricant de papier peint faubourg Saint-Antoine. Le mouvement avait été provoqué par l'annonce d'une baisse des salaires. Les ouvriers, aidés par le peuple des environs, avaient pillé la fabrique. La troupe était intervenue. Une vingtaine de victimes gisaient sur le pavé.

Au soir de cette dramatique journée, dans une salle de jeu clandestine de la rue Quincampoix, le duc de Bouillon dit à Hyacinthe :

— C'est le commencement de la fin. J'ai assisté à l'émeute, de la fenêtre de mon carrosse. Cette hargne, cette violence aveugle, ces cris de haine contre un homme qui ne mérite que le respect, et tout cela sur de simples rumeurs... Restif a raison d'écrire que le bas peuple sans instruction est le plus grand ennemi de tout gouvernement et que c'est à des êtres stupides que les agitateurs, habillés comme eux, sales comme des Savoyards, s'adressent pour susciter les désordres qui serviront leurs desseins. Désormais, mon enfant, nous sommes en sursis. C'est contre nous, les « parasites », que va se déchaîner dans les mois qui viennent la colère de la populace.

Un vent de folie semblait balayer la capitale, attisé par des folliculaires et des gazetiers sans vergogne qui trouvaient dans le scandale, le mensonge, la calomnie un moyen efficace de vendre leur prose.

Ivre de tant de mouvement et de tumulte, Hyacinthe passait d'un tripot à un autre, recherchant de préférence la clientèle des étrangers, des Anglais surtout, espions de Pitt pour la plupart, cousus d'or, qui gagnaient avec morgue et perdaient avec le sourire. Toujours chaperonné par Bouillon, il se fit rapidement une fortune au whist, ce jeu sinistre qui se déroule dans un silence de cimetière, mais, au sortir d'un tripot où il avait gagné au lansquenet avec trop d'aisance une centaine de louis, il se fit dépouiller par un aventurier italien qui lui mit le couteau sur la gorge. Il jura qu'il renonçait à ce jeu de truands et lui préféra le whist qui se déroule en général entre gens bien élevés, sous les lambris des salons, dans l'odeur du café, du tabac fin, du chocolat et le parfum des belles dames qui suivent le jeu par-dessus votre épaule.

Cette année-là, Hyacinthe put réaliser deux caprices : il s'offrit une voiture et un nègre.

La voiture était un carrosse vétuste qui lui fut abandonné pour quatre-vingts louis et les chevaux pour cinquante par un ami du comte d'Artois qui avait décidé de suivre ce dernier en exil pour échapper à la folie parisienne. Hyacinthe fit effacer les armoiries auxquelles il substitua celles des Marsanges : écartelé d'or et de gueules au loup rampant, écartelé de l'un en l'autre brochant sur le tout[1].

Cette acquisition somptuaire s'accompagna d'un changement de domicile. Hyacinthe découvrit, dans le quartier de Saint-Séverin, à peu de distance de la rue des Rats, près du Petit-Pont, un modeste hôtel qu'un marquis lui loua pour une somme modique. L'immeuble comportait une cour et des écuries ; il avait belle apparence, malgré les lézardes de la façade. Le nouvel occupant le meubla richement mais sans excès, y installa une salle de jeu, avec un clavecin pour les soirées intimes, accrocha aux murs un Aubusson et deux adorables peintures de François Boucher que lui vendit un tabagiste amateur d'art.

Son second caprice fut l'acquisition d'un nègre. Originaire du Sénégal, ramené de Saint-Domingue en France dans les bagages d'un trafiquant d'armes destinées à l'Amérique, Diouf était un garçon pas trop stupide pour un sauvage, athlétique, bavard et indiscret. Son nouveau maître lui ordonna de ne pas faire usage de sa force sans sa permission et de se montrer réservé avec les visiteurs et surtout les dames. Sur les conseils de l'ancien propriétaire, il le fouetta un peu pour lui apprendre qu'il avait acheté, en même temps que le personnage, le droit à une obéissance absolue. Diouf conduirait l'attelage, ferait office de garde du corps et s'occuperait de menus travaux.

Ces acquisitions ostentatoires poussèrent rapidement Hyacinthe de Marsanges vers une rapide promotion dans une société où il

1. Robert Merceron, héraldiste.

n'existait pas de commune mesure entre être et paraître. Conseillé par le duc de Bouillon, il eut accès aux salons les plus huppés, passa sans peine du salon aux tables et regagna au jeu, en quelques mois, ce qu'il avait investi en vue de se hausser dans le monde. Il put même envoyer des sommes importantes à sa famille qui végétait dans sa montagne limousine.

Le duc de Bouillon lui confia un jour :

— Vous n'êtes pas aveugle au point d'ignorer que votre prospérité n'aura qu'un temps. Le peuple de Paris vient de prendre la Bastille. La racaille populaire coupe les têtes des gens qui lui déplaisent et les promènent au bout d'une pique. J'en ai même reçu une dans mon carrosse et j'en fus tout éclaboussé ! Cette orgie de destruction et de tuerie ne fait que commencer. Nous vivons sur un volcan. C'est pourquoi j'ai choisi de m'exiler. C'est la sagesse même, et je vous conseille d'en faire autant avant qu'il ne soit trop tard. Vous n'aurez besoin d'aucun passeport pour vous retirer dans vos terres du Limousin. Une fois le tumulte apaisé, rien ne vous interdira de reprendre vos habitudes et de vous refaire fortune et renom.

L'avis de Bouillon était inspiré par le bon sens, et Hyacinthe se promit d'y réfléchir, encore que la perspective d'aller s'enterrer, fût-ce pour une durée limitée, dans ce monde étrange qu'était la montagne limousine, au milieu de gens un peu sauvages et d'une famille qui avait un grain de folie, ne l'enchantât guère. Estelle moins encore, qui avait toujours vécu entre Meaux et Paris et ne souhaitait pas connaître le reste du monde, persuadée d'ailleurs qu'en dehors de ces deux villes tout n'était que sauvagerie.

— Tu partiras seul, lui dit-elle. Moi, je reste. Ce qui se passe à Paris me divertit. La ville n'a jamais été aussi animée. Tous les jours on apprend de nouveaux événements. C'est la fête partout. On brandit des drapeaux...

— ... et des têtes coupées !

— J'aimerais en voir une.

— Tu changeras d'avis lorsque ces gueux qui font la loi dans Paris te mettront le couteau sur la gorge et menaceront de promener ta tête dans les rues !

— Pourquoi feraient-ils ça ? De quoi pourraient-ils m'accuser ?

— Une révolution a besoin de victimes, pas de coupables.

Elle s'enferma dans sa résolution. Il revint à la charge à la suite d'un incident qui avait failli coûter la vie au duc de Bouillon.

L'infirme s'était rendu, accompagné de ses gardes du corps, postés derrière sa voiture, dans une maison de filles quand il avait été pris à partie par un freluquet, lieutenant de la garde nationale, qui lui demandait de crier : « Vive la Révolution !... Vive le roi ! », et de coiffer une sorte de bonnet rouge dont la mode paraissait se répandre dans la capitale. Le duc accepta de coiffer ce ridicule couvre-chef et de saluer son souverain, mais on ne put rien tirer d'autre de lui. Le freluquet le prit de haut, le décréta ennemi du peuple et le menaça de la lanterne. Comme le duc refusait toujours d'obtempérer, le lieutenant, aidé de trois acolytes, le fit basculer sur la chaussée, lui vida un seau d'ordures sur la tête et, à coups de pied, le força à ramper sur le sol à la manière des crapauds. L'infirme appela à l'aide ses deux gardes du corps, mais ces derniers, voyant que les choses tournaient mal, s'étaient éclipsés.

Le surlendemain de cet incident, alors qu'il quittait son hôtel du quai Malaquais, encore sous le coup de l'émotion, il observa que sa voiture était accompagnée d'un groupe de gens aux mines patibulaires, qui cachaient des gourdins dans leur dos. Il demanda au cocher d'accélérer le train et put rouler sans encombre jusqu'à la place Vendôme où se tenait une foire à spectacles. Il en sortait à peine quand il se retrouva en face des gueux qui avaient pris un raccourci et qui, cette fois, brandissaient leurs gourdins. Ils arrêtèrent le carrosse en tenant les chevaux aux naseaux, en firent descendre le cocher qu'ils assommèrent, puis, à grands ahans, firent verser la voiture sur la chaussée après l'avoir dételée. Non sans mal, ils parvinrent à en extraire l'infirme qu'ils rouèrent de coups.

— De la part du lieutenant Lazare ! dit l'un des gredins.

Alertée par les passants, une patrouille de la garde redressa le carrosse, y fit remonter le duc sans connaissance, le cocher titubant, et l'escorta jusqu'à son domicile.

— Il en est mort ? demanda Estelle avec indifférence.

— Non, répondit Hyacinthe, mais cela ne vaut guère mieux. Sa conscience lui est revenue, mais on craint qu'il ne retrouve jamais tous ses esprits.

Les appréhensions de Hyacinthe semblaient se confirmer. Le duc, auquel il rendait visite, ne le reconnut pas ; il ne reconnaissait personne, pas même son épouse, laissait errer sur les êtres et les choses un regard vide, bavochait sur son jabot. A table, il fallait le faire manger. Le dernier des ducs de Bouillon n'était plus qu'un mort vivant.

La marquise de La Tour du Pin, qui fréquentait assidûment l'hôtel du quai Malaquais, dit à M. de Marsanges :

— C'en est fini de lui. Les médecins l'ont condamné. Autant aurait valu que la populace le tuât. Il avait préparé ses bagages en vue de s'exiler dans les Pays-Bas. Nous devions partir ensemble, avec un passeport en bonne et due forme, et le voilà cloué à Paris. Encore heureux si son épouse parvient à le conduire jusqu'à ses terres de province.

Elle ajouta :

— Et vous, quel parti avez-vous pris ? Avez-vous reçu la quenouille ?

De nombreux nobles qui hésitaient à s'expatrier, par faiblesse ou par nécessité, recevaient, enfermées dans de petits coffrets, des quenouilles en miniature pour leur signifier que leur lâcheté les assimilait à des femmes.

— Je n'en ai point reçu encore, dit Hyacinthe, mais cela ne saurait tarder.

— Le prince de Condé, ajouta la marquise, est en train de regrouper la noblesse exilée, en vue de constituer une armée. Lorsque ses forces seront suffisantes, elles se joindront à celles de l'empereur d'Autriche, afin de venir délivrer le roi et de ramener les trublions au respect de la loi. Pourquoi n'en seriez-vous pas ? Un homme comme vous, bien fait, point sot et qui semble n'avoir pas froid aux yeux, devrait se décider à passer la frontière.

— Le métier des armes n'est pas mon fort, dit Hyacinthe, mais je vous promets d'aviser.

Ce qu'il n'avoua pas à la marquise, c'était sa répugnance à voir les « Prussiens », comme on disait, alliés aux émigrés, envahir le sol national et — qui sait ? — s'y maintenir avec la complicité de l'« Autrichienne » et la bénédiction du roi.

La marquise ajouta un ultime conseil :

— Faites-vous plus discret que vous ne l'êtes. Ce carrosse dans lequel vous roulez est une provocation et il est imprudent de vous faire précéder partout de votre nègre. Nous vivons une époque où la moindre ostentation peut être fatale. Cessez de fréquenter les tripots : on y meurt beaucoup, ces temps-ci, de mort violente. Renoncez de même à votre hôtel : il est trop voyant. Vivez dans l'ombre et le silence en attendant que passe l'orage, ce qui, à mon sens, est affaire de quelques mois. Vous avez suffisamment de fortune pour attendre que le vent tourne...

Le duc, toujours dans ses nuages, ayant quitté Paris pour la province, Hyacinthe de Marsanges ressentit profondément les affres de la solitude, dont Estelle était impuissante à le distraire.

Il se sentait dépossédé, en l'absence de son commensal, d'une part de lui-même, la plus ardente, la plus forte ; il était livré, sans volonté, au courant féroce qui emportait tout autour de lui.

De toute une semaine, il ne mit pas le nez dehors. Il lisait les gazettes que lui apportait Diouf, écoutait Estelle pianoter sur le clavecin dont un maître de musique lui apprenait à jouer, regardait interminablement les pluies d'octobre balayer les toits.

Il ne manifesta aucun mouvement d'intérêt en apprenant que la population de Paris — des femmes principalement — avait ramené de Versailles le roi, la reine et le dauphin (le « boulanger », la « boulangère » et le petit « mitron ») pour les installer au Louvre. Il n'était sensible à aucun des mouvements de l'histoire en train de se faire et de se défaire sous ses fenêtres. Il pensait à ces fissures qui lézardaient la façade du vieil hôtel en se disant que ce pourrait bien être un signe du destin. Il négligeait Estelle et n'eut qu'une vague réaction de colère en apprenant qu'elle trompait son abandon et son ennui avec son maître de musique. En revanche, il mangeait beaucoup, buvait sec et grossissait.

Indifférent à ce qui se passait à Paris, Hyacinthe l'était moins aux événements du Bas-Limousin.

Dans une longue missive, il avait été informé par Diane des émeutes de Favars, de Roffignac et autres lieux de la province. Il relut dix fois cette lettre, notamment ce qui concernait les menaces et les alertes contre Marsanges ; elle ne quittait plus son esprit ; des phrases tournaient dans sa tête ; il imaginait Diane, dont il avait oublié la voix, lui murmurant à l'oreille, dans un « susurro » tendre et complice, comme jadis, dans leur adolescence, de revenir. Diane, la préférée de ses trois sœurs... Il ne l'avait pas revue depuis son départ pour Versailles et, malgré le portrait que Jacques Brival, procureur général syndic de la Corrèze, lui avait fait récemment d'elle, avec suffisamment de passion dans la voix pour qu'il pût imaginer la nature de leurs rapports, il ne parvenait pas à faire coïncider ces traits avec ceux qu'il avait connus. Il en était de même, d'ailleurs, pour ses autres frères et sœurs ; seul son père gardait quelque relief dans sa mémoire. C'étaient des êtres sans visage qui surgissaient des lettres de Diane ou de Marion, qui se relayaient pour lui écrire.

Diane laissant espérer d'autres missives, Hyacinthe attendit la poste avec impatience. L'acheminement du courrier se faisait mal et, lorsqu'elles lui parvenaient, les lettres avaient été ouvertes par des délateurs professionnels. Il écrivit pour donner de ses nouvelles et envoyer des gazettes, se retenant pour ne pas laisser filtrer le désir qu'il avait, de plus en plus intense, de se retrouver au milieu des siens.

Une partie de l'hiver se passa ainsi, à rêver aux immenses espaces de landes et de forêts de la montagne et du plateau, à la neige qui n'en finissait plus, disait Diane, de tomber, aux concerts lugubres des troupeaux de loups qui le terrorrisaient lorsqu'il dormait entre Louis-Amour et François, au visage de sa mère qui le rassurait dans la lumière de la chandelle.

Lorsqu'il redescendait de ses hautes solitudes et ouvrait la fenêtre sur l'hiver parisien, Hyacinthe recevait au visage, comme une giclée de boue, l'odeur de pourriture de la rue du Petit-Pont. A travers la brouillasse molle et gluante, il respirait toute la misère de Paris ; elle lui collait à la peau, s'insinuait en lui, dissolvait ce qui lui restait de passion refroidie pour cette ville. Cette vague délétère effaçait jusqu'au souvenir des compagnons de tables qu'il ne voyait plus, qu'il lui semblait n'avoir jamais approchés que dans ses songes. Essayait-il de se distraire par la lecture ? Le livre ou la gazette lui tombait des mains. Faisait-il l'amour à Estelle ? Il n'y parvenait qu'après des efforts qui lui mettaient de mauvaises sueurs par tout le corps et lui affolaient le cœur. De toutes les joies de sa vie passée, il n'avait gardé que celles du bien-manger et du bien-boire, mais elles l'auraient achevé à petit feu si Estelle ne l'avait contraint à la modération.

Elle le rabrouait vertement :

— Je ne te reconnais plus ! Depuis que ton ami cul-de-jatte a quitté Paris, tu n'es plus le même. Va donc le rejoindre et achever de le plumer, puisqu'il aime ça ! Nous en aurions bien besoin. Sais-tu combien il nous reste ?

D'un geste désinvolte, il repoussait cette objection, mais il devait bien convenir que les inquiétudes d'Estelle étaient fondées, au point qu'elle songeait à mettre en gage ses bijoux et ses toilettes pour assurer leur subsistance, mais il se disait aussi qu'il leur resterait, en vendant leurs biens, assez d'argent pour se réfugier à Marsanges. Un jour, elle menaça de le quitter, ce qui le laissa indifférent.

— Je ne te retiens pas, dit-il. Tu es libre comme tu l'as toujours été. Avec les bijoux que je t'ai offerts, tu peux vivre une année ou deux, et tu as encore assez de piquant pour appâter les muguets du Palais-Royal ou les forts des Halles.

— Je n'oublierai pas cette suggestion, dit-elle d'une voix âpre, mais prends garde : si je pars, tu ne me reverras plus.

Elle partit. Il crut devenir fou. Avec l'aide de Diouf, il fouilla les mauvais lieux où elle avait fait ses gammes. Il poussa même jusqu'à Meaux, sans succès, s'enquit auprès de la police, mais, devant la curiosité des officiers en présence de ce citoyen suspect, il renonça à poursuivre.

A une semaine de là, au petit jour, alors qu'il s'apprêtait à reprendre ses recherches, Diouf vint le prévenir qu'Estelle attendait devant le portail de l'immeuble. Il bondit, la couvrit de baisers, la prit par les épaules pour la conduire à sa chambre. Elle grelottait sous son manteau imbibé de pluie, et son visage blafard portait des traces de coups.

— Ne crains rien, dit-il, c'est de ma faute si tu es partie. Tu m'expliqueras ce qui t'est arrivé, si tu en as envie. Je ne poserai pas de questions. Diouf va aller chercher un médecin.

— Non, dit-elle. J'ai besoin de repos. C'est tout.

Elle n'en dit pas plus. Profitant de son sommeil, il fouilla dans son sac. De tous les bijoux qu'elle avait emportés, il ne lui restait que le collier de pacotille qu'elle portait sur elle. Il étouffa son ressentiment, fit le compte de l'argent qui leur restait : une misère.

— Diouf, dit Hyacinthe, ce soir nous repartons en campagne !

En rouvrant, après des mois, le coffret qui contenait ses cartes, il se sentit sur le point de défaillir : elles auraient pu lui en raconter, des souvenirs ! C'est surtout du duc de Bouillon qu'elles lui parlaient ; son visage huileux, sa voix grasseyante, son odeur de cloaque resurgissaient dans le mouvement preste des mains qui maniaient les cartes avec la même prodigieuse dextérité, et il ressentait jusqu'au bout des doigts cette alacrité magique des grandes parties.

— C'est décidé, dit-il à Estelle, nous partirons pour Marsanges au printemps. D'ici là, j'aurai le temps de me refaire un beau pécule. Je me sens de taille à affronter tout Paris.

Les gens de la noblesse qui s'étaient refusés à quitter la capitale et avaient reçu la quenouille trompaient volontiers leur ennui et leur angoisse aux tables. L'argent passait de main en main avec une facilité surprenante, en bons louis, puis en assignats. Des fortunes fondaient comme neige au soleil, d'autres s'édifiaient en une soirée, dans une sorte de fièvre insouciante dont Hyacinthe sut se garder et dont il fit son profit. Animé d'une détermination féroce et lucide, il hasardait des coups audacieux qui auraient fait froncer les gros sourcils du duc dc Bouillon, y perdait parfois son gain, le regagnait souvent, ne trichait qu'à bon escient. A plusieurs reprises, il eut maille à partir avec de mauvais perdants, mais Diouf les ramenait au calme par sa seule présence, et tout rentrait dans l'ordre.

Au début du printemps, Hyacinthe se retrouva en possession d'une fortune qui se montait à près de trois mille louis, sans l'ombre d'un assignat, cette « monnaie de singe », comme il disait. En revanche, sa santé s'était altérée à la suite des nuits de veille passées dans la lumière louche des chandelles et l'épaisse fumée des tabagies : il avait les yeux fatigués, l'estomac délabré par les vins et les alcools frelatés. Il se dit que cela lui suffirait pour vivre à Marsanges le temps de laisser passer l'orage révolutionnaire : quelques mois, lui avait dit Mme de La Tour du Pin avant de s'embarquer pour les Pays-Bas, mais le temps passait et l'insécurité régnait de plus belle dans Paris.

Une nouvelle lettre de Diane lui annonçait le mariage de François et la maladie de langueur qui avait saisi leur père à la suite de sa rupture avec la « catin d'Ussel ». Il se sentit inondé d'une nouvelle vague de nostalgie. Il en avait assez de Paris. Le maître de musique, qu'il avait congédié à la suite de son inconduite, menaçait de le dénoncer aux autorités comme « tricheur professionnel » et ennemi de la nation, et sa compagne comme prostituée mal repentie. Il trouvait parfois, griffonnées à la craie ou au charbon, contre le mur de son hôtel, des inscriptions qui lui prédisaient la corde. De telles menaces, dont de nombreux nobles étaient l'objet, le laissaient indifférent ; avant son accident, Bouillon lui avait confié les adresses de quelques policiers véreux qui, en leur graissant la patte, pourraient accepter de noyer le poisson et de le blanchir par de faux témoignages.

Ce qui le rendait impatient de partir, c'était l'ambiance redoutable qui régnait dans la capitale. Après avoir renoncé à sa voiture pour plus de sûreté, il ne se promenait plus qu'à pied, seul, vêtu comme le plus modeste des bourgeois. S'il se trouvait mêlé à un rassemblement, perdu dans la foule des badauds écoutant bouche bée vaticiner un orateur de carrefour ou une harengère ivre, il sortait une cocarde tricolore de sa poche et l'accrochait à son tricorne. Malgré ces précautions, il se savait en danger permanent, se sentait observé, flairé, suivi par des « Savoyards » ou des espions de la police, dont il trompait la vigilance en se réfugiant dans un modeste cabaret ou une salle de lecture.

— Nous partirons au début de juin, dit-il à Estelle. J'ai obtenu un sauf-conduit en bonne et due forme, et suis en pourparlers pour acheter une vieille guimbarde et une horse. Après les excès de ces derniers mois, le calme semble être revenu à Marsanges, à ce que m'a dit Me Jacques Brival. Tu peux commencer à préparer nos bagages, mais réduis-les à l'essentiel. Là-bas, nous n'aurons nul besoin de paraître. Les seuls attroupements qui nous attendent sont ceux des moutons.

Le grand lustre du salon lui tombant sur la tête, toutes chandelles allumées, n'eût pas causé à Estelle une terreur plus intense. Lui voyant le visage défait, Hyacinthe s'étonna :

— Je ne t'annonce rien que tu ne saches déjà ! Préférerais-tu que j'aille me mêler à ces bravaches qui font des effets d'épaulettes et jouent aux petits soldats dans les cours princières de Bruxelles ou de Coblence ? Je n'ai pas le goût des armes, tu le sais, ni celui des longs voyages. J'ai adopté la solution la plus raisonnable. Mais si tu préfères rester à Paris...

Elle prit la mouche, rétorqua violemment :

— Autant dire que tu espères te séparer de moi ! Tu ne manques aucune occasion de me répéter que je suis libre de partir ou de rester. Cela signifie que tu te moques que je te suive ou non. Aie le courage de le dire !

Ce courage, il ne l'avait pas. Autant une séparation définitive d'avec Estelle lui paraissait inacceptable, autant il avait du mal à l'imaginer à Marsanges : elle s'ennuierait à mourir et lui rendrait la vie impossible. Il ne sortait de ce dilemme que perplexe ou meurtri. Il lui dit hypocritement :

— Comprends-moi ! J'ai quelque scrupule à t'entraîner dans ce désert. Tu devras te passer de beaucoup de choses qui te rendaient la vie agréable à Paris : tes réceptions, tes promenades aux Champs-

Elysées ou aux Tuileries, tes toilettes, ces sorbets dont tu raffoles... Ici, à Paris, jeune et séduisante comme tu l'es, tu peux espérer refaire ta vie avec un autre homme, un de ces ambitieux qui ont misé sur la révolution. Je n'ai pas le droit de te contraindre à me suivre. C'est à toi de décider.

Elle fondit en larmes, éclata :

— Si je décidais de rester, tu sais ce qui arriverait ? Je me retrouverais très vite dans une maison de filles publiques. Jaloux comme tu l'es, tu as fait en sorte d'écarter de mon chemin les hommes sur lesquels je pourrais aujourd'hui compter. Tu as fait le vide autour de moi et tu viens me demander de faire mon choix entre l'exil et la prostitution !

— Tes parents...

— Ils n'existent plus pour moi ! Ils m'ont reniée et je ne puis le leur reprocher !

Elle égrena un chapelet d'injures avec un splendide accent populacier qui, loin d'accabler Hyacinthe, lui mirent le cœur en joie. Il retrouvait tout à coup en elle cette verdeur de langage qui lui plaisait au temps où elle se pavanait dans la dentelle et la soie sur les banquettes du « Cygne de Léda ».

— Voilà comme je t'aime ! dit-il. Vive, impétueuse, avec une lueur de meurtre dans le regard ! Je suis sans doute ce que tu dis, et pis encore, mais je t'aime et je ne veux plus me séparer de toi. Nous partirons ensemble.

— Jamais ! Plutôt me retrouver sur les trottoirs des Halles !

— Sottise ! Si tu t'ennuies trop à Marsanges, nous trouverons un autre refuge. Nous pourrons même, à la rigueur, revenir à Paris quand le tumulte se sera apaisé. Et tout, entre nous deux, reprendra comme avant.

Rien ne serait jamais comme avant, il le savait bien. Les Autrichiens se contenteraient de parader avec les armées émigrées aux frontières du Rhin ; les souverains étrangers hésiteraient à sacrifier des milliers d'hommes pour la sauvegarde d'une reine scandaleuse et d'un roi faible et indécis qui, en acceptant des réformes irréversibles, avait à demi pactisé avec les révolutionnaires. Il se dit qu'il fallait avant tout rassurer sa compagne.

De guerre lasse, Estelle finit par accepter. Dans une longue lettre, Hyacinthe annonça à son père son arrivée prochaine, en précisant qu'il ne lui serait pas à charge car il était loin d'être dans le besoin d'autant qu'il avait tiré un bon prix de son mobilier. Estelle ne se consola pas de la vente de son clavecin.

Ils quittèrent Paris au début de juin, avec Diouf comme cocher. Le laissez-passer précisait que M. Hyacinthe Marsanges, négociant tabagiste, se rendait en Limousin pour des affaires de famille et serait absent pour une durée indéterminée.

Ils mirent un peu plus d'une semaine pour arriver.

7.

ÉTRANGES AMANTS

Été 1790.

— C'est une vilaine affaire, dit Brival. Le fils du marquis de Lamase, celui qu'on appelle Bijou ou le « Chevalier du Diable », risque sa vie. Ton frère François en est complice, mais j'ai fait en sorte, par une lettre au président de la prévôté de Limoges, qu'il ne soit pas inquiété. En fait, il n'est en rien responsable de l'incident ; il s'est même interposé pour l'éviter, mais ce Bijou est une tête folle et un personnage dangereux.

Il suit de l'œil les traces d'humidité qui dessinent des arabesques brunâtres sur le faux paravent chinois planté à côté du lit, et s'étire. La matinée bourdonne à pleines fenêtres et la toiture distille un miel de chaleur qui sent la pinède marine. Des traits de soleil filtrent par les interstices entre les lauzes disjointes.

— Si ton père ne se décide pas, dit-il, à faire les réparations nécessaires à la toiture, cette demeure sera inhabitable d'ici quelques années. Il semble persuadé qu'après sa mort la terre cessera de tourner.

— Mon frère Hyacinthe a décidé de s'en charger avec l'aide de Valentin et de Picharou, dit Diane. Les travaux seront terminés à l'automne.

Elle s'incline vers Brival, effleure sa poitrine brûlante du bout des lèvres. Il lui a bien fait l'amour ; elle en garde des frissons à fleur de peau et des sueurs par tout le corps.

— Et Charles de Sombreuil ? dit-elle.

— Il était de la bande, mais ne sera pas inquiété. Comme ton frère, il a tenté d'éviter l'inévitable. Il en sera quitte pour quelques jours de consigne.

Après l'émeute de Roffignac, le marquis de Lamase s'était réfugié avec sa famille à Uzerche, puis à Limoges, le temps de laisser s'apaiser les passions et la justice suivre son cours. Il souhaitait que l'on parlât le moins possible de ces événements et de sa famille. Bijou ne l'y aidait guère.

Le 14 juillet, alors que Limoges célébrait la fête de la Fédération, premier anniversaire de la prise de la Bastille, Bijou s'était trouvé, avec ses amis François et Charles, mêlé à un attroupement. Juché sur la margelle d'une fontaine publique, place des Barres, un personnage long et maigre, vêtu d'un justaucorps élimé, d'un gilet rayé qui avait perdu presque tous ses boutons et d'un pantalon « matelot » coupé à la moitié des mollets — seule concession à la mode révolutionnaire — vitupérait les nobles et chantait les louanges de l'ordre nouveau qui allait changer la face du monde.

— Citoyens, s'écriait-il, Moloch est mort. Il a cessé de boire le sang et la sueur des esclaves. Le peuple est désormais maître de son destin. Avant de se porter aux frontières pour défendre les valeurs qu'il a chèrement acquises, il mènera un combat implacable contre les ennemis de la nation et les aristocrates qui se dissimulent parmi nous.

Jusque-là, cette diatribe anodine ne faisait qu'effleurer l'assistance sans susciter ni l'intérêt ni la réprobation du trio. Tout à coup, François poussa Bijou du coude, au moment où ce dernier faisait mine de se retirer. Le bonhomme parlait de la famille de Lamase en termes apocalyptiques :

— Ces Lamase, vampires parmi les vampires, ennemis de la nation, ont cessé de sévir. Leur chiourme révoltée les a mis en fuite et confisqué leurs biens. Ils se cachent, mais nous saurons les retrouver. Citoyens, soyez vigilants !

C'était plus qu'il n'en fallait pour décider le « Chevalier du Diable » à réagir. Il bondit, fendit la foule en criant :

— Tu me cherchais ? Me voilà ! Tu vois que je ne me cache pas. Maintenant, descends de ton piédestal, que je te tire les oreilles !

L'orateur resta figé dans son élan, bras écartés, bouche béante, une écume de mots aux lèvres. Il s'apprêtait à riposter quand une rumeur couvrit sa voix :

— A mort, l'aristo ! Sus au traître à la nation ! A la lanterne, le vampire !

François parvint avec Charles à se rapprocher de Bijou. Il reçut quelques horions qui l'obligèrent à reculer. Il allait revenir à la charge quand Charles l'en dissuada.

— Laisse, dit-il, notre ami est de taille à se défendre et n'apprécierait pas que nous lui venions en aide. Tu connais son orgueil...

Un jeune homme affublé de la coiffure des galériens, qu'on appelait bonnet « phrygien » par amour de l'antique, orné de la cocarde tricolore, avait sauté à la gorge de Bijou et, l'ayant renversé sur la margelle de la fontaine, l'aurait étranglé si son adversaire, plus fort et plus rapide, ne lui avait enfoncé les côtes d'un coup de poing. Le « galérien » hoqueta, plié en deux, et tomba sur les genoux. Un coup de botte en plein visage l'envoya rouler dans la poussière. Il se redressa péniblement et parvint à crier :

— Nous nous retrouverons, Lamase, et j'aurai ta peau !

— Quand tu voudras, répondit Bijou en rectifiant sa tenue et en recoiffant son bicorne sur la perruque poudrée qu'il portait encore par défi. Je suis ton homme.

La rencontre eut lieu le lendemain dans une prairie proche du pont Saint-Martial, de l'autre côté de la Vienne, afin d'éviter l'intervention de la maréchaussée. Le jeune révolutionnaire avait appris, dans les rangs de la garde nationale, à se servir d'une épée, mais il n'était pas de force contre un adversaire qui tenait de son père, depuis sa prime enfance, la science des armes. Bijou l'humilia en lui faisant à deux reprises sauter l'épée de la main. Au troisième engagement, avec une souveraine désinvolture, il lui traversa le corps au-dessus de la ceinture et le laissa mort sur le terrain.

— Te voilà dans de beaux draps et nous avec, dit Charles. Je ne couperai pas au conseil de guerre.

— Tu ne risques rien, dit Bijou. François non plus. Vous m'avez manifesté votre désaccord, j'en témoignerai. Quant à moi, s'il y a une justice, je serai acquitté. Cet homme m'a provoqué. De nombreux témoins pourront en attester.

Trois jours durant, la populace se relaya en foule pour bloquer les issues de l'hôtel des Lamase, criant menaces et injures, jetant pierres et détritus contre les volets clos. Il fallut un détachement de la maréchaussée pour éviter une émeute.

— Nous risquons notre vie en restant ici, dit le marquis. Nous serons plus en sécurité dans notre maison d'Eymoutiers. Après que Bijou aura satisfait aux exigences de l'enquête, nous partirons. En attendant, j'ordonne que personne, pas même vous, François, ne quitte cette demeure.

Ils restèrent peu de temps à Eymoutiers où Bijou se distingua de nouveau dans une rixe, ce qui obligea la famille à décamper pour Uzerche où ils trouvèrent une atmosphère plus paisible. Le marquis reçut là de nombreux témoignages de sympathie venus de la province et de Paris, où le pillage du château de Roffignac, l'exode de la famille, le procès scandaleux des responsables avaient soulevé l'indignation — des députés avaient même soumis un décret au roi.

A peu de temps de là, le marquis de Lamase était autorisé à réoccuper son château de Roffignac, à Allassac ; pour assurer sa sécurité, on lui adjoignait un contingent d'une cinquantaine de soldats du régiment de Royal-Navarre, avec de la cavalerie.

Peu à peu, les fruits du pillage réintégraient le château. Au lever du jour, on retrouvait contre le mur d'enceinte un lit, une table, des vêtements et des objets qui s'étaient envolés l'hiver précédent au vent de la débâcle. M. de Lamase versa une larme d'émotion en retrouvant sa bergère intacte. Redoutant les perquisitions et les poursuites judiciaires, les émeutiers se débarrassaient de témoins gênants.

— Certains, dit Brival, ne rendront jamais rien, pour la bonne raison qu'ils sont morts au cours de l'émeute. Sais-tu que Bijou avait remplacé dans certaines bouteilles l'eau-de-vie par de l'essence de térébenthine ? Persuadés qu'il s'agissait d'une « liqueur d'aristos », peut-être de ce whisky d'Ecosse que l'on commence à consommer à Paris, ils ont vidé les bouteilles et en sont morts.

— Ils n'ont que ce qu'ils méritaient ! dit Diane. Ceux qui ont survécu, il aurait fallu les envoyer aux galères. Quant à Durieux, on aurait dû le pendre !

On l'avait gracié. Libéré par décision de justice, il était revenu triomphalement de Bordeaux où avait eu lieu son procès. Ses compatriotes s'étaient portés en foule au-devant de sa voiture et l'avaient acclamé comme un césar.

A Tulle, cette parodie de justice avait soulevé l'indignation.

— Tu sais ce que je pense de cette affaire, dit Brival. Elle a pesé lourdement sur ma conscience. Durieux méritait la mort, et je dois faire semblant de me réjouir de sa libération. J'ai passé des nuits blanches à chercher un moyen d'échapper à ce piège infernal.

— La conscience et l'ambition font mauvais ménage, dit Diane.

Quelle sera ton attitude lorsque tes révolutionnaires s'en prendront à Marsanges ? Car cela viendra un jour ou l'autre. Dis, que feras-tu ?

Elle s'irrite en parlant, et, d'une main nerveuse, pétrit et griffe le flanc de Brival.

— Tu me fais mal. Cesse ce jeu.

— Je voudrais te faire plus mal encore, Brival ! Dis, as-tu pensé à ce que deviendraient la « chère petite Diane » et sa famille ? Où irons-nous nous réfugier ? Dans la ferme abandonnée de Pradeloux, dans des huttes de charbonniers ? Et de quoi vivrons-nous ? De l'air du temps ?

Elle se retourne sur le dos, soupire :

— Qu'avons-nous fait de mal pour qu'on nous menace ainsi ? Mon père est le meilleur des hommes. Que pourrait-on lui reprocher ?

— Tu prends tout trop à cœur. Ces rumeurs, ces menaces, c'est l'écume de la mer. Un coup de vent et elle s'envole ! Je puis t'assurer que vous ne risquez rien pour le moment. J'ai eu connaissance des rapports de police vous concernant. On a reconnu que vous n'êtes pas des « chevaliers du poignard ». De plus, la région est calme. Cependant, méfiez-vous de Sauviat : c'est un méchant bougre et qui a les dents longues.

Il n'a pas répondu à sa question et elle le lui fait remarquer. Il répond :

— Jamais je ne prendrai contre vous le parti de vos agresseurs.

Il sent la main de Diane se contracter dans la sienne. Un court moment, ils restent immobiles, côte à côte, dans le grand silence de la montagne, puis il lui dit dans un souffle :

— Diane...

— Oui, Brival.

— Veux-tu m'épouser ?

— Non.

Il sait que c'est impossible, et pourtant il répète inlassablement sa demande depuis qu'il a repris ses visites à Marsanges. Vivre ensemble alors qu'ils ne peuvent rester plus d'une journée sans s'affronter et se déchirer ? Leur passion n'a pas dû naître sous une bonne étoile ; c'est ce que Diane se dit souvent ; ils constatent cette fatalité à chacune de leurs rencontres, comme s'ils devaient payer rançon à quelque mauvais génie. Elle était sur le point de lui proposer une séparation définitive, et voilà qu'il lui chante de nouveau sa chanson. Il va sans doute lui demander si elle ne l'aime plus...

— Dois-je comprendre que tu ne m'aimes plus ?

— S'il en était ainsi, crois-tu que je serais là avec toi, que j'affronterais les reproches de mon père, les sarcasmes de François, les moqueries de Marion ? Crois-tu que je reporterais aux calendes ma réponse à Sombreuil ?

Elle se lève, court vers une petite table qui lui sert de secrétaire, ouvre un tiroir, en sort une liasse, s'écrie :

— Si je ne t'aimais pas, crois-tu que je garderais tes lettres et tes billets ? Ils sont là, tous ! Je les attends avec impatience et, lorsque tu ne m'as pas écrit d'une semaine, je crois devenir folle.

— Alors, épouse-moi ! s'écrie-t-il avec colère. Je ne te comprends pas ! Sais-tu au moins ce que tu veux ?

Elle revient s'allonger près de lui, à la place brûlante qu'elle vient de quitter, plonge son visage entre le cou et l'épaule de Brival. Il reprend doucement :

— Ce qui gâte nos rapports, c'est la précarité et la brièveté de nos rencontres. La rancune que nous faisons supporter à l'autre s'exprime avec d'autant plus de vivacité ou de violence que le temps nous est mesuré. Accepte de vivre une semaine avec moi et tu verras que nos aigreurs se dilueront dans le temps. Une simple semaine...

— J'ai bien envie de te prendre au mot ! Reste donc une semaine avec nous, ici, à Marsanges.

— Ne retourne pas le couteau dans la plaie. Tu sais que c'est impossible. Les dossiers s'accumulent sur ma table, et...

— Apporte-les ici ! La place ne manque pas.

— J'aurais du mal à m'y concentrer, à faire un travail sérieux, et je ne puis demander à mes pratiques de venir me consulter dans ce désert. En revanche, rien ne t'empêche de me rejoindre à Tulle. Ma mère connaît ton existence et la nature de nos rapports. Elle ne trouvera rien à redire.

Il croit qu'une grosse colère est en train de s'élaborer quand il voit soudain Diane s'asseoir, poser sa tête sur ses genoux repliés, un frisson lui parcourir l'échine des reins à la nuque. Sa voix semble venir de très loin.

— Tulle... Une semaine à Tulle... Enfermée dans la demeure de maître Jacques Brival comme dans une cage dorée, attendant le bon plaisir de Sa Majesté, lui ouvrant son lit aux heures convenues...

— Tu exagères... Je ne songeais pas à...

— Ose dire que tu me montrerais au grand jour, que tu me présenterais à tes amis, que tu consentirais à me promener à ton bras sur les quais de la Corrèze ! Ce que tu souhaites, c'est me faire vivre durant une semaine le rôle de la favorite du harem. Une fois débarrassé de moi, tu n'aurais qu'une hâte : retrouver tes petites maîtresses, des filles moins exigeantes que moi ! Jamais, Brival, jamais !

Elle se dresse comme une furie, sa tête touchant presque la poutre. Il la regarde intensément : une femme n'est jamais si désirable que dans les vagues d'une colère ou dans le coup de tonnerre d'une rupture.

— Tu ne réponds rien, dit-elle, parce que tu n'as rien à répondre.

— Tu te fais de fausses idées de mes intentions. Si j'agissais comme tu le dis, tu aurais toujours la liberté de repartir.

Excédée de le voir si maître de lui, elle lui jette sa chemise au visage.

— Lève-toi et pars ! T'ai-je donné assez de plaisir cette nuit ? Alors déguerpis et ne reviens plus jamais.

Elle le fixe droit dans les yeux, ajoute d'une voix âpre :

— Je sais maintenant ce qu'il me faut répondre à Sombreuil !

Il se lève à son tour sans se départir de son calme. Elle observe à la dérobée qu'il a encore grossi et songe à lui jeter sa remarque au visage, mais se retient : il n'aime pas cette sorte d'observation. D'ailleurs elle a conscience, soudain, d'avoir dramatisé à outrance la situation et d'avoir été injuste. Il est allé très loin en lui demandant sa main et elle n'a pu lui répondre que par des sarcasmes et des procès d'intention. Brival n'a rien d'un sultan, elle le sait. Elle ressent soudain, comme un vertige au bord d'un gouffre, les affres d'une passion contrariée : les décrets du destin que l'on subit sans pouvoir s'en défendre, les espoirs qui ne se concrétisent jamais, les décisions difficiles à prendre quand elles engagent toute une vie... Elle se sent baigner dans l'équivoque comme dans un liquide corrosif qui la décape, efface les reliefs émouvants de son personnage pour n'en laisser saillir que les aberrations. Elle ne se reconnaît plus ; elle se déteste ; elle rejette cet être hybride, confus, sorti d'elle-même, qui l'entraîne vers elle ne sait quelles nouvelles erreurs et auquel elle est impuissante à résister. Si Brival, las de ces tergiversations, de ces atermoiements, la prenait au mot ? S'il la quittait pour ne plus revenir ? Elle se sent au bord des larmes, floue, pitoyable, désarmée, empêtrée dans ses colères et ses contradictions. Cette fois-ci, elle est allée trop loin. Il est presque habillé, il va descendre de son pas lent et lourd l'escalier des combles ; elle l'entendra faire ses adieux à

M. de Marsanges, seller son cheval dans la cour ; le portail grincera dans ses gonds et c'en sera fini. Elle fondra en larmes en cognant le mur de ses poings, se roulera dans les draps qui sentent encore l'amour, embrassera les traces de leur jouissance.

Elle ferme les yeux. Il est encore là. Il boutonne sa jaquette.

— Sombreuil, dit-il à voix basse. Tu as raison : c'est lui que tu dois épouser. Il est jeune, il est libre, et votre union ne sera pas une mésalliance. Que tu le préfères au roturier, au dangereux révolutionnaire, au défenseur de Durieux que je suis, quoi de plus naturel ? Ton choix est dicté par la raison.

Elle sursaute. Son choix ! Comme s'il s'agissait d'un choix spontané et dicté par la raison... Elle aime Brival ; elle n'aime pas Sombreuil. Ce « gamin » n'est qu'une arme contre Brival, un défi qu'elle lui jette au visage à chaque occasion. Dans les contradictions qui la bouleversent, il est un pôle de stabilité négative.

— Tu es une nature étrange et déconcertante, dit-il en bouclant la chaîne de sa montre. Tu prétends m'aimer et tu me le prouves, mais, dans le même temps, tu me repousses sous le fallacieux prétexte d'une divergence de caractères dont une union s'accommoderait mal ou pas du tout, selon toi. La constance de mes sentiments n'a d'égale que la soudaineté de tes caprices. J'ai l'impression qu'un orgueil forcené guide ton attitude, te pousse à dominer les autres, à leur dicter ta loi, à rejeter tout ce qui les différencie de toi. J'en suis encore à attendre l'expression de ta volonté. Tu n'as rien à répondre à mes propositions. Alors, nous n'avons plus rien à nous dire. Adieu !

Il coiffe son tricorne, fait bouffer ses manchettes et son jabot, jette un rapide regard au fragment de miroir accroché à une poutre, caresse en passant les roses qu'il lui a apportées de Tulle.

— Notre idylle a cessé de m'intéresser, dit-il. J'ai l'impression de sortir d'un mauvais roman. Dieu merci, je ne manquerai pas d'occupations pour l'oublier. Des tâches importantes me retiendront à Tulle. Mes amis me poussent à poser ma candidature à la députation. J'accepterai, car mon élection est assurée. Je siégerai donc à la prochaine assemblée. Cela signifie de fréquents et longs séjours à Paris. Adieu donc, et souviens-toi de ma mise en garde : il faut vous méfier de Sauviat. Vous avez en lui, sous des apparences obséquieuses, un ennemi redoutable.

Elle l'a regardé partir de la fenêtre de leur chambre en se mordant les lèvres pour ne pas l'appeler. Valentin l'a aidé à seller son cheval et celui de son lieutenant : un sous-officier de la garde nationale qui fait des sourires à Estelle. Ambroise de Marsanges est venu assister au départ et ils ont bavardé longuement.

Plus tard, dans la soirée, elle n'a pu retenir sa curiosité.

— Vous avez eu une longue conversation avec Brival, père. Que vous a-t-il dit ?

— Nous avons parlé surtout de nos affaires, de la vente des biens d'Eglise qui le préoccupe beaucoup, de la promulgation de la constitution civile du clergé qui donne la jaunisse au curé Plazanet, de la contre-révolution qui agite le Midi à l'instigation des princes émigrés, de la révolte des Noirs de Saint-Domingue...

— Est-ce tout, père ?

— Il m'a aussi recommandé de me méfier de Sauviat, mais je n'ai pas attendu son conseil.

M. de Marsanges a souri en grattant sa barbe de trois jours.

— Si c'est ce qui vous intéresse, il ne m'a pas parlé de vous. Pourquoi me posez-vous cette question, ma fille ? Y aurait-il eu une nouvelle querelle ?

— Oui, père, et cette fois-ci il semble que ce soit pour tout de bon.

— Comme d'habitude...

— Il m'a une nouvelle fois proposé de m'épouser, mais j'ai refusé. On ne marie pas l'eau et le feu. Je ne l'aime pas suffisamment pour supporter ses exigences, la vie qu'il mène pour ses affaires, ses opinions révolutionnaires qui en feront un jour ou l'autre notre ennemi.

— Alors, ce sera Charles de Sombreuil ?

— Lui ou un autre, peu m'importe ! J'en suis au point où j'accepterais même d'épouser ce trublion : le « Chevalier du Diable ».

— Dieu vous en garde, ma fille ! Pour raisonner ainsi, il faut que vous l'aimiez beaucoup, votre Brival...

L'été passe sur le plateau avec une lenteur de navire encalminé. Entre les pentes de forêts cendreuses, de bruyères et de fougères, le seigle achève de mûrir. La récolte sera bonne. On n'attend, pour faucher, que le chant de la caille.

Dans les fonds, au bord du Riou, à un endroit où se développe un bel espace plan, Sauviat a semé du seigle de bouige sur une terre longtemps mise en jachère ; il est dru et graine à la perfection. Le métayer a tenu à le montrer à M. de Marsanges. Si le maître voulait le suivre dans ses projets, lui céder quelques arpents supplémentaires sur ses terres incultes qui ne demandent qu'à produire à condition qu'on les y aide... Il aimerait, par exemple, faire des brûladis sur les bruges du Nadoulet, près du moulin, et y semer du seigle de guéret. Le comte fait la fine bouche, répond évasivement, ce qui correspond à une fin de non-recevoir. Il ne cédera rien ; Sauviat a déjà trop de terres. S'il l'écoutait, le domaine de Marsanges serait tout entier sa propriété — il s'est d'ailleurs vanté de pouvoir l'acquérir, et il a de quoi.

Sauviat fulmine en silence. Ces gentilshommes de campagne préfèrent voir leurs terres retourner à l'état sauvage plutôt que de les confier à des esprits entreprenants et compétents qui ne demandent qu'à les transformer en champs et en pacages. A croire qu'ils se plaisent à voir des étendues de fougères, de bruyères et de myrtilles au lieu de riches espaces cultivés avec soin. Si seulement ils tiraient de leurs biens propres des ressources suffisantes à les faire vivre, s'ils possédaient en ville des immeubles de rapport, s'ils avaient acquis des parts dans de grandes sociétés ! Ils vivent de rien, avec une indolence, unc insouciance qui, pour Sauviat, sont le signe certain d'une dégénérescence de la race. Les quelques revenus que M. de Marsanges tire de son domaine, on sait où ils passent : dans la bourse de cette Marie Troubady qui se fait appeler Manon, qui le berne et le ruine.

A juste titre, Sauviat est fier de sa réussite : ces quelques arpents conquis sur une terre ingrate. Le comte s'est contenté de hocher la tête et de déclarer :

— Compliment, Sauviat, votre « blé » est superbe. Nous aurons une fameuse récolte.

Et Sauviat songe : « Il s'en fout, notre monsieur, mais je me vengerai. Ce " blé ", il n'en verra pas la couleur ! »

Brival ne donne pas de nouvelles. Deux mois déjà ont passé, et pas une visite à Marsanges, pas une lettre. Par le prévôt d'Ussel, qui a rendu visite à son père, Diane a appris qu'il est à Paris. Jamais l'été ne lui a paru si long et si morne, et jamais elle ne s'est donnée avec autant d'ardeur aux travaux, au point de devenir l'ombre d'elle-même, de s'effondrer le soir sur son lit et de dériver dans des sommeils sans fond.

— Tu n'es pas raisonnable, lui a dit Marion. Qu'est-ce que tu cherches à prouver en travaillant comme un homme ? Si c'est pour oublier Brival, tu as tort. Il se moque bien de toi. Pense plutôt à Sombreuil...

Sombreuil est venu la veille de l'Assomption de la Vierge, timide, taciturne, nerveux comme d'ordinaire. Diane a deviné qu'il avait des choses importantes à lui dire, car il était trop bien vêtu pour une simple visite de courtoisie : chapeau haut de forme, jaquette queue-de-pie sur une chemise mauve, pantalons longs et selle de parade. Il a attendu en bouillant d'impatience que Diane et Estelle achèvent leur partie de cartes, pétrissant entre ses mains délicates ses gants brodés, le regard perdu sur les pentes du mont Ventéjoux tapissées d'une cendre de soleil bleuâtre. C'était peu après la dernière visite de Brival.

La partie terminée, Estelle s'est assise sur la bergère et s'est mise à fumer la pipe en feuilletant des images de mode, jupes relevées sur les mollets, un sourire narquois à travers la fumée.

— J'aimerais vous parler, dit Charles. Pouvons-nous faire quelques pas de promenade ?

— Est-ce la fumée qui vous gêne ?

— J'ai besoin de vous voir seule.

Ce qu'il avait à lui dire, Diane le savait. Amusée, elle l'a laissé s'emberlificoter dans ses explications : il allait partir pour le Midi où des milliers de contre-révolutionnaires se regroupaient.

— Mon devoir est de m'y rendre, dit-il. François et Bijou m'y rejoindront. Nous allons nous battre pour le roi et pour la France. Lorsque je serai au combat, c'est à vous qu'iront mes pensées. Je vous aime, vous le savez, et j'ai appris votre rupture d'avec Brival.

Diane a sursauté : comment savait-il ? Qui lui avait parlé ?

— François. Il tient la nouvelle de votre père. C'est ce qui me donne le courage de vous demander une fois de plus de me promettre votre main. Je reviendrai vite. Avec l'appui des princes émigrés, nous allons mettre les révolutionnaires à la raison. C'est l'affaire de quelques semaines. Avant la fin de l'été, tout sera rentré dans l'ordre et nous pourrons nous marier.

— Nous marier ?

— Soyez raisonnable, ma mie ! Vous n'envisagez tout de même pas de suivre Angélique chez les sœurs de Nevers ? Je me flatte d'avoir l'agrément de votre père et de François. Celui de ma famille nous est acquis. Il me reste à obtenir le vôtre.

— Battez-vous avec ardeur, mon petit Charles. C'est tout ce que je puis vous conseiller. A votre retour, nous reparlerons de votre proposition.

— Mais, Diane...

— N'insistez pas, je vous prie. Je ne puis vous en dire plus aujourd'hui.

— Puis-je au moins espérer ?

— Je ne puis vous en empêcher, d'autant que je vous aime bien.

— Il me plairait d'emporter un gage de notre amitié, par exemple ce ruban qui attache le haut de votre corsage.

— Vous n'êtes guère exigeant. Le voici. Je vous donnerai mieux encore : un baiser.

Il a rougi violemment, s'est laissé embrasser sur les deux joues et a déclaré en bégayant :

— J'ai du mal à m'arracher à votre présence, ma mie, mais il faut que je parte. Si vous permettez, je vous écrirai.

— C'est cela, et revenez bien vite.

Elle l'a regardé nouer avec un geste tremblant le ruban à un bouton de sa jaquette. Il était frémissant comme un oisillon étourdi par une chute du nid, et elle se dit qu'elle pourrait l'aimer.

— Eh bien, mon cœur, que t'avais-je dit? Tu ne sembles pas regretter Paris.

Hyacinthe a raison. Estelle ne regrette pas son existence passée : les brouillards de sang, les chants qui ébranlent le monde, la morne solitude autour du sorbet de l'après-midi... Elle est arrivée à Marsanges la gorge nouée, les jambes molles, vidée de toute énergie, de toute volonté, prête aux surprises les plus désagréables.

Le voyage a été harassant, à travers des campagnes inconnues, baignées par la pluie. Des auberges surpeuplées et détestables les ont accueillis. Une nuit, ils ont dû dormir dans leur voiture, veillés par Diouf que Hyacinthe a dû relayer le lendemain pour qu'il dorme à son tour; dans les parages de Vierzon, ils ont passé une autre nuit dans la salle puante d'un commissariat, sous prétexte que leurs papiers étaient suspects; le lendemain, Estelle a dû faire les yeux doux à un commissaire aux manchettes crasseuses pour qu'il les laissât partir. Ils ont traversé des bourgades enfiévrées dont les habitants voyaient dans le plus modeste colporteur un espion des Autrichiens ou des Anglais — séquelle de la Grande Peur de l'année précédente, crainte, surtout, de voir les rebelles du Midi remonter vers le nord pour y apporter la guerre civile.

Pour Hyacinthe, malgré les vexations et suspicions dont ils étaient quotidiennement l'objet, ce voyage a eu des vertus initiatiques.

Loin des tripots clandestins, des salons louches, des ultimes semaines de solitude dans son hôtel, il a découvert une province secrète, mystérieuse, mollement ballottée dans les sombres tempêtes de la Révolution sans avoir une conscience précise de l'origine et de la finalité de ces mouvements. A Paris, on collait à l'événement; pour peu que l'on fût curieux des choses de la politique, on pouvait voir et entendre les géants qui déclenchaient dans les assemblées la foudre et le tonnerre; l'histoire se faisait et se défaisait sous vos yeux, dans la rue; dans les cafés et les salles de lecture, on lisait des gazettes dont l'encre fraîche maculait les doigts; on croisait un jour aux Tuileries la reine et le roi, et le lendemain on entendait fulminer le comte de Mirabeau; deux jours plus tard, on pouvait admirer M. de La Fayette caracolant aux Champs-Elysées sur son légendaire cheval blanc. On baignait dans l'événement; on respirait l'histoire.

La province, elle, n'avait à proposer à l'observateur que des tumultes assourdis, des mouvements de troupeaux humains désorientés, prêts à suivre le premier bélier noir agitant le grelot d'une éloquence rustique, écho incertain des grandes assemblées populaires de la capitale. Tout n'y était que reflets et trompe-l'œil. Les idées qui, à Paris, jetaient des foules sur la route de Versailles, sous les murs de la Bastille ou, pour préparer la fête de la Fédération, sur l'immense chantier du Champ-de-Mars, se traduisaient, entre Orléans et Limoges, par de piètres attroupements de paysans illettrés, parlant des idiomes barbares et qui prenaient leurs ventres creux pour les tambours de la Révolution.

Ils ont pénétré dans la campagne limousine comme on entre au paradis.

Au sortir de Tulle, agitée par les ultimes soubresauts de l'affaire Durieux, ils s'enfonçaient dans des espaces de prairies et de forêts, de vallées et de hautes collines ruisselantes de bruyères mauves et de troupeaux, qui se fondaient dans le bleu de l'infini.

Entre Tulle et Marsanges, la route ne leur avait pas paru longue. Hyacinthe retrouvait les odeurs et les paysages enfouis dans sa mémoire ; Estelle apprenait ce pays où elle allait vivre et qui n'était pas le désert qu'elle avait imaginé ; les montagnes hostiles dont elle avait nourri son imagination devenaient amicales, s'abaissaient devant elle comme l'escalier d'un palais de légende et, depuis le massif des Monédières, la hissaient insensiblement, degré par degré, vers de hautes solitudes, à la fois sévères et douces ; sous la fatigue de l'interminable voyage perçait un ravissement profond comme le sommeil.

« Drôles de gens que ces Marsanges », songeait Estelle.

Ils ont choisi de vivre comme si le monde commençait au-delà des limites de leur domaine, protégés des événements en apparence par une ceinture de remparts invisibles. Les séismes qui ébranlent le pays, ils ne le ressentent que par des frémissements et de lointains échos. La Révolution n'est pas leur affaire ; ils continuent de vénérer Dieu, le roi, mais séparés de l'un et de l'autre par de telles distances, sous de telles concrétions de routine et d'indifférence qu'ils pourraient aussi bien adorer le soleil ou les idoles comme les sauvages d'Afrique. Ils ne semblent occupés que d'eux-mêmes, de leurs affaires de cœur principalement, de cette étrange qualité de bonheur qu'ils s'attachent à préserver — le leur propre et celui de leur petite communauté. Ils ont réservé aux nouveaux venus un accueil sans chaleur avant de les laisser s'intégrer, jour après jour, sans contrainte, sans heurts et sans plaisir de leur part.

Le premier surpris, alors qu'il arrivait à Marsanges quelques jours après le trio, fut François. Il paraissait si ébahi que Hyacinthe éclata de rire.

— Eh bien, mon frère, tu ne me reconnais pas ? Remets-toi ! Nous ne débarquons pas de la lune.

Il lui a parlé longuement, assis sur le mur de la cour. Il avait, en quittant Paris, des inquiétudes sérieuses : comment sa compagne, qui ne connaissait des routes du monde que celle qui mène de Meaux à Paris, allait-elle réagir en se retrouvant dans cette montagne ?

— Elle n'a pas mal réagi, semble-t-il, dit François, et ton nègre non plus.

— J'en suis stupéfait ! Estelle s'habille comme une paysanne, se nourrit des mets les plus rustiques sans protester, suit Marion lorsqu'elle va faire la classe aux enfants du village. Elle garde les troupeaux avec Florent, accompagne Julie dans ses bruges et ses fradasses, ramasse des brassées de fleurs et de plantes pour Louis-Amour... Elle a une peur atroce des serpents, mais elle s'habituera. Regarde-la ! Sa peau a bruni et elle a perdu dix livres. Je lui apprends à monter à cheval, à chasser, à pêcher la truite à la main dans le Riou. Une vraie sauvageonne ! Il en est de même de Diouf. Au début, on le tenait à distance. Maintenant, il raconte ses souvenirs d'esclave à notre père qui compte en faire un livre !

— Et toi ?

— Oh, moi... Je m'adapte moins bien qu'eux et il m'arrive de m'ennuyer. Les cartes me manquent et personne ici ne peut être pour moi un partenaire intéressant. J'envisage d'aller passer trois ou quatre jours chaque mois à Ussel ou à Tulle, moins pour gagner quelques louis, car je suis à l'aise, que pour le plaisir du jeu. Cette drogue me manque et rien ne peut s'y substituer. Les travaux des champs me fatiguent vite ou m'ennuient. Je suis plus près de Voltaire que de Rousseau, me dit notre père, et c'est vrai. Quant à notre famille, j'ai du mal à la comprendre. Tous ici ont pris l'habitude de vivre à leur guise et je me sens parfois étranger parmi eux, plus qu'Estelle et que Diouf. Ils m'ont fait une place auprès d'eux, mais je suis comme enfermé dans une cellule voisine d'autres cellules où chacun macère dans ses préoccupations.

— Tu les as bien jugés, dit François. Ce sont des marmottes en perpétuelle hibernation. Moi seul me suis réveillé à temps pour faire ma vie hors de cette tanière. Ne déduis pas de ce que je te dis que je les déteste : c'est le contraire. Je crains seulement pour eux des réveils pénibles. Parce que les événements que vit le pays se déroulent très loin, ils s'imaginent qu'ils en sont exclus ! Les innocents...

François a poursuivi :

— J'ai constaté avec plaisir que tu as entrepris de réparer cette toiture. J'aurais dû moi-même m'en préoccuper, mais je n'en ai ni le goût ni la compétence. Quand tu auras fini, pourquoi ne nous rejoindrais-tu pas dans le Midi ? Nous y préparons la contre-révolution. Une armée de vingt mille hommes est déjà sur pied, commandée par des officiers de grande valeur : d'Entraigues, Froment, Malbosc...

Hyacinthe l'a interrompu d'un geste

— J'ai entendu parler de ce mouvement, dit-il, mais je ne crois guère à sa réussite. Le jour où le peuple prendra conscience du danger de voir renaître l'ordre ancien, vos vingt mille hommes seront balayés. Vous avez beau crier : « Mort à la nation ! » arborer vos cocardes blanches, brandir vos étendards à fleur de lis, la Révolution vous broiera. C'est une machine monstrueuse. Quant à moi, je n'ai pas le goût des armes, tu le sais. Si mon devoir m'impose un jour de changer d'avis, je passerai le Rhin pour rejoindre l'armée des Princes. Je n'ai pas confiance dans tes paysans du Midi.

François n'a pas insisté. Le moment venu, Hyacinthe se battra car il n'est pas un lâche. Ils se ressemblent.

— J'ai appris ton mariage avec Virginie de Lamase, dit Hyacinthe. Es-tu heureux ?

François a fait la moue, laissant son regard se perdre vers les hauteurs du Ventéjoux.

— Heureux ? Qu'est-ce à dire ? Je ne me suis pas posé la question, ce qui veut dire que je ne suis pas malheureux. Je n'ai été poussé au mariage que par le souci de faire une fin, de m'établir, d'oublier certains déboires sentimentaux. Virginie est une bonne épouse, point laide, et qui me laisse libre d'aller où je veux et de me conduire comme je l'entends.

— Dois-je en conclure que tu es passé à côté du bonheur ?

François a souri, a posé une main sur l'épaule de son frère. Il aime ces questions qui le forcent à s'interroger lui-même.

— Pour moi, le bonheur est ailleurs : dans le mouvement, dans l'action, dans l'affirmation de mon caractère. J'avoue pourtant que je me sens à l'aise dans ma nouvelle famille. J'y ai trouvé des êtres à ma mesure, aussi fous que ceux de Marsanges, mais d'une autre manière.

— Moi, tout compte fait, j'aime notre famille, bien que je m'y ennuie un peu. Elle est mon luxe véritable.

François s'est laissé aller à raconter les exploits de Bijou, sur lesquels il est intarissable, et les aimables fantaisies de son autre beau-frère, Poulou, une nature toute différente.

— Poulou, c'est un rêveur, un être à part, détaché des contingences de ce monde et épris de liberté. Il a rencontré à Limoges une écuyère de cirque nommée Zéphirine. Pour l'amour de cette créature, il a tout abandonné et l'a suivie sur les routes de France. A l'heure qu'il est, il doit avoir appris à manier la chambrière et à faire évoluer les chevaux et leur cavalière sur la piste.

Il a ajouté en se levant :

— Cette innocence, cette aimable folie, ce détachement du monde, c'est, je le crains, ce qui perdra nos familles.

Brival n'écrira pas. Il n'écrira sans doute plus jamais.

Dès qu'elle a entendu dans la cour la corne du « piéton », Diane a sursauté et couru vers lui. Il portait depuis Meymac un courrier de dépêche. La missive était pour M. Ambroise de Marsanges ; Diane a reconnu l'écriture enfantine de Manon.

— Ce n'est pas une lettre pour toi ? dit Estelle en voyant ses traits s'altérer. Tu attends toujours des nouvelles de Brival ?

— Tu te trompes, répond Diane avec un mouvement d'humeur. J'ai décidé que Brival n'existe plus pour moi, depuis la dernière fois qu'il a quitté Marsanges. S'il revenait, je ne lui adresserais même pas la parole. Si je le croisais, à Tulle ou ailleurs, je ne le regarderais pas.

Elle s'assied dans la bergère, cherche un creux pour s'y tasser et s'y fondre, les poings crispés entre ses genoux, la tête renversée en arrière pour éviter l'écoulement de ses larmes, mais elles jaillissent, s'accrochent aux boucles qui s'incurvent entre l'oreille et la joue.

— Comme tu l'aimes... dit Estelle.

— Tu te trompes ! Je ne l'aime pas !

Elle se redresse vivement, s'écrie :

— Qu'avez-vous tous à m'observer comme si j'étais malade ?

— Moi ? Je t'observe ?

— Toi surtout ! Tu ne cesses de m'espionner, tu lis ses lettres, tu...

— C'est toi qui me les as montrées et tu n'arrêtes pas de penser à lui. Si tu es allée à Tulle, la semaine passée, avec Hyacinthe, ce n'était pas pour l'aider à acheter des clous pour la charpente et le toit, mais dans l'espoir de le rencontrer. Tu es même restée près d'une heure à bâiller sous ses fenêtres.

— C'est un mensonge !

— Alors, Hyacinthe a menti.

Estelle sèche avec son mouchoir les yeux et les joues de Diane ; elle se laisse faire, incline sa tête contre l'épaule de sa jeune compagne, murmure :

— Comment peut-on, à la fois, aimer et haïr en même temps et avec la même violence ? Ces sentiments me dévorent, au point que j'ai parfois l'impression d'être un champ de bataille et de ne continuer à vivre que pour la lutte constante que je dois mener. J'ai envie de mourir, Estelle. Je ne revis que lorsque je me laisse aller à parler de lui. Je me tue au travail pour l'oublier, mais il est là, toujours ! Je vois son visage, je sens l'odeur de sa peau, j'entends sa voix... Que puis-je faire pour me guérir de lui ?

— Lui écrire et faire ce qu'il t'a proposé : aller vivre quelques jours avec lui, à Tulle, le suivre à Paris s'il te le demande, abandonner ce stupide orgueil qui est la source de tes maux.

— Tu as raison, dit Diane. Je lui écrirai, mais ce sera pour l'injurier. Chez moi, il n'y a pas de passion sans haine. Je le voudrais tout à moi, comprends-tu ? Je ne supporte pas ses absences, ses silences, ses aventures galantes. Il aime trop les femmes pour m'être fidèle. Un jour, une garce plus habile que moi et moins compliquée jettera son dévolu sur lui, et il cédera.

— Alors tu épouseras Sombreuil et tu connaîtras avec lui une vie sans nuages.

— Je n'aime pas Sombreuil et je ne l'aimerai jamais ! Brival le sait et il joue avec mes sentiments. C'est un monstre !

Elle se dégage brusquement, fait face à Estelle avec un regard de Méduse, réplique fièrement :

— Et, d'ailleurs, qui te dit que je souhaite une vie sans nuages ?

Hyacinthe et Diouf revinrent de Tulle avec un chargement d'armes comme pour un siège : six fusils à pierre, calibre 77,5, avec baïonnettes, modèle « Charleville 1777 », de ceux qui avaient servi pour la guerre d'Indépendance d'Amérique, avec quatre caisses d'amorces.

— Ce sont de fameux fusils, expliqua Hyacinthe, les derniers modèles avant le Gribeauval. Ils peuvent tirer une balle toutes les minutes et leur portée est de cent cinquante à deux cents mètres.

M. de Marsanges en était tout ému. Il les reconnaissait, ces vieux compagnons de combat...

— Souvenez-vous, Valentin ! La baie de Chesapeake : huit mille Français et neuf mille « insurgents » attendaient la flotte de l'amiral de Grasse. Nous étions...

Hyacinthe interrompit la logorrhée qui s'annonçait.

— Saurez-vous encore vous en servir ?

— Vous entendez, Valentin ? Ah ! ah ! vous plaisantez, mon fils ? Je vais vous démontrer le contraire sur-le-champ ! Ouvrez une caisse d'amorces. Vous, Marion, allez quérir quelques bouteilles à la cave. Vides, naturellement...

Valentin distribua les cibles sur le mur dominant la vallée. Ambroise prit une arme, vérifia le bon fonctionnement de la culasse, fit glisser le contenu d'un tube de charge dans le canon, y ajouta l'étoupe et la balle de plomb, tassa avec la baguette, en un tournemain. Il exultait. Ses gestes avaient perdu un peu de leur précision et ses mains tremblaient d'émotion, mais il ne commit aucune maladresse, sauf qu'il répandit trop de poudre dans le bassinet et s'en saupoudra le visage.

— Et maintenant, dit-il, à trente pas je fais mouche du premier coup.

Il respira profondément, visa lentement. Il se produisit une flamme vive, de la fumée, mais pas de détonation.

— Raté ! dit-il. Ça doit venir du silex.

Il nettoya la pierre, remit de la poudre au bassinet, tira, sans plus de succès.

— Cessez, dit Diane, sinon il va vous arriver malheur !

— Nous allons essayer avec un autre fusil.

Il en essaya trois. Le quatrième fracassa la bouteille. Il exultait, entama une danse guerrière en chantant *La victoire est à nous* et n'eut de cesse d'atteindre trois autres cibles.

— Marion, s'écria-t-il joyeusement, d'autres bouteilles ! Vous allez tirer à votre tour. Il faut que tout le monde sache se servir d'un fusil, même vous, Louis-Amour.

Le botaniste avait entrebâillé la porte de son atelier en entendant les déflagrations. Il sortit timidement.

— Père... Vous n'allez tout de même pas me demander...

— Si fait, mon fils ! Vous aussi. Je veux transformer cette demeure en forteresse pour le cas où des émeutes comme celles de Favars ou d'Allassac se produiraient ici.

— Je vous ai réservé une surprise, dit Hyacinthe. J'ai rapporté de Tulle un amour de petite bouche à feu. C'est un canon « à la suédoise », d'un calibre de quatre livres. Nous avons failli le laisser en route tant notre cheval peinait pour tirer ce chargement. Le directeur de la Manufacture royale d'armes et de canons, M. Martial Pauphile, me l'a cédé pour une bouchée de pain lorsque je lui ai expliqué que je suis un collectionneur d'antiquités. Il n'a pas cherché à en savoir plus.

Il fit signe à Diouf qui découvrit le fond du cabriolet avec l'aide de Valentin, enleva la pièce et l'affût qui avait perdu ses roues et dont le bois vermoulu s'affaissait par endroits. C'était une petite pièce assez archaïque, en cuivre martelé, gainée par une corde de chanvre enduite de goudron et des bandes de cuir épais.

— Seigneur ! s'exclama le comte. Cette merveille a au moins cent ans !

— Un peu plus, à vrai dire, reconnut Hyacinthe, mais il paraît qu'elle fait encore une assez jolie musique. On l'a entendue tirer lors de la fête de la Fédération, le 14 juillet, à Tulle. J'ai obtenu en prime quelques charges de poudre fulminante et une dizaine de boulets. Il faudra éviter le moindre gaspillage.

— Nous verrons cela tout à l'heure, dit le comte. En attendant, à qui le tour ? A vous, Estelle ?

Estelle s'amusait follement. Elle s'y prit à trois fois, tant elle riait, pour fracasser une bouteille et s'arrêta, l'épaule endolorie, le visage poudré de noir, les oreilles bourdonnantes. Diane et Marion firent mouche du premier coup. Louis-Amour renonça après cinq essais infructueux, et son père le renvoya avec mépris à ses simples.

— Eh bien, dit le comte au comble du bonheur, nous voici parés pour un siège. Il ne manque que François. Voyons ce que vaut ce canon...

Une fois le tube calé tant bien que mal sur son affût, Hyacinthe relut attentivement la notice qu'il avait crayonnée d'après les indications du directeur de la Manufacture. Il bourra la gueule d'étoupe et de poudre avec l'écouvillon avant d'introduire un boulet de quatre livres et de verser dans le bassinet quelques pincées de poudre fulminante.

— Diouf, dit solennellement le comte, allez ouvrir le portail. Nous allons faire feu sur la vieille souche que nous pouvons voir sur le revers du talus. Si la mire est juste, nous devrions la pulvériser du premier coup.

— A vous l'honneur, père, dit Hyacinthe après avoir ajusté son tir.

Il battit le briquet, le tendit à Ambroise de Marsanges qui, ayant allumé la mèche d'amadou, ordonna à ses troupes de s'éloigner à bonne distance par mesure de précaution. Sous le choc volcanique de la déflagration il culbuta trois pas en arrière, et des tuileaux se détachèrent de la toiture recouvrant le puits. Marion se précipita, le croyant blessé. Il n'était qu'étourdi et commotionné. Hyacinthe avait dû mettre trop de poudre dans le tube.

— Au moins, dit-il, avons-nous eu cette maudite souche ?

— Je n'en sais fichtre rien, dit Hyacinthe entre deux quintes de toux. Il faut attendre que la fumée se dissipe, mais ce que je crois, c'est que cette décharge était de taille à abattre le donjon des Tourdonnet.

A travers leurs bourdonnements d'oreilles, les assistants entendirent des bruits étranges venus ils ne savaient d'où, qu'ils attribuaient au tonnerre de la bouche à feu qui avait failli leur crever le tympan. C'est Diane qui, la première, parla du tocsin. Tous dressèrent l'oreille : c'était bien lui qu'on entendait, mêlé à des rumeurs qui pouvaient être des bruits de voix.

— Par exemple ! s'écria Hyacinthe. Voyez ce qui nous arrive !

La fumée dissipée, on distinguait un ballet de fantômes en train de se démener en criant des imprécations inaudibles au milieu d'un brouillard étincelant d'éclats d'armes diverses et hétéroclites. Le premier à s'extirper de cette mêlée confuse fut Léonard Sauviat. Il était armé d'un mousqueton et hurlait :

— Qu'est-ce qui se passe ? Vous avez été attaqués ? Où sont passés les brigands ?

— Les brigands ? s'étonna Hyacinthe. Il n'y en a pas. Nous étions à l'exercice et ne tirions que sur des cibles. Excusez-nous pour le dérangement...

Le comte s'avança, essuya son visage noir de poudre en réajustant sa perruque.

— Mon ami, dit-il d'un air narquois, vous êtes mieux à même que quiconque pour admettre qu'il est indispensable de nous prémunir contre une attaque éventuelle. Regardez ! nous avons un véritable arsenal ! Nous pourrions tenir en échec une troupe d'une centaine d'hommes armés. Si quelque meneur s'avisait de refaire à Marsanges le coup de Favars et d'Allassac, il lui en cuirait. Nous n'avons visé que des bouteilles et une souche, mais nous n'hésiterions pas à tirer sur des émeutiers. Je pourrais vous parler de certaine attaque surprise des Indiens, dirigée par des Anglais contre nos positions, au sud de l'Hudson, et...

Sauviat l'interrompit d'un ton impertinent en s'adressant à Hyacinthe :

— Avec tout le respect que je vous dois, vous avez agi à la légère en ne nous prévenant pas. Toute la paroisse est en émoi. On est même allé prévenir la garde nationale de Meymac. Dorénavant, lorsque vous déciderez de jouer à la guerre, avertissez-nous : nous viendrons jouer avec vous.

— Ce n'est pas un jeu, dit le comte avec hauteur, et nous sommes de taille à nous défendre seuls. Je vous remercie cependant d'avoir fait diligence.

Il ajouta avec un sourire ironique :

— Au moins avons-nous appris que nous pouvons compter sur vous...

Estelle posa sa petite pipe anglaise sur le guéridon, au milieu des revues de mode rapportées de Paris : images de chez Mme Eloffe, éditions du *Mercure galant*... A cause de la chaleur, la pièce était plongée dans la pénombre. Par un interstice découpé au couteau entre les volets coulait une lumière de fournaise.

Estelle sursauta : la porte de l'allée donnant dans la cour s'était ouverte en grinçant, puis refermée. Elle entendit, quelques instants plus tard, venant de la bassière, le bruit mouillé de la couade de bois plongeant dans la seille, puis le grincement du couteau pénétrant la tourte de pain rassis.

C'était Julie. Elle entra dans le salon, son chanteau recouvert d'une tranche de lard à la main.

— D'où viens-tu ? dit Estelle d'un air las. Ça fait trois jours qu'on ne t'a vue à Marsanges.

Julie haussa les épaules, fit un signe de la main vers des horizons incertains et dit, sans cesser de mâcher :

— Diane te demande de la rejoindre dans la soirée à la ferme du Nadoulet. On y plantera la gerbebaude et on y mangera des gambonas. Elle a dit que ça pourrait t'amuser. Si tu veux, je t'accompagnerai, sinon tu risquerais de te perdre.

« Gerbebaude... Gambonas... » Qu'est-ce que c'était encore que ce charabia ? Estelle le demanda à Julie qui haussa les épaules, fidèle à son habitude de parler le moins possible pour éviter de fournir des explications sur sa conduite.

— Assieds-toi un instant, dit Estelle. Tu ne restes donc jamais en place ?

— Et toi, tu ne bouges guère. Tu es fatiguée ?

Estelle avait voulu, pour se distraire, remuer des gerbes. Le soleil était ardent ; elle avait failli s'évanouir. Elle fit une place à Julie sur la bergère, ralluma sa pipe, prit une liasse de gravures qu'elle déploya sur ses genoux. Des espaces de chair rose transparaissaient sous l'étoffe légère du négligé.

— Tu aimes ces images ? dit-elle.

Ces gravures, Julie les avait souvent feuilletées. Elle se demandait en pouffant de rire comment les belles dames de Paris pouvaient porter, sans en être incommodées, ces toilettes en forme de gigantesques choux renversés, ces coiffures surchargées d'ornements baroques, ces souliers qui paraissaient minuscules. Julie, elle, portait toujours les mêmes jupes de paysanne, sauf le dimanche, quand on parvenait à l'intercepter dans ses vagabondages pour la conduire à la messe ; elle se laissait peigner par le vent et ne portait de sabots que l'hiver. Elle ne se lavait, au dire de Marion, que lorsqu'elle tombait dans le Riou.

— Regarde ces chapeaux, dit Estelle. J'ai porté celui-ci, et celui-ci pour accompagner Hyacinthe à ses soirées. Ils étaient si lourds et si encombrants que la nuque me faisait mal au bout d'une heure. Ils s'ornent de jolies aigrettes roses et bleues d'oiseaux des îles, de petites cerises bien rouges, d'un nuage de rubans et de dentelle...

Elle rit doucement en laissant tomber sa tête sur l'épaule de Julie.

— Tu me vois affublée de la sorte, à la messe du dimanche, chez ces sauvages ?

Julie, fascinée, posait question sur question :

— Et ça ? Et ça ? C'est quoi ?

Elle montra une robe d'apparat, laissa dessus une tache graisseuse.

— Ça, c'est la robe la plus belle, la plus chère qu'on puisse trouver dans tout Paris. Celle-ci est plus simple : jupe retroussée par-derrière, manches à l'espagnole et turban d'amour. Je portais la même, certains soirs, au « Cygne de Léda », un bordel de luxe où j'ai rencontré mon premier amoureux : ton frère Hyacinthe.

Elle ajouta en caressant les cheveux raides de Julie :

— Et toi, tu n'as pas d'amoureux ? Tu as pourtant un an de plus que moi, et il faudra penser à te marier bientôt.

— Mon amoureux à moi, tu le connais. Tu lui as parlé hier, même qu'il ne t'a pas quittée des yeux et que j'en étais jalouse. Il s'appelle Gaspard. Nous nous voyons...

Elle s'arrêta soudain, comme si elle regrettait d'en avoir trop dit, reprit sa tartine et se remit à mâcher en silence. Estelle renonça à la forcer dans ses confidences en se disant qu'elle en saurait un peu plus une autre fois, et notamment si ce Gaspard l'avait ou non respectée. Qui était ce drôle de garçon, pas très beau mais attachant ? Elle avait parlé avec lui comme avec d'autres hommes dont la plupart se moquaient gentiment de sa façon de parler leur langue barbare, de manier le râteau ou la fourche. Ce n'étaient pas de mauvais bougres, mais, par Dieu, ce qu'ils puaient et ce qu'ils étaient laids !

Estelle ralluma sa petite pipe et la tendit à Julie, qui la repoussa avec une grimace.

— J'ai déjà essayé. Ça m'a donné envie de vomir.

Elle toussa, se leva pour partir.

— Reste un peu avec moi, dit Estelle. Nous pourrions parler. Tu as un rendez-vous pour être si pressée ? Avec ton ami Gaspard ?

— Non. Avec une famille de renards. Ça fait une semaine que je les observe. Les renardeaux s'amusent comme les chiots de Valentin. Si tu veux, je t'emmènerai les voir.

Elle allait se retirer lorsque Estelle poussa un cri en se tassant au creux de la bergère. Un ruban souple et vert, vivant, venait de glisser hors du corsage de Julie, qui éclata de rire.

— Nc crains rien ! C'est ma couleuvre. Elle s'appelle « Pâquerette » parce que je l'ai trouvée le jour de Pâques, cette année, sous le grand hêtre, au bout de l'allée. Elle n'est pas méchante. Tu peux la prendre et la garder sur toi. De temps en temps, je l'emmène en promenade. Elle aime ça...

Elle s'accroupit, retira le reptile de sous la bergère où il s'était réfugié, le laissa s'enrouler autour de son bras puis, après avoir déposé un baiser sur la tête plate, le laissa glisser dans son corsage, entre ses seins.

— « Pâquerette » est froide, dit-elle. Froide comme l'eau du Riou.

8.

LA GERBEBAUDE

La demeure déserte semblait vivre de sa vie propre, dans la torpeur de l'après-midi torride. Au milieu de la cour, sous le sorbier constellé de grappes de fruits rouges, les enfants de Riette et de Valentin Lafaye jouaient avec des chiffons et des morceaux de bois. C'était, avec les craquements des meubles, le seul bruit que l'on pût entendre.

Estelle se leva, la tête lourde, le cœur battant de la même frayeur que l'autre soir, lorsque Marion avait déposé dans son giron, alors qu'elle somnolait sur le seuil dans la première fraîcheur de la nuit, une grosse crapaude indolente au regard tendre.

Elle se dirigea à pas lents vers la table de travail d'Ambroise. Au passage, elle caressa les livres entassés sur les coffres — un pour Rousseau, un pour Voltaire —, les gazettes empilées sur les sièges : celles que Hyacinthe lui adressait de Paris. Elle s'assit dans le fauteuil avachi, aux accoudoirs lustrés par le contact des mains et des coudes. Elle ouvrit un tiroir au hasard, sourit en découvrant un livre de Restif de La Bretonne — cet étrange personnage qui voulait la confier à Mme de Montalembert — et un autre ouvrage du marquis de Sade, illustré de gravures lestes. Un autre tiroir contenait des tabatières de nacre et de faïence. Dans un troisième tiroir, elle découvrit une lettre repliée, à l'adresse du comte ; elle était rédigée d'une grosse écriture enfantine ; la signature, « *Manon* », était suivie de quelques mots : « *Celle qui vous ème toujour.* » Elle déplia la lettre, la lut :

« *Mon grand amour, je ne peut pas me conssoler de notre séparassion. Vous me manqué de plus en plus. Chaque jour j'attan une letre de vous et rien ne viens. Je sui seule et je pleure tout les jours en panssant à vous. Je sai qu'on ne m'ème guerre chez vous, votre fille*

Dianne surtou, mais sa mest egal. Si je n'ai pas de nouveles de vous dans le moi qui suis, je parttirai, je quiterai Ussel et vous ne me reveré plus. Ecrivé moi je vous en suplie, ou mieux vené me voir. Je vous atten... »

A la fois amusée et attendrie, Estelle remit la lettre à sa place. Elle connaissait cette fille qu'on appelait la « catin d'Ussel » par ce que lui en avait révélé Hyacinthe. Il lui avait dit : « Je n'aurais rien contre cette liaison, car, à son âge, mon père a le droit de vivre à sa guise et de ne pas laisser passer les occasions d'être heureux. Mais cette fille est en train de le ruiner... »

Interrogée discrètement par Estelle, Diane avait tenu des propos évasifs : son père avait eu une longue liaison avec cette fille, mais il avait sagement rompu et, après les affres de la rupture, il s'était assez vite consolé, semblait-il. Elle avait ajouté : « Ne me parle plus d'elle, je te prie... » Par Marion, plus diserte, elle avait appris que cette Manon se nommait en réalité Marie Troubady ; elle venait parfois le voir à Marsanges, mais, depuis quelque temps, on ne l'avait pas revue. « Parfois je le regrette, avait poursuivi Marion. Elle était vive, gaie et paraissait sincèrement attachée à mon père. Diane y a mis le holà avant qu'il ne lui donne sa chemise... »

Estelle se dit qu'il devait bien exister quelque part, dans le fatras de ces tiroirs, une miniature de cette fille. Elle fouilla mais ne trouva rien. Peut-être Ambroise la portait-il sur lui, contre son cœur... Sous ses allures désinvoltes de vieux philosophe volontiers cynique, Ambroise de Marsanges cachait une âme pétrie de passion. Elle observa longuement le portrait qu'avait fait de lui, jadis, un barbouilleur de Darnetz : il était représenté en tenue de capitaine du corps d'intervention en Amérique ; dans le fond de la toile, on distinguait des montagnes gigantesques habitées par des sauvages qui n'avaient existé sous cette apparence idyllique que dans l'imagination du peintre ou les nostalgies du comte. Elle aimait cet air conquérant, ce sourire bravache sous les moustaches qu'il ne portait plus depuis son retour, cette cicatrice à la joue gauche, provoquée par la balle d'un fusil « Ferguson », disait-il, une arme redoutable qui se chargeait par la culasse et ridiculisait les pétoires à calepin des « insurgents ». La perruque poudrée, nouée d'un ruban violet sur la nuque, le jabot bouffant en « poinct de Tulle » donnaient à ce personnage une allure de touchante juvénilité, alors qu'il n'était pas loin de la quarantaine lorsqu'il combattait sous les ordres de La Fayette. Il avait gardé dans ses traits quelque reflet de cette jeunesse, son teint que le grand air colorait de rose, son sourire qui paraissait toujours relié à des images lointaines, indicibles, mélancoliques. « Quoi d'étonnant à ce que cette fille l'aimât ? se disait Estelle. Il est encore fort aimable... » La lettre de Manon paraissait sincère ; cette question d'argent, certes gênante, ne devait pas gouverner seule leurs rapports. Estelle se dit qu'elle en aurait le cœur net.

Un autre personnage l'intriguait : Florent.

Elle avait appris son histoire par Marion et elle avait vu la petite lumière du soir ; elle avait surpris l'adolescent sur le bord de l'étang où son père avait disparu, fixant l'espace liquide griffé par le vent, et avait tenté de l'interrogèr, mais avait vite renoncé : le baïlero n'avait de véritables rapports qu'avec Marion qui le considérait comme son frère. Elle lui avait appris sans peine à lire et à écrire, à parler surtout car il avait perdu l'usage de la parole. Elle lui avait fait lire un vieux catéchisme, des almanachs, quelques chapitres des œuvres de Mme de Genlis, puis, un peu plus tard, des extraits du *Candide* de Voltaire. Doué d'une mémoire exceptionnelle, Florent retenait des pages par cœur, les récitait, les commentait avec une certaine gaucherie mais beaucoup de bonne volonté.

Comme Estelle s'étonnait que Florent et Julie, qui ressentaient le même goût pour la solitude, qui avaient la même nature taciturne et sauvage, ne partagent pas leurs promenades et leurs jeux, Marion avait paru embarrassée, comme si ce problème ne l'avait pas effleurée.

— C'est vrai qu'ils se ressemblent, avait-elle répondu, et pourtant ils vivent comme s'ils étaient indifférents l'un à l'autre et étrangers. Je crois que c'est leur timidité qui les sépare. Ils se voient rarement, sauf lorsqu'ils se rencontrent dans les bruges ou le dimanche, au village, mais ils ne se parlent pour ainsi dire jamais. Il est plus intelligent qu'elle, mais Julie est une demoiselle de Marsanges, la fille du comte. Ils se regardent l'un l'autre comme s'ils se jugeaient inférieurs.

Le seul, le véritable ami de Florent était Picharou.

De ce vagabond originaire des environs d'Uzerche où vivait sa famille, Diane disait qu'il annonçait son arrivée d'une lieue, par son odeur de bouc. Plusieurs fois par mois, il se rendait à Marsanges, sûr d'y trouver le gîte et le couvert. Il s'arrêtait d'abord au village, chez le curé, pour s'y confesser car il avait une certaine idée de la religion, puis chez quelques paysans de sa connaissance : métayers, bordiers ou journaliers, auxquels il rendait de menus services.

Chez Sauviat, il était accueilli avec une certaine faveur, qui n'allait pas jusqu'à l'amitié, ce dont il se moquait : une soupe, un verre de piquette lui suffisaient. Les Sauviat le faisaient parler, et il ne s'en privait pas quand il était mis en confiance. Il exerçait accessoirement les fonctions de « peilharot » pour le compte d'un artisan d'Ussel acheteur de peaux de lapin, et, au cours de ses collectes qui se déroulaient sur un vaste territoire, il glanait des nouvelles qu'il colportait de ferme en ferme sans le moindre souci de discrimination et de cohérence, au petit bonheur la mémoire. Il tenait le rôle d'un gazetier fidèle à la vérité des événements dont il avait été le témoin ou dont il avait entendu le récit. On ne lui connaissait pas d'ennemis, mais il détestait les trublions révolutionnaires, depuis le jour où, après l'avoir fait boire, ils l'avaient déguisé en prêtre et promené dans le bourg de Pérols, juché sur un âne, tourné vers la queue de l'animal, ce qui lui avait valu d'être rossé par la maréchaussée et jeté en prison.

Picharou se plaisait au château. Il y avait sa place, dans une soue, près de la loge de Florent, que Valentin avait délimitée avec des liteaux et que l'adolescent avait tapissée de vieilles étoffes découvertes dans les combles du château et de bouquets odorants pris dans la réserve de Louis-Amour.

Malgré la répugnance de Diane et de Marion, le vagabond était parfois invité par le comte à manger à la table familiale et il y montrait autant d'aisance et de simplicité qu'à celle d'un bordier. Il avait compris qu'il fallait éviter les flatulences incommodantes, se laver les mains, ne pas gratter ses poux ni se curer les dents avec la pointe de son couteau ; il s'accommodait sans effort de ces modestes contraintes, car on ne lui jetait pas les restes comme à un chien, ce que faisait Sauviat. Un détail pourtant l'indisposait : le vouvoiement dont le gratifiait le comte.

Picharou rejoignait souvent Florent dans les bruges où le baïlero faisait paître son troupeau. Il restait avec lui des heures durant, non seulement pour le plaisir d'une compagnie, mais aussi pour lui enseigner des jeux : construire un moulinet que l'on faisait actionner par le courant des levades, une cage à grillons faite de quelques brins d'herbe, une flûte de sureau ou de noisetier, un piège pour les oiseaux... Il lui enseigna aussi l'art de réaliser et de tendre des collets sur le passage des lapins, de récolter à la lune favorable des ronces pour tresser des paniers. Il lui apprit aussi à faire griller des pommes de terre sous la cendre, des cèpes enfilés à des baguettes de bois, mais Florent répugnait à ces autres mets dont le vagabond faisait ses délices : grenouilles, hérissons et couleuvres. Florent aurait aimé qu'il lui enseignât à lire dans les constellations, persuadé que son père l'attendait « là-haut », comme le lui avait affirmé le curé, mais le brave Picharou ne connaissait que l'étoile polaire, les nuits où il n'était pas ivre à coucher au revers d'un talus.

Parfois, le soir, on les voyait revenir ensemble de la pâture, le géant Picharou portant Florent sur ses épaules comme saint Christophe l'enfant Jésus, chantant d'une voix affreusement fausse des chansons d'amour dans le patois du plateau. Au début de leur amitié, quand les nuits se faisaient fraîches, ils dormaient ensemble pour échanger leur chaleur, mais Diane mit bon ordre à cette promiscuité, car Picharou n'était pas plus avare de ses parasites que de son affection.

Rien n'avait changé dans le paysage immuable de la montagne, sinon son apparence qui évoluait selon les saisons. Et pourtant tout bougeait dans le pays. Le Bas-Limousin était devenu département de la Corrèze ; il se décomposait en districts, en cantons et en municipalités. Ainsi en avait décidé l'Assemblée nationale.

Ce fut une année d'élections. De nouveaux administrateurs sortaient des urnes. En juillet, au cours d'une grande assemblée, à Tulle, salle des Feuillants, Me Jacques Brival avait été nommé au poste le plus important du département, celui de procureur général syndic. Du coup, il adhéra plus étroitement encore aux idées nouvelles. Oublieux des atermoiements et des crises de conscience, mais gardant sa fidélité intacte au roi, il avait jeté aussi aux oubliettes ses rancunes contre ceux qui l'accusaient de collusion avec les émeutiers de Favars et d'Allassac. Magnanime, il pardonnait les calomnies de ses détracteurs qui le traitaient de Catilina, de monstre à figure humaine, de mauvais citoyen, de faux confrère, d'ambitieux, de vindicatif, d'imposteur...

Brival triomphait.

A l'issue de l'assemblée des électeurs des villes et cantons, il fit voter une adresse au roi, proclamant : « *Sire, jouissez du spectacle le plus consolant pour un bon prince : celui de voir tout un peuple que vous avez régénéré par la vertu en le rendant libre, un peuple qui partout vous bénit et vous aime...* »

Pour la circonstance, on avait fait sonner le branle à toutes les cloches de la ville et la foule avait envahi la cathédrale. Précédé de la musique militaire et de la garde nationale, le corps électoral fraîchement désigné par la voix des citoyens avait assisté au Te

Deum. Après l'orémus, on avait entonné des chants religieux et crié : « Vive la Nation ! Vive la Loi ! Vive le Roi ! » tandis que, sur le parvis, tonnaient des salves d'artillerie.

En apprenant l'élection de Brival, Estelle n'avait pu se retenir de déclarer à Diane, au cours d'un repas où toute la famille se trouvait réunie :

— Si j'étais à ta place, je ferais en sorte de me faire épouser par Brival. Tu deviendrais ainsi la première dame du département et, comme il sera un jour prochain député de la Corrèze, tu pourrais aller vivre avec lui à Paris.

Blême d'indignation, Diane s'était levée brusquement. Avant de quitter la table, elle avait lancé :

— Petite sotte ! Tu mériterais que je te gifle !

Décontenancée, Estelle avait essuyé une larme et gémi :

— Qu'ai-je donc dit de mal ? Vous pensez tous comme moi, j'en suis persuadée.

— Mon enfant, avait dit le comte, toutes les vérités ne sont pas bonnes à dire. Celle-ci était blessante pour Diane, et vous l'avez profondément choquée. Elle aime Brival, mais je crains qu'elle ne l'épouse jamais. Evitez de lui parler de cet homme, je vous prie.

— J'ai été maladroite, je le reconnais, dit Estelle en se levant. Je vais lui présenter mes excuses.

— N'en faites rien ! Je lui parlerai moi-même. Il n'y a jamais eu de querelle grave au sein de notre famille et je souhaite qu'il en soit toujours ainsi.

Le repas prit fin rapidement, dans un silence de mort. Hyacinthe fit signe à Estelle de le suivre dans leur chambre. Il la fit allonger en travers du lit, sur le ventre, lui releva les jupes et lui administra une volée de ceinture jusqu'à faire jaillir le sang.

Folle d'angoisse, Marion se précipita à l'étage, pénétra en trombe dans la pièce, arrêta le bras de son frère, lui cria :

— Cesse de la frapper ! Elle n'en méritait pas tant. Mon Dieu, elle a perdu connaissance. Regarde dans quel état tu l'as mise !

— J'en avais fini, dit Hyacinthe en jetant sa ceinture ensanglantée au milieu de la pièce. Je te la confie. Rassure-toi, cette petite dinde a l'habitude de ce genre de traitement et elle n'en mourra pas. Je suis même prêt à jurer qu'elle aime ça ! Je l'avais prévenue d'avoir à tenir sa langue pour les problèmes qui ne la concernent pas. Son châtiment est mérité.

— Elle ne pourra pas s'asseoir de plusieurs jours !

— Eh bien, elle se promènera et vous aidera aux travaux de la maison. Cela vous soulagera et lui fera le plus grand bien.

Diane n'avait pas été longue à pardonner à Estelle. Elles redevinrent de bonnes amies. Estelle lui confiait ses désillusions (Hyacinthe ne s'occupait d'elle que pour la coucher sur leur lit, lui faisait l'amour sans un mot de tendresse, lui reprochait son passé et la traitait de putain). Diane se montrait plus réservée (parler de Brival, loin de la rassurer, lui faisait prendre une conscience plus aiguë du caractère définitif de leur rupture). Elle se méfiait d'ailleurs de cette petite femme mal épanouie, naïve et maladroite, incapable d'esprit de suite dans son raisonnement, qui fumait la pipe et buvait l'eau-de-vie au goulot pour affirmer une liberté de mœurs que personne ne songeait à lui contester.

Lorsque l'ouvrage ne pressait pas trop, au cœur des interminables journées de cet été, elles se promenaient dans la campagne, armées d'un pistolet pour se protéger des brigands et des loups qui effrayaient Estelle, malgré le désir enfantin qu'elle manifestait parfois d'en rencontrer. Quand la chaleur était trop intense, elles restaient enfermées, se livrant à des jeux de société ou au whist, dont Hyacinthe leur avait appris les règles. Le soir, seules ou en famille, elles interrogeaient les esprits en faisant bouger le guéridon.

— Paris..., soupirait Diane. Tu ne regrettes pas la vie que tu y menais ?

Estelle ne regrettait rien. Si ! Les après-midi passés avec quelques amies à consommer du chocolat ou des sorbets dans les cafés, le « Procope » notamment, où l'on pouvait rencontrer les écrivains à la mode. Ah ! les sorbets... Elle en rêvait tant que Hyacinthe, un jour qu'il était de bonne humeur, avait promis de construire dans la cave une glacière qui lui permettrait d'en consommer pratiquement en toute saison.

— Paris, disait-elle, c'est si loin déjà. J'ai l'impression d'en être partie il y a des années. Je m'y ennuyais souvent, Hyacinthe m'ayant interdit, durant les derniers mois, de sortir seule. Diouf était mon geôlier. Je recevais quelques amies, d'anciennes relations du « Cygne de Léda » qui avaient fait leur chemin, mais je dus également y renoncer quand Hyacinthe m'a annoncé que nous partions pour le Limousin...

— Je sais, dit Diane. Tu ne t'ennuies pas ici. Tu es même heureuse, m'as-tu dit. En revanche, je crains qu'en hiver il n'en soit autrement. Tu resteras des journées entières sans sortir à cause du froid ou de la neige. Tu ne pourras pas courir la campagne à cause des loups.

— J'aimerais les voir, au moins une fois.

— Tu en verras, et des furieux, qui se dévorent entre eux quand ils ne trouvent rien à manger. Tu pourras même les tirer sans quitter la maison. Ce n'est pas pour rien que notre blason porte une image de loup rampant. Mais rassure-toi : depuis des années ils n'ont dévoré personne dans la région. Tu devras prendre garde tout de même : si tu en rencontres un, fraîche et jolie comme tu l'es, il ne ferait qu'une bouchée de toi !

On avait dressé dans un pré des Sauviat, proche de leur chaumière, la gerbebaude, édifice fait d'épis de « blé » triés soigneusement parmi les plus longs et les plus drus. Ensuite, on l'avait installée dans une charrette attelée de deux bœufs de labour pour la conduire sur le lieu des réjouissances, tout enrubannée de lianes de clématites. C'était la « gerbe de la joie » : celle que l'on dressait pour remercier le ciel des récoltes, généreuses cette année. La gerbe monumentale était entourée de quelques fillettes du village ou des hameaux voisins, revêtues de leur costume du dimanche et coiffées à la mode du pays d'un nuage de dentelle.

On n'attendait plus que le cabretaïre. Il s'annonça, venant par les travers du Ventéjoux, monté sur sa mule à fanfreluches, coiffé d'un large feutre sombre, beau comme un dieu païen dans son costume chamarré. Passé l'arcadour du Riou, d'aussi loin qu'il aperçut le village, qu'il en reconnut les odeurs et les rumeurs, il se mit à seriner le *Rossignolet des bois* par lequel il s'annonçait à son public.

Dès qu'elles l'entendirent, les filles coururent à sa rencontre, retroussant leurs cotillons, et les demoiselles du château n'étaient pas les dernières.

Grand bel homme un peu taciturne, Félicien soignait ses apparences de mystère comme une coquetterie et ne s'exprimait pour ainsi dire que par ses chansons : celles qu'il avait héritées de son père, grand cabretaïre et chanteur d'Auvergne venu en Limousin sur un coup de vent noir, et celles qu'il composait en chevauchant sa mule. Il aurait pu improviser une chanson pour dire : « Donnez-moi du pain et un verre de vin, s'il vous plaît », ou, s'adressant à une fille : « J'ai envie de vous voler un baiser. Acceptez, je vous prie. » Il disait à tout bout de champ « je vous prie », si bien qu'on avait fini par l'appeler « Siouplaï » dans la langue de la montagne.

Dès qu'il apparut à l'entrée du village, le monde sembla s'emplir de sa musique. C'était un bouquet de plaintes d'amour qui n'en finissaient pas de jaillir et de rejaillir de l'instrument enrubanné qu'il portait sur son ventre, de mourir dans un souffle pour mieux renaître comme un cri haut et clair, prendre possession de la terre, du ciel et de l'âme. L'écouter était une joie ; le regarder un plaisir car il y avait de l'élégance jusque dans sa manière de mouvoir le bras pour regonfler la peau de chèvre ou de laisser ses doigts de fille caresser le chalumeau. Il était superflu de lui demander de jouer : il semblait lire ce désir dans les yeux des gens, leurs rires, leur façon de respirer. Il ajustait la peau de chèvre sous son bras droit, le soufflet sous son bras gauche et le son se mettait à flûter comme une source vive.

On lui connaissait mille aventures amoureuses, mais aucune dont on eût pu dire qu'elle était allée jusqu'à la passion. Il passait comme le vent qui s'arrête parfois au milieu de l'étang pour y faire son nid mais qui, dès le matin, repart dans les collines, insaisissable. On le disait riche ; de belles dames qui auraient aimé se damner pour lui se contentaient de laisser leur empreinte dans son souvenir par le don d'une bourse ou d'un bijou. Il aurait pu s'établir, avoir pignon sur rue, épouser une riche héritière, mais il avait toujours échappé à ces pièges qui l'eussent privé de sa liberté.

Le souffle coupé, Estelle regardait s'avancer sur sa mule cet homme à barbe et cheveux noirs et luisants, mince et de haute taille — assis sur sa mule, ses pieds touchaient presque terre —, vêtu à la paysanne de culottes à pont-levis, de la lévite à petites basques sous laquelle le gilet brodé faisait rayonner ses couleurs et sa lumière, le chef coiffé d'un chapeau à large bord qui ombrait de mystère son visage.

Estelle dit à Marion :

— Il est beau. Tu as vu comme il m'a regardée ?

— Ne t'y frotte pas. Plus d'une s'y est essayée, mais autant vouloir attraper un nuage.

Ce nuage-là, Estelle songeait qu'il pourrait aussi bien porter les orages que les pluies douces du printemps. Rien qu'à le regarder et à l'écouter, elle se sentait inondée de bonheur.

Dans le crépuscule ardent qui sentait la poussière de seigle,

Félicien prit les devants de la charrette portant la gerbebaude en jouant un air entraînant. Le cortège longea la rue principale d'un bout à l'autre du village et, au retour, s'arrêta sur la place de l'église où l'on avait dressé les tables pour le souper. Les quelque vingt familles qui composaient la bourgade étaient présentes, mais on avait vu venir aussi celles des métayers d'alentour, si bien qu'il y avait foule pour acclamer la gerbebaude et le cabretaïre. En leur honneur on fit péter devant la chaumière de Sauviat quelques gargousses et une salve de fusils.

Peu après arrivait le comte de Marsanges, revêtu pour la circonstance de son habit à l'ancienne mode, coiffé de la perruque poudrée. Entouré de sa famille, il prit place en saluant de la main dans un fauteuil que Valentin avait apporté du château, mais il fronça les sourcils en constatant que la table que devait occuper sa famille n'était pas, comme les années précédentes, ornée de fleurs des champs disposées en forme de blason, et que son arrivée était passée inaperçue. Il évita sagement de s'en plaindre.

Picharou était, avec « Siouplaï », comme d'habitude, le héros de la fête. Pour le préparer aux épreuves qu'on lui réservait et auxquelles il se soumettait d'avance sans sourciller, on avait pris soin de le faire boire jusqu'à ce qu'il fût inconscient. Il en était à sa troisième bouteille de vin que l'on faisait alterner avec des rasades d'eau-de-vie, lorsque le cortège s'immobilisa et que l'on eut installé la gerbebaude au milieu du carré des tables. Il passait d'un groupe à l'autre en titubant et en gueulant d'une voix horriblement fausse des chansons et des propos sans queue ni tête.

Lorsque le fils aîné de Sauviat, Tiénou, qui menait le train de la fête, jugea que l'innocent avait son compte, et qu'on l'eut promené à travers la foule, assis sur un brancard servant au transport du fumier, il le convia solennellement à déguster les « gambonas ».

C'étaient des oisillons que les hommes avaient attrapés le matin et confiés aux ménagères pour qu'elles les tuent et les plument. Il y en avait une bonne douzaine, alignés sur une planchette, mêlés à quelques taupes et mulots écorchés. Conduit devant cet étalage de boucher, Picharou n'eut pas un recul : il avait l'habitude de cette cérémonie et son estomac était assez solide pour engouffrer ces mets de sauvage. Il avala tout crus les oisillons et le reste, avec des éructations profondes qui faisaient se pâmer d'aise les spectateurs

Quand il eut terminé, il leva sa bouteille en direction du comte de Marsanges, le salua d'un discours confus et s'effondra en vomissant.

— Quelle horreur ! s'exclama Estelle. Ce Picharou est décidément le dernier des Hurons. Comment peut-il se prêter à ce jeu déshonorant ?

— Ne vous fiez pas aux apparences, mon enfant, dit le comte. Notre ami Picharou vient de sacrifier, sans en avoir conscience, à un rite de communion vieux comme le monde. Peut-être les hommes qui ont bâti le temple gigantesque des Cars pratiquaient-ils ce genre de cérémonie en l'honneur de leurs dieux dont nous avons oublié les noms.

— Il n'empêche ! Cette cérémonie est écœurante et me soulève l'estomac.

La main de Marion se posa sur celle d'Estelle. Elle lui glissa à l'oreille :

— Je partage ton dégoût, mais c'est la coutume. Il y a plus grave : il semble qu'on veuille nous tenir à l'écart. J'ignore pourquoi.

Hyacinthe, aidé de Diane et de Florent, tenta de remettre sur pied l'ivrogne qui n'avait pas repris ses esprits. Ils l'installèrent à l'écart de la fête, dans le couderc des Sauviat, sur une botte de paille. Ils étaient suivis par les regards malveillants d'un groupe de jeunes villageois groupés autour de Tiénou qui, plus qu'à moitié ivre lui-même, faisait de temps à autre péter son fusil pour attirer l'attention de Marion.

— J'ai surpris leur conversation, dit Diane à voix basse. Ils veulent rosser Picharou.

— Pourquoi ? s'étonna Hyacinthe. Qu'ont-ils à reprocher à cet innocent ?

— Il a osé porter une santé à notre père, la personne qu'il vénère le plus au monde. Il a dit qu'il était le meilleur des hommes et qu'il se considérait comme son fils. Tout cela en langue du pays. A l'époque que nous vivons, ce sont des paroles imprudentes. Picharou risque sa vie. Ces rustres se vengeront sûrement.

Elle ajouta plus haut et d'un ton jovial :

— Et maintenant, mon frère, allons ouvrir le bal si tu sais encore danser la bourrée. Nous aurons comme partenaires notre père et Marion. C'est ainsi chaque année, sauf que d'habitude François est parmi nous et qu'il est mon cavalier.

— Il est trop tard, je le crains, dit Hyacinthe.

A travers l'ombre, ils s'avancèrent vers la petite prade déjà humide de rosée et qui sentait la fiente de volaille et de porc, en marge d'une fontaine. On avait juché « Siouplaï » sur un fardier nettoyé de son fumier, au timon maintenu à l'horizontale par une souche, et il avait préludé par un air allègre du bas pays. La bourrée à quatre ébranlait le sol à coups de talon, les hommes jetant droit vers le ciel l'ancien cri de guerre des tribus lémoviques imitant le hennissement du cheval. Diouf, torse nu, s'était mêlé aux danseurs ; il avait un peu bu et se livrait, sous les rires et les quolibets, à d'étranges contorsions.

— Tu as raison, dit Diane. Nous ne danserons pas ce soir. On nous écarte de la fête après nous avoir accueillis comme les derniers des bordiers. Ces gueux profitent lâchement de l'absence de François pour nous témoigner leur mépris. Lui présent, ils n'auraient jamais osé.

Hyacinthe protesta : rien ne les empêchait de former un quadrille et de danser à part. Estelle battit des mains : elle avait des fourmis dans les jambes. Le comte s'y opposa.

— Ils considéreraient cette attitude comme une provocation, dit-il fermement. Gardons notre dignité. Nous nous passerons de danser, voilà tout, et nous rentrerons dans un moment à Marsanges. Je n'aime pas ces gens ivres et ces fusils qui partent tout seuls.

Un homme s'avança vers eux, ôta son chapeau et s'inclina brièvement. Le comte reconnut Gaspard, ce curieux personnage dont on disait qu'il faisait la cour à Julie. Il lui demanda en patois ce qu'il voulait, et Gaspard lui répondit en bon français :

— Vous raccompagner à Marsanges, monsieur. J'ai surpris des propos qui ne me plaisent guère. Valentin vient de faire le coup de poing avec de jeunes forcenés qui voulaient égorger Picharou. Vous êtes vous-même en danger. Il serait sage de vous retirer discrètement.

— C'est surtout la sécurité de ma fille qui vous intéresse, n'est-ce pas ? dit le comte avec un sourire amusé, en regardant Julie qui venait de surgir derrière Gaspard, dans la lumière d'une torche, mais j'aurais mauvaise grâce à refuser votre aide. Le comportement singulier de ces gens ne m'a pas échappé et la seule arme que nous ayons est le fusil de Valentin.

— J'ai le mien aussi, dit Gaspard. Je l'ai déposé près de la grange de Monteil. Nous partirons quand vous l'aurez décidé. Le plus tôt sera le mieux. J'ai l'impression que l'on souhaite un incident. Mais qui ?

— Ne cherchez pas, dit le comte. C'est Sauviat.

Il demanda à Hyacinthe de rappeler Diouf et d'aller chercher Picharou. Il trouva le vagabond allongé près de Valentin qui, assis dans l'herbe, tenait en respect avec son fusil un groupe de garçons et de filles armés de gourdins, qui grondaient comme une meute à l'hallali.

— Ils l'ont roué de coups, dit Valentin. Si je n'étais pas arrivé, ils l'auraient achevé en l'égorgeant. On ne peut pas le laisser là. Il faudrait un char à bancs ou une charrette pour le transporter jusqu'au château, mais on ne nous prêtera aucun véhicule.

Hyacinthe informa son père qui fit appeler Léonard Sauviat et l'informa de son départ.

— Déjà ! dit mielleusement le métayer. La fête ne fait que commencer.

— Pour nous, elle n'a que trop duré. Prêtez-nous votre char à bancs pour transporter Picharou.

— Impossible, monsieur le Comte. Une roue s'est brisée ce matin.

— Alors, votre fardier fera l'affaire.

— « Siouplaï » l'occupe et il faudrait atteler les bœufs, ce qui demanderait du temps.

— Alors prêtez-nous votre mule. Florent vous la ramènera demain.

— C'est que...

— Rassurez-vous : je vous en réglerai la location. Le compte en sera retenu sur les rentes que vous me devez.

— Prenez-la donc, bougonna Sauviat, et faites excuse pour l'accueil qui vous a été fait, à vous et à votre famille. Nos paysans sont fatigués et un peu ivres...

— Ça n'explique pas tout, Sauviat. Ce n'est pas à ces pauvres bougres que nous en voulons, mais à ceux qui les mènent par le bout du nez. Si vous les connaissez, dites-leur qu'au moindre incident un corps de cavalerie de Royal-Navarre, qui tient garnison en Corrèze, comme vous le savez, s'installera à Marsanges. Et ce ne sont pas des demoiselles...

Le détachement commandé par M. de Massey cantonnait dans le département depuis le début de l'année, à la suite des dramatiques événements d'Allassac où il n'était resté que le temps de rétablir l'ordre. Il s'était ensuite installé à Tulle d'où les Amis de la Constitution souhaitaient qu'il s'éloignât, prétextant la mauvaise conduite des officiers, des soldats et le mépris que le commandant affichait pour la population. On considérait ces redoutables cavaliers comme des empêcheurs de tourner en rond, un obstacle à la marche des idées nouvelles, une provocation permanente, mais le résultat était évident : les troubles avaient cessé ou ne revêtaient qu'un caractère de gravité mineure. Les révolutionnaires corréziens, à commencer par Brival, se tenaient à carreau.

La menace de M. de Marsanges produisit son effet : Sauviat se montra obséquieux, jura ses grands dieux qu'il saurait découvrir et sermonner les mauvaises têtes, que, lui vivant, personne n'oserait s'en prendre à la famille de M. de Marsanges et à ses biens. N'avait-il pas toujours été un bon serviteur ? Qui donc pourrait l'accuser de menées subversives ?

— Personne, Sauviat ! Personne ! protesta le comte avec un sourire narquois. Je suis persuadé que c'est à votre insu qu'on nous provoque. Allons, ne vous mettez pas dans cet état et prêtez-moi votre mule.

C'est Sauviat lui-même qui alla chercher la monture, la harnacha, fournit même une lanterne. Il paraissait mal à l'aise, cherchait autour de lui une présence qui se dérobait, marchait d'un pas hésitant, comme au bord d'un gouffre. Il aida Valentin et Gaspard à jucher et attacher Picharou sur le dos de l'animal. Comme il manifestait son intention de retourner à la fête, le comte, l'ayant remercié de son aide, lui dit :

— Vous pouvez faire mieux encore, puisque vous êtes si soucieux de notre sécurité : c'est nous raccompagner jusqu'au château avec votre fusil. Votre présence rassurerait mes filles. Ainsi, vous pourriez ramener vous-même votre mule.

Comme il hésitait, Hyacinthe insista :

— Fais ce que mon père te dit. Va chercher ton fusil. Nous t'attendons. Tâche de ne pas nous fausser compagnie, il t'en cuirait.

Sauviat parcourut l'assistance, revint bredouille : c'est Tiénou qui avait emprunté son arme, et il était introuvable, parti sans doute dans les bruges avec une fille...

La petite caravane s'ébranla alors que « Siouplaï » attaquait une nouvelle danse. Sauviat allait devant, portant la lanterne ; Picharou derrière, ligoté sur la mule pour lui éviter une chute ; les gens de Marsanges suivaient, encadrés par Valentin et par Gaspard, Hyacinthe fermant la marche. La montagne était noire et silencieuse, traversée par des rumeurs d'eaux vives et des cris de rapaces nocturnes. Le lever de la lune s'annonçait par des lueurs couleur de lilas, à fleur de crêtes, au-delà du château. La seule chose que l'on vît distinctement était la silhouette de Léonard Sauviat et la tête de la mule qui se balançait dans la lumière de la lanterne. Estelle s'étant mise à chanter, on la fit taire.

On avait laissé sur la gauche le moulin de Nadoulet dans son creux, endormi entre les bras du Riou, lorsque Valentin demanda à Sauviat de s'arrêter.

— Tu ne prends pas le bon chemin, dit-il. Tu cherches à nous égarer ou tu as bu trop de vin.

— Excuse-moi, bredouilla le métayer. C'est vrai que je suis un peu pompette, mais je connais bien ce chemin : c'est un raccourci.

— Je le connais aussi, rétorqua Valentin. C'est un raccourci qui allonge. Tourne à droite, directement vers la ferme de Prasdeloup. C'est par là que nous sommes venus.

— Comme tu voudras, grogna Sauviat, mais moi, je sais ce que je dis.

— Ne discute pas. En route !

Ils reprirent la charrière raboteuse qui passait pour être une de ces voies romaines qui montaient depuis les Monédières et le bas pays vers le plateau de Millevaches où se dressait le temple. Myrtilles et bruyères avaient formé un bourrelet envahissant sur les bas-côtés, si bien qu'une charrette avait tout juste la place d'y passer. Au-dessus, le dernier ressaut du mont Ventéjoux, couvert d'une basse forêt, soufflait une haleine froide qui sentait le champignon.

Le cortège avait passé les bouleaux dont les silhouettes blafardes dansaient au pied de l'éperon de granit marquant la lisière de la forêt et le début d'un champ-froid, lorsqu'un coup de feu retentit, répercutant son tonnerre dans la vallée. Valentin arracha la lanterne des mains de Sauviat et la souffla.

— Je suis blessé ! gémit Sauviat. Ramenez-moi au village.

— Salaud ! fit Valentin. Tu mériterais qu'on te laisse crever là. C'est nous que ce brigand visait, et moi en particulier. C'est pour ça que tu voulais nous faire passer par le Riou !

Il fit ranger les gens de Marsanges sous l'éperon rocheux en leur demandant de ne pas bouger et de veiller à ce que Sauviat ne quitte pas leur groupe. Puis, en compagnie de Gaspard, il prit position de l'autre côté du chemin, derrière un rocher en forme de carapace. Le coup de feu avait été tiré de derrière les bouleaux. L'agresseur devait être seul, ou du moins, s'ils étaient deux ou plusieurs, il ne devait y avoir qu'une arme car il se passa une bonne minute avant que partît le second coup. La nuit en fut tout illuminée, comme d'un éclair, et le grondement dévala en direction du Riou.

— Tu as vu d'où le coup est parti ? souffla Gaspard.

— A peu près, répondit Valentin, mais je préfère attendre le troisième coup. Dès qu'il sera parti, nous tirons ensemble.

— Tu sais qui ça peut être ?

— J'ai mon idée : ça ne peut être que Tiénou, ce pauvre innocent qui obéit à son père comme un chien.

Au troisième coup, ils firent feu ensemble. Il y eut une plainte, puis un galop de sanglier à travers la forêt. Au jugé, ils devaient être au moins deux. On en avait blessé un ; il serait facile de le reconnaître.

— En route ! dit Valentin. Alors, Sauviat, qu'est-ce que tu dis de ça ? Je comprends quc tu aies voulu nous faire éviter cet endroit dangereux. Tu es bien bon.

Sauviat se contenta de pousser un gémissement à fendre l'âme. La balle avait éraflé le cou et pénétré dans le gras de l'épaule.

— Sauviat, dit le comte, vous aurez des comptes à rendre à la justice. Il sera facile de prouver que c'est votre fils qui nous a attaqués, et vous qui l'y avez incité. Voilà qui va vous coûter cher...

— C'est faux ! protesta Sauviat. Ce sont des brigands !

— Assez de mensonges, dit Valentin. Nous allons poursuivre notre chemin sans toi. Tu retourneras seul au village, et tâche de ne pas crever en cours de route, que je puisse te voir avec les menottes, entre deux gendarmes !

Le bruit de la fusillade avait réveillé Picharou qui beuglait, se débattait dans ses liens et réclamait à boire. Il accepta de marcher. A peine libéré de ses liens, il se mit à trépigner, à brandir ses poings vers le village, hurlant des injures. Il fallut menacer de le lier de nouveau sur la mule pour lui éviter de reprendre comme il en avait l'intention le chemin de la fête.

Sauviat reparti vers le village monté sur sa mule, le comte s'enquit de l'état de ses filles : elles avaient eu très peur, mais n'avaient pas bronché.

— Je commençais à m'ennuyer, dit Estelle. Voilà qui nous apporte un peu de distraction. Je regrette de n'avoir pas fait un tour de danse. Si nous revenions au village ?

9.

SORBETS À LA NEIGE

Hiver 1790-1791, Marsanges.

Des nouvelles de François et de Charles de Sombreuil étaient arrivées presque en même temps. Les deux lettres donnaient des précisions sur le camp de Jalès, dans l'Ardèche, où les contre-révolutionnaires rassemblaient leurs forces sous la direction d'agents de l'émigration et d'un prêtre : l'abbé Labastide qui, monté sur un cheval blanc, prêchait la croisade pour les martyrs de la foi et dénonçait ceux qui, avec l'assentiment du roi, avaient voté la constitution civile du clergé, destinée à faire des prêtres des fonctionnaires.

François racontait en détail la fête de la Fédération. Elle avait fait affluer sur le plateau de Jalès les gardes nationaux du Midi que l'on se proposait d'endoctriner afin qu'ils retournent leurs armes contre la Révolution. La fête terminée, un comité permanent avait été créé pour mettre l'Assemblée constituante devant le fait accompli. On attendait sa réaction et l'on se préparait au combat.

« *La manœuvre des gens de Jalès,* écrivait François, *était habile. Vingt mille hommes, militaires de métier, gardes nationaux, maires, prêtres, ont juré de réinstaller le souverain dans sa légitime autorité et de restaurer la foi et la loi de nos ancêtres. J'aurais aimé que vous fussiez présents pour constater le bel enthousiasme qui nous animait sous les bannières portant la croix du Christ et les insignes des confréries du Midi...* »

Ce bel enthousiasme, confinant parfois au fanatisme, qui avait animé les fédérés s'était peu à peu dissipé, la plupart des gardes nationaux ayant regagné leurs lieux d'origine. Le comité siégeait toujours au château de Jalès, mais il n'en sortait que des orages de paroles.

François avait été prompt à deviner que le vrai combat contre la Révolution n'était pas le fait de quelques « chevaliers du poignard » et qu'il ne se déroulerait pas dans ce désert, mais au-delà des frontières. Dans sa lettre, à mots couverts, il laissait entendre qu'il envisageait de poursuivre la lutte sur les frontières du Rhin, aux côtés de ses amis le « Chevalier du Diable » et le capitaine Sombreuil. Sans doute aurait-il besoin d'argent.

La lettre de Charles s'adressait uniquement à Diane. Il l'aimait chaque jour davantage ; il n'avait pas le moindre portrait d'elle, seulement le ruban qu'elle avait accepté de lui donner, mais les traits de l'aimée étaient gravés dans son cœur ; chaque matin et chaque soir, il mêlait son nom à ses prières pour la réussite de leur combat. Son grade de capitaine, le fait qu'il eût pour père le gouverneur des Invalides lui valaient la considération des chefs et des responsabilités qu'il assumait avec ardeur, persuadé que la victoire le rapprocherait d'elle et qu'il pourrait enfin l'épouser.

« *Ne trouvez-vous pas singulier, ma mie,* écrivait-il, *que l'absence et l'éloignement rendent plus intenses nos sentiments ? Il semble qu'ils se nourrissent de l'adversité, qu'ils s'intensifient avec la distance qui nous sépare, qu'ils se précisent avec le temps.*

« *Au milieu de la multitude, je suis seul avec vous, comme sur les terrasses de Marsanges dans le soleil du dernier été.*

« *Le tumulte des fêtes et des processions me rend plus présent le son de votre voix. La nuit, vos traits se font plus précis en moi, plus lumineux, comme une apparition envoyée par Dieu pour stimuler mon courage et ma foi...* »

Il continuait sur ce ton durant quatre pages. Une pulsation intense et renouvelée animait cette lettre qui tantôt s'exaltait jusqu'au paroxysme, tantôt coulait uniment comme une source. Il n'était question que d'elle, de lui, de leur amour ; il lui apparaissait à l'évidence qu'ils « partageraient le pain de la vie ». Il semblait avoir oublié les engagements ultérieurs de Diane et le peu de chaleur — pour ne pas dire plus — qu'elle avait apporté à leurs entretiens. Dans l'aveuglement de la passion, il transfigurait la réalité. Que Diane l'aimât ou non ne lui paraissait pas essentiel ; la puissance et la sincérité de ses sentiments emporterait « comme un torrent » tout ce qui pourrait leur faire obstacle.

Bouleversée, Diane se demanda si elle rêvait. Elle ne se reconnaissait pas dans l'image idéale qu'il se faisait d'elle. Avec une magnifique désinvolture, il balayait Jacques Brival comme s'il avait cessé d'exister, fondait son union avec Diane sur une terre vierge et déserte, une sorte d'Amérique des sentiments au milieu de laquelle ils étaient seuls.

Diane s'éloigna de la cour où Marion et Estelle jouaient au volant au milieu des porcs et de la volaille, monta jusqu'à sa chambre pour relire cette lettre mot à mot afin de mieux s'en pénétrer. Emue jusqu'aux larmes, elle décida de lui répondre. Elle lui dirait qu'il l'avait convaincue et qu'elle cédait ; elle le supplierait de revenir dès que possible au lieu de partir pour l'Angleterre comme il l'avait projeté. Elle trouvait absurde cette idée qu'il exprimait en écrivant que « l'amour se nourrit de l'absence ». S'il l'aimait autant qu'il le confessait, il fallait qu'il vînt le lui dire en face.

Après le souper, elle commença une lettre, seule dans la chambre des combles, déchira le premier feuillet, le recommença, déchira de nouveau, puis, avec une sorte de fureur, renonça. Quelle absurdité ! A quoi bon encourager une passion que l'absence prolongée et les événements se chargeraient d'éteindre. Elle se répéta qu'elle ne l'aimait pas suffisamment pour envisager de partager son existence. De quel droit cet étranger venait-il la troubler avec ses belles phrases ?

Elle aimait Brival et lui seul. Elle ne répondrait pas à Charles, parce qu'elle ne l'aimait pas assez ; elle n'écrirait pas non plus à Brival, parce qu'elle l'aimait trop.

Au lendemain de la nuit de la gerbebaude, Félicien « Siouplaï » se rendit au château.

Le cabretaïre avait troqué son costume d'artiste, qu'il avait rangé avec soin dans un petit bagage de cuir attaché au troussequin de sa selle avec l'étui contenant la cabrette ; il était vêtu d'une chemise de chanvre, d'une culotte et d'une veste de droguet, pieds nus. Il demanda à parler au comte Ambroise qui faisait les cent pas, un Voltaire à la main, dans le couderc envahi par les chardons et les grandes angéliques blanches, derrière le château, là où se trouvait le cimetière de la famille.

Le comte l'accueillit avec chaleur :

— Vous ici, mon ami ! s'exclama-t-il joyeusement. Je suis heureux de vous voir. Vous nous avez régalés hier soir d'un beau concert. Je vous en remercie. Malheureusement, nous avons dû quitter la fête plus tôt que nous ne l'avions prévu.

Félicien s'excusa d'avoir commencé à jouer sans que le comte, comme il le faisait d'ordinaire, donnât le signal du bal.

— On m'a contraint à passer outre, dit-il, et j'ai dû m'exécuter sous la menace d'une arme. Cela n'arrivera plus jamais. J'ai décidé de ne plus faire danser ces brigands.

Sur l'incident qui avait accompagné la retraite de la famille, le musicien n'avait d'informations que celles qui couraient de porte en porte au village : les Marsanges avaient fait feu sur Tiénou et son père, les blessant tous les deux.

— C'est absurde ! dit-il. Si vous n'aviez pas été attaqués, vous n'auriez pas eu à vous défendre.

— Vous jugez sainement, mon ami. Tiénou a tiré le premier, sur son père, en le prenant sans doute pour Valentin. Les nôtres ont riposté. Que sont devenus les blessés ?

Leur vie n'était pas en danger. On les avait conduits au milieu de la nuit chez le barbier de Bugeat qui avait réussi à extraire les balles.

— Je crois de mon devoir d'honnête homme de vous prévenir, ajouta « Siouplaï ». Les gens de Marsanges sont fort montés contre vous et jurent de se venger. Prenez garde, vous risquez d'avoir leur visite sans tarder.

— Sauviat aura lui aussi une visite à laquelle il ne s'attend guère : celle de la justice. Valentin est allé prévenir la prévôté d'Ussel.

— Hélas ! monsieur le Comte. La justice a changé de méthodes. Le prévôt d'Ussel est un homme intègre, mais il est pris malgré lui dans le courant des idées nouvelles. Il ne peut plus juger en son âme et conscience sans risquer sa destitution ou même sa vie. Souvenez-vous des émeutiers de Favars, d'Allassac et d'autres lieux : non seulement ils ont été graciés, mais on les fête comme des héros. Intentez un procès à Sauviat : vous le perdrez et c'est vous qui serez au banc d'infamie. On vous remontrera que les victimes de cette embuscade sont chez eux, pas chez vous.

— Sans doute... Sans doute..., murmura le comte, ébranlé par cette pertinente démonstration. Pourtant je tiendrai bon. J'ai la naïveté de faire confiance aux hommes, en bon disciple de Voltaire, et de croire à des valeurs éternelles comme la justice. Il faudra donc que cette affaire suive son cours, dussé-je y laisser ma chemise. Je suis ainsi. On ne se refait pas.

— S'il vous plaît de faire appel à mon témoignage, il vous est acquis, monsieur le Comte, bien qu'il soit, je le crains, inutile.

Alors qu'il s'apprêtait à remonter sur sa mule, le cabretaïre se trouva nez à nez avec Estelle qui, l'ayant aperçu de sa fenêtre, s'était apprêtée rapidement et précipitée pour l'intercepter. Il ôta son chapeau pour la saluer ; elle le retint par le bras comme il se détournait. Il la trouva jolie, avec ce trait de vermillon aux lèvres, cette légère touche de rose aux pommettes, qui lui avivaient le teint.

— Où courez-vous ? dit-elle. On dirait que vous êtes pressé de nous quitter.

— Je ne cours pas, dit-il, mais je dois être chez moi ce soir.

— Votre femme vous attend ?

— Je ne suis pas marié.

— Votre amie, alors ?

— Je vis seul.

— Si personne ne vous attend, ne soyez pas si pressé. Vous habitez loin d'ici ?

— Pas très loin : à Chavanac, à deux heures de route. C'est près de l'étang des Oussines. Vous connaissez ? A votre accent et à votre toilette, je crois deviner que vous n'êtes pas d'ici.

Elle avoua qu'elle n'avait jamais eu l'idée de pousser jusqu'à ce village. Elle voulut savoir comment était sa maison. Ils s'assirent au soleil, sur la murette de la cour, les pieds dans les angéliques. Il parla de Chavanac, un village comme tous ceux du plateau : quelques maisons basses et grises, couvertes en chaume, dispersées autour d'une église pas très belle, mais flanquée d'une curieuse effigie : la « Dansarelle ».

— La « Dansarelle » ? C'est quoi ?

— Une vilaine petite statue de granit représentant Salomé portant un plateau sur lequel est posée la tête de Jean-Baptiste. C'est l'œuvre d'un tailleur d'images, un « ymagier » des temps lointains, dont on ne connaît pas le nom.

— Tu me la montreras ?

Ce tutoiement spontané le fit sourire. Cette petite bonne femme lui plaisait et l'amusait.

— S'il vous plaît, demoiselle, quand vous voudrez. J'habite justement à côté de l'église. Ma maison est la seule qui soit fleurie : un rosier de chaque côté de l'entrée. Le chaume a été refait et il y a de vraies vitres aux fenêtres.

Il en parla longuement, avec un accent de passion dans la voix comme s'il était amoureux de cette bicoque et de ce qu'elle renfermait. Elle se dit qu'il devait être de ces célibataires un peu maniaques qui ne laissent rien traîner chez eux, contrairement à ce qui se passait à Marsanges où, malgré les soins constants de Marion, régnait un joyeux désordre. Elle buvait ses paroles, manifestant son intérêt par de petits mouvements de tête, des sourires, des clignements d'yeux qui la rendaient plus attrayante. Elle voulait en savoir toujours plus, le harcelait de questions qui le faisaient rire ; elle le traquait dans sa vérité, ce qui l'embarrassait. Il devait bien avoir une amie ? Plusieurs peut-être ? Il esquivait tant bien que mal cette salve de questions, se repliait dans un silence rêveur.

Il finit par lui dire d'un ton abrupt :

— Pourquoi tant de curiosité, s'il vous plaît, demoiselle ? Ma vie est sans mystère.

Elle s'éloigna de lui, tritura le nœud de sa ceinture d'un air boudeur. Elle se sentait moite d'émotion. Elle faillit lui avouer qu'elle voulait tout savoir de lui, qu'elle aimerait le revoir, que sa musique l'avait remuée comme s'il la pénétrait, mais elle devinait qu'il n'était pas prêt à entendre une telle confidence. Conscient peut-être d'en avoir trop dit, lui qui parlait si peu d'ordinaire, il se refermait sur lui-même comme sous les atteintes d'une lumière trop crue, décidé à mettre un terme à cet entretien sans paraître insolent.

— Il me reste encore quelques heures de jour, dit-il. Je vais en profiter. Je n'aime pas marcher de nuit. La campagne n'est pas sûre.

— Je sens bien que je t'importune. Tu reviendras ?

— Je ne sais pas. Peut-être.

— Je pourrai te rendre visite !

— C'est difficile. Je suis souvent par les routes, mais si vous voulez venir avec votre mari, faites-moi tenir un billet quelques jours à l'avance. Je m'arrangerai pour être là.

Le visage d'Estelle s'assombrit. Elle prit un air acerbe pour répliquer :

— Je ne suis pas mariee.

Me Jean-Baptiste Delmas, procureur à Ussel, descendit avec précaution de la voiture par le marchepied que son secrétaire déploya sous lui. C'était un homme large et haut, dont le visage gras et rougeaud disparaissait à demi sous un feutre noir à large bord, orné dans la ganse d'une plume de geai. Il parlait lentement et respirait avec difficulté

Il faisait un temps épouvantable. L'automne sur sa fin brassait pluies et brouillards sur la palette ternie des landes et des forêts. La haridelle qui tirait le cabriolet encensait sous la toile dont on l'avait couverte. Le secrétaire ouvrit la corolle bleue d'un immense parapluie et accompagna son maître jusqu'au château en le guidant à travers les flaques.

Me Delmas prit son temps pour extraire ses mains potelées de sous sa cape brune en épaisse laine du pays et se déganter. L'huis retentit comme dans une crypte. Comme on tardait à ouvrir, il entra, se trouva dans une allée déserte et obscure d'où s'envolait un large escalier d'allure sinistre qui plongeait dans une grisaille de vieilles tentures moisies et délavées.

Il poussa une autre porte, en face des cuisines, d'où provenait un murmure de voix, salua poliment et s'excusa de cette intrusion. Ils se tenaient en grappes devant la cheminée où brûlait un feu de tourbe qui répandait une âcre fumée et peu de chaleur. Deux jeunes femmes somnolaient sur une vieille bergère qui montrait son crin. Deux hommes se tenaient à une table de jeu. M. de Marsanges se dressa avec une expression de surprise et coiffa sa perruque après que Me Delmas se fut nommé. Il était engoncé dans une robe de chambre élimée ayant appartenu à son épouse.

— Finissez d'entrer, dit-il, et installez-vous. Je reviens dans un instant.

Il se retira dans la chambre voisine, en revint ayant revêtu redingote, culottes et bas, se mit à papillonner autour du gros homme immobile et muet que Diane venait de débarrasser de son manteau, avec des réflexions sur le temps et le courage de ceux qui doivent affronter les hasards des chemins.

— L'hiver commence de bonne heure, cette année, soupira-t-il.

Me Delmas accepta une prise et le verre de vin chaud que Marion lui prépara. Il éternua sinistrement, s'assit après avoir vérifié la solidité de son siège, posa son chapeau sur ses genoux et s'éclaircit la voix.

— Outre le plaisir de vous rencontrer, monsieur le Comte, dit-il, vous imaginez que j'ai des raisons sérieuses pour affronter ce temps de chien. Nous avons failli nous embourber à plusieurs reprises, et j'ai bien cru que mon vieux cheval ne nous conduirait pas jusqu'au terme de cette aventure.

Marion lui apporta son bol de vin chaud dans lequel trempaient des morceaux de pain.

— J'ai bien reçu votre plainte, poursuivit Me Delmas. Elle me paraît parfaitement fondée dans son principe, encore que les raisons de ce prétendu guet-apens ne m'apparaissent pas à l'évidence. Sans doute pourrez-vous m'éclairer pour le cas où vous souhaiteriez donner suite à cette affaire.

M. de Marsanges bondit :

— Si je compte donner suite? Voyons, maître Delmas, quels éléments nouveaux pourraient justifier ce pas de clerc? Nous avons été attaqués, et nous savons par qui! Douteriez-vous de la sincérité de ma déposition?

Me Delmas avala une gorgée, la recracha et faillit lâcher le bol.

— Avez-vous décidé de m'ébouillanter? dit-il en jetant un regard courroucé à Marion qui cachait un fou rire derrière sa main.

— Je vous répète, poursuivit-il, que votre plainte est recevable quant au fond, et je ne doute pas de votre sincérité. L'ennui, c'est que je suis saisi d'une autre plainte, antérieure à la vôtre et qui émane des gens que vous accusez : le sieur Léonard Sauviat et son fils Etienne. Tous deux, je vous le rappelle, ont été sérieusement blessés dans la fusillade. Ils sont venus accompagnés de quelques témoins prêts à jurer devant un tribunal que vous étiez animés, vous et votre famille, d'intentions malveillantes à leur égard. Vous me voyez dans l'embarras...

— Des témoins! s'écria le comte. Je puis en produire moi aussi. Vous en avez la liste.

Le procureur prit un air contrit.

— Ecartons les membres de votre famille, dit-il, leur témoignage n'ayant aucune valeur au regard de la loi. Le dénommé Gaspard...

Il fit un signe à son secrétaire qui lui tendit un feuillet.

— Gaspard Simbille est un journalier instable et sans crédibilité. Félicien est un artiste... c'est tout dire. Diouf est un nègre illettré. Quant au dénommé Picharou, faites-moi la grâce de penser avec moi, monsieur le Comte, qu'aucun jury ne saurait accorder le moindre crédit à ses déclarations. En revanche, je vous laisse imaginer quel poids la déposition de citoyens intègres et dévoués aux idées nouvelles, comme Sauviat et son fils, pourrait avoir dans cette affaire. Ils sont du côté où souffle le vent, et vous, pardonnez-moi, vous regardez passer les nuages.

Il se pencha vers son interlocuteur, lui dit à voix basse :

— La justice véritable, celle que vous et moi avons connue et vénérée, n'existe plus. Elle est devenue cette femme frappée de myopie, de surdité et d'aliénation dont nous devons subir les caprices. Vous auriez tort de persister à faire confiance à cette infirme. Autant vous adresser à une momie d'Egypte ! Elle n'a une apparence de vie que parce qu'elle est manipulée par les gens en place, comme une marionnette. La prévôté est devenue un bureau d'enregistrement et le tribunal un théâtre de comédie. Cela me tire les larmes...

Me Delmas vida son bol de vin avec un grognement de satisfaction.

— Je vous conseille de négocier avec votre adversaire, dit-il en s'essuyant les lèvres à ses manchettes. S'il accepte de retirer sa plainte moyennant une indemnité, vous vous en tirerez à bon compte. Maintenez votre plainte et vous êtes condamné. De plus, vous devrez subir l'arrogance de ce maraud et de ceux qui l'entourent, et vous allez vers de nouvelles surprises. Pour vous dire le fond de ma pensée, en confidence, que Sauviat gagne ou perde la partie, vous n'en aurez pas fini de sitôt avec ce personnage. Il n'est secret pour personne qu'il veut votre château et vos terres. Il ne répugnera pas aux manœuvres les plus déshonnêtes pour parvenir à ses fins.

M. de Marsanges hocha gravement la tête, proposa de faire intervenir une sommité qu'il comptait parmi ses amis : Me Jacques Brival. Delmas fit la moue.

— Vous allez le mettre dans l'embarras, et bien inutilement, je le crains. Je le connais assez moi-même pour vous dire que vous allez susciter en lui une de ces crises de conscience dont il est coutumier et qui sera fort inopportune à un moment où il guigne la députation. Il est à peine remis de l'affaire Durieux ; une autre affaire de ce genre risquerait de contrarier ses ambitions.

Le comte bondit hors de son siège et se mit à battre l'air de ses bras. Si Brival était homme d'honneur, il s'attacherait au triomphe de la justice, quoi qu'il lui en coûtât. Une justice, songeait-il, qui n'était ni pire ni meilleure que celle de l'Ancien Régime, mais orientée dans une autre direction. Le souvenir de l'affaire Callas le traversa comme un trait de feu.

— J'irai jusqu'au bout ! s'écria-t-il. Je remuerai ciel et terre pour faire valoir ma bonne foi. Je porterai cette affaire devant les juges du présidial de Limoges. J'ai la faiblesse de croire encore à la justice, moi, mais cette faiblesse sera ma force ! Ce procès, je le gagnerai, je vous en fiche mon billet, et, si je le perds, Sauviat le paiera de sa vie !

Me Delmas se leva à son tour, le visage congestionné.

— Des menaces de mort ! dit-il en suffoquant. Je vous somme de les retirer, au risque de perdre mon amitié et mon soutien.

— Allez au diable, Delmas ! Vous et votre justice infirme faites un beau couple... Vous souhaitez que je pose ma culotte devant Sauviat ? Soit ! Mais ce n'est pas mon postérieur que je lui montrerai !

Furibond, Me Delmas rompit l'entretien, enfonça son chapeau jusqu'aux yeux et fit signe à son secrétaire que l'entretien était terminé. Il repoussa Marion qui lui proposait avec un sourire ironique un autre bol de vin chaud et, sans un mot, sans un geste, disparut dans la brume et la pluie.

A peine le magistrat se fut-il retiré, Ambroise chancela et se laissa tomber dans la bergère, bouche ouverte, la respiration sifflante.

— Il a une syncope ! s'écria Marion.

Diane et Estelle coururent aux cuisines, en ramenèrent des sels et de l'eau fraîche. Le malade ne tarda pas à revenir à lui. Surpris du tintamarre et du mouvement qui se faisaient autour de lui, il se leva sans effort et se détendit sur un pas de danse que sa claudication rendait grotesque, ajoutant ·

— Ce petit somme m'a fait le plus grand bien. Me voici tout ragaillardi. Mes enfants, vous avez devant vous un être au comble du bonheur. Cela semble vous surprendre ! Dites-vous que je viens de remporter une victoire contre un adversaire assez pitoyable, il est vrai : cette larve de Delmas. Maintenant, je vais me mesurer à forte partie, me défendre, plaider, faire feu des quatre fers. Delmas abdique devant la nouvelle justice ? Eh bien, moi, je vais la provoquer et on verra bien qui aura le dernier mot !

Diane le prit par le bras, le força à s'asseoir et à boire quelques gorgées d'eau.

— Calmez-vous ! Cela ne vous vaut rien de vous mettre dans ces états. Pour cette affaire, nous aviserons en toute sérénité. Ce Delmas m'écœure, et j'aurais plaisir à lui faire régurgiter ses propositions. Vous ne serez pas seul, père. Nous serons à vos côtés. Pour ma part, je suis disposée à remuer ciel et terre.

Ambroise posa ses deux mains sur les épaules de sa fille, une lueur humide dans le regard.

— Ma chère enfant, dit-il, dois-je comprendre...

— Oui, père, vous avez deviné : quoi qu'il m'en coûte, j'irai voir Brival.

La première neige fut accueillie par Estelle d'une salve de bravos, mais elle dut vite déchanter et son enthousiasme fondit aussi vite que cette première bordée — elle était tombée comme par surprise, un matin, d'un ciel de tourbe, après le beau temps de la veille qui laissait supposer une longue fête de soleil. Le mauvais coup s'était préparé dans le secret de la nuit, derrière les crêtes du Ventéjoux, et au matin la neige était là, toute neuve, toute fraîche, épaisse de deux ou trois pouces.

Estelle fut la première dehors. Armée d'une pelle et de seaux de bois, on aurait pu croire, à la voir s'échiner, qu'elle avait décidé de dégager la cour ; elle se contentait de caresser la surface, d'écrémer la couche la plus légère, la plus fine, qu'elle versait délicatement dans les seilles. Lorsqu'elles étaient pleines, elle les portait dans la cave.

— Je vous aiderais bien, lui dit Riette, la femme de Valentin, mais il faudra y passer la journée avant d'avoir dégagé la cour. Et comme il neigera cette nuit encore, ce sera à recommencer demain.

Comme Riette s'exprimait dans la langue barbare du pays, qu'Estelle ne comprenait pas, la demoiselle la chargea des seaux pleins et lui fit signe de la suivre. Quand elles furent au plus profond de la cave, elle lui expliqua :

— C'est une glacière. Tu comprends ? Une glacière. C'est Hyacinthe qui l'a construite. Elle servira à faire des sorbets et à conserver plus longtemps les aliments.

Les travaux de réparation de la toiture terminés — ils lui avaient coûté près du tiers de sa fortune — Hyacinthe, avec le concours d'un maçon ambulant de Peyrelevade, s'était attaché à la réalisation de cette glacière. Il avait creusé une excavation dans le mur de la cave, là où se trouve la terre froide des origines : une caverne bien nette, grande comme une cabane de berger.

— C'est pour toi, avait-il dit à Estelle. Nous garnirons ce trou avec la première neige, comme on le fait en ville. Ainsi, tu auras des sorbets toute l'année, et la viande y restera fraîche comme au premier jour.

— Votre Hyacinthe, soupira Riette, a toujours été un peu fou.

Estelle comprit le mot « fadart » et sourit.

— Attends d'avoir goûté mes sorbets, dit-elle. Nous les parfumerons à la framboise, aux mûres et aux myrtilles. On pourra même essayer avec la « rebeyrotte [1] », bien qu'à mon goût ce fruit soit un peu amer.

Une partie de la journée fut occupée à garnir la chambre froide de grosses cloisons de neige que l'on maçonnait à la truelle. Au souper, Estelle fit à la famille la surprise de servir des sorbets. Ambroise apprécia ce dessert, mais jugea que la saison était mal choisie. Diouf s'en gava. Diane et Marion le boudèrent un peu.

— Hyacinthe, dit Estelle, tu es un magicien et je t'aime !

Elle lui barbouilla les lèvres avec les siennes d'une onctuosité de myrtilles.

Cette neige qui comblait ses vœux annulait le projet qu'elle avait mûri : aller rejoindre Félicien « Siouplaï ». Elle s'en était ouverte à Marion : « Cette curieuse statue, la “ Dansarelle ” de Chavanac, j'aimerais la voir. Tu me montreras le chemin ? » Fine mouche, Marion avait répondu : « Méfie-toi : elle porte malheur. Toutes les belles dames auxquelles “ Siouplaï ” en a parlé et qui ont voulu la voir comme toi y ont laissé des larmes et peut-être leur vie. »

Peu avant Noël, Diane reçut une nouvelle lettre de Charles de Sombreuil, portée par un messager. C'était un jour de grand silence et la montagne en fut peuplée comme d'un murmure de source.

Le « petit capitaine » brassait toujours des projets faramineux, contrairement à François, qui se montrait plus réservé. La contre-révolution du Midi ne tenait pas ses promesses, mais, derrière la chienlit, se dessinaient des projets grandioses.

1. « Vaccium oxycoccos », ou canneberge : fruit des tourbières, abondant sur le plateau (M. Germain Chalard).

Avec une rare imprudence, Charles évoquait la situation des rebelles :

« *Nous avons créé à Jalès, au milieu de la solitude sauvage du plateau ardéchois, une base de départ pour la reconquête du royaume. Des centres d'insurrection se sont installés par la suite dans le Languedoc resté en majeure partie fidèle au roi. L'Auvergne en abrite quelques-uns, et je ne parle pas de la Vendée et de la Bretagne, qui sont prêtes à se soulever.*

« *Nous mûrissons deux grands projets, avec le concours des princes émigrés. Le roi d'Espagne est tout disposé à nous prêter une armée et une flotte qui pourraient débarquer à Aigues-Mortes. Cette opération menée à bien, l'insurrection gagnera de proche en proche jusqu'à Paris où nous rejoindrons les troupes anglaises qui ne manqueront pas de nous apporter leur soutien. Je ne donnerais pas cher de ces messieurs de l'Assemblée et des clubs.*

« *Le deuxième projet, qui requiert toute notre attention et notre énergie, est la prise de Lyon dont la population manifeste des sentiments royalistes. Cette ville n'est qu'à trois ou quatre jours de marche de la frontière de Savoie. Nous avons l'assurance que le gouverneur, le comte de Lachapelle, accueillera avec faveur l'armée de Piémont, forte de douze mille hommes. Nous savons pouvoir compter sur la parole du souverain piémontais, Victor-Amédée, et sur celle du comte d'Artois, son allié, qui se battra jusqu'à la mort à son côté.*

« *Moi-même, ma mie, je verserai mon sang avec joie dans les batailles, car je sais que la victoire de nos armes me rapprochera de vous et nous permettra de connaître le bonheur auquel nous aspirons...* »

Charles donnait des nouvelles de François : il luttait efficacement contre les petits groupes d'émeutiers révolutionnaires. Il ajoutait :

« *Votre frère m'a déconseillé de vous écrire, mais je ne puis me résoudre au silence. Vous écrire, c'est vous rendre plus proche de moi, et je me dois de tout vous dire de mon existence présente. Je vous chéris plus que ma vie même, et je serai toujours celui qui vous doit d'espérer et de se battre dans la joie. Le ruban dont vous m'avez fait présent est toujours sur moi, noué à une boutonnière, à côté de la cocarde blanche, et je le baise en songeant à vous...* »

Il notait dans un post-scriptum :

« *Je confie ce pli à un homme de confiance qui se rend à Brive pour une affaire de famille urgente. Ainsi, j'ai l'assurance que le secret de cette lettre sera bien gardé.* »

Le messager n'avait fait que passer. Il était vêtu et harnaché comme un coureur de bois de la Nouvelle-France, avec une barbe d'une semaine et les traits tirés. Il n'avait accepté qu'une soupe et un peu d'argent pour continuer son voyage. Il n'avait dit que quelques mots : « De la part du capitaine Charles de Sombreuil », et « Adissias » (adieu) avant de se perdre dans la solitude et la neige.

Diane montra la lettre à son père qui, l'ayant parcourue, laissa échapper une colère « tempo furioso » :

— Ce Sombreuil est décidément un jean-foutre ! Une telle légèreté est inconcevable de la part d'un officier. Qui vous dit que le messager n'est pas un espion, qu'il ne va pas nous dénoncer comme complices des insurgés du Midi ? Imaginez qu'il ait décacheté ce pli, qu'il en ait fait une copie pour la remettre aux révolutionnaires de Tulle ou de Brive ? Comme si nous n'avions pas assez de tracas avec l'affaire Sauviat !

Il ajouta :

— Vous allez lui écrire, à ce paltoquet, pour lui dire qu'il cesse de nous compromettre sottement. Si vous ne le faites pas, c'est moi qui m'en chargerai.

Dès qu'il eut appris la nouvelle, au retour d'Uzerche où il était allé discrètement poser les jalons pour une campagne de jeu, Hyacinthe réagit sur le même ton.

— Père a mille fois raison ! Je ne connais pas ce Charles de Sombreuil dont on nous rebat les oreilles, mais je le tiens pour un sot. Il est mal informé de surcroît. Il semble ignorer que le roi a désavoué publiquement le projet des insurgés de prendre Lyon, de même que le débarquement des troupes espagnoles. Toute l'Europe semble liguée contre la Révolution, mais c'est une alliance illusoire. Depuis l'affaire de Brest, il n'est pas question que l'Angleterre se mêle de nos conflits intérieurs. Le roi George est en proie à des crises de démence et son ministre, William Pitt, reste dans l'expectative. Tout le pays est décidé à venger l'affront subi par notre faute en Amérique, mais il n'est pas prêt à s'engager sur le continent. Si nous comptons sur les autres souverains étrangers, nous risquons d'être déçus : Frédéric-Guillaume de Prusse ? Un incapable et un débauché. Catherine de Russie ? Elle a fermé ses frontières à nos émigrés. Il n'y a guère que la Suède qui s'intéresse à notre cause, mais le roi Gustave a toute la noblesse contre lui...

Ambroise ne put dissimuler sa surprise.

— Par exemple ! Où avez-vous pêché ces informations ?

— Le temps que je suis resté à Uzerche, j'ai eu tout loisir de lire les gazettes de Paris et de m'entretenir avec le marquis Jean de Lamase qui est bien informé de la situation dans le pays.

En revanche, il était sans nouvelles de ses deux fils : Bijou, qui devait faire des siennes en Languedoc, et Poulou qui faisait tourner les chevaux de son écuyère, il ne savait où. Hyacinthe rapportait également des nouvelles d'Angélique : elle végétait dans son couvent, s'occupait du jardin et du ménage, priait convenablement le Seigneur et mangeait à sa faim.

— La bonne fille..., soupira Ambroise. Parfois, je me reproche d'avoir agi comme si elle encombrait cette maison de sa présence, mais c'est une âme simple, qui s'accommode de toutes les circonstances. Avec un peu de jugeote et de profondeur dans la foi, elle aurait pu devenir une sainte.

— Vous exagérez, père, dit Diane. La seule chose qu'elle ait retenu de ses prières, c'est ce qui concerne le pain quotidien...

Ambroise de Marsanges, après une période de sérénité consécutive aux grands travaux de l'été, paraissait repris par ses démons intimes.

Il fallut toute la persuasion, toute l'énergie de Diane pour le dissuader, l'année touchant à son terme, de se rendre à Ussel pour y retrouver Manon, comme il le faisait habituellement aux approches des fêtes : il dépensait là, en cadeaux, en repas, la moitié des revenus d'un trimestre, sans compter les bijoux qui disparaissaient mystérieusement d'un coffret qui paraissait inépuisable. Il se défendit d'avoir de telles intentions ; il souhaitait simplement s'informer des prolongements de l'affaire Sauviat, rompre l'ennui dont il souffrait parfois, voir de nouveaux visages...

— C'est surtout le visage de cette catin que vous souhaitez revoir, lui lança Diane. Moi qui vous croyais guéri de cette passion...

Guéri... Ambroise avait été le premier à se dire que l'oubli est la loi universelle et que les souffrances du cœur et de l'âme s'y diluent inéluctablement. En fait, ce qu'il parvenait le mieux à chasser de sa mémoire, c'était le souvenir de toutes les rancœurs accumulées contre Manon, les bons souvenirs s'obstinant à surnager. Il lui avait écrit des lettres, mais avait renoncé à les lui envoyer ; la plus tiède aurait suffi à relancer une liaison que, lorsque la raison prenait le dessus sur ses sentiments, il ne souhaitait pas ressusciter. Il jugeait admirable d'avoir retrouvé la paix du cœur et des sens, lui qui s'était usé à une longue guerre ; il jouissait de sommeils paisibles et profonds, lui que torturaient d'interminables insomnies ; il ne quittait plus Marsanges, lui qui, par tous les temps, souvent au risque de sa vie, n'hésitait pas à partir pour Ussel lorsque le désir le poignait de retrouver Manon.

Cette immobilité, cette paix, cette sagesse dans lesquelles il macérait, il ne parvenait pas à imaginer qu'elles pussent être l'antichambre d'une retraite sentimentale sans espoir et sans recours. Depuis sa dernière visite à Manon, l'hiver passé, il sentait son cœur bondir quand il entendait le portail grincer et tinter des sonnailles de chevaux. C'était Manon ! Ce n'était jamais elle...

Il s'était refusé à croire ce que Diane lui avait rapporté à la suite d'un voyage qu'elle avait fait à Ussel, l'automne passé, pour acheter du linge de maison : Manon — Marie Troubady — était devenue la coqueluche des révolutionnaires ; elle fréquentait des gens du Comité de surveillance, était la maîtresse d'un marchand de drap, Antoine Laveix du Gardet, qui donnait dans les idées du temps... Calomnies ! Manon se moquait de la politique comme d'une guigne et détestait ces trublions qui sentaient la populace. Il n'était pas possible qu'elle l'eût oublié, pas plus qu'il ne pouvait lui-même l'éliminer de ses pensées ; elle prenait dans sa mémoire des couleurs suaves ; il retrouvait le son de sa voix ; il recréait ses attitudes dans l'amour avec plus d'intensité que s'il l'avait quittée la veille...

Un jour, elle se lasserait de la vie dissolue qu'elle menait, et elle lui reviendrait, repentante.

Janvier 1791, Marsanges.

L'abbé Plazanet, curé de Pérols et de Marsanges, semblait avoir perdu cette superbe qui le rendait odieux à certains de ses paroissiens, et notamment à M. de Marsanges, qui supportait mal ses diatribes moralisatrices contre les brebis galeuses qui, sous le couvert de la foi, menaient une existence de satrapes. Il fréquentait peu les châtelains, si ce n'est pour se plaindre de la dureté des temps et quémander pour ses pauvres quelques subsides, dont on savait bien qu'il faisait son profit, car, avec un traitement de cinq cents livres par an, il ne pouvait mener la vie à grandes guides.

L'abbé se présenta au château dans les premiers jours de janvier. Au regard qu'il dirigea vers lui en descendant de sa mule, M. de Marsanges comprit qu'il n'était pas d'humeur joyeuse et pensa qu'il venait une fois de plus pleurer misère. Il portait une barbe de plusieurs jours — sa gouvernante ne le rasait que pour la messe du dimanche — et, à voir la saleté de sa soutane, on eût pu songer qu'il avait passé la nuit vautré dans une tourbière du Longeyroux.

Emergeant de la brouillasse comme un loup, il se dirigea tout droit vers l'office, après avoir salué de loin le maître de céans. Il y trouva Julie en train de se préparer une bouillie de seigle. Il fit comme si l'on attendait sa venue, posa sur la table son chapeau vert-de-grisé et alla s'asseoir sur l'archabanc, au coin du feu.

— Sers-moi, l'« innocentoune », dit-il en se frottant les mains pour les réchauffer. Une bouillie bien chaude me remettra. Une heure de plus et on me retrouvait mort de froid.

Le bas de sa soutane se mit à fumer comme une soupe. Quand il eut vidé son écuelle, il réclama un verre de vin. Julie lui servit la piquette qui restait du repas ; il fit la grimace.

C'est là que M. de Marsanges le retrouva. Il était en train de rédiger un chapitre de ses mémoires sur la guerre d'Amérique quand il avait vu surgir cette silhouette fantomatique à travers la pluie. Le curé, il ne fallait pas le chercher ailleurs qu'à la cuisine. Il était en train de pester contre Julie qui lui servait de la mauvaise piquette au lieu du vin qu'il avait réclamé.

— L'impertinente ! dit-il. Elle a prétendu qu'il n'y en avait plus et que la piquette était bien assez bonne pour moi !

— C'est vrai que nous n'avons plus de vin, dit M. de Marsanges. Les temps sont difficiles.

— A qui le dites-vous ? Le monde est sens dessus dessous et la misère sévit plus que jamais. A Tulle, les gens meurent de faim et personne ne fait rien pour les secourir.

— A commencer par votre évêque, dit ironiquement le comte.

Il faisait allusion aux reproches que l'on adressait à Mgr Raféris de Saint-Sauveur qui était, disait-il, trop pauvre pour prêter à la ville le moindre argent, afin de donner du pain au pctit peuple. Sans se soucier du regard hargneux que lui adressait le prêtre, il ajouta :

— Avec les quinze mille livres de rentes qu'il prélève sur son diocèse, notre évêque a dû se constituer au cours des ans un beau pécule. Si ce n'est pas pour en faire profiter les pauvres, à quoi peut bien servir une telle fortune ?

— Vous ne semblez guère au fait des événements ! riposta Plazanet. Mgr de Raféris n'est plus évêque. C'est Joseph Brival, l'oncle de votre ami, qui a été nommé récemment à sa place. Eh oui, monsieur le Comte ! Nous avons désormais en Corrèze un évêque constitutionnel. Il a été intronisé au son du canon, avec sonneries de cloches et musique de fanfares. Il a été reçu solennellement par la Société des Amis de la Constitution qui l'a nommé président !

— Vous me l'apprenez, en effet. Nous ne savons rien de ce qui se passe dans le monde, perdus que nous sommes comme des Esquimaux sur leur banquise.

— Ce n'est pas tout, ajouta l'abbé. Ussel est atteint, comme le reste du département, par la peste révolutionnaire. Devenu député, l'abbé Forrest n'a eu rien de plus pressé que de prêter serment à la Constitution et d'inciter tous les religieux du département à faire de même. Il y a plus grave encore : nous allons être chassés de nos presbytères qui seront vendus à l'encan avec tous les autres biens d'Église !

— Vraiment ? s'exclama le comte d'un air faussement consterné. Comme vous allez regretter le palais que vous habitez...

— Ne plaisantez pas, vieux cynique ! riposta aigrement le curé. Ce « palais », comme vous dites, n'est qu'une masure de paysan. Le chaume de la toiture est pourri, l'eau et le vent entrent de toute part. J'aurais abandonné de mon propre chef ce taudis, mais la générosité de mes ouailles ne me permet pas de me loger d'une façon plus convenable. Maintenant, je n'ai plus une pierre où poser ma tête. Voilà où nous mènent les idées nouvelles ! Si elles continuent à se répandre dans le pays, nous serons contraints de vivre de la charité publique.

— Allons donc ! protesta M. de Marsanges. Vous auriez tort de vous plaindre. La Constitution civile du clergé va permettre de relever vos traitements dans des proportions considérables : plus du double de ce que vous accordait v.otre généreux évêque ! Cette Constitution, je vous le rappelle, a été approuvée par le roi, contre l'avis du pape. Que vous demande-t-on en contrepartie ? Un simple serment. Bagatelle...

L'abbé se leva si vivement qu'il faillit s'assommer au linteau de la cheminée. Il pointa un index vengeur vers M. de Marsanges et lui jeta au visage :

— Vous me conseillez donc, vous, comte de Marsanges, de prêter serment à cette Constitution impie, de devenir un de ces renégats qui traînent leur soutane de clubs en sociétés civiques, de me faire l'adepte de la nouvelle religion que ces messieurs de Paris sont en train de nous concocter ? Vous me connaissez bien mal si vous me croyez attaché aux biens de ce monde au point de fouler aux pieds la foi de mes ancêtres ! Plutôt émigrer, mourir de faim et de froid que de devenir le valet servile de Joseph Brival !

Sous l'avalanche de la diatribe, M. de Marsanges courba la tête en se disant que les mots avaient dépassé sa pensée.

— Pardonnez-moi, l'abbé, dit-il, si je vous ai répondu à la légère. Vous savez que vous trouverez toujours le gîte et le couvert dans ma modeste demeure, malgré les excès de parole que vous glissez trop souvent dans vos sermons contre ma famille. Vous ai-je jamais condamné ma porte pour autant ? Je suis prêt à vous soutenir dans vos épreuves et à vous offrir le refuge de mon foyer.

L'abbé, hors de lui, faisait les cent pas à travers la cuisine, frôlant au passage Julie qui, terrorisée, n'osait bouger.

— Un refuge ! s'écria-t-il. Vous osez me proposer un refuge dans cette sentine de péché, dans la demeure de Judas l'Iscariote ! Jamais ! Je préfère vous abandonner à vos turpitudes, à votre Voltaire qui est votre écrivain préféré, à Jacques Brival qui est votre grand homme !

— Brival ! protesta M. de Marsanges. Vous déparlez, l'abbé ! Nous ne sommes pas du même monde et ne partageons pas les mêmes idées. Cette calomnie est bien dans vos méthodes. Relisez donc le Nouveau Testament : vous y trouverez matière à sanctionner les rigueurs de votre comportement à mon égard.

— J'ai des yeux pour voir et des oreilles pour entendre, Marsanges ! Votre fille a passé trois jours à Tulle, il y a un mois. Et sous le toit de Me Jacques Brival. Osez me contredire !

M. de Marsanges, abasourdi, essuya un coin de la table du plat de la main. Il avait du mal à contenir en lui un énorme bouillon de colère contre cette caricature de l'autorité ecclésiastique qui jouait les inquisiteurs. L'abbé reprit avec une âpreté renouvelée :

— Je n'aurai pas la cruauté de vous rappeler votre liaison avec cette Marie Troubady, qui est devenue l'idole des clubistes qui se succèdent dans son lit, ni de vous reprocher la vie de concubinage que votre fils, Hyacinthe, mène sous votre toit avec cette dévergondée dénommée Estelle !

Il se retourna vivement vers Julie qui tremblait de tous ses membres et fulmina :

— Je pourrais de même vous reprocher de laisser la cadette de vos filles — oui, toi, Julie ! — courir la campagne avec un vagabond.

Il prit le temps de respirer avant de décocher la flèche du Parthe :

— Votre prétendu libéralisme, Marsanges, n'est que l'antichambre du vice. *Vade retro* !

M. de Marsanges se leva lentement comme s'il pesait son poids de plomb, résistant à la tentation de jeter à la tête de ce censeur impitoyable la cruche de piquette qu'il avait à portée de la main. Il dit simplement, d'une voix oppressée, appuyé des deux mains à la table :

— Retirez-vous, l'abbé ! Après votre sermon, vous n'avez plus rien à faire dans ma maison et vous n'aurez plus le moindre secours à attendre de moi. Ce qui vous arrive, vous l'avez cent fois mérité. Dire que j'ai failli vous plaindre ! Je l'aurais regretté toute ma vie. Adieu !

Lorsque l'abbé et sa mule eurent disparu dans la brume, M. de Marsanges se mit à la recherche de Diane. Il la trouva chez Valentin, en train de plumer une volaille dans la fumée âcre d'un feu de tourbe. Il attendit qu'elle eût terminé et la convia à faire quelques pas avec lui. Ils longèrent l'allée de hêtres que tapissait une épaisse couche de faines et de feuilles rousses. La pluie avait cessé et le temps était relativement doux pour la saison, malgré les vieilles neiges qui persistaient sur le chaume de la ferme de Pradeloux, les champs-froids et les brumes qui empâtaient les lointains dans la vallée.

Diane prit son père par le bras.

— Qu'est-ce qui vous tracasse ? L'abbé Plazanet vous aurait-il apporté de mauvaises nouvelles ? Que voulait-il ?

— Cette vipère avait tout bonnement envie de vider sa poche à venin et de se remplir le ventre.

Il lui raconta leur altercation, d'une voix calme, sans trace de colère ni de nervosité.

— Ce comportement ne me surprend pas de la part de cette vieille baderne, dit Diane. Que cela ne vous trouble pas. Plazanet n'est guère aimé de ses paroissiens et, s'il doit renoncer à son sacerdoce, personne ne le regrettera.

— Ce qui me trouble, ma fille, c'est ce qu'il m'a dit à propos de mon « libéralisme ». C'est vrai, j'en conviens, mais ce n'est pas sans danger. Souvenez-vous de mon altercation avec Me Delmas. Je lui ai dit mon aversion contre les individus qui défendent les idées révolutionnaires. Et aujourd'hui j'ai pris le parti du nouveau régime contre un prêtre rétrograde. Voilà deux attitudes en apparence contradictoires qui me placent en mauvaise posture à la fois vis-à-vis des révolutionnaires et des légitimistes. On ne pouvait être plus maladroit ! Qu'en pensez-vous, mon enfant ? Doit-on penser et n'agir qu'en fonction de ses intérêts ou doit-on tendre à la justice en toute circonstance ? Il me semble entendre Voltaire me dire à l'oreille droite : « Persiste ! » et Rousseau me glisser à l'oreille gauche : « Compose ! » J'ai de la peine à me retrouver dans la tempête de mes contradictions avec mon libre arbitre comme gouvernail. Je m'insurge contre les jugements trop catégoriques, car les hommes ne sont ni tout à fait blancs ni tout à fait noirs. En politique, j'aurais fait une piètre carrière...

En revenant vers le château ils parlèrent de Brival.

— Pardonnez-moi si je suis indiscret, dit M. de Marsanges, mais j'aimerais savoir ce qui s'est passé à Tulle. Il m'est pénible de constater que cette vieille ganache de Plazanet est mieux informé que moi de ce qui se passe dans ma propre famille.

— Je vais tout vous raconter, père, dit Diane.

Diane avait écrit à Brival, à la suite de l'embuscade, pour lui demander audience, avec toutes les formes requises en la circonstance. Brival lui répondit sur le même ton, en lui précisant le jour et l'heure de leur rendez-vous. Elle était restée trois jours.

Brival la reçut avec une amabilité un peu guindée, l'assura de son soutien contre Sauviat, ce « rustre ambitieux et malfaisant ». Rien ne pressait : l'instruction de l'affaire et le procès — si ce dernier devait avoir lieu — étaient reportés au printemps.

Ils n'en restèrent pas là. Nouvellement élu député, Brival promena son amie à travers la ville durant ces trois jours. Ils dînèrent ou soupèrent dans les meilleurs établissements ou chez des amis du député : Lanot et Barthélemy notamment, visitèrent l'imprimerie de Chirac qui éditait les textes immortels de Brival, dont ce dernier inondait le département.

Elle lui dit un soir :

— Tu ne crains donc pas de te compromettre en te montrant avec moi ? Tes amis politiques, la population qui t'a élu ne vont-ils pas prendre ombrage de tes relations avec une demoiselle de Marsanges ?

Il rit de bon cœur. Ses amis ne lui reprocheraient rien, eux qui ambitionnaient de convoler dans la noblesse pour faire oublier leur roture ; quant à la population, elle ignorait qui était Diane, car elle ne portait pas son blason en sautoir.

— Et tes petites maîtresses ?

— Je n'ai guère de temps à leur consacrer. Tu es la seule femme qui compte pour moi, et tu refuses de m'épouser.

Diane assista à une réunion de la Société des Amis de la Constitution et s'en divertit. Ces gens refaisaient le monde avec emphase et conviction, chacun se prenant pour un nouveau Moïse descendant du Sinaï avec les tables de la Loi. Dans ces joutes, Brival était passé maître ; sa lucidité le sauvait du ridicule.

— Tu sais que je suis ambitieux, dit-il, mais j'évite de me prendre au sérieux, ce qui me semble le comble de la sottise.

Elle refusa d'assister aux réunions des deux autres sociétés locales : les Vrais Amis de la Constitution et les Jeunes Amis de la

Constitution, où elle risquait de s'ennuyer. En revanche, elle avait été ravie qu'il la présentât au capitaine Massey, commandant du détachement de dragons de Royal-Navarre qui, après un bref séjour à Allassac, consécutif au pillage et aux émeutes, cantonnait à Tulle. Brival ne l'aimait guère, mais l'estimait : ils n'avaient pas la même conception de l'ordre public qui devait être tolérant pour l'un et rigoureux pour l'autre.

Massey était un bel homme aux fortes moustaches rousses, au regard profond. Il s'était incliné devant Diane en murmurant :

— Vous avez devant vous, mademoiselle, l'homme le plus détesté de la ville.

Eberlućc, Diane lui en avait demandé les raisons.

— Parce que je suis chargé du maintien de l'ordre et que j'assume ma mission sans faillir. Les empêcheurs de tourner en rond n'ont jamais la partie belle. On m'accuse de couvrir ceux de mes hommes qui se livrent à des excès, alors que je les sanctionne avec la dernière sévérité. Je suis l'objet de calomnies et de menaces de mort. Un jour, on tirera sur moi d'une fenêtre...

Brival, qui se tenait à deux pas, fronça les sourcils.

— Vous exagérez, capitaine ! A vous entendre, notre ville fourmille de trublions et de criminels. Allez, vous ne risquez rien : nos Tullistes font plus de bruit que de mal...

— Je partage l'avis de Me Brival, dit Diane, et j'espère qu'il ne vous sera fait aucun préjudice.

— Je l'espère aussi, dit Massey en s'inclinant pour lui baiser la main. Cela me priverait du plaisir de vous revoir.

La disette qui sévissait à Tulle, comme dans l'ensemble du département et de la province, ne touchait que les classes inférieures de la société : ouvriers, artisans et paysans. Il devenait dangereux de flâner dans les quartiers populaires sans être armé ; chaque jour, on signalait des vols, des attentats ou même des assassinats. La maréchaussée et la prévôté étaient débordées.

La crise générale des subsistances avait provoqué la hausse du prix du pain : il avait atteint quatre sous la livre et, même à ce prix, devenait rare. Par-dessus les autorités, une petite guerre avait éclaté entre Brive et Tulle. La Société des Amis de la Constitution de Brive ayant accepté de livrer à son homologue de Tulle une charretée de pain, la population l'intercepta au départ. Les Tullistes accusèrent leurs voisins de vouloir les affamer. On organisa des expéditions punitives qui restèrent l'arme au pied et n'eurent pas de suite.

Pour Diane, ces trois jours passèrent avec une stupéfiante rapidité. C'était la première fois qu'elle vivait si longtemps avec Brival. Elle l'avait trouvé changé : nerveux, inquiet, agressif ; il avait un peu forci et se plaignait de maux d'estomac consécutifs aux banquets que lui imposait sa situation ; en revanche, il avait gardé son teint frais et ses traits délicats. Avec Diane, il s'était montré aimable, attentionné, généreux, prévenant. Ils avaient couché dans le lit « à la duchesse », orné de quatre quenouilles, de rideaux de couleur saumon et couvert de laine blanche brodée — un austère monument où étaient nés et avaient trépassé des générations de Brival. Ils y avaient fait l'amour avec une intensité qui leur avait rappelé les premiers temps de leurs relations. Diane aurait souhaité présenter ses civilités à Mme Brival, mais on lui dit qu'elle était souffrante. Le couple de chats, Philémon et Baucis, avait fermé les yeux, tout comme la gouvernante, Flavie, qui s'était montrée courtoise et empressée, mais sans obséquiosité.

Le bureau de Brival, qui jouxtait son secrétariat, impressionna Diane, avec sa bibliothèque de merisier garnie de sombres reliures : coutumes, recueils de lois et d'arrêts, de plaidoyers et de traités, majestueux in-folio de Cujas, de Godefroy, de Gui-Pape, d'Expilly... Elle aima la vue sur la Petite Place, la perspective de la cathédrale et des boutiques grouillantes de chalands, accrochées à ses flancs comme une flottille autour d'une caravelle. Elle goûta le silence, différent de celui de Marsanges : c'était un tissu de mille sonorités sourdes, indéfinissables, un bourdonnement lointain, d'une fragilité de vent ; la vieille demeure située en marge du quartier du Trech semblait ronronner sur elle-même comme les deux chats sur la bergère râpée.

Une nuit, elle fut réveillée par un tumulte assourdissant. Bravant les consignes de M. de Massey, les clubistes improvisaient à tout propos des défilés en fanfare, chantant *Auprès de ma blonde* et *La victoire est à nous,* cognant à l'huis des notables, apostrophant les bourgeois dont le bonnet de nuit pointait entre les volets. Le cortège se dissipa dans la nuit et, de nouveau, Diane entendit respirer la maison.

Du lit où il paressait, Brival regardait Diane ranger ses toilettes dans sa petite malle de voyage. Le feu préparé par Flavie pétillait dans l'âtre. Un jour gris, traversé d'une averse de neige et de pluie, pleurait aux fenêtres.

— Pourquoi ne restes-tu pas plus longtemps ? dit Brival. Rien ne presse. J'aimerais que tu m'accompagnes à ce souper auquel M. de Massey nous a invités avec quelques-uns de ses officiers. Il a insisté pour que tu sois des nôtres. J'ai l'impression qu'il s'intéresse beaucoup à toi.

— Ce ne serait pas sage de ma part, dit Diane. Père s'inquiéterait de mon retard. Je devrais déjà être rentrée.

— Je peux envoyer mon secrétaire pour le prévenir.

— N'insiste pas, je t'en prie. Il m'est déjà si difficile de te quitter...

Elle prit sur le bureau les gants en peau d'agneau qu'il lui avait achetés la veille chez le maître gantier Monteil, qui tenait boutique dans le faubourg du Trech ; elle respira la légère fragrance de patchouli qui les imprégnait, en caressa ses joues avant de les ranger dans son coffre.

— Ne sois pas fâché, dit-elle en s'asseyant sur le bord du lit. J'ai passé trois jours inoubliables. Pourtant, Dieu sait que j'étais inquiète : je me disais que nous irions d'éclat en éclat, et ces trois journées ont passé sans une ombre. Pourquoi, Brival ? Que nous est-il arrivé ? Qu'est-ce qui a changé entre nous ?

Il essuya avec un coin du drap les larmes qui coulaient sur le visage de Diane et l'attira contre lui.

— Rien n'a changé, dit-il. Nous nous aimons, voilà tout, et nous vivons mal notre séparation. Promets-moi que tu reviendras.

— Au printemps, dit-elle avec feu. Dès que les routes seront praticables. Je resterai aussi longtemps que vous le voudrez, monsieur le Député.

Ils firent honneur au déjeuner que Flavie leur avait préparé. Ce qui restait, la gouvernante le plia dans un linge et le mit dans un petit panier d'osier, avec quelques autres douceurs, pour le voyage.

— Je n'ai pas voulu que tu repartes seule, dit-il, que tu t'exposes comme tu l'as fait pour venir. J'ai obtenu deux dragons de M. de Massey. Ils sont en train d'atteler Thabor.

Il ajouta en se levant pour la raccompagner jusqu'au corridor :

— Souviens-toi de mes recommandations. Préviens Charles de Sombreuil de ne plus t'écrire. Une copie de sa dernière lettre, tu le sais, est entre les mains des membres du Comité de surveillance. Elle aurait suffi à t'envoyer en prison, si je n'étais pas intervenu auprès du président qui est un ami. L'homme qui a transmis ce pli est un espion.

Diane lui avait écrit une lettre sévère qui devait inciter Sombreuil à plus de prudence. Brival ajouta :

— Pour ce qui est de la fusillade, la mauvaise foi de Sauviat est tellement évidente qu'il devrait être débouté. Je m'occupe de cette affaire, mais prends garde : cet homme est sans scrupules. Me Delmas avait raison en conseillant à ton père de ne pas donner suite. Quoi qu'il en soit, vous me trouverez toujours à vos côtés, mais dis-toi bien que je ne suis pas le bon Dieu...

Les craintes de Brival quant à l'insécurité des routes n'étaient pas exagérées. La vague de banditisme n'épargnait aucune région de la Corrèze. Chaque jour ou presque, des bandes insaisissables se signalaient par leurs exploits.

Picharou fut attaqué, à peu de distance de Millevaches, en descendant vers Marsanges, par trois hommes armés de fusils à pierre d'un modèle ancien. Sans prononcer un mot, en échangeant entre eux des signes, ils l'avaient fouillé jusqu'au fond de ses socques et s'étaient contentés de lui voler sa pipe, son tabac, ses chaussures, ainsi que les morceaux de pain et de lard que lui avait donnés la servante du notaire de Meymac, Me Lafont. Comme il voulait se défendre, ils l'avaient roué de coups et l'avaient laissé inconscient. Le froid l'avait ranimé ; il avait cherché les traces des brigands, mais elles se perdaient dans le Longeyroux.

Marion le conduisit aux cuisines, lui prépara un bain de pieds brûlant et un énorme « trempil » de vin chaud. Il raconta que d'autres guets-apens s'étaient produits dans la même région : le clerc de Me Lafont avait été attaqué vers le Mas-Chevalier ; on lui avait pris sa mule et ses vêtements, et il était resté en chemise sur le bord du chemin ; une voiture de poste avait été pillée sur la route de Clermont... Les bandits n'opéraient pas en bandes, mais à trois ou quatre. Il y avait parfois des femmes parmi eux, et ce n'étaient pas les moins agressives.

— Tu ne devrais pas te promener sans arme, dit Marion. Un jour ils te tueront.

— Non ! rectifia Hyacinthe. Si Picharou avait été armé, il ne serait pas là. Il en aurait peut-être tué un, mais ils l'auraient eu. Les gendarmes sont trop peu nombreux et la montagne trop vaste, à ce qu'on dit, mais je crois surtout qu'ils craignent de s'y aventurer, de risquer leur vie pour mettre la main au collet d'une poignée de paysans affamés poussés par le désespoir.

Hyacinthe fit don à Picharou d'une paire de socques trop grands pour lui, même bourrés de foin, d'une vieille pipe, de tabac, et cela fit le bonheur du vagabond.

Au souper, M. de Marsanges raconta l'aventure qui lui était arrivée quelques années auparavant, dans le bas pays.

Mirabeau, que son père, las de ses turpitudes, avait envoyé en vacances forcées chez son oncle, le marquis du Saillant, près de Brive, s'ennuyait à mourir malgré la compagnie de ses dix-sept cousines qui bourdonnaient autour de ce gros frelon.

Un soir qu'en compagnie de Valentin il passait dans les parages du Saillant, M. de Marsanges avait été attaqué par des brigands. Il y avait laissé sa bourse, mais, avant que les gredins se dispersent, il avait découvert le visage de l'un d'eux en se promettant de ne pas l'oublier, ce qui eût été difficile : c'était un mufle puissant, grêlé de petite vérole, laid à faire peur.

Quelques semaines plus tard, M. de Marsanges rendait visite au marquis du Saillant qui le retint à dîner. Quelle ne fut pas sa stupeur lorsqu'il vit surgir le brigand qu'il avait dévoilé et dont les traits hideux s'étaient gravés dans sa mémoire.

Il se garda de souffler mot de sa découverte jusqu'à la fin du repas, malgré l'envie qui le pressait de confondre le neveu-brigand. Alors que l'on savourait un vieux marc sur le perron, dans la fraîcheur montant de la Vézère, il avait dit au marquis :

— Pardonnez mon indiscrétion, mais il m'est venu aux oreilles des échos de l'inconduite de votre neveu. On dit qu'il s'attaque à tout ce qui porte jupon...

— S'il ne s'en prenait qu'aux femmes ! répondit le marquis. Avec quelques acolytes, il attaque les voyageurs, de nuit, leur vole leur bourse et les laisse repartir sans les molester.

— Le laisse-t-on manquer d'argent à ce point ?

— L'argent, avait soupiré le marquis, n'est pas ce qui l'intéresse. Pour lui, c'est un jeu. Il a failli prendre du plomb, mais ça ne l'a pas découragé. Il conserve le fruit de ses larcins dans un coffre, avec des étiquettes, et le rend aux mécontents qui viennent le menacer d'un esclandre.

— Alors, veuillez lui dire, je vous prie, de me restituer ma bourse. Elle est de velours vert avec un nœud de cuir noir.

— Le garnement ! Il n'épargne personne. Votre bien vous sera rendu sur l'heure avec des excuses.

— Ma bourse me suffira.

Le marquis se plaignait également des débordements sexuels de son neveu.

— Imaginez un loup dans un troupeau de dix-sept agnelles dont certaines ont l'âge des amours et sont fort innocentes. Il faut continuellement l'avoir à l'œil.

Fort épris de l'épouse du marquis de Monnier, qu'il avait enlevée à Pontarlier et emmenée avec lui à l'étranger, Honoré-Gabriel Riquitti, comte de Mirabeau, s'était retrouvé pour trois ans à la forteresse de Vincennes. Il vit dans la Révolution qui débutait une occasion d'exercer son intelligence, ses talents d'orateur et d'écrivain, de se décharger du trop-plein de son énergie.

Réfuté par la noblesse, il s'était fait élire comme représentant du tiers état où il grenouilla si bien, et dans tous les milieux, qu'il devint très vite un des personnages les plus en vue du nouveau régime. A la veille du serment du Jeu de paume, il eut une vive altercation avec le marquis de Dreux-Brézé, ce qui le fit passer pour un redoutable révolutionnaire, alors qu'il n'était qu'un virtuose du double jeu, vendu à l'encan, défenseur des idéaux de la Révolution, mais prébendé par le roi...

— Tel est le personnage, dit M. de Marsanges en achevant son verre de piquette. J'ignore ce que l'histoire en fera, mais je le tiens pour un fieffé coquin. Il est plus odieux que ces paysans qui, poussés par le besoin, attaquent les voyageurs. J'exècre ces dilettantes de la délinquance.

Personne ne releva l'observation stupide d'Estelle : de même qu'elle avait souhaité rencontrer des loups, il ne lui aurait pas déplu de se trouver au coin d'un bois en présence de trois ou quatre de ces bandits, à condition qu'ils ne fussent pas laids comme Picharou. Elle était toujours à la recherche de quelque frisson nouveau.

Estelle s'ennuyait. Loin d'endormir sa nostalgie des parties fines dans les cabarets proches du Palais-Royal, les sorbets à la neige la ravivaient. A Marsanges, durant cet interminable hiver, elle avait vécu une existence de marmotte : les parties de cartes et de spiritisme, les débauches de tabagie et de vieux alcools, les séances de lecture de Marion et les cours de botanique de Louis-Amour ne parvenaient pas à la distraire.

A plusieurs reprises, elle avait tenté de mettre à exécution son projet d'aller retrouver Félicien, mais il se trouvait toujours quelque traverse pour l'en empêcher. Marion, à qui elle s'était ouverte de son obsession, l'avait de nouveau mise en garde.

— Tu es folle ! Félicien n'est pas l'homme d'une seule femme et tu risques de souffrir en pure perte. Son seul véritable amour est sa cabrette. S'il avait pu l'épouser, il l'aurait fait depuis longtemps. Mieux vaut l'oublier. Quant à t'accompagner à Chavanac, n'y compte pas. Je ne peux trahir mon frère.

Estelle se plaignait du manque d'intérêt que Hyacinthe lui témoignait.

— Tu t'y prends mal avec lui, répondit Marion. Regarde-toi ! Tu ressembles à une souillon d'auberge. Ta robe est tachée de graisse, tu ne t'es pas lavé la tête et peignée depuis un mois et tu sens le graillon. Si ton cabretaïre te voyait, il partirait au galop ! Si tu souhaites que Hyacinthe s'intéresse de nouveau à toi, encore faut-il te rendre désirable.

Il est vrai que Hyacinthe ne se tenait guère mieux. Rien ne le différenciait des paysans. Il traînait de vieux socques, des guêtres rafistolées qui avaient appartenu à François. Il s'était laissé pousser la barbe et ressemblait à Picharou.

— Avant de quitter Marsanges pour Paris, dit Marion, il était ainsi chaque hiver. Autant notre père est soigneux de sa personne, autant il se néglige. Il ne sortira de sa chrysalide puante qu'au printemps. Toi aussi. Et tout reprendra comme avant entre vous.

Rien ne reprendrait comme avant, Estelle le savait. Cet interminable hiver de la montagne avait fait s'effriter ce qui restait en eux d'affection et d'amour. Il y avait une autre raison au marasme dans lequel baignait Hyacinthe : ses ressources financières s'épuisaient. Le démon du jeu revenait le hanter fréquemment, mais il hésitait à se lancer dans des voyages longs et hasardeux et, de plus, le froid le paralysait. Les parties qu'il disputait en famille à Marsanges le laissaient sur sa faim. Las de gagner des glands, il jetait les cartes au milieu de la table et regardait par la fenêtre tomber la pluie ou la neige.

10.

CHÂTEAUX DE CARTES

Dès que le temps se fit plus clément, Hyacinthe se livra à une toilette longue et minutieuse, se coupa la barbe, confia ses vêtements de Paris à Marion pour qu'elle leur redonnât l'éclat du neuf, nettoya le cabriolet et le harnachement de Thabor — il avait été contraint de vendre le cheval et la carriole qui les avait transportés à Marsanges l'été précédent.

— Je vais à Uzerche, dit-il à son père. Ma cassette est vide et les doigts me démangent de battre la carte avec des gens qui jouent pour de bon. Je resterai absent une semaine.

— Sois prudent, mon fils, lui dit M. de Marsanges. Profite de ton séjour pour prendre des nouvelles d'Angélique et aller saluer mon frère Héraclius que tu trouveras dans son bastion du faubourg Sainte-Eulalie. C'est un vieil original. Rapporte-moi aussi du tabac à priser.

Hyacinthe avait vu juste : il y avait à Uzerche du gibier à belle fourrure qui appréciait les soirées discrètes autour d'une table de jeu.

Son premier soin fut d'aller porter à Angélique les douceurs qu'on lui avait préparées ; elle les reçut avec son indifférence naturelle, embrassa sans chaleur ce frère qu'elle ne reconnaissait pas et qui paraissait être un monsieur de qualité. Elle confia les dons de sa famille à la supérieure, mère Marie Rogier, et se retira après une brève inclinaison de tête.

— Ne soyez pas offusqué de son comportement, dit la supérieure. Notre Angélique est une bonne fille, mais — que Dieu me pardonne ! — elle n'a pas inventé le Saint-Esprit. Elle remplit convenablement sa tâche et vit en paix avec le Seigneur. C'est bien aimable à vous, mon fils, de nous faire cette visite, mais je présume que vous n'êtes pas descendu de votre montagne spécialement pour apporter ces présents à votre sœur ?

Pris de court, Hyacinthe prétexta une affaire de terrain à négocier, ce qui le retiendrait plusieurs jours.

— Méfiez-vous de vos fréquentations ! lui dit la supérieure. Je ne suis pas loin de partager l'avis de M. Pierre Besse-Chevalier, doyen des conseillers au siège sénéchal, qui prétend qu'Uzerche, où passent et s'arrêtent de nombreux voyageurs de la poste de Paris, est un lieu de perdition. Mais lui-même n'est pas irréprochable. Certes, il est généreux, assidu aux saints offices, mais il est assujetti à certaines passions déshonorantes. Je ne vous en dis pas plus, mon fils.

— Instruisez-moi, ma mère. Vous m'éviterez ainsi peut-être de tomber dans les pièges de la perversion.

Mère Marie ne se fit pas trop prier pour mettre en garde cet innocent. Il aurait à se méfier des auberges et des créatures qui les hantent, à refuser la tentation de l'alcool et du jeu.

— Du jeu ! s'exclama Hyacinthe. Y aurait-il dans cette ville des tripots comme on en voit à Paris ? Quelle infamie ! Pour moi, c'est la pire des passions : elle mène à la ruine et au crime. Dites-moi quels sont ces mauvais lieux, afin que je les évite.

— Evitez donc les cabarets de Léonard, de Besse et de Montagnac. Ce dernier surtout où fréquente en secret M. Pierre Besse-Chevalier. On y joue fort tard dans la nuit entre gens du meilleur monde, pour la plupart des voyageurs descendus de la diligence de Paris.

— Que Dieu me garde de les rencontrer, dit suavement Hyacinthe. Il faudrait un nouvel Hercule pour nettoyer ces écuries d'Augias !

Hyacinthe sortit du couvent d'excellente humeur, suivi du regard, aux fenêtres, comme s'il eût été monseigneur l'évêque en personne. Il se mit en quête d'un honnête logis, en trouva un à sa convenance, dans le gras de la ville, chez Jean-Baptiste Bleynie, à l'enseigne du « Logis du Dauphin » : la bâtisse avait assez belle apparence avec ses rosiers grimpants et ses roses trémières. La chambre était convenable : elle donnait sur une tour d'aspect sinistre sous la pluie du soir, dont on lui dit qu'elle avait abrité le Prince Noir, ce qui le laissa parfaitement indifférent.

La ville, établie sur un éperon rocheux dominant la Vézère,

formait un magma dense et sombre de maisons nobles et de châteaux à profusion. La pluie y faisait sourdre des odeurs de fiente et de graillon. En direction du sud, la monumentale porte Bécharie ouvrait sur une autre porte de belles dimensions, nommée Barachaude, au-dessus de laquelle papillonnaient les premières chandelles.

Hyacinthe se rangea pour laisser passer une puissante berline attelée de quatre chevaux en flèche, aux portières ornées d'armoiries délavées. Il avisa un garçon en train de faire rentrer ses gorets et lui demanda où se trouvait le cabaret de Pierre Montagnac : c'était à deux pas sur la place, en direction de Brive, un immeuble à trois étages à colombages dominant sur l'arrière une cascade de jardins potagers cloisonnés de murs croulants, au-dessus de la Vézère endormie sous la pluie froide du printemps.

Hyacinthe s'installa dans la salle où palpitait un quinquet à huile, se fit servir par une malitorne graisseuse un vin chaud (pas du vin de Limoges, recommanda-t-il) et demanda à parler au patron.

Montagnac était la plus belle trogne d'Auvergnat qu'il eût jamais rencontrée, mais il ne tarda pas à deviner en lui un homme prudent et discret, qui pratiquait volontiers la prétérition. Lorsque Hyacinthe, avec quelque précaution, lui demanda comment un voyageur comme lui pourrait passer la soirée agréablement avec quelques bons compagnons, il réfléchit en se mordant la pointe des moustaches.

— Si vous écoutiez la rumeur publique, dit-il, vous apprendriez que les meilleures tables de jeu se trouvent dans mon arrière-salle, mais il y a tant de mauvaises langues dans ce pays...

— C'est ce que l'on dit en effet, et j'ai pensé que, plutôt que de mourir d'ennui, je préférerais braver la vigilance de la police et de la maréchaussée.

Le cabaretier partit d'un petit rire d'oiseau. La sévérité des vigiles ? Allons donc ! Il y avait bien une petite milice de la garde nationale, mais le capitaine François Pommier se montrait d'autant plus compréhensif que la maison de Montagnac avait une réputation de respectabilité. Quant à la maréchaussée, elle avait assez à faire avec la chasse aux brigands et aux déserteurs.

— Parlons franc ! lâcha Hyacinthe, excédé par ces circonlocutions. A quelle heure s'ouvre votre salle de jeu ?

— Il n'y a pas de salle de jeu chez moi ! bougonna le bonhomme, outré d'une question qui contrariait son goût pour les sous-entendus. Mon établissement reste ouvert jusqu'à minuit et pour des gens de bonne compagnie.

Revenu à l'auberge, Hyacinthe mit en gage le collier de perles qu'il avait offert à Estelle pour ses étrennes, plaça les louis dans sa bourse, vérifia les cartes malmenées par un hiver à Marsanges, puis, ayant soupé chichement, revint au cabaret.

Il n'attendit pas longtemps.

Survint un personnage noir et aigre à allure de juge de paix, qui s'esquiva après être passé trois fois devant le nouveau venu en l'observant à la dérobée d'un regard de chouette. Puis surgit un freluquet au chapeau noir orné d'une plume de faisan qui, après avoir examiné Hyacinthe de loin, s'éclipsa à son tour. « Une erreur de jugement indigne de moi ! se dit Hyacinthe. Je suis planté là comme un épouvantail à corbeaux. On doit me prendre pour un espion du lieutenant général de police... »

— J'ai l'impression que je fais fuir votre pratique, dit-il à Montagnac. Je vais me placer dans le cantou avec un verre à la main et attendre que la salle se garnisse.

— J'allais vous en prier, dit le cabaretier. C'est bien honnête à vous d'y avoir pensé. Le verre, c'est moi qui vous l'offre. Que diriez-vous d'un petit marc ?

Hyacinthe se fit tout petit dans son fond de marmite et observa le mouvement. Il se dit que c'était vraiment de la belle fourrure qui arrivait, et non de celle, grossière et mitée, qu'il rencontrait dans certains tripots où, avec le duc de Bouillon, il se rendait dans les derniers temps de leurs exploits. Il y avait du notaire, de l'avocat, de l'apothicaire, du barbier, du conseiller, du maître de danse et de musique, peut-être bien du procureur. Ils accrochaient chapeau et manteau à la patère, se saluaient cérémonieusement, se faisaient des politesses pour franchir le seuil de l'arrière-salle, comme s'ils fussent entrés dans un sanctuaire. Certains portaient la cocarde tricolore avec une certaine ostentation.

« Tu en tireras bien cinquante louis... », murmura une voix en Hyacinthe, mais une autre riposta : « Patience ! Ce soir, il faut perdre ; demain tu te rattraperas ; après-demain, ce sera la curée. » C'était une stratégie élémentaire, mais qu'il avait si souvent mise en pratique qu'elle avait tous les aspects de l'innocence.

Il attendit que le cabaretier, qui, décidément, lui manifestait sa sympathie, se montrât pour franchir le seuil.

La salle était déjà plongée dans un nuage de tabagie. On fit à peine attention à lui, et le jeu se poursuivit dans un silence de cathédrale :

ici le whist, là le pharaon, ailleurs le macao. Il joua les novices un peu béjaunes, évolua d'une table à l'autre en se grattant le menton.

— Etes-vous intéressé, jeune homme ? demanda un vieil homme au visage long au-dessus d'une cravate blanche à la Steinkerque qui faisait ressortir le poil grisâtre de ses joues. Nous jouons au whist. Vous pourrez vous asseoir quand une place sera libre.

Hyacinthe sourit timidement, s'inclina.

— Je n'ai guère de pratique et crains de me lancer. Permettez que je vous observe.

— Faites, je vous en prie, mais je vous précise qu'en anglais *whist* signifie « silence ».

— Je saurai m'en souvenir, monsieur.

Il était onze heures lorsque le vieux monsieur daigna le convier à perdre quelques louis, ce que Hyacinthe fit de bon cœur, bien qu'il eût constaté que certains jouaient des assignats. Il y eut des échanges de regards intéressés lorsqu'il posa devant lui une pile de louis. Il commit suffisamment de maladresses volontaires pour ne conserver qu'un peu de monnaie.

— Ne vous découragez pas, lui dit le monsieur à la cravate. On perd toujours au début, mais vous paraissez doué. Reviendrez-vous demain ?

— Je suis à Uzerche pour quelques jours, répondit Hyacinthe. Il se peut en effet que je revienne pour poursuivre mon noviciat. J'espère être à même de confirmer les bonnes dispositions que vous avez reconnues en moi.

Le vieux monsieur lui dit à l'oreille :

— Je me nomme Pierre Besse-Chevalier. Oubliez que vous m'avez vu dans ces lieux. Les fonctions que j'exerce sont incompatibles avec ce passe-temps.

Hyacinthe déclina une fausse identité et ajouta :

— Je suis votre obligé, monsieur.

Il accepta le dernier verre qu'on lui offrait pour le consoler de ses pertes. Il se dit que ce Besse-Chevalier devait être le conseiller au siège du sénéchal dont lui avait parlé la mère supérieure des sœurs de Nevers : du gros gibier. Il se dit pourtant qu'il n'en ferait pas son profit, car il lui avait témoigné de la sympathie.

Hyacinthe passa une bonne nuit, malgré les bruits de la poste qui commencèrent avant l'aube.

Après le déjeuner, il se rendit chez son oncle Héraclius ; il le trouva aux mains de sa gouvernante qui était en train de le raser. Ils se connaissaient peu et ne s'étaient pas vus depuis des années, ce qui exempta de chaleur ces retrouvailles. L'oncle habitait une demeure à allure de bastion, revêche de l'extérieur, sinistre à l'intérieur, sorte de cube cantonné sur la façade de deux échauguettes lézardées. Sa famille s'étant dispersée dans l'armée ou la magistrature aux quatre coins du royaume, Héraclius se retrouvait seul et vivait à sa convenance.

Héraclius se leva, s'essuya le visage et, les mains dans le dos, se planta devant son neveu. C'était un vieillard de haute taille, à l'air farouche, au menton fortement prognathe. Ce vestige héroïque de la guerre de Sept Ans rappelait par certains traits son frère Ambroise, mais ils différaient totalement par le caractère.

— Hyacinthe..., dit-il. Hyacinthe... Tu vis à Paris ?

— J'y vivais, mon oncle, et je compte bien y revenir.

— C'est bien ! Tu es parvenu à échapper à ce foutriquet d'Ambroise. Mais pourquoi es-tu revenu dans ce foutu merdier de Millevaches ? Tu n'étais pas bien à Paris ? C'est Ambroise qui t'a rappelé ?

A cette cascade de questions posées d'un air inquisiteur, sourcils froncés, lèvres pendantes, Hyacinthe répondit que la capitale était devenue dangereuse et qu'on y chassait les nobles insoumis comme des rats. Le vieil homme le foudroya du regard.

— Es-tu un Marsanges, oui ou non ? C'est bon pour Ambroise de fuir pour éviter d'avoir sa tête au bout d'une pique. Mais toi, jeune et hardi comme tu l'es, pourquoi n'es-tu pas resté à comploter en faveur du duc d'Orléans ?

— N'est-ce pas plutôt pour le roi légitime qu'il convient de se battre ?

Héraclius balaya l'objection d'un geste tranchant.

— Louis est un faible. Il n'exerce plus son autorité que dans ses appartements, et encore c'est « l'Autrichienne » qui porte culottes. Foutre Dieu ! si j'avais ton âge, je serais de tous les complots ! Si tu ne voulais pas rester à Paris, il fallait rejoindre les princes ! Il ajouta en se renfrognant encore davantage : Qu'attends-tu de moi ?

— Mais... rien, mon oncle. Simplement vous présenter les sentiments affectueux de votre frère, et...

— L'affection d'Ambroise ? Qu'il aille se faire foutre ! Quant à toi, si tu viens me soutirer des écus, tu tombes mal. Les rentes que j'avais sur mes terres d'Espartignac et de Vigeois, les paysans refusent de me les payer. Je ne pourrais même pas t'héberger !

— Je ne vous le demande pas ! riposta Hyacinthe. Dieu merci, j'ai des espérances. Bonjour, mon oncle !

— Adieu, mon neveu !

Hyacinthe ressassa sa colère jusqu'au soir. Il fit un robuste souper d'un saumon de la Vézère et se retrouva dans les premiers chez Montagnac.

— Si j'osais, dit le cabaretier, je vous dirais que vous êtes sûrement plus malin que vous ne le paraissez et que vous n'êtes pas un novice. Je vous regardais jouer, hier soir. C'était bien manœuvré. Ce soir, mes pratiques vont se dire qu'elles vont ratiboiser ce benêt jusqu'au fond de sa bourse, mais vous les attendez, comme on dit, au coin du bois, pas vrai ?

— Peut-être bien, dit prudemment Hyacinthe.

Le moment venu, Hyacinthe se garda de faire du zèle, mais il parvint à remplir de nouveau sa bourse et celle de son partenaire, le monsieur à la cravate.

Il revint le lendemain et, comme M. Besse-Chevalier était absent, il choisit une table où l'on jouait en solo. Il fit merveille.

— Pour un novice, dit un de ses adversaires malheureux, vous semblez avoir des dispositions.

— C'est la chance, dit Hyacinthe. Je dois être dans un bon jour. Vous me devez cinquante louis. Je vous fais grâce de la monnaie.

— Vous êtes bien aimable, jeune homme. Voici donc votre dû.

Les trois hommes étalèrent une liasse d'assignats sur la table. Hyacinthe fit la grimace.

— Eh quoi ? fit l'homme qui portait la cocarde au revers de sa veste, cet argent ne vous semble pas de bon aloi ? C'est la monnaie de la République, mon jeune ami, et elle vaut bien la vôtre, Hyacinthe de Marsanges ! J'ai dans l'idée que vous avez triché pour réussir de si beaux coups, mais je n'insisterai pas. En revanche, vous serez bel et bien payé en assignats. C'est à prendre ou à laisser. Je vous conseille de prendre.

Hyacinthe chercha des yeux un soutien et ne rencontra que des visages de bois. La colère lui monta au visage.

— Je n'accepte pas d'être payé en monnaie de singe, dit-il. J'ai réglé mes pertes de l'autre soir en beaux louis et j'exige que mes gains me soient payés de même. Des assignats ! Pourquoi pas des haricots ? Vous savez ce que j'en fais, de vos billets crasseux ?

— Nous sommes entre gens bien élevés, monsieur de Marsanges, et je ne vous suivrai pas sur le terrain où vous voulez nous entraîner. Si vous maintenez votre réclamation, venez me trouver demain. Vous demanderez Bernard Lafarge de Fargeas. J'ai bien l'honneur...

Avant que Hyacinthe ait pu émettre une nouvelle protestation, l'homme à la cocarde se levait et se retirait en laissant un monceau de papiers-monnaies sur la table. Les autres le suivirent avec des regards méprisants.

— Mon petit monsieur, dit Montagnac, vous voilà dans de beaux draps. Vous vous présentez sous un faux nom, vous trichez au jeu et vous crachez sur la nouvelle monnaie... Votre adversaire ne vous ratera pas. Vous savez à qui vous avez affaire ? Fargeas est lieutenant général de police et patriote jusqu'à la moelle des os. Un conseil : déguerpissez le plus vite possible !

Hyacinthe passa une nuit agitée. Il se leva avant l'aube, dégagea le collier qu'il régla en assignats, malgré les protestations de l'aubergiste. Il se dit qu'il aurait plus de chance à Brive, où il serait avant la nuit.

Lorsqu'il voulut se rendre à l'écurie pour seller Thabor, deux gendarmes l'attendaient devant la porte.

Ils marchèrent un peu dans l'allée de hêtres où le printemps commençait à sécréter un pollen vert doré. Au loin, la vallée baignait dans cette brume argentée qui enveloppe les terres basses, sous le soleil, après une nuit froide. Diane prit son père par le bras ; il posa sa main sur la sienne. L'air était presque tiède ; on ne tarderait pas à entendre le rossignol.

— Qu'allons-nous faire ? demanda Diane.

Elle posait cette question pour la troisième fois, après qu'ils eurent franchi la grille, mais elle connaissait d'avance la réponse. Ambroise venait de lire la lettre dans laquelle Hyacinthe expliquait les raisons de sa détention. Il avait dit simplement, en la repliant :

— Seigneur... Cela devait arriver. Pour se faire pincer par des gens d'Uzerche, il a dû être d'une rare imprudence.

Il avait fallu consoler Estelle qui se voyait déjà rejetée par la famille, contrainte de regagner Paris et de se retrouver au ruisseau. Ambroise l'avait rassurée : on attendrait le retour de Hyacinthe ; il ne tarderait guère, car on n'avait à lui reprocher aucun délit grave. Estelle faisait partie de la famille, et Ambroise la considérait comme sa propre fille.

— Cette histoire d'assignats, dit Diane, moi je n'y comprends rien.

— C'est pourtant facile, dit Ambroise.

Il lui expliqua que le trésor national étant ruiné par la guerre d'Amérique, l'Assemblée avait décidé, pour le renflouer, d'émettre des billets gagés sur les biens du clergé, qui comptent pour environ dix pour cent de la richesse nationale. Ces billets étaient dits « garantis et remboursables en biens nationaux ». Cette obligation hypothécaire était en train de devenir un papier-monnaie. Ces assignats portaient cinq pour cent d'intérêt au départ, puis trois, puis rien...

— Avez-vous compris cela, ma fille ?

— Fort bien, mais ce que j'ignore, c'est pourquoi ces fameux assignats sont la cause de l'emprisonnement de mon frère.

— Je n'y comprends pas grand-chose moi-même, reconnut Ambroise, mais je crois que c'est faire injure à nos législateurs que de mépriser cet expédient qui a évité la banqueroute mais conduit à l'inflation. D'ici peu, l'assignat ne vaudra plus rien. Hyacinthe le savait. Nous en avons parlé ensemble.

— Que risque-t-il ?

— Ma fille, par les temps que nous vivons, la justice se pratique à la petite semaine, en fonction des circonstances et des hommes plus que du droit. Dès lors, qui peut dire s'il écopera de quelques jours de détention, s'il sera exposé au pilori ou envoyé aux galères ? Je crains le pire. Notre famille, malgré les bonnes relations que nous entretenons avec le député Brival, est suspecte.

— Brival..., dit Diane. Me suggérez-vous de tenter une nouvelle démarche auprès de lui ?

— Vous allez de nouveau le mettre dans l'embarras. Je crains qu'il ne puisse intervenir efficacement. En prenant une nouvelle fois notre défense, il risque de déconcerter ses électeurs et ses amis et de se mettre en porte à faux.

— Il me doit bien cela, dit Diane.

Elle s'arrêta au milieu du chemin, serra plus fort le bras de son père et dit à voix basse :

— Je vous dois la vérité, père. Je suis enceinte de ses œuvres.

— Seigneur..., gémit Ambroise en portant la main à son front. Votre dernière rencontre remonte à la mi-janvier et nous sommes à la fin mars. Pourquoi ne pas vous être confiée à moi plus tôt ?

— Pour ne pas ajouter à vos soucis et parce que j'espérais me débarrasser de cet enfant. J'ai mis Louis-Amour dans la confidence, parce que j'avais besoin de ses tisanes. Ce qu'il a pu me faire absorber, vous ne sauriez l'imaginer. J'en ai la nausée rien que d'y penser. Et l'enfant est toujours là...

De guerre lasse, Louis-Amour lui avait suggéré de consulter une matrone d'Ussel qui l'aurait débarrassée de son fardeau. Diane voulait avant tout s'ouvrir à Brival de sa situation.

— Vous avez agi sagement, ma fille. Que Brival vous épouse s'il est homme d'honneur !

— Ne vous méprenez pas ! Je refuse de lui forcer la main. Je ferai ce qu'il me demandera de faire. Je n'accepterais pas qu'il m'épouse par devoir ou par contrainte.

Ambroise s'adossa à un hêtre pour laisser reposer sa jambe raide et se mit à gémir. Qu'avait-il fait au Ciel ? Toutes ses filles étaient en âge de convoler et aucune ne se décidait !

— J'ai le sentiment d'avoir fait preuve de faiblesse envers vous, sauf avec cette pauvre Angélique. Je vais y mettre bon ordre. Désormais, je me conduirai en père et, s'il le faut, en tyran !

— Ne vous emportez pas ! Vous êtes le meilleur des pères. Nous sommes si heureuses auprès de vous que nous ne songeons pas à nous établir ailleurs, malgré les partis que l'on fait miroiter à nos yeux. Que pourriez-vous souhaiter de mieux que de vieillir entouré de l'affection de vos enfants ? Les petits-enfants vous viendront assez tôt, allez ! D'ailleurs, vous avez appris que la femme de François attend un héritier.

La colère d'Ambroise avait fait place à l'émotion. Il balbutia :

— Certes... certes... Mais qu'ai-je à vous offrir, en plus de mon affection ? La misère ou peu s'en faut...

Diane protesta avec vigueur :

— Et si cette misère nous convient ? Nous n'avons pas été élevées comme les filles des Chabanne, des Tourdonnet ou des Lamase, dans la soie et la dentelle, mais nous sommes plus heureuses. Au regard des autres, nous sommes une famille un peu folle, mais nous aimons cette folie. Nous ne vous rendrons jamais assez grâce de nous avoir laissé cette liberté qui nous permet de nous épanouir sans contrainte. Nous ne portons pas de perruque poudrée, de chapeaux exubérants, de vêtements copiés sur le *Mercure galant.* Nous ne sacrifions pas à l'anglomanie. Nous ne savons pas jouer du clavecin et ne lisons guère les romans de demoiselles. Recevoir du beau monde est le moindre de nos soucis, et nous rions de tous les bellâtres parfumés et bottés de cuir anglais qui viennent nous faire les yeux doux. Au diable le monde et ses séductions ! Le nôtre nous suffit.

Printemps 1791, Marsanges.

M. de Marsanges emprunta une mule au village pour rendre, en compagnie d'Estelle, visite à Hyacinthe qui languissait à Uzerche.

Estelle s'attendait à le trouver enfermé dans un cul-de-basse-fosse, fers aux pieds, assailli par les rats, et fut surprise de le voir installé dans une pièce spacieuse, seul, avec de modestes commodités ; on lui avait même permis d'emporter dans sa « prison » sa malle de voyage et tout ce qu'elle contenait, à l'exclusion des cartes qu'on lui avait confisquées ; il en avait fait acheter un jeu par son gardien, Vitrat, qui portait le titre de concierge mais n'avait rien d'un cerbère. On l'autorisait deux fois par jour à aller jouer à la paume ou se promener dans une cour donnant sur la Vézère et des jardins potagers tapissés d'une vieille neige. Sa fenêtre grillagée ouvrait sur une petite place où les paysans, certains jours, vendaient leurs produits.

N'était la privation de liberté, Hyacinthe ne souffrait pas trop de sa captivité. Il devait payer son gardien et les repas que lui livrait Montagnac. Ces dépenses obéraient lourdement le pécule qu'il avait pu arracher à l'avidité de ses sbires, mais il mangeait et buvait à satiété. La majeure partie de son temps se passait à lire de vieilles gazettes, à jouer aux cartes avec Vitrat, à boire et à dormir. Il n'avait que peu de rapports avec les trois ou quatre autres prisonniers : vagabonds, voleurs à la tire, ivrognes ou blasphémateurs de l'ordre nouveau qui, n'ayant pas un sou vaillant, étaient hébergés dans les caves.

Hyacinthe rangea dans un placard les provisions qu'Estelle et son père lui avaient portées et, dans sa bourse, les quelques sous que le comte avait pu distraire de son maigre budget.

— Je suis inquiet, dit-il. Si l'on m'accorde un traitement de faveur, c'est sans doute que je suis un prisonnier exceptionnel. Je crains que le châtiment ne le soit aussi. Mon avocat, Me Henri Clédat, seigneur de Saignes, ne me laisse guère d'espoir. Selon lui, le mieux que je puisse espérer est une libération temporaire qui me coûterait environ deux cents livres. Je ne possède pas cette somme, et vous non plus. Le pire serait une peine de galères à perpétuité. Il convient donc que j'avise sans délai...

— Aurais-tu une idée ? dit M. de Marsanges.

— Parlons bas, dit doucement Hyacinthe.

Il pria Vitrat, qui se tenait dans l'encadrement de la porte et faisait semblant de somnoler, d'aller boire une bouteille à sa santé. Dès qu'il eut tourné les talons, Hyacinthe montra la fenêtre donnant sur la petite place : les grilles rouillées tenaient à peine dans leur scellement ; elles céderaient facilement, et à lui la liberté !

— C'est ça, dit Hyacinthe, ou vous obliger à vendre une des bonnes terres de Marsanges, mais je refuse de vous voir payer pour ma maladresse et ma stupidité. Je vais donc m'évader. En partant, reprenez Thabor et veillez sur lui : il est de plus en plus poussif.

— Que vas-tu devenir ? dit M. de Marsanges. Revenir vivre parmi nous serait dangereux et, d'ailleurs, tu aurais tôt fait d'être repéré. J'en connais qui se feraient une joie de te dénoncer ou de t'arrêter eux-mêmes.

Ils parlèrent de Diouf qui, en l'absence de son maître, était comme une âme en peine et dépérissait. Qu'allait-il devenir ?

— J'ai beaucoup pensé à lui, dit Hyacinthe. Dès que je serai sorti de cette prison, je viendrai le chercher. Dites-le-lui. Quant à moi, je songe à me rendre dans le Midi pour rejoindre François, puis, de là, à l'étranger.

Il s'avança vers Estelle qui pleurait derrière son mouchoir, prit sa tête entre ses mains et lui dit à l'oreille :

— Mon seul regret est de partir sans toi, ma chérie. Tu ne peux savoir combien tu me manques. Je n'ai pas toujours été le compagnon tendre et prévenant que tu aurais mérité, mais je t'aime et ne t'oublierai jamais. Je t'écrirai et, dès que possible, tu viendras me rejoindre, où que je me trouve. En Russie même, si le sort m'y envoie.

Il l'embrassa sur le front, les yeux, les lèvres.

— Je t'en supplie, cesse de pleurer. Je jure que nous nous reverrons sans tarder et que nous nous marierons.

Elle répondit entre deux sanglots :

— Pourquoi avoir attendu si longtemps pour me dire tout ça ? Si tu me l'avais dit avant ton départ, j'aurais su te retenir et tu ne m'aurais pas quittée sans un mot, comme un voleur !

— J'avais honte, et puis je me disais que ce serait l'affaire de quelques jours. Il fallait que je parte, sinon nous aurions manqué d'argent. Mais j'ai agi avec beaucoup de légèreté. Pardonne-moi.

Il dressa l'oreille : le pas lourd du concierge martelait les marches.

— Père, dit-il, je vous demande de veiller sur Estelle comme sur vos propres filles. Promettez-le-moi.

— Ce serait une promesse superflue, mon fils. Dieu te protège et fasse que tu reviennes vite parmi nous.

La montagne ruisselait sous les pluies du printemps. Durant deux semaines, elles tombèrent pour ainsi dire sans discontinuer, de jour et de nuit, entraînant les dernières neiges, gonflant les tourbières comme des éponges, noyant les lointains dans d'épais brouillards. Une résille argentée ruisselait sur les prairies en pente dont les levades avaient crevé. Entre les bouleaux et les sorbiers qui les entouraient, on ne distinguait plus les étanssous[1]. Lors des brefs répits où le déluge cessait de bourdonner sur les terres noyées, on entendait le Riou gronder comme un torrent.

Durant toutes ces journées interminables, personne ne se montra à Marsanges et personne n'en sortit. Nourris de mauvais foin et réduits à la portion congrue, les moutons bêlaient de faim dans la bergerie. Il fallut sacrifier quelques bêtes dont on mit la viande au saloir. Florent ayant demandé la permission de les faire sortir, Valentin s'y opposa, prétextant que la pluie, en s'imprégnant dans leur laine, aurait pu les rendre malades. D'ailleurs, le beau temps n'allait pas tarder à revenir. Les agnelages commençaient.

Estelle ne dormait que le jour. Ses nuits, elle les passait l'oreille aux aguets, persuadée que Hyacinthe allait revenir, qu'il passerait quelques heures auprès d'elle avant de se fondre de nouveau dans l'inconnu, en compagnie de Diouf. Elle ne pouvait se faire à l'idée qu'ils ne se reverraient plus durant des mois, peut-être des années.

1. Petites mares des prairies.

Elle se disait qu'il trouverait une autre femme et disparaîtrait de sa vie à jamais. Elle avait de longues crises de larmes, se nourrissait mal, restait des heures sans ouvrir la bouche, elle qui pépiait sans arrêt comme un pinson. Elle somnolait au creux de l'âtre, son épaule contre celle de Diouf, dans la maigre chaleur d'un feu de tourbe, ce combustible que Hyacinthe, aidé de son nègre, avait lui-même arraché à la tourbière du Nadoulet et rangé sous un appentis. Lorsqu'elle se réveillait, elle voyait, sous la masse ligneuse, un petit œil bleu lumineux qui semblait lui faire un signe d'intelligence.

A quelques jours de la fin du déluge, Diouf disparut sans dire un mot ni laisser le moindre signe. On le chercha dans toute la région, jusqu'à Pérols et Millevaches en questionnant les villageois, mais en vain. M. de Marsanges était convaincu qu'il avait pris le large afin de ne pas périr de froid et d'ennui ; Estelle savait qu'il était allé, sur un signe mystérieux, rejoindre son maître.

Une nuit, à une semaine de cet événement, Estelle entendit le chien de Valentin et celui de Florent aboyer furieusement. Folle d'espoir, elle se leva, jeta une cape de pluie sur ses épaules, se précipita à travers le brouillard jusqu'à la grille, hurlant :

— Hyacinthe ! Je sais que c'est toi ! Reviens, je t'en prie !

Ce devait être lui puisque les chiens avaient cessé d'aboyer et se contentaient de gémir.

Ce n'est qu'au matin qu'on découvrit la lettre détrempée par la pluie, rendue presque illisible. Il l'avait glissée sous la porte — ou peut-être Diouf.

Elle disait :

« *J'ai réussi. Je pars pour une destination inconnue, mais je reviendrai. Sache que je n'aimerai jamais d'autre femme que toi.* »

Il avait ajouté un post-scriptum : « *Diouf m'a rejoint* », et une carte — la dame de cœur.

11.

LE GOÛT DU SANG

Diane fit précéder son voyage à Tulle d'une lettre à Jacques Brival, sur le même ton un peu cérémonieux que la première fois. La réponse fut brève et sèche : il consentait à la recevoir s'il y avait urgence, mais il ne pourrait lui consacrer que peu de temps. Elle faillit renoncer, puis se décida : il fallait qu'elle ait un entretien avec son amant. Elle partit, accompagnée de Valentin, dans le cabriolet tiré par Thabor.

— Faites donc un crochet par Uzerche, lui dit Ambroise. Je suis inquiet sur le sort de Virginie. Le *Moniteur* rapporte des nouvelles d'émeutes qui auraient éclaté, notamment dans la région d'Allassac. à la suite du départ du détachement de Royal-Navarre.

Ils arrivèrent à Allassac après une journée de voyage par des chemins transformés en fondrières en raison des pluies récentes et du manque d'entretien, M. de Lamase ayant volontairement renoncé à ses fonctions bénévoles de voyer. Ils trouvèrent le château de Roffignac dans un état d'extrême délabrement. Le mobilier volé par les émeutiers n'avait qu'en partie réintégré le domicile de son propriétaire ; le silence pesait sur les immenses pièces vides et désertes.

La grossesse de Virginie touchait à son terme. La mine jaune, les traits tirés, l'œil terne, les yeux cernés au charbon, indifférente à tout, elle accueillit sa belle-sœur sans le moindre signe d'affection. M. de Lamase ne quittait pour ainsi dire plus ses appartements où, en compagnie de son épouse, Marie, il passait son temps en interminables parties d'échecs, emmitouflé dans de grosses couvertures de laine brute.

Le marquis fit servir une collation à ses visiteurs par sa fille cadette, Rosine, en s'excusant de sa frugalité.

— Tant que le détachement de Royal-Navarre est resté pour nous défendre, dit-il, nous avons pu mener une existence à peu près normale, mais la population a exigé son départ et les vexations ont repris. Chaque jour ou presque, des gredins viennent nous insulter et briser ce qui restait de nos vitres. Les choses ont empiré depuis le jour où le sinistre avocat Vergnaud a obtenu, à Bordeaux, l'acquittement de Durieux.

— Qu'allez-vous faire ? demanda Diane.

— Partir, naturellement ! Je songe à me retirer de nouveau à Uzerche, mais ma fille, Rosine, et mes deux cadets, Minarou et Minassou, me poussent à émigrer comme tant d'autres avant nous.

De Bijou et de Poulou, il n'avait pas de nouvelles. Diane lui livra ce qu'elle en savait d'après la lettre de Sombreuil.

— Nous attendons que Virginie ait fait ses couches avant de prendre une décision, dit-il. Elles sont proches, mais se présentent assez mal. La santé de ma fille m'inquiète.

— Nous sommes prêts à accueillir Virginie et son enfant à Marsanges, dit Diane. Mon père serait heureux de l'héberger.

M. de Lamase remercia avec émotion, informa son épouse de cette proposition sans obtenir d'autre réponse qu'un gros soupir mélancolique. Il demanda où en était la situation à Marsanges.

— Nous y sommes comme en sursis, dit Diane, mais la vie est plus calme qu'ici. C'est l'avantage du désert…

Elle parla de la fusillade au soir de la gerbebaude, dont le marquis avait eu connaissance, de l'affaire d'Uzerche, qu'il ignorait, de la lettre de Charles de Sombreuil qui leur avait occasionné des ennuis. Elle allait à Tulle s'informer du cours de ces différentes affaires.

— Puisque vous avez de bonnes relations avec le député Brival, dit M. de Lamase, vous pouvez espérer que tout s'arrangera au mieux de vos intérêts.

De l'espoir ? Il n'y en avait guère. Diane en eut conscience, à peine fut-elle en présence de Brival.

Il revenait d'une assemblée de clubistes, aux Feuillants, lieu de réunion des patriotes à bonnet rouge, portant sous le bras un volumineux maroquin de cuir vert d'où débordaient des liasses de documents ; une vieille pipe en terre pendait à ses lèvres. Il était très entouré : Diane reconnut Barthélemy, Lanot, Borderie et quelques autres personnages qui paraissaient très excités. Après des tempêtes d'éloquence, l'assemblée venait d'exiger le retrait du régiment de Royal-Navarre.

— Toi ! dit Brival, interloqué. Que fais-tu ici ?

— Tu as oublié ? Je t'ai pourtant écrit et tu m'as répondu que tu accepterais de me recevoir à condition qu'il s'agisse d'affaires urgentes. Elles le sont.

Il se laissa tomber dans un fauteuil, s'essuya le front.

— Pardonne-moi, dit-il, d'avoir oublié ce rendez-vous.

— J'avais oublié de mon côté que tu es un homme très sollicité et que je compte pcu pour toi. Rassure-toi : je ne t'importunerai plus. Adieu !

Il la retint alors qu'elle franchissait la porte, en proie à une fureur noire.

— Ne sois pas stupide, dit-il. J'ai quelques mots à dire à mes amis et, ce soir, je dois assister à un repas civique. Je te recevrai demain matin.

— Soit ! dit-elle, la rage aux dents. A demain !

Accompagnée de Valentin, elle reprit, la mort dans l'âme, le chemin de la modeste auberge du Trech, « La Crémaillère d'or », où elle avait retenu une chambre à deux lits donnant sur un moulin de la Solane. Ce devait être jour de fête : la ville était comme folle ; des farandoles se formaient, traversaient la Corrèze, serpentaient jusqu'aux quartiers de la Barrière ou de l'Alverge, s'arrêtant devant certains immeubles pour chanter le *Ça ira,* hurler des injures et des menaces.

— Une fête ? dit l'aubergiste. Mais c'est tous les jours comme ça, ma petite dame, depuis que la population demande le retrait de Massey et de ses cavaliers. Dès que les soldats quittent leur cantonnement pour aller au fourrage ou pour quelque autre mission, c'est la « fête », comme vous dites. Un jour, ça finira mal. A force de battre le briquet sur un tonneau de poudre...

Tulle était au bord de la guerre civile. L'aubergiste raconta qu'à la dernière fête de la Fédération on y avait coupé de peu : les dragons du capitaine de Massey s'étaient trouvés opposés à la garde nationale, à la suite de la provocation d'un patriote. On avait bien cru que le tonneau de poudre allait exploser.

— On n'a rien contre Massey, dit l'aubergiste, sauf qu'il est raide comme un bâton et qu'il dégaine son sabre à tout bout de champ pour montrer son autorité. Tant qu'il restera à Tulle, les patriotes ne pourront plus tourner en rond, et ça les démange. Comment faire la révolution avec un escadron qui vous surveille de l'œil ? Massey aurait tué un ouvrier, ces jours derniers, mais allez savoir ce qui s'est passé exactement ?

La ville était divisée en deux partis : les bonnets blancs et les bonnets rouges. Les premiers étaient des aristocrates pleins de morgue se proclamant partisans de l'ordre, qui habitaient les quartiers riches du Trech et de la Barrière ; les autres étaient des patriotes turbulents, forts en gueule, qui peuplaient les quartiers de la misère : l'Alverge et la Barussie. Le fossé entre eux était aussi profond que le ravin de la Corrèze qui partage la ville dans le sens de la longueur.

— Et le député Brival, demanda Diane, comment se comporte-t-il ?

— Il a choisi les idées nouvelles et s'y donne de tout son cœur et de toute son énergie, mais il a affaire à forte partie avec le présidial qui demeure attaché à la tradition et à la loi. Comme c'est le peuple, maintenant, qui fait la loi, il est du côté du peuple. Je l'ai vu mener la farandole, l'autre nuit, aux flambeaux, jusque sous les fenêtres du capitaine Massey, à l'hôtel de Poissac. Ils étaient amis ; ils sont devenus ennemis. Triste temps...

Massey, ennemi de Brival ! Diane les avait connus quelques mois auparavant, dînant ensemble, discutant, plaisantant de conserve comme de vieilles connaissances. Et aujourd'hui...

— Ils sont comme chien et chat, ajouta l'aubergiste. Notre député remue ciel et terre pour l'éloigner de Tulle. Il y arrivera certainement.

— C'est presque fait, dit Diane.

Elle ajouta :

— Nous souperons de bonne heure. J'aimerais faire ensuite un tour en ville.

L'aubergiste fronça les sourcils.

— Je vous le déconseille. S'il y a farandole, ça risque de tourner au vinaigre. Il y a quelque chose dans l'air, ce soir, qui n'est pas très catholique. Vous avez un bon lit. Le plus sage est de vous coucher ou de regarder le spectacle de la fenêtre. Si vous aimez les farandoles, vous en aurez d'autres demain. Si vous décidez malgré tout de sortir, faites-vous accompagner de votre mari.

— Ce n'est pas mon mari, dit Diane. C'est mon garde du corps.

La soirée était tiède, avec un beau ciel couleur de lilas au-dessus des collines. L'heure du souper avait apporté quelque répit. Le quartier du Trech était calme ; des bourgeois et des artisans se promenaient en famille le long de la Solane, assaillis par des mendiants et des ouvriers en chômage qu'ils repoussaient avec dédain de la pointe de leur canne. Au-dessus de la porte monumentale qui portait le panonceau de cuivre de Me Jacques Brival, le cabinet et l'appartement semblaient déserts. Diane ferma les yeux sur le souvenir d'un divan moelleux, d'un silence tiède, de vieilles odeurs.

Ils descendirent vers la Corrèze. Au-delà, près de l'hôtel de Poissac, le tumulte était à son comble. Des gens couraient de toutes parts, alertés par le tocsin, portant gourdins, faucilles et fouets, suivis par des ribambelles de marmots au visage creusé par la disette.

— Ne vous éloignez pas de moi, dit Valentin. L'aubergiste avait raison : il y a du drame dans l'air. A mon avis, ça doit se passer là-bas.

Il montrait l'hôtel de Poissac.

— Allons-y ! dit Diane. Qu'avons-nous à craindre ?

Valentin avait glissé un pistolet dans sa ceinture et exigé que Diane prît l'autre. Il redoutait moins les émeutiers que ces gueux aux mines patibulaires qui sortaient des ruelles sombres, par groupes ou isolés, pour réclamer l'aumône. La ville n'avait jamais connu une telle misère : on se battait devant les boulangeries pour une miche de mauvais pain ; les convois de grains devaient se faire accompagner de la troupe ; dans les milieux ouvriers des faubourgs, on parlait de se rendre en expédition à Brive et à Ussel qui, disait-on, possédaient d'importantes réserves de grains.

— Attendez-moi quelques instants, dit Valentin. Surtout ne bougez pas.

Il laissa Diane au milieu d'un groupe de femmes et d'enfants qui se tenaient paisiblement accotés au parapet de la rivière, pour aller aux renseignements, Diane le regarda se perdre dans un ballet de torches qui donnaient une idée de l'enfer ; de temps à autre, il se retournait pour faire un geste rassurant de la main. Il revint quelques instants plus tard, très agité.

— Il y a eu du sang, dit-il. Ne restons pas là. L'émeute va se propager rapidement.

— Que se passe-t-il ?

— Ils en veulent à M. de Massey. Il aurait blessé d'un coup de sabre un certain Borderie, ami de Brival, qui a été reçu cet après-midi membre des Amis de la Constitution. Il paraît même que Borderie serait mort. Il y a du sang sur la chaussée et la porte en est barbouillée. On réclame la tête du capitaine Massey. Je n'en donnerais pas cher...

La nuit fut fiévreuse, remplie de tumultes grossis par le silence, balayée par les lumières des torches. Apres et confus, des chants révolutionnaires passaient en rafales sous les fenêtres de l'auberge. Des groupes assoiffés ébranlèrent la porte, hurlant des injures et des menaces, jetant des pierres aux fenêtres. La cloche unique de la cathédrale (les autres avaient été envoyées à la fonte pour en faire des canons) tonnait comme un orage assourdi.

De temps à autre, Valentin se levait pour sonder la nuit à travers la fenêtre en évitant de se montrer ; il tournait en rond dans la chambre, se cognait à la table. A plusieurs reprises, il alluma la chandelle, se pencha vers Diane qui feignait de dormir, la regarda un long moment avant de souffler la flamme et de retourner à son lit.

Valentin dormait encore lorsque la cloche de la cathédrale sonna neuf heures. Diane fit en silence une toilette rapide derrière le paravent et partit sur la pointe des pieds en laissant un mot à Valentin : elle ne tarderait pas à le rejoindre, persuadée que l'entretien avec Brival serait bref.

Brival était absent. Un secrétaire informa Mlle de Marsanges que l'avocat avait dû se rendre de bonne heure au directoire du district pour examiner la situation qui paraissait plus tendue encore que la veille. Devant la maison de Poissac où se tenait toujours M. de Massey, l'émeute avait repris avec une intensité accrue. Des groupes s'y portaient en courant ; des enfants coiffés de bonnets de papier rouge commençaient des farandoles.

Diane avisa une marchande des quatre-saisons qui, indifférente à la tempête, tenait boutique sur un charretou, près du pont. Comme elle avait une mine avenante, Diane s'arrêta pour lui parler.

— Citoyenne, ce qui se passe là-bas, dit la maraîchère en tendant le doigt vers l'autre rive de la Corrèze, n'est sûrement pas beau à voir. Si la vue du sang vous répugne, retournez chez vous.

— C'est toujours au capitaine Massey qu'on en a ?

— A qui voulez-vous que ce soit ? Le peuple a décidé qu'il doit mourir. Eh bien, il va mourir.

— Il n'y a donc personne pour empêcher ça ?

La marchande haussa les épaules, arrosa ses salades et se moucha dans son tablier.

— On voit bien que vous n'êtes pas du coin, citoyenne ! Quand on veut tuer quelqu'un, on s'arrange pour que les défenseurs de l'ordre public aient d'autres chats à fouetter. On a envoyé en mission une partie des dragons de Royal-Navarre et le reste est au fourrage sur la route d'Orliac. Il est probable qu'ils ne rentreront pas en ville avant qu'on ait réglé son compte au beau capitaine. De toute manière, l'ordre du directoire est de ne pas intervenir.

— Et la maréchaussée ? Et la garde nationale ?

— Elles ont autre chose à faire, et sans doute de plus d'importance. Mais, si ça peut vous rassurer, voilà un détachement de la garde qui rapplique.

Un cortège d'une dizaine d'hommes en armes, une partie de ceux qui étaient chargés d'interdire à la populace l'entrée de l'immeuble traversait le pont de l'Escurol, encadrant M. de Poissac et sa famille pour les protéger des attaques des émeutiers. Les quelques gardes qui restaient sur place devaient prêter main-forte éventuellement aux officiers de police chargés de veiller à ce qu'il ne soit fait ni vol ni pillage dans l'immeuble.

Atteint d'une pierre à la tête, M. de Poissac tomba sur les genoux. Des voix crièrent : « A mort ! » On vit luire des lames de couteau et des bâtons voltiger au-dessus des têtes.

— Ces sauvages vont le tuer ! s'écria Diane. Il faut faire quelque chose !

— Il n'y a rien à faire, dit froidement la maraîchère. Moi, je suis là pour vendre mes légumes, pas pour faire la police. Si le cœur vous en dit, relevez vos jupes et allez au secours de cet aristo. Vous y laisserez des plumes, mais ça fera un joli spectacle.

Elle lui glissa à l'oreille :

— Un conseil, citoyenne : achetez-vous une cocarde si vous ne voulez pas d'histoire. Il y a des marchands sur les quais.

Sans l'intervention véhémente de deux clubistes, les fugitifs auraient été conduits à la lanterne sans autre forme de procès ; on apportait déjà les cordes. Les gardes nationaux, trop peu nombreux pour résister à la vague humaine, se regroupèrent autour de leurs protégés et mirent en joue les agresseurs qui reculèrent en crachant leur colère.

— Vous voyez, dit la maraîchère ! Tout finit par s'arranger. On n'est pas des « sauvages », comme vous dites ! Tenez : prenez-moi une botte de radis...

Diane glissa quelques pièces dans la main de la marchande et, discrètement, se débarrassa de son achat en l'abandonnant sur le trottoir. Puis elle s'acheta une cocarde.

« Courage ! se dit Diane. Il faut y aller voir... »

Elle tâta sous son manteau la crosse du pistolet et se dirigea d'un pas décidé vers l'hôtel de Poissac, bousculée par des forcenés qui beuglaient des chansons de mort en dansant. Elle parvint ainsi aux abords de l'hôtel dont les marches extérieures étaient occupées par les officiers de police vêtus et chapeautés de noir, portant la cocarde bien en évidence sur leur couvre-chef ou à leur boutonnière, entourés de quelques gardes nationaux et gendarmes, l'arme au pied. Venus de l'intérieur de l'immeuble, des commis déposaient devant eux, dans des panières, des objets censés appartenir au capitaine de Massey : deux manteaux, une selle, un portefeuille de maroquin, une montre, divers objets et notamment une corbeille contenant des pierres.

— Des pierres ! s'écria un émeutier. Voilà, citoyens, les arguments que Massey comptait opposer à la justice du peuple !

Des hurlements de haine lui firent écho :

— A mort l'aristocrate ! Trouvez-le et qu'on le pende ! On va le chasser comme un renard ! Taïaut ! Taïaut ! Nous voulons le voir ! Mettez le feu à la maison et il en sortira !

— Du calme, mes amis ! répondit un officier de police. Nous allons trouver sa cachette sans tarder, et il aura à répondre de ses crimes devant la justice du peuple !

On avait fini par découvrir le capitaine Massey. Il n'avait accepté de se cacher que sur les instances de M. et Mme de Poissac. On le trouva dans un placard aménagé au milieu d'un corridor séparant la maison de Poissac de celle du Theil. Il était armé de deux pistolets qu'il abandonna entre les mains d'un gendarme nommé Durand, contre la promesse qu'il ne lui serait fait aucun mal.

Lorsqu'il apparut sur le seuil, vêtu d'une jaquette blanche et d'une culotte de drap de même couleur, les émeutiers se turent, comme fascinés, mais les vociférations ne tardèrent pas à repartir de plus belle.

Le gendarme Durand, qui tenait Massey par le bras, réclama le silence.

— Citoyens ! Citoyennes ! s'écria-t-il. Le capitaine Massey a rendu les armes sans résistance, contre ma parole que je le conduirai au district sans qu'il soit porté atteinte à sa dignité de soldat. Ecartez-vous !

Le regard froid de Massey parcourut la foule, s'arrêta sur Diane, qui se trouvait à quelques pas derrière le groupe des émeutiers. Il inclina légèrement la tête avec un sourire où Diane crut lire de l'ironie. En passant près d'elle, il lui dit :

— Vous, ici ? Quelle surprise ! C'est Brival qui vous délègue pour assister à la mise à mort ? Compliment : cette cocarde vous va à ravir...

Diane voulut protester, mais n'en eut pas le loisir. Entouré de gardes, de gendarmes et d'officiers de police, le capitaine fut emporté comme par une vague à travers la foule. Elle s'engagea dans le mouvement, tenta de se trouver de nouveau près de la victime pour lui dire qu'il se trompait. Elle faillit y parvenir, mais ne parvint pas à attirer son attention, les cris de haine ayant repris de toutes parts.

Le cortège arrivait au pont de l'Escurol lorsque la colère se déchaîna. Des énergumènes étaient parvenus à séparer le prisonnier de ses gardiens : ils le frappaient, l'injuriaient, le tiraient vers la Corrèze pour l'y jeter. Ils l'acculèrent au parapet, lui ordonnèrent de chanter le *Ça ira !*. Muet, imperturbable, méprisant, il persistait dans son refus. Les gendarmes et la garde parvinrent à l'arracher à la populace au moment où une mégère s'apprêtait à l'éventrer.

Franchi le pont, le tumulte parut s'apaiser. Diane en profita pour se rapprocher une nouvelle fois du prisonnier et lui crier qu'elle n'était pas solidaire de ces brigands ; il se contenta de lui répondre par le même sourire ironique. L'arrivée des autorités municipales, le maire, M. de Saint-Priest en tête, rasséréna l'atmosphère. Le chapeau de travers, livide, il s'interposa entre les trublions et le prisonnier, tandis que Durand déployait ses gendarmes pour protéger les arrières. Diane observa qu'il ne manquait pas d'autres citoyens qui, par horreur du désordre et de l'arbitraire, cherchaient à empêcher le drame, mais il y en avait aussi qui survenaient, armés de bric et de broc, et semblaient sortir des égouts de la Solane.

« Que l'un de ces bandits le blesse ou le tue, songeait Diane, et je lui envoie une balle dans la tête, quoi qu'il m'en coûte. » Elle cherchait des yeux Brival : courageux seulement à une tribune, il devait assister au spectacle de sa fenêtre, s'il était revenu à son cabinet.

Diane ne l'avait pas vu surgir. Babines retroussées sur des dents pourries, il brandissait un marteau de forgeron. Devant lui, la foule s'écartait en murmurant un nom qu'elle ne put entendre, mais qui semblait répandre la terreur, comme si la colère du peuple avait suscité une apparition monstrueuse et vengeresse. Elle eut le temps de l'observer : vêtu comme un ouvrier de manufacture, le col de chemise ouvert sur un poitrail de singe, il semblait l'émanation d'une justice immanente et impitoyable. Laquelle ? Dans le séisme qui ébranlait la société, chacun s'attachait à conserver sa propre notion de la justice et attendait le moment propice pour l'appliquer. Ce moment semblait arrivé pour celui qui venait de surgir en tête du cortège ; il tenait son marteau comme un jaquemart et marchait d'une allure cassée, comme s'il avait bu plus que de raison. Il fonça sur le prisonnier en bousculant le maire et ses collègues.

Au premier coup qu'il reçut sur le crâne, Massey chancela, tomba à genoux, parvint à se relever. Du sang maculait sa jaquette blanche. L'homme au marteau releva son arme, cria :

— Chante le *Ça ira !* ou je t'enfonce la tête dans les épaules !

— Non ! répondit Massey. Ça n'ira pas !

Durand et ses gendarmes, aidés de M. de Saint-Priest, tentèrent de s'opposer au forcené : ils furent repoussés, étouffés par la foule qui se pressait autour des protagonistes du drame. Au moment où le bourreau levait de nouveau son arme, Diane sortit son pistolet et, par-dessus l'épaule d'un gendarme, le braqua sur le forgeron. Dévié par une poigne robuste, le coup partit en l'air.

— Vous êtes folle ! s'écria Valentin. Filons, sinon nous allons nous faire écharper.

Il fut surpris de constater qu'au lieu de s'en prendre à Diane, les émeutiers, pensant qu'elle visait le capitaine, la complimentaient joyeusement. Avant de suivre Valentin qui la tirait par la main, elle eut le temps de voir le marteau faire éclater le crâne du capitaine qui s'effondra, assailli par la foule qui lui arrachait ses vêtements et commençait à détacher la tête du tronc. Des voix qu'elle entendait à peine bourdonnaient autour d'elle, tandis que des mains d'hommes se tendaient vers elle pour la retenir :

— Tu as manqué ton coup, citoyenne, mais il a son compte... Tu vises mal ! Si tu veux, je te donnerai des leçons... Donne-moi ta cocarde en souvenir...

Valentin, un sourire figé sur ses lèvres, écarta les badauds et la grosse femme qui voulait donner à Diane un « baiser patriotique ».

— Ne répondez rien ! Ne faites pas un geste ! dit-il. Prenez mon bras et suivez-moi sans vous retourner.

Ils s'éloignèrent de la place de l'Aubarède où avait eu lieu le drame pour se diriger vers la Petite Place.

— Brival doit vous attendre, dit-il. L'heure de votre rendez-vous est passé. Prenez quand même le temps de vous remettre, vous êtes pâle comme une sainte. Un petit coup de gnôle vous réconfortera.

Il lui tendit la petite gourde dont il ne se séparait jamais. Elle but deux ou trois gorgées et se sentit de nouveau les pieds sur terre.

Brival avait assisté à la scène de sa fenêtre. Comme Diane lui en faisait le reproche, il répliqua :

— Une intervention de ma part n'aurait servi à rien. On ne peut maîtriser une foule en délire qu'en tirant sur elle à boulets rouges, comme sur le Champs-de-Mars, à Paris. On m'aurait houspillé, maltraité, tué peut-être, et cela aurait fait une victime de plus en pure perte. L'éloquence ne peut rien dans ces conditions. Même mon ami Mirabeau aurait été impuissant à se faire entendre et à sauver Massey. On ne l'aurait même pas écouté. J'ai appris à connaître la foule : elle est aveugle et sourde dès qu'éclate sa colère.

— Sa colère ! s'emporta Diane. Mais c'est vous qui l'avez suscitée, vous, les révolutionnaires, et vous êtes incapables de la maîtriser !

Brival se leva, bourra sa pipe d'une main experte et élégante, prit le temps de l'allumer à la chandelle qui brûlait sur son bureau bien qu'il fît jour.

— Nous ne pouvions rien faire, dit-il d'un air sombre. Tout était décidé depuis la veille. Le capitaine Massey gênait tout le monde. Il était devenu vindicatif, violent, intolérant. Il jurait de se venger de cette ville qui le haïssait.

Il s'assit sur la bergère, près de Diane, tenta de lui prendre la main. Elle se déroba.

— Oublie ce que tu viens de voir, dit-il, et ne juge pas notre Révolution sur cet événement fâcheux. Il se passe des choses bien pires à Paris et dans les grandes villes du Midi. J'en suis effrayé, mais ces excès ne peuvent se mettre en balance avec l'œuvre grandiose que nous avons entreprise. Rien n'arrêtera notre élan.

Il toussa violemment, déposa sa pipe dans une coupelle de terre. Il fumait beaucoup depuis quelque temps.

— Je suis fatigué, dit-il. Très fatigué. Ces va-et-vient incessants entre Tulle et Paris, cette crise de subsistance à laquelle il faut pallier en permanence, ces égoïsmes qu'il faut dénoncer et juguler, ces réunions interminables, ces banquets comme celui d'hier au soir auquel j'ai dû parler pendant une heure de la situation, tout cela me submerge et me ronge. Comme si ce n'était pas suffisant, ma mère fait des siennes. Elle entretient des menées subversives autour du thé et du chocolat de cinq heures, proclame à tout vent que les révolutionnaires sont des brigands et que je ne vaux pas mieux qu'eux...

Il soupira, renversa sa tête en arrière, l'œil perdu dans la bergerie du trumeau qui ornait le manteau de la cheminée, caressant d'une main Philémon qui ronronnait sur ses genoux.

— Je t'envie. J'envie ta famille, le désert où vous vivez, les jours vides, le silence de la montagne, les nuits sans surprise.

La stupeur faillit étrangler Diane.

— Je sais ce que tu vas me répondre, dit-il. Vos problèmes, je les connais et nous en parlerons. N'empêche que, dans mes moments de détresse, l'envie me prend de tout envoyer au diable, de te rejoindre à Marsanges, de vivre avec toi.

— Qu'est-ce qui t'en empêche ? L'ambition, bien sûr.

— Je le reconnais. L'ambition... Elle me rattrape par les basques à la moindre velléité de renoncement et me relance comme une balle dans ma carrière. Vois-tu, dès que l'on s'est engagé dans cette voie, que l'on est devenu un personnage public, on ne s'appartient plus, on change de nature et de caractère. Je ne puis reculer, car ma propre volonté est dépassée par celle des gens qui m'aiment ou qui m'estiment. Comme disait Cicéron...

Diane posa la main sur son bras.

— Epargne-moi tes citations ! Tu n'es pas à l'une de tes réunions de patriotes. Si j'ai insisté pour rencontrer l'homme pressé que tu es, ce n'est pas pour écouter un discours ni pour t'entendre ronronner comme Philémon quand il a du vague à l'âme. J'ai besoin de ton intervention pour une autre affaire importante. Cette fois, il s'agit de mon frère Hyacinthe...

Elle lui raconta l'affaire d'Uzerche, l'emprisonnement, l'évasion, ajouta :

— Il faut que tu nous aides. C'est le dernier service que je te demande. Grâce à toi, la justice a conclu à un non-lieu pour la fusillade de la` gerbebaude. Fais en sorte que le dossier de cette affaire soit classé et que mon père ne soit pas importuné. Je te rappelle qu'il a donné son sang en se battant en Amérique aux côtés de La Fayette et qu'il n'a jamais rien fait pour s'opposer à la Révolution. Alors, qu'on le laisse en paix ! S'il y a encore une justice dans ce département, qu'elle s'occupe des criminels comme ceux qui ont assassiné Massey et qu'elle renonce à sanctionner des innocents.

— Ce que tu me demandes là...

— ... est difficile, je le sais. Cette affaire venant après les autres, tu risques d'être suspecté de vouloir couvrir des « aristocrates », comme on dit. Tu joues ta carrière, ni plus ni moins. Soit ! C'est pourquoi je me garderai d'insister. Tu jugeras en ton âme et conscience. Adieu !

Elle se leva, espérant sans trop y croire que Brival la retiendrait, lui promettrait de s'occuper de ses problèmes. S'il avait tenté de la prendre, là, sur la bergère, elle n'aurait peut-être pas résisté. Brival ne broncha pas. Tassé sur lui-même, muré dans son silence, il la regarda jeter son manteau sur ses épaules, glisser son pistolet dans sa ceinture, parcourir des yeux la pièce comme si elle ne devait plus la revoir.

Avant de franchir le seuil du cabinet, sans se retourner, elle jeta au milieu de la pièce la cocarde qu'elle avait achetée et lança à Brival :

— Nous ne nous reverrons pas avant longtemps, je suppose. D'ici là, ton enfant sera né.

Il n'entendit pas cette dernière phrase qui se perdit dans le bruit de la porte refermée. Elle descendit en courant.

Après ie tumulte de Tulle, la montagne s'ouvrait comme un havre de silence et de paix.

Le printemps était beau et serein, plein de majesté, doucement lumineux, avec de lourds charrois de nuages nettement découpés qui faisaient se traîner sur les collines encore revêtues de leurs défroques rousses des ombres de cathédrales. Les premières renoncules d'eau poudraient de blanc les étangs où s'ébattaient des colonies de canards. Le vert tendre des myrtilles feutrait le revers des talus. Sur les bois de bouleaux flottait une légère brume violâtre.

Avant d'arriver à Marsanges, entre Bonnefond et Fonfreyde, il avait fallu rabattre le capot du cabriolet : une de ces pluies noires poussées par les vents tournants s'abattit sur le pays, piétinant les landes, s'entortillant au-dessus du plateau.

Ils arrivèrent transis, alors que la nuit tombait. Florent, juché sur les épaules de Picharou, ramenait son troupeau des bruges du Nadoulet.

Sur la table de travail de son père, Diane déposa les carottes de tabac à priser qu'elle rapportait de Tulle, du tabac à pipe pour Estelle, et annonça à la maisonnée qu'elle était lasse et qu'elle allait se coucher sans manger.

Le lendemain, levée en même temps que Marion qui s'éveillait avec les poules, elle déjeuna en sa compagnie d'un solide appétit, répondant évasivement aux questions qu'elle lui posait.

Elle lui dit simplement :

— Va chercher les autres, tous les autres, y compris Valentin et Riette. Dis-leur de se trouver là dans une heure. Ce que j'ai à dire les intéresse tous.

Elle alla se détendre par une promenade avec Thabor en attendant qu'ils fussent réunis dans la cour. Cela faisait une belle assemblée et il ne lui déplaisait pas que l'on y respirât un petit air de solennité.

— Ce que j'ai à vous annoncer est grave, dit-elle. On dit qu'un malheur n'arrive jamais seul, et c'est souvent vrai. Je n'irai pas par quatre chemins : je suis enceinte de Brival depuis la mi-janvier. Mon enfant naîtra à la mi-octobre, car j'ai décidé de le garder. Je préfère vous en avertir plutôt que de vous le laisser deviner. Je ne rougis pas de mon acte et je ne le regrette pas.

— Mon Dieu ! dit Riette en se signant. Pauvre demoiselle !

— Ce n'est pas le pire, ajouta Diane. Brival ne nous aidera pas pour l'affaire des assignats. Il ne lèvera pas le petit doigt, car il craindrait trop de se compromettre. Je vous rappelle qu'aux yeux des autorités révolutionnaires nous sommes coupables de plusieurs crimes inexpiables : le départ de François chez les insurgés du Midi, la fusillade de la gerbebaude, la lettre de Sombreuil qui fait de nous ses complices et, enfin, la disparition de Hyacinthe. Sans Brival, nous serions déjà emprisonnés, mais, à moins d'un miracle, il ne nous couvrira plus.

Estelle et Marion échangeaient des regards effarés. Julie suivait le vol d'une abeille. M. de Marsanges portait comme un masque de cire.

Diane raconta son voyage à Tulle et l'événement dont elle et Valentin avaient été les témoins.

— Nous avons vu comment se comporte une ville atteinte de folie, dit-elle. C'est une épidémie qui ne nous épargnera pas. Il n'y a plus d'innocents ; il n'y a que des coupables en sursis. Il n'y a plus de loi. Il n'y a plus de justice. Qu'une bande de malfaiteurs vienne piller le château et nous égorger, on trouvera le moyen de les gracier et de nous déclarer coupables.

— Nous nous défendrons, dit Valentin. Nous en avons les moyens.

— Cela ne ferait que retarder l'échéance.

Diane se tourna vivement vers son père, posa ses mains sur ses épaules, dit d'une voix contractée :

— Père, il faut quitter Marsanges. Vous, Louis-Amour, Valentin et Florent. On n'osera peut-être pas s'en prendre à des femmes seules.

M. de Marsanges chancela.

— Vous laisser seules, vous, mes filles, jamais !

— D'autres l'ont fait : les Tourdonnet, les Mirambel... M. de Lamase, malgré son âge, s'apprête à en faire autant. La contre-révolution bat de l'aile dans le Midi, et François a sûrement dû passer la frontière. C'est cela ou risquer la prison. Pis peut-être. Je sais maintenant ce que ces prétendus « patriotes » à bonnet rouge sont capables de faire. Je n'ai rien contre leur Révolution, mais je déteste la violence et l'injustice. Le seul recours contre eux, c'est l'exil.

— N'insiste pas, dit M. de Marsanges. Je reste. Valentin, Louis-Amour, qu'en pensez-vous ?

— Nous restons aussi.

12.

LA QUENOUILLE ET LE BONNET

Hyacinthe n'avait pas rejoint l'armée des Princes ; il n'avait pas même quitté la région. On en eut la certitude quelques semaines après sa disparition, alors que les premières chaleurs de l'été enveloppaient le pays.

Estelle était avec Marion et Julie en train de laver la laine surge, chargée de suint gras, au bord du Riou gonflé par les dernières pluies, lorsque, en relevant la tête, elle eut un hoquet de surprise. Elle se dressa en montrant du doigt un espace de fougères au milieu desquelles était assis un homme qui portait un fusil en travers des cuisses et dont on ne distinguait pas le visage car il portait un large chapeau de feutre brun au ras des yeux et le bas du visage dissimulé par un mouchoir.

Marion haussa les épaules.

— Si c'est toi, Tiénou, dit-elle, cesse de faire le fadart ! Tu ne nous fais pas peur.

L'homme se leva, descendit vers les filles sans se presser, après avoir parcouru du regard les alentours. Arrivé, par l'arcadour voisin, sur l'autre rive du ruisseau, il fit basculer son couvre-chef en arrière et glisser son mouchoir. Ce n'était pas le fils Sauviat, mais Diouf. Il sourit de toutes ses dents longues et jaunes.

— N'ayez pas peur, dit-il. C'est mon maître qui m'envoie. Il a des choses à dire à Mlle Estelle.

Il lui fit signe de s'asseoir près de lui, à quelques pas, sur un rocher qui faisait le gros dos dans la bruyère.

— Je suis pressé, dit-il. Mon maître vous fait dire qu'il est en bonne santé.

Il prévint la question qui brûlait les lèvres d'Estelle :

— Je ne vous dirai pas où nous nous trouvons. Mon maître me l'a interdit, mais ce n'est pas très loin d'ici. Ne parlez à personne de ma visite. Il viendra vous voir sans tarder, de nuit, vers dix heures. Il imitera trois fois le cri de la hulotte. Il faudra descendre dans la cour. M. Hyacinthe vous attendra près du puits. Ne me posez aucune question, je vous prie. Je n'ai pas le droit de vous répondre.

— Pourtant, Diouf, je voudrais...

Il secoua la tête. Son visage disparut de nouveau sous le chapeau et le mouchoir. Il fit un signe de la main avant de s'éloigner.

Estelle n'attendit pas longtemps. Le cri de la hulotte retentit une semaine plus tard. M. de Marsanges, qui distribuait à ses filles et à Estelle les chandelles du coucher, dressa l'oreille.

— Tiens ! fit-il, surpris. Nous avons une nouvelle voisine. Si je ne me trompe, il s'agit d'une hulotte. C'est une charmante bestiole, mais les paysans prétendent qu'elle porte malheur et la clouent aux portes des granges. Bonsoir, les filles ! Eh bien, Estelle, qu'attendez-vous ?

— Je n'ai pas sommeil, dit Estelle, toute tremblante, et la nuit est si belle. Je vais faire quelques pas dehors.

Un chien se mit à aboyer, puis se tut et gémit.

— Tiens... tiens..., dit le comte, on dirait que nous avons une autre visite que celle de Mlle Hulotte. C'est sûrement notre ami Picharou qui revient dormir avec Florent. Curieux ce que ces deux-là s'entendent bien...

Estelle sentait la terre se dérober sous elle. L'air était si épais, si gorgé de la lourde canicule du jour, qu'elle avançait comme à travers des tentures odorantes. Elle s'appuya à la margelle, respirant fort, la bouche ouverte.

— Assieds-toi près de moi, dit la voix de Hyacinthe. Personne ne se doute de ma présence ?

— Personne. Mais qui donc, ici, pourrait te trahir ?

— Je ne pense pas à une trahison, mais à une imprudence. J'ai appris à me méfier même de mon ombre.

Elle s'assit dans l'herbe, près de lui. Il éloigna d'une bourrade le labrit de Florent puis serra sa compagne contre lui, l'embrassa avec fougue, constata qu'elle s'était parfumée.

— Je me parfume tous les soirs depuis la visite de Diouf, dit-elle. Parle-moi vite. J'ai hâte d'apprendre de tes nouvelles.

— J'étais un personnage peu recommandable, dit-il. Je le suis moins encore aujourd'hui. J'habite la plupart du temps à l'auberge du « Bœuf Couronné », c'est-à-dire dans les étables ou, parfois, à la belle étoile. Mon outil de travail, je le porte sur moi.

Il posa la main sur son fusil qu'il portait à l'épaule.

— Tu vis de la chasse ?

— Si l'on peut dire... Avec l'aide de Diouf, je traque le gros gibier : celui qui a la panse pleine, la bourse bien garnie et qui porte la cocarde tricolore. C'est une occupation dangereuse, mais qui rapporte bien. Diouf est fou de bonheur, et moi ça me plaît assez. Ça durera le temps que ma bourse se remplisse. Alors je partirai. Loin cette fois. Je te ferai signe et tu viendras me rejoindre.

Il ajouta après un silence :

— J'ai décidé d'émigrer, mais je ne suis pas encore décidé entre l'Allemagne, l'Angleterre ou le Brabant. Rien ne presse. Le Comité de surveillance me croit déjà hors des frontières et il ne faut rien dire à quiconque qui puisse l'éclairer. Je compte sur ton silence.

Il poursuivit :

— Je t'aime, mon cœur, plus que je ne t'ai jamais aimée. Si je me tire sans dommage de ce mauvais pas, nous vivrons heureux, je te le promets, ici ou ailleurs. Ici de préférence, si cette folie révolutionnaire prend fin, et je sens qu'elle ne durera pas longtemps. Penses-tu souvent à moi ?

— J'y pense à en mourir.

Elle laissa sa tête plonger dans la cape qui sentait la sueur, le cheval, la litière à mouton, et sanglota doucement.

— Pars vite, dit-elle, et fais-moi signe dès que tu le pourras. Je te rejoindrai où que tu sois, même aux Amériques !

Il la pressa contre lui. Ils firent l'amour à même l'herbe.

— Avant de quitter le pays, reviens, dit-elle. Une fois. Une fois seulement.

— Je ne peux rien te promettre, mon cœur. Ecoute chaque soir, avant de te coucher. Si tu entends la hulotte chanter trois fois, tu sauras que je suis revenu.

Il sortit de sa poche une bourse de cuir bien ronde, la lui tendit.

— Pour mon père, dit-il. Il faut qu'il parte lui aussi rejoindre François qui doit se trouver à Bruxelles. Il y a là largement de quoi payer son voyage et son installation. S'il reste, il risque la prison ou pire encore, et cela par ma faute.

— Diane le lui a proposé. Il a refusé. Même avec cet argent, il persistera dans son refus. Il ne veut pas nous laisser seules avec Louis-Amour qui ne nous serait d'aucun secours. Quant à Valentin, si ton père part, il partira avec lui. Depuis l'Amérique, ils sont inséparables.

Ils s'étreignirent de nouveau, violemment. Elle le regarda s'éloigner à travers l'ombre lumineuse vers son cheval qu'il avait laissé avec celui de Diouf dans l'allée de hêtres.

A peine avait-il disparu que M. de Marsanges surgissait devant la grande porte, une chandelle à la main. Il dit avec un sourire complice :

— Eh bien, mon enfant, l'avez-vous aperçue, cette hulotte ?

Eté 1791, Marsanges.

La maladie n'avait pas ménagé le troupeau. Malgré les soins de Valentin et de Florent, aidés de Picharou quand les chemins du hasard le ramenaient à Marsanges, une dizaine de brebis moururent de la douve, une maladie qui les faisait pourrir de l'intérieur, bien qu'on eût pourtant veillé à renouveler fréquemment les litières de fougère et de bruyère. On incrimina le temps humide de la fin de l'hiver. Les cadavres furent enterrés dans une fosse, au fond d'un champ-froid. Les volailles aussi furent la proie d'une autre maladie, on ignorait laquelle ; elles se mettaient à tourner sur place en battant des ailes et s'immobilisaient, foudroyées.

Il semblait que la montagne elle-même fût malade. Elle n'en finissait plus d'exsuder ses brumes sous un soleil morne, entortillé dans les remous de nuages qui tournaient au-dessus du plateau. Une chaleur malsaine, qui ne s'atténuait qu'à la tombée du jour, stagnait sur le plateau.

Valentin eut du mal à vendre les doublons à des marchands ambulants ; il s'en tira mieux avec la laine que les manufacturiers d'Ussel recherchaient pour les armées populaires que l'Assemblée s'apprêtait à envoyer aux frontières du Nord et de l'Est.

La Révolution elle-même paraissait malade, depuis que Mirabeau était mort, avec, à son chevet, un médecin d'origine briviste, le docteur Georges Cabanis. Il avait été haï et vénéré avec la même passion et souvent par les mêmes hommes. Conseiller du roi, ami de la reine qu'il avait courtisée, grassement prébendé par la Cour, il paradait à la tribune de l'Assemblée ou dans les clubs en jouant les hérauts de la Révolution. La cocarde qu'il arborait était tricolore d'un côté et blanche de l'autre. Les propos de bouche et de cœur alternaient sans cesse chez lui, sans que l'on pût savoir où sa conscience — s'il en eût jamais — le portait vraiment. Le roi et la reine perdirent un soutien, et la Révolution se lamenta sur sa dépouille, se sentant veuve.

Moins de deux mois après la mort du tribun, à la fin du mois de juin, on apprenait par un colporteur d'images passant par Marsanges la fuite des souverains et leur arrestation à Varennes.

Bien qu'il n'eût guère de sympathie pour le « serrurier » qu'il jugeait sot, instable, incapable d'assurer les affaires de l'Etat et de juguler la Révolution, M. de Marsanges fut peiné de la nouvelle. « Cette fois-ci, songeait-il, il n'y aura plus personne pour maîtriser les excès de l'ogre révolutionnaire. » Il fallait s'attendre au pire.

M. de Marsanges répugnait à confier ses inquiétudes à sa famille et aux rares paysans qui, relancés par le régisseur, venaient régler leur dû. De temps à autre, il se rendait en compagnie de Valentin à Bugeat ou à Meymac pour y faire une collecte de nouvelles auprès des notables qui n'avaient pas trop versé dans les idées du temps, ou des quelques hobereaux qui, comme lui, s'abritaient dans leur carapace dérisoire pour laisser passer l'orage.

Ces nouvelles n'étaient guère réjouissantes : ce n'étaient partout que violences contre les nobles et le clergé, jacqueries, menaces de guerre civile et de conflits contre les souverains étrangers...

La France haletait de peur, comme au bord d'un gouffre.

Au début de juin, les Marsanges firent la connaissance du nouveau curé de Tarnac, qui venait officier au village en remplacement de l'abbé Plazanet qui, ayant refusé de prêter serment au nouveau régime et à la Constitution, avait disparu, peu regretté de la plupart de ses paroissiens : en prison, disaient les uns, réfugié dans le quartier aristocratique du Trech, à Tulle, prétendaient les autres, peut-être sollicité secrètement pour dire les offices dans les chapelles des châteaux...

L'abbé Couderc était un « prestolet » maigre et pâlot, à qui l'on eût donné deux sous pour s'acheter du pain, mais habité par un bel enthousiasme révolutionnaire.

Invité à sa première messe, M. de Marsanges décida, de mauvaise grâce, de s'y rendre en se disant qu'il devait des comptes au Seigneur à qui les prières du soir devaient paraître un bien piètre hommage.

Toute la famille, excepté Julie qui n'avait pas reparu depuis deux jours, se rendit au village à pied, au lendemain de la Saint-Jean qui avait fait resplendir la grand-place d'un feu de joie et retentir la montagne de pétarades et de fusillades pacifiques. Louis-Amour lui-même, sur les instances de son père, avait cédé ; il avait pris la route seul, pieds nus, ses souliers suspendus à son cou, muni de la boîte qu'il portait en bandoulière et où il plaçait sa collecte du jour.

Les bancs des Marsanges avaient depuis belle lurette alimenté un feu de joie. La famille s'installa au premier rang, debout, devant l'assemblée des paysans endimanchés, au milieu desquels Léonard Sauviat se tenait fort raide, sa ceinture tricolore de nouveau maire autour de la taille, son gros missel sur la poitrine.

Le prestolet dit la messe fort convenablement, de la prière d'ouverture au rite de conclusion. Il avait pris soin, pour éviter toute turbulence, de louer les services de deux préfets de discipline chargés, un cierge à la main gauche, une verge de noisetier à la dextre, de veiller à la sérénité du saint office.

L'assistance attendait le sermon avec impatience. Elle était habituée à ceux du curé Plazanet qui, moitié en français, moitié en langue du pays, faisait crépiter sur ses ouailles les éclairs de la colère divine (plus rarement une coulée de miel), qui avaient le mérite d'être compris de tous, sinon acceptés comme paroles d'Evangile.

— Mes frères, commença Couderc, des temps nouveaux s'ouvrent à nous. Le peuple a vu s'éloigner les orages de la tyrannie et senti passer le souffle de la justice et de la liberté. Il est désormais maître de sa destinée. Unis dans une même foi, le paysan, l'ouvrier, le négociant, le pasteur, le soldat marchent vers la lumière. Mais, m'objecterez-vous, où est Dieu dans ce grand mouvement qui agite les cœurs, les âmes et les consciences ? Je vous répondrai qu'Il est partout, qu'Il est notre guide, que nous Lui devons la lumière de vérité qui nous inonde...

Le pathos se poursuivit de longues minutes sur le même ton prophétique, au-dessus d'une assistance qui, de toute évidence, paraissait fermée à l'éloquence révolutionnaire. Avec un sourire ironique, M. de Marsanges grattait ses joues frais rasées, couturées, malgré l'adresse de Marion, de plaies délicates sous la perruque à catogan. Il tournait de temps à autre ses regards vers Léonard Sauviat qui semblait déconcerté par ce nouveau langage auquel l'abbé Plazanet ne l'avait pas habitué. Un préfet de discipline dut intervenir pour réveiller Faure, un meunier, qui ronflait, assis au pied du bénitier et qui protesta parce qu'on lui réclamait trois sous d'amende.

Sourcils froncés, l'abbé Couderc laissa se rétablir le calme et le silence avant de repartir avec véhémence dans une diatribe qui n'avait rien d'évangélique contre les évêques et les prêtres insermentés qui avaient préféré Rome à la nation et qui cachaient leur honte dans les campagnes ou les repaires urbains des aristocrates. Il fit l'éloge de Mgr Joseph Brival, élu du peuple, frère du député, qui avait « épousé la Révolution » et « ne répugnait pas à porter cocarde et bonnet rouge, à assister aux assemblées populaires ou à les présider ».

On croyait que le prestolet en avait terminé quand, après s'être essuyé le visage et avoir balayé l'assistance d'un regard courroucé, il s'en prit à la noblesse qui, sous le couvert de la foi en Dieu et de la fidélité au roi, tramait des complots contre le gouvernement.

— Méfiez-vous, s'écria-t-il, de cette plèbe nobiliaire qui n'a conservé certaines ressemblances avec les roturiers qu'elle méprise que pour mieux les abuser, les inciter à la clémence envers l'état proche de la misère dans lequel ils feignent de se trouver. Ceux qui, depuis des siècles, vivent du travail de leurs serfs, qui se sont approprié par la cautèle les terres du Seigneur, qui ont édifié leur Bastille au cœur de la misère paysanne, ceux-là n'ont pas droit à notre pardon ! Qu'ils aillent au-delà des frontières préparer la guerre contre la nation ou qu'ils restent accrochés à leur patrimoine pour fomenter la guerre civile, tous ces chevaliers du poignard sont nos ennemis !

Le regard de M. de Marsanges avait croisé celui de Diane, et tous deux avaient blêmi. Diane saisit la main de son père, le supplia d'une voix étouffée de ne pas marquer ouvertement sa réprobation, de ne pas céder à cette provocation.

— L'office terminé, souffla M. de Marsanges, j'irai dire deux mots à ce « jureur ».

— N'en faites rien, je vous en conjure. Tous ici, à commencer par le curé, n'attendent que cela.

Un brouhaha marqua la fin de la péroraison : elle avait annoncé le début d'une ère nouvelle pour la religion. L'air hautain, les yeux baissés, l'abbé Couderc passa devant les Marsanges pour regagner la sacristie.

M. de Marsanges fit signe à ses filles, à Estelle et à Louis-Amour de le suivre sans broncher. Un bourdon de voix qui les brocardait sans pitié, avec des ricanements, les accompagna jusqu'au hêtre de Sully où Florent avait rangé le cabriolet, dont on lui avait confié la garde. Des gamins passaient en groupes et faisaient mine de leur montrer leur derrière. Le fils du forgeron ramassa une pierre et menaça de la leur jeter — le regard glacé de M. de Marsanges fit retomber sa main, et Sauviat le fit déguerpir.

— Monsieur le Maire, dit le comte, je fais appel à votre civisme pour protéger ma famille. S'il nous arrive quelque autre désagrément, je vous en tiendrai pour responsable et vous aurez à répondre de votre attitude devant la justice.

Les mains dans sa ceinture, suivi de Tiénou qui fixait intensément Marion, Sauviat s'avança jusqu'à la limite de l'ombre.

— Il ne vous sera fait aucun mal, j'en réponds, dit-il en ôtant son chapeau. Nous ne sommes pas des sauvages ! Quant à la justice, citoyen, je ne pense pas que tu sois fondé à l'invoquer. Tu as suffisamment maille à partir avec elle pour attendre sa clémence.

M. de Marsanges sursauta : plus que la mine arrogante de Sauviat, ce tutoiement l'ulcérait, mais il garda son sang-froid.

— Tout a une fin, reprit le maire. Je sais certain représentant du peuple qui commence à être las d'entendre parler de ta famille. Jusqu'à ce jour, la justice populaire l'a épargnée, mais il te faudra bientôt répondre de tes crimes, et la liste en est longue !

— Mes crimes ! rugit M. de Marsanges. Apprenez que je suis un honnête homme, et...

Diane lui prit la main et lui glissa à l'oreille :

— Je vous en prie, père, retirons-nous avant qu'il ne soit trop tard.

— C'est ça ! s'esclaffa Sauviat. Regagnez votre tanière. Le moment venu, nous saurons bien vous en déloger !

Ils s'éloignèrent dans l'épaisse chaleur de la matinée, sous les quolibets et les jets de pierres. Tiénou les attendait à la sortie du village ; il avait eu le temps d'aller chercher son fusil. Posté au milieu du chemin, il fit signe à Florent d'arrêter l'attelage.

— Pardon de vous arrêter, dit-il, mais ce que j'ai à vous dire est important. Je suis pas d'accord avec mon père, avec le curé et ceux qui vous veulent du mal. Marion, je te demande de me croire. Tu me connais bien. Tu m'as appris à lire et à écrire, et ça, je peux pas l'oublier.

— Je sais ! répliqua vivement Marion. Je me souviens aussi de la fusillade de la gerbebaude.

Tiénou bredouilla, tête basse, rouge de confusion :

— On m'avait fait boire et je savais plus ce que je faisais.

Il ajouta :

— Laissez-moi marcher devant pour vous protéger. J'ai un bon fusil et je sais m'en servir.

— Ça, nous le savons, dit Diane, mais c'est inutile. Regarde !

Elle glissa la main sous le siège et en retira deux pistolets.

On avait déposé les deux paquets au château pendant la nuit. Qui ? Personne n'aurait pu le dire. Un pour Ambroise et un pour Louis-Amour. Tous deux contenaient une quenouille en miniature et un bonnet de nuit. Symboles évidents : ils signifiaient aux deux récipiendaires qu'ils avaient tort de rester dans leur domaine pour y vivre comme des femmes alors quc d'autres gentilshommes se battaient.

Louis-Amour jeta son cadeau au feu et n'y pensa plus, sollicité qu'il était par la fièvre des cueillettes de juin — le monde aurait pu s'écrouler autour de lui, cela seul comptait ; il en tirait d'ailleurs une bonne part des ressources nécessaires à la famille. Ambroise, lui, digéra mal l'affront. Il resta une heure face aux objets déshonorants et paraissait les interroger.

— Jetez donc ces horreurs, lui dit Diane, et ne prenez pas au sérieux cet acte provocant. Vous donneriez ainsi raison à ceux qui souhaitent vous humilier.

Elle arracha les objets des mains de son père sans qu'il esquissât la moindre réaction, et alla les jeter au feu.

— Faites comme Louis-Amour, père, il n'y pense déjà plus. Nous avons mieux à faire. Nous devons nous rendre à la louée des faneurs à Bugeat. Ça ne sera pas facile : beaucoup ont choisi l'armée.

M. de Marsanges avait beau faire, cet envoi l'obsédait. En faisant le point de ses rapports à la société, il ne trouvait que des éléments négatifs. Lui et sa famille avaient toujours vécu comme sur une presqu'île reliée au monde par des chemins rares et tortueux, dans un refus constant de se mêler de trop près à une société qui eût dénaturé leur radieux isolement. Ils étaient maintenant, les derniers ponts coupés par des courants mauvais, comme sur une île perdue au milieu de la tempête, conscients de n'avoir rien à attendre de bon de ceux qui, de loin, les regardaient vivre comme vivent les indigènes de l'île d'O'Tahiti : au jour le jour.

Il n'y avait aucun soutien à attendre de ce qui restait de la noblesse locale, modeste ou huppée : elle n'avait qu'un souci, celui de courir aux frontières en abandonnant son patrimoine aux loups et aux chacals de la Révolution, et elle traitait par le mépris ceux qui refusaient l'abandon et la fuite.

Rien à attendre non plus du clergé. M. de Marsanges s'était maladroitement querellé avec l'abbé Plazanet et avec le prestolet.

Rien à attendre — et moins encore ! — de ces paysans qui, menés par Sauviat, guignaient les biens des Marsanges en se disant que l'Assemblée nationale, qui avait spolié le clergé, allait faire de même pour la noblesse.

Rien, enfin, à attendre des autorités civiles, judiciaires, militaires qui se seraient mises dans un mauvais pas en prenant leur défense. Quant à la Providence, elle avait assez à faire avec les torrents de l'histoire pour s'intéresser aux modestes remous de Marsanges.

M. de Marsanges prêta une oreille distraite à Marion qui, au lendemain de l'événement de la Saint-Jean, demanda à lui parler « sérieusement et seul à seul ».

— Nous sommes dans une fort mauvaise passe, dit Marion, abandonnés de tous, bientôt peut-être livrés à la jalousie et à l'envie de nos paysans. Nous ne pouvons rester les bras croisés à attendre que la foudre tombe sur nous.

— Il n'y a rien d'autre à faire, dit M. de Marsanges, sauf à nous défendre lorsque nous serons attaqués, et nous ne sommes pas sans moyens. Nous allons reprendre nos exercices.

— Cette parade n'impressionnera personne, père. Nos paysans savent que nous ne tirerons jamais sur eux, et nous le savons aussi.

— Voire... Si vous avez une autre solution...

— C'est ce dont je voulais vous entretenir. Vous savez que ce grand nigaud de Tiénou est amoureux de moi. Vous l'avez entendu dimanche : c'était presque une déclaration. Il n'y manquait que les gants blancs et le bouquet de violettes.

— Lui prêteriez-vous une oreille complaisante ?

— Certes non, jusqu'à ce jour. Malgré ses airs farauds, Tiénou est un cœur tendre et il se ferait tuer pour moi. Si je le laissais me faire sa cour... Si j'acceptais...

— Si vous acceptiez quoi ? Dites le fond de votre pensée, qu'il me semble deviner : pour nous ménager les grâces de Sauviat, vous seriez prête à vous sacrifier. C'est bien cela ?

Marion rougit, baissa les yeux, frotta l'une dans l'autre ses mains potelées, rougies par la vaisselle du matin, et hocha la tête.

— Oui, père. C'est bien mon intention.

— Je m'y oppose ! rugit M. de Marsanges. Vous n'êtes pas Iphigénie et je ne me prends pas pour Agamemnon. Vous allez m'obliger à aller trouver ce jean-foutre pour le faire renoncer à ses illusions. Avez-vous perdu la tête ? Tiénou, mon gendre ? Qu'est-ce qu'ils penseraient, tous ceux-là ? Ils se retourneraient dans leur tombe !

Il montra la galerie des ancêtres qui somnolaient sous le vernis écaillé et la poussière.

— Nous ne vivons pas dans un cimetière, père. Les temps ont changé. Il faut savoir hurler avec les loups pour ne pas se laisser dévorer. Il faut...

— J'en ai assez entendu ! Renoncez à cette idée absurde. Plutôt mourir, vous m'entendez ! D'ailleurs, la mort me guette, je le sens.

La main sur la poitrine, il se renversa dans la bergère, les yeux mi-clos, la respiration oppressée. « Comédie », songea Marion, habituée à ce genre de comportement qui avait cessé de faire illusion. Sans se presser, elle alla chercher un verre d'eau à la cuisine. Il l'avala d'un trait, s'administra une copieuse prisée.

— Père, promettez-moi de réfléchir.

— C'est tout réfléchi ! Cette chienlit de Révolution ne durera pas. Dès que l'ordre sera revenu, je me mettrai en mesure de vous établir, vous et vos sœurs. S'il le faut, nous organiserons des réceptions. Il ne manquera pas de fringants gentilshommes pour vous faire la cour. Il vous suffira, quant à vous, de maigrir un peu et de vous vêtir décemment avec les habits de votre mère. Renoncez à Tiénou, je vous l'ordonne !

— Pardonnez-moi, père, mais ma décision est déjà prise.

La tempête révolutionnaire semblait se figer en Corrèze. Aux élans d'une partie de la population affiliée aux clubs, à l'attitude outrée de certains responsables, et notamment de Jacques Brival, véritable chef de la Révolution dans le département, répondait la sourde hostilité de l'aristocratie, dont le bastion tulliste demeurait le quartier du Trech.

Les nouvelles arrivaient au château, rares et fragmentaires, mais M. de Marsanges parvenait à se faire une opinion ; il était, dans son modeste domaine, seul avec sa famille, la réplique de ce qui se passait au Trech.

Ce quartier était devenu une sorte de forteresse qui servait d'asile aux prêtres réfractaires et à quelques fortes têtes de la noblesse qui refusaient l'arbitraire. Les forces légales, garde nationale et maréchaussée, ne s'y hasardaient pour leurs patrouilles que le nez en l'air, l'œil aux fenêtres et le doigt sur la détente. La cocarde tricolore était devenue une cible ; on ne tirait pas encore sur elle, mais on prenait plaisir à la viser entre deux volets. Il suffisait de regarder les fenêtres aux rideaux légèrement écartés, l'éclat des yeux qui se cachaient là pour comprendre que la poudre pourrait parler au moindre incident ; elle ne s'était pas fait entendre, mais son silence était éloquent. Il s'était trouvé des gens du quartier pour tenter de s'opposer au massacre de Massey ; impuissants au milieu de la farandole meurtrière, ils avaient redoublé de vigilance et de détermination, une fois revenus chez eux.

L'ancien évêque, Mgr Raféris de Saint-Sauveur, que les révolutionnaires appelaient le « citoyen Raféris », avait refusé jusqu'au dernier moment de céder son siège à Joseph Brival, curé de Lapleau.

Ce vieillard aux cheveux blancs avait assisté, de sa fenêtre du palais épiscopal, au pillage de sa cathédrale dont les portes, de même qu'aux fidèles, lui étaient interdites. Il résistait aux pressions et aux menaces de violence, écrivait aux autorités pour protester contre les spoliations, les prévarications, les dégradations, avec une sérénité qui n'avait d'égale que la hargne dont il était l'objet. On disait qu'il y avait trois évêques à la tête du diocèse : lui-même, Joseph Brival et le neveu de ce dernier, Jacques, qui lui dictait sa conduite après l'avoir fait élire.

Cette élection ne s'était pas déroulée sans heurts. Accueillie avec enthousiasme par les révolutionnaires, elle avait connu des difficultés lorsqu'il avait fallu la faire entériner par les autorités ecclésiastiques supérieures. On avait jugé inutile de la proposer au pape, qui l'eût repoussée ; le métropolitain, qui avait refusé de prêter serment à la Constitution civile du clergé, n'avait pu être consulté. On avait décidé d'en référer aux autorités civiles, et, en violation de tous les usages, Mgr Brival, accompagné de son neveu, avait reçu la consécration à Paris.

Chassé par la violence du palais épiscopal, Mgr Raféris disparut. Après avoir trouvé refuge dans le Trech, il se rendit à Saint-Thomas-d'Aquin, à Paris, où il mourut peu après.

Le bas clergé, emporté par la générosité du mouvement révolutionnaire à ses débuts et par la perspective de sortir de sa condition misérable, n'avait pas tardé, stimulé par la résistance des grands prélats, à s'opposer au viol de leur conscience.

Dans le district de Tulle, il se trouva seulement une vingtaine de « jureurs », malgré la liberté du culte qui leur était assurée et la promesse d'une pension annuelle de trois cents livres ; les autres, absorbés par les derniers foyers légitimistes, disparurent. Le Trech en accueillit une bonne part : ils disaient leurs messes dans l'église de la Visitation et du Puy-Saint-Clair, sous la garde des fusils, ou derrière les volets des demeures aristocratiques. Ils entendaient proclamer par les autorités que les vrais chrétiens étaient les prêtres élus par le peuple, comme dans l'Eglise primitive.

L'été à Marsanges se passa sans alerte.

Le tribunal criminel présidé par M. de Villeneuve tardait à statuer sur le dossier établi par le Comité de vigilance, peut-être à l'instigation du tout-puissant Brival.

— Si l'on venait m'arrêter, disait parfois M. de Marsanges, je me tuerais plutôt que d'aller en prison.

Il demanda à Valentin de le tuer, si lui-même n'y parvenait pas. Valentin haussa les épaules, promit sans conviction : ces suicides « à la romaine » le laissaient indifférent. Il répondait :

— Laissons les choses s'apaiser. Les révolutionnaires ont d'autres chats à fouetter, plus gros et plus dangereux que nous. Rassurez-vous, je veille. Souvenez-vous de l'attaque des Anglais et des Indiens dans les marécages de l'Hudson, et la façon dont nous leur avons faussé compagnie...

Pour la première fois, la gerbebaude fut célébrée sans la famille seigneuriale ni le cabretaïre « Siouplaï », qui prétexta un autre engagement. Les lumières et les rumeurs se prolongèrent jusqu'à la nuit. Peu avant l'aube, on vint tirer des coups de feu sous les murs du château.

Quelques heures plus tard, encore mal remis de ses excès, saupoudré de fétus de paille et de poussière, Tiénou se présentait au château et se mit en quête de Marion, qu'il trouva au poulailler en train de faire la chasse à une poule pour le dîner.

— Je voulais te dire... Je suis pour rien dans le charivari de cette nuit, dit-il en essuyant de sa manche son visage trempé de sueur.

— Je m'en doutais, dit Marion, ironique. Tu ne fais pas partie de cette racaille. Ce n'est pas toi qui t'amuserais à tirer des coups de feu sur nous... Aide-moi plutôt.

Ils finirent par capturer la poule. Tiénou proposa de la saigner ; elle le laissa opérer. Il reprit :

— Je voulais aussi te prévenir. Il y avait parmi nous des gens très excités contre ta famille. Ils lui reprochent de n'avoir pas assisté à la gerbebaude et de les mépriser. Mon père leur a expliqué qu'il ne vous avait pas invités pour éviter des histoires. Ça leur a pas suffi. Ils ont promis de venir tirer les oreilles à ton père et de l'obliger à s'excuser. C'est ce qu'a dit le meneur, un nommé Lacaze, journalier à Pérols, un grand « banlève[1] » qui avait trop bu. J'ai essayé de discuter avec lui. Nous nous sommes battus.

Il montra sa joue marquée d'une ecchymose.

— Il viendra voir ton père. Il l'a juré et l'a fait promettre à quelques autres. Alors, tenez-vous sur vos gardes : ça risque de

1. Escogriffe, un peu simplet.

chauffer. Mais porte pas peine[1] : s'il vous faut du renfort, je serai là. Je supporte pas l'idée qu'on puisse te faire du mal.

— Gentil garçon..., dit Marion. Tu aimes la sanguette ?

Il opina, la suivit à la cuisine, l'œil aux aguets, redoutant de voir surgir M. de Marsanges. Marion lui fit cuire le sang de la volaille avec de l'ail et quelques morceaux de lard. Il mangea du bout des dents, but un verre de piquette, allongea ses jambes sous la table en fouillant sa mâchoire avec la pointe de son couteau.

— Si tu voulais, commença-t-il, toi et moi...

— Je sais, Tiénou. Je sais quels sont tes sentiments, mais il te faudra beaucoup de patience. Je n'ai pas tout à fait convaincu ma famille. Elle ne te pardonne pas la fusillade de la gerbebaude et la méchanceté de ton père. Laisse faire le temps, va...

— Mais je t'aime, moi ! bêla-t-il. Si nous nous marions, tu manqueras de rien et je serai un bon mari pour toi. Tu m'apprendras les bonnes manières.

— Je sais, mon petit Tiénou. Je crois que je pourrais t'aimer moi aussi et que nous pourrions être heureux ensemble.

Il se servit un autre verre de piquette, rota en repliant son couteau et se leva.

— Je m'en vais, dit-il, mais, avant, donne-moi un baiser.

— Quand nous serons fiancés, tu pourras m'embrasser autant que tu voudras, mais je suis une jeune fille convenable, et...

Il tenta de la prendre par la taille ; elle se débattit, mais il parvint à la retenir contre lui et à lui embrasser les lèvres à pleine bouche.

— Tu as eu ce que tu voulais, dit-elle d'un ton hargneux, alors pars tout de suite avant que mon père ne te voie.

Dès qu'il eut tourné les talons, elle alla vomir dans la bassière.

1. Ne t'inquiète pas.

13.

ORAGE SUR MARSANGES

De calmes jours d'été passèrent sur Marsanges. La moisson avait été abondante et les greniers étaient pleins. Ce fut une sorte de bonheur.

A Paris, il n'en allait pas de même. La Révolution prenait un drôle de visage.

Valentin, accompagné de Louis-Amour, était allé vendre des doublons dans la Creuse. Il en rapporta des nouvelles. On parlait de plus en plus de la destitution du roi ; sa fuite, son arrestation à Varennes-en-Argonne, le retour dramatique vers la capitale en avaient fait l'adversaire irréconciliable des révolutionnaires. L'idée d'une république s'installait dans les esprits. Dans les villes et les campagnes resurgissait le souvenir de la Grande Peur : toutes ces armées royales et impériales massées aux frontières, mêlées à celles des Princes, ces rumeurs d'invasion persistantes affolaient les populations. Les pamphlétaires s'en donnaient à cœur joie contre « l'Autrichienne » qui manœuvrait à sa guise ce pantin qu'était devenu le roi.

Au dire de Valentin, le pire avait été atteint lors de la journée du 17 juillet. Sur le Champ-de-Mars, des troupes conduites par La Fayette avaient tiré au canon contre un rassemblement d'ouvriers qui réclamaient une amélioration de leur condition et sur des citoyens appelés à signer sur l'autel de la Patrie, dressé par le club des Cordeliers, la déchéance du roi et la proclamation de la République. On avait dénombré une centaine de morts.

— Saturne..., murmura rêveusement M. de Marsanges. La Révolution est en train de dévorer ses propres enfants. Voilà où mènent les excès ! On donne trop d'espoir au peuple et, lorsqu'il réclame son dû, on le massacre. Le vent est en train de tourner, mes amis.

Le lendemain, encore ému de ces nouvelles, il sella Thabor et poussa jusqu'aux limites du Longeyroux, comme ce jour de neige où, torturé par son désir de revoir Manon, il était allé se perdre dans cette solitude sauvage. La chaleur pesait sur l'immensité des Cent-Pierres où la Vézère jouait les couleuvres au milieu des tourbières et des roches arrondies. La vue de ce désert lui rendit sa sérénité. Il s'assit à l'ombre des bouleaux, en marge d'un somptueux tapis de bruyères odorantes que butinaient les abeilles de Louis-Amour.

Au retour, soulevé d'allégresse, il fit prendre un timide galop à Thabor, le long d'un sentier de noisetiers qui filait sur Combe-Prune, ourlé de bourrelets de myrtilles qui commençaient à fructifier. Le ciel était agité d'une tourmente de nuages brassés par un épais vent de « soulière » qui paraissait annoncer la tempête entre quelques risées de soleil.

Il traversa le village de Celle sans rencontrer âme qui vive, si ce n'est des gens qui le regardaient passer derrière leurs fenêtres et du haut de leur porte double, sans le saluer. Ce comportement lui parut singulier, mais il était dans de si bonnes dispositions qu'il ne s'arrêta pas à en demander la raison. Néanmoins, il pressa sa monture sans quitter de l'œil les fourrés qui dominaient la charrière.

Alors qu'il passait sous un couvert de hêtres retentit un coup de feu. Il perçut le bruit sec des feuilles déchirées, écouta rouler les échos dans la petite vallée et maîtrisa Thabor que la déflagration avait effrayé. Il était sur le point de descendre de cheval pour tâcher de riposter avec un pistolet quand l'idée lui vint soudain qu'il pouvait y avoir une chaude affaire à Marsanges.

Il s'écria :

— Nous nous retrouverons, brigand !

Il piqua son cheval qui s'enleva lourdement. Alors qu'il était en vue de Marsanges, un second coup de feu le surprit. Il s'arrêta à l'abri d'un talus, descendit de cheval, rampa dans un espace de fougères jusqu'à un gros rocher rond d'où il pouvait apercevoir sa demeure. Tout semblait calme. Le vent faisait son grommelo d'orgue au pied du mont Ventéjoux qui s'épanouissait dans une gloire de soleil. Il pouvait être cinq heures de relevée. S'il avait dû se produire une surprise, elle aurait déjà eu lieu. Les coups de feu avaient pu être tirés par des chasseurs maladroits.

— Ce n'étaient pas des chasseurs, dit Valentin, la mine sombre. Il se passe des choses étranges depuis ce matin. Florent a vu passer un groupe d'hommes dans les champs-froids de Peschadour où il ne vient jamais personne. Ils étaient armés et se dirigeaient vers chez nous. Il a laissé son troupeau à la garde de son labrit pour venir me prévenir. Je suis descendu jusqu'au village en passant par les couverts. Il y avait un rassemblement.

M. de Marsanges parla des coups de feu.

— Non, monsieur le Comte, ce n'étaient pas des chasseurs, répéta Valentin. C'est bien vous qu'ils visaient. Quelque chose se prépare. Ce sera sans doute pour demain.

— Eh bien, soupira le comte, nous y voilà. Le moment est venu de passer nos troupes en revue...

D'abord l'arsenal.

Placées dans un endroit très sec — un placard de la bassière — les munitions et la poudre n'avaient pas souffert depuis la dernière démonstration qui avait fait accourir tout le village. Les fusils soigneusement graissés étaient alignés sur le râtelier fabriqué par Hyacinthe. On avait rangé le canon dans la cave.

— Nous allons lui faire prendre l'air, dit M. de Marsanges. Il est aussi dangereux pour ceux qui le servent que pour l'ennemi, mais il impressionne.

Il fallut des cordes et l'aide de Thabor pour le hisser hors de sa cachette, car il pesait bien ses deux cents livres de bronze. La moisissure avait commencé à attaquer son revêtement. Marion lui fit un brin de toilette après qu'on l'eut placé entre le puits et le portail, recouvert de branchages pour le cacher. Il n'avait pas très bonne mine, mais il faisait peur.

La famille réunie, on passa au nettoyage des armes. La vaste table de la cuisine en était garnie.

— Pour nous exercer, dit Estelle, nous devrions tirer sur les corbeaux.

— Ce qui se prépare n'est pas un amusement, dit M. de Marsanges. C'est une guerre dans laquelle nous allons risquer notre vie. Si j'en crois les observations de Valentin, nos agresseurs seront nombreux, mais ce sont des paysans qui n'ont pas la pratique du combat.

Il passa aux recommandations :

— Pas de fantaisie ! Il faudra obéir sans discuter. Très important : évitez de tuer, ce qui risquerait de se retourner contre nous. N'oubliez pas que nous aurons en face de nous, à part un ou deux meneurs, des paysans abusés par les idées du temps et qui se prennent pour les souverains du monde. Tirez en l'air ou dans les jambes. Si votre vie est menacée, tirez dans le ventre ou la poitrine.

Le gros de la troupe se masserait au-delà de la grille, derrière les fûts de hêtre de l'allée. Louis-Amour se posterait avec Florent derrière le château, en marge de la garenne et du petit cimetière, en cas d'attaque sur les arrières. M. de Marsanges aurait la charge du canon qui serait chargé avec des pierres.

— L'affaire est sérieuse, ajouta M. de Marsanges, mais nous avons des chances de nous en tirer à notre honneur et à notre avantage. Surpris par la riposte, les paysans devraient se débander aux premiers coups de feu.

Avec des graviers d'émotion dans la voix, il conclut :

— Ces gueux sont des lâches. Si François et Hyacinthe avaient été présents, ils n'auraient jamais osé nous attaquer. Hyacinthe... Nous lui devons une fière chandelle : sans cet arsenal qu'il nous a procuré, nous serions à la merci de ces brigands.

A la nuit tombante, Tiénou surgit, essoufflé, rouge d'émotion et de fatigue. Il demanda à voir le comte.

— Il y a un grand rassemblement au village, dit-il, les yeux baissés, en triturant son bonnet. Une vingtaine d'hommes venus des paroisses d'alentour : de Celle, de Pérols, de Lissac. Ils ont des fusils et des piques. Ils comptent vous attaquer demain à l'aube.

— Nous attaquer ! dit le comte en feignant la surprise. Mais pourquoi ? Il n'y a rien à piller !

— Ils veulent vous donner une leçon, qu'ils ont dit, exercer eux-mêmes la justice que les aristocrates de Tulle, qui sont vos amis, refusent de rendre. Ils veulent l'argent et les bijoux. Les papiers de famille aussi pour les brûler.

— C'est votre père qui vous envoie ?

— Non, monsieur le Comte. Je lui ai rien dit. S'il apprenait, il me tuerait. Mais il a refusé de faire partie de la bande qui va vous attaquer.

— Vous êtes un bon garçon, Tiénou, et je saurai me souvenir de votre démarche. Si ces gens viennent, nous leur ouvrirons notre demeure et nous servirons du vin, puis nous parlerons... Mais s'ils veulent autre chose, nous nous défendrons.

Ils allèrent se coucher comme les poules et se levèrent au chant du coq.

Le vent de la nuit avait amené sur la vallée une pluie délicate qui embrumait les lointains et tressait ses dentelles sur le mont Ventéjoux. Le pays paraissait calme. Envoyé en éclaireur, Florent revint, le feu aux joues : il avait aperçu un groupe d'hommes en train de franchir le Riou et de monter à travers la pâture, sans se cacher. M. de Marsanges réunit son monde dans la cour.

— C'est le moment, dit-il. Chacun à son poste ! Valentin, préparez l'artillerie et rassemblez l'avant-garde dans l'allée. Louis-Amour, allez prendre position avec Florent, là-bas derrière. Diane, Marion, Estelle, Julie, dans l'allée, et pas de fantaisie, je vous prie. Riette, ne bougez pas de chez vous. On vous amènera les blessés s'il y en a. Pas d'observations ? Alors, exécution !

Les grilles ouvertes, les filles se placèrent, armées chacune d'un fusil et de pistolets, derrière les hêtres. Valentin choisit de se poster un peu plus haut, à gauche, derrière un bouquet de houx d'où il pouvait apercevoir à la fois la cour du château et la ferme abandonnée de Pradeloux qui dominait une bonne longueur de charrière. C'est de là qu'il préviendrait les défenseurs par un sifflet de merle.

La troupe ne tarda pas à paraître. Tiénou avait raison : ils étaient une vingtaine, tous des paysans, à première vue, avec quelques fusils et des armes de fortune, surtout des piques. Il y avait deux ou trois femmes parmi eux.

Valentin lança sa trille de merle et arma son fusil. Les autres firent de même, fort convenablement, sans trop de fébrilité. C'était la première fois que le régisseur se battait avec des femmes à ses côtés, ce qui ne lui déplaisait pas. Cela avait l'air d'un jeu, mais ça n'en prenait pas la tournure.

Regroupés au bout de l'allée, les attaquants parurent se concerter. Ils faisaient des gestes comme s'ils se disposaient à investir une forteressc. Il fallait éviter qu'ils ne se dispersent, ce qui les rendrait moins vulnérables. M. de Marsanges, comme ils en étaient convenus, tira en l'air en guise d'avertissement. Interloqués, les paysans se figèrent sur place. L'un d'eux s'écria en patois :

— Marsanges, montre-toi ! Nous ne te voulons pas de mal. On veut parler, c'est tout...

C'était un grand bougre de charbonnier à barbe grise, coiffé d'un feutre verdâtre. Sans doute ce Lacaze dont avait parlé Tiénou. Il s'avança hardiment. Le comte lui répondit :

— Si vous voulez parler, commencez par jeter vos armes.

— Commence à jeter la tienne !

M. de Marsanges demanda à parler au maire : Léonard Sauviat. Eux, il ne les connaissait pas. Le charbonnier répondit qu'il n'était pas là mais qu'il pouvait parler en son nom. M. de Marsanges refusa. Le charbonnier le mit en joue. Il n'eut pas le temps de tirer. La balle de Valentin fit gicler la boue à ses pieds. Il se retira en tirant au jugé une balle qui alla se perdre dans l'herbe de la cour. Les femmes qui se trouvaient dans le groupe des assaillants poussaient des cris d'oies apeurées.

— Feu ! cria le comte.

Quatre coups partirent de derrière les hêtres, sans blesser personne. Caché derrière un arbre, le charbonnier tira vers le bouquet de houx ; la balle effleura le chapeau de Valentin. Les autres l'imitèrent et, à l'abri des hêtres, faisaient le coup de feu. Les quatre filles tiraient comme des soldats. L'air sentait la poudre et de petites brumes de fumée floconnaient dans l'allée.

Valentin se dit que l'affaire ne se déroulait pas exactement comme on l'avait prévu. Les femmes et quelques jeunes, porteurs de pique, s'étaient repliés vers la ferme de Pradeloux, mais le gros de la troupe, ceux qui avaient des fusils, s'accrochait. Il aurait suffi d'un blessé dans un camp ou dans l'autre pour que l'engagement tournât à la tragédie.

Valentin s'apprêtait à descendre dans l'allée pour soutenir les filles lorsqu'il perçut derrière lui un froissement de feuilles. Il se retourna vivement, vit à deux pas de lui un individu hargneux jusqu'aux dents, qui brandissait une faucille à la pointe d'un bâton. Il ne put éviter le choc et, touché au bras droit, il roula sur lui-même, parvint à retrouver son équilibre et à tirer. Le paysan laissa tomber son arme, ouvrit une gueule de brochet et piqua du nez dans les fougères. Une petite tache rouge, dans le dos, au niveau de la poitrine, indiquait la sortie de la balle. Valentin le retourna pour constater qu'il était mort. C'était la guerre. Sans s'attarder sur les conséquences de son acte, il rechargea son arme et, plié en deux, descendit rejoindre Diane. Bien que blessée au flanc par une balle qui n'avait fait que déchirer la chair, elle continuait à tirer, en suivant la consigne qui était d'éviter les coups mortels.

— Retirez-vous, dit Valentin. Allez rejoindre Riette. Elle vous soignera.

Il ajouta :

— Je viens d'en tuer un. C'était lui ou moi. A présent, il n'est plus question de tirer en l'air. Je vais m'occuper de ce grand pendard de charbonnier. Si je le touche, nous aurons gagné. Allez ! Je prends votre place.

Tandis que Diane décrochait en se promettant de revenir dès que possible, il compta plusieurs blessés parmi les assaillants : des jambes qui pissaient le sang. Il fit un signe d'encouragement à Marion et à Estelle qui prenaient leur mission très au sérieux, mais constata que Julie avait quitté son poste en laissant son arme au pied du hêtre.

Valentin traversa l'allée, se jeta dans les broussailles, descendit vers un sorbier, remonta en rampant vers le bouquet de sureaux derrière lequel se dissimulait le charbonnier. Il ne pouvait pas manquer sa cible. Ayant décidé de tirer dans la cuisse, il s'aplatit derrière un bouquet de fétuques et visa longuement avant de presser la détente. Le charbonnier lâcha son arme, hurla en se roulant sur le sol, s'immobilisa à deux pas de Valentin, respirant fort et gémissant comme un chien à l'agonie. Valentin lui logea dans l'épaule une balle qui fit éclater l'étoffe et jaillir le sang. Il se dit qu'il avait vengé Diane, puis il se retira vers l'allée de hêtres. Il y arriva pour constater que, leur chef blessé, les assaillants se repliaient en l'emportant.

— Cessez le feu ! cria Valentin. Repliez-vous sur la cour ! Je vais fermer les grilles.

Debout derrière le canon, prêt à retirer du pot de braise la pique de fer rouge qui enflammerait l'amorce, M. de Marsanges fit signe à Valentin de le rejoindre au plus vite.

— C'est bien, dit-il. Vous les avez repoussés sans que j'eusse à intervenir, mais je suis inquiet pour ce qui se passe derrière le château. Je crains que Louis-Amour et Florent ne soient en difficulté. Il me semble qu'on se bat là aussi. J'ai envoyé Marion voir ce qui se passait.

Marion revenait justement, son fusil sous un bras, relevant de sa main libre le fond de sa jupe. Elle annonça qu'un groupe de paysans — cinq ou six peut-être — s'en prenaient aux deux défenseurs qu'ils avaient désarmés, dépouillés de leurs vêtements et chassaient, pour se divertir, à coups de bâton. L'un des agresseurs s'apprêtait, une torche de paille à la main, à mettre le feu à la bergerie. Les autres, sans se presser, s'engageaient dans la cour derrière leurs victimes.

— Aidez-moi, Valentin, dit M. de Marsanges. Nous allons pointer notre pièce dans leur direction, mais en visant les genêts, afin de ne pas blesser les nôtres.

Marion et Julie les aidèrent à faire pivoter le tube et à orienter la gueule dans la direction voulue. M. de Marsanges posa la pointe de fer rougie dans la lunette après que tous se furent prudemment écartés. Au risque de faire sauter l'engin, Valentin n'avait pas ménagé la poudre fulminante. La bouche à feu cracha sa mitraille dans une énorme déflagration et une fumée si épaisse qu'elle disparut après un recul de plusieurs mètres. La fumée dissipée, les défenseurs constatèrent que le groupe des paysans avait disparu comme par enchantement, laissant sur place leurs armes et leurs victimes.

— Louis-Amour ! Florent ! cria Marion.

Elle constata qu'elle n'entendait pas sa propre voix ni celle de Valentin qui poussait des cris de victoire. Rendue sourde par la déflagration, les oreilles bourdonnantes, elle courut vers les blessés qui gisaient dans l'herbe, le dos lacéré de coups de trique, le visage tuméfié. Aidée par Estelle, elle les transporta chez Riette, tandis que Valentin éteignait l'incendie qui n'avait attaqué que les herbes sèches au pied du mur de la bergerie.

Allongé sur la table de la cuisine, Louis-Amour parvint à murmurer :

— Vous êtes arrivés à temps... Ils s'apprêtaient à nous pendre au pommier... mais... nous en avons blessé deux... aux jambes, je crois bien... Nous... nous nous sommes bien battus...

— Louis-Amour, dit M. de Marsanges, vous avez été très courageux. Je reconnais que je n'en attendais pas autant de vous.

Il essuya une larme sur sa joue, embrassa Louis-Amour et Florent, qui ne portait que des blessures légères, puis se pencha sur Diane qui gisait en chemise sur le grand lit des Lafaye, un large pansement autour des reins.

— Ce n'est rien, père, dit-elle. Riette m'a bien soignée. J'ai craint pour la vie de mon enfant, mais je le sens qui bouge.

Elle pleura à son tour en apprenant que Louis-Amour et Florent s'étaient comportés en « héros » et que les agresseurs étaient en fuite. Elle voulut se lever, mais M. de Marsanges l'en dissuada. On allait la transporter jusqu'à son lit, puis on alerterait le médecin de Bugeat.

— N'en faites rien, père ! Je serai sur pied dès demain. Comment vont les autres ?

— Ils s'en tireront, grâce à Dieu, même Louis-Amour, bien qu'il ait perdu beaucoup de sang. Valentin aussi. Il est blessé d'un coup de faucille à l'épaule. Riette va s'occuper de lui.

Il réclama le silence, annonça qu'il allait dire une action de grâces.

— Il y a plus pressé, dit Riette. Les blessés d'abord. Ensuite, allez vous laver. Vous ressemblez à Diouf...

Le cadavre du paysan, abandonné par les assaillants dans leur retraite, on ne savait qu'en faire. M. de Marsanges était partisan de le « retourner à l'envoyeur » — dans son esprit, et il n'en démordait pas, à Léonard Sauviat qu'il tenait pour le véritable instigateur de l'émeute.

— Nous allons le mettre au frais dans la cave, dit-il, et demain nous le chargerons dans le cabriolet pour l'amener au village.

Aidé de Marion et d'Estelle, il parvint à le tirer jusqu'à la cour. On lui ôta ses vêtements : c'était un petit bonhomme dans la cinquantaine, hirsute et mal lavé. Il avait des mains de paysan, mais personne ne put le reconnaître. Riette lui fit une toilette rapide.

Le lendemain, on le hissa dans le cabriolet pour le conduire au village. Interloqué, Sauviat fronça les sourcils et le reconnut instantanément : c'était un nommé Redon, journalier domicilié à Vinzan, un hameau proche de Peyrelevade ; père d'une famille de cinq enfants, il était honorablement connu. Sauviat se fit expliquer les conséquences du drame.

— Il faisait partie des gueux qui nous ont assaillis, dit M. de Marsanges. Valentin l'a tué alors qu'il était attaqué par-derrière et blessé au bras. Puisque vous le connaissez bien et que vous êtes maire de cette commune, je vous l'abandonne. Rendez-le à sa famille.

Il s'apprêtait à se retirer lorsque Sauviat le retint. Il posa sa frotte à l'ail sur la table, s'essuya les lèvres d'un revers de poignet.

— Une minute, monsieur le Comte, dit-il d'un air sombre. Vous semblez persuadé que je suis pour quelque chose dans cette émeute. Je vous jure que j'y suis étranger.

— Je sais que vous n'étiez pas parmi les assaillants, Sauviat. Mais je sais aussi que vous auriez pu l'empêcher.

— J'ai tenté de m'y opposer, mais il est impossible d'arrêter ce genre de mouvement. Ces gens n'étaient pas de notre commune.

— Vous avez commis une faute impardonnable ! A défaut d'arrêter ces forcenés, vous auriez dû nous prévenir de leur attaque. Nous avons quatre blessés parmi nous. Il aurait pu y avoir des morts. Votre responsabilité est évidente. Vous aurez à en répondre devant la justice ! La maréchaussée sera prévenue aujourd'hui même.

— Elle l'est déjà, dit Sauviat. Tiénou est parti pour Ussel...

Sur le chemin du retour, Valentin dit à M. de Marsanges :

— La justice... Je n'y crois guère. Elle est borgne et ne voit que ce qu'elle veut bien voir, mais il faut compter avec elle ou faire sa justice soi-même, ce qui nous condamnerait sans recours. Laissez-moi aller à Ussel, monsieur le Comte. On m'écoutera peut-être mieux que vous.

— Accordé, dit M. de Marsanges. Vous ferez un crochet par Peyrelevade et vous remettrez quelques louis à la veuve de ce Redon. On doit bien cette modeste compensation à cette pauvre femme.

M. Augustin de Tournemire arriva le lendemain, vers trois heures de relevée. Il était accompagné de deux gendarmes à tricorne et uniforme bleu. Avant de se présenter au château, il était passé par Marsanges pour s'entretenir avec le maire.

Le lieutenant criminel était un petit monsieur de cinquante ans environ, très vif malgré son regard somnolent et brumeux, avec de grosses moustaches brunes qui lui donnaient l'air d'un matamore et qu'il polissait de temps à autre de l'index, à gestes brefs. Ce militaire issu de la petite noblesse de la montagne était un ci-devant gêné aux entournures par le cadre strict dans lequel l'enfermaient les idées nouvelles ; il donnait du fil à retordre aux clubistes qui prétendaient lui dicter son comportement, mais s'efforçait de préserver les apparences pour se maintenir en place.

L'année précédente, le « citoyen Tournemire » avait maté avec énergie, dans les environs de Saint-Merd, un soulèvement de paysans qui s'étaient mis en tête de s'emparer d'un convoi de grains se dirigeant vers Ussel ; ils avaient transformé leur village en camp retranché et Tournemire avait dû le prendre d'assaut en tuant plusieurs insurgés.

Le lieutenant criminel écouta gravement le récit du comte. Il notait tout sur une feuille de calepin en faisant virevolter son « conté » de ses lèvres au papier. Il tint à réconforter les blessés et à visiter les lieux de l'émeute. Il parlait peu, écoutait, sourcils froncés et lèvres serrées.

Son enquête terminée, il prit familièrement M. de Marsanges par le bras et, laissant ses deux gendarmes dans la cuisine, devant un verre de genièvre, lui dit :

— Faisons quelques pas dans la cour, voulez-vous ? Je présume que votre intention est de présenter une plainte.

— J'y compte bien. N'ai-je pas la justice pour moi ?

Tournemire lissa sa moustache d'un doigt preste et toussa d'un air embarrassé.

— Certes... certes..., dit-il. Cette affaire est parfaitement claire, et vous n'avez rien à vous reprocher. Cependant...

— Dites le fond de votre pensée, je vous prie.

— Pour parler franc, je crois que le mieux serait de ne pas donner suite à cet événement. Votre honneur est en jeu, croyez bien que j'en suis conscient, mais c'est un sentiment qui risque de vous coûter cher. Il n'y aura pas de plainte du côté adverse. Le mieux pour votre sécurité et celle de votre famille est de renoncer vous-même et de laisser en l'état cette affaire, que je m'efforcerai de minimiser.

M. de Marsanges comprima sa colère en se souvenant de l'entretien qu'il avait eu l'été dernier avec Me Delmas. Ce nobliau lui était sympathique malgré ses mines de modeste commis aux écritures qui se prendrait pour un président de Parlement.

Tournemire, à l'appui de sa démonstration, évoqua plusieurs affaires identiques qui s'étaient déroulées dans sa circonscription, et notamment celle de Maumont, un village proche d'Egletons, où des paysans avaient enfermé les gendarmes dans un moulin...

— Un conseil, monsieur de Marsanges, ouvrez votre parapluie et laissez passer l'orage, en remerciant la Providence que personne de votre famille n'ait laissé sa vie dans ce drame.

— C'est le langage qu'on m'a tenu pour la fusillade de l'été dernier.

Tournemire écarta ses bras, laissa sa main gauche retomber sur la poignée de son épée. Il était au courant de cette autre affaire et de l'accueil que M. de Marsanges avait fait au procureur Delmas.

— Je sais, dit-il avec rudesse, mais, dans notre cas, il y a seulement deux réflexes raisonnables : hurler avec les loups — ce que je fais, je dois le dire, avec un certain talent — ou ne pas hurler du tout, digérer l'affront et se laisser oublier. L'ennui avec vous, c'est qu'on ne vous oublie pas. Vous êtes comme le paratonnerre de M. Franklin : vous attirez la foudre. Le paradoxe, c'est que vous n'avez rien à vous reprocher, contrairement à M. de Chabanne qui fait feu des quatre fers, si je puis dire, contre la Révolution et insulte ouvertement les autorités. Dans ces conditions, il faut rentrer sous terre et n'en sortir que si l'on vous en tire par le col, en espérant que ce sera le plus tard possible. D'ici là, le vent peut tourner...

Les premiers pas de Diane convalescente coïncidèrent avec la visite inopinée de M. Jean de Lamase.

Le marquis de Roffignac apportait des nouvelles verbales de François et de Hyacinthe. Après de multiples péripéties, des arrestations et des évasions, ils étaient parvenus, sans sauf-conduit, sans passeport, sans argent ou presque, à rejoindre le gros des émigrés qui s'étaient regroupés à Bruxelles en attendant de partir pour une autre destination. L'émigration joyeuse et optimiste des premiers temps n'était plus qu'un souvenir ; s'exiler était désormais une aventure dangereuse et incertaine. Les princes, Artois et Condé en tête, constituaient une armée et, avec l'aide des souverains d'Europe ligués contre la Révolution, allaient revenir en France et rétablir la légalité et la paix sociale. Bijou, le « Chevalier du Diable », s'était joint à eux. Sombreuil, lui, avait préféré partir pour l'Angleterre.

— Je ne vais pas tarder à les rejoindre, soupira M. de Lamase. J'en ai assez de recevoir des insultes et des menaces de nos ennemis et des quenouilles de nos amis. Faites comme moi, Marsanges. Le jour où la justice s'intéressera sérieusement à vous, où la sympathie de certain personnage haut placé sera mise en échec, vous serez fichu ! Je connais bien Villeneuve, président du tribunal prévôtal. C'est un honnête homme, mais il sera rapidement neutralisé par de jeunes loups aux dents longues et ne pourra rien pour vous ni pour moi.

Le comte de Marsanges embrassa du regard le château, les monts d'alentour, et dit rêveusement :

— Partir... Abandonner cette demeure, ce domaine, ma famille... Non, Lamase, c'est au-dessus de mes forces. Ma vie est ici et je ne demande rien d'autre à la Providence que d'y finir mes jours.

— Vous avez tort, mon ami. Lorsque vous serez en prison, livré à l'arbitraire, vous vous direz que j'avais raison d'insister, mais il sera trop tard.

M. de Lamase connaissait les ennuis financiers de la famille, ses conditions de vie précaires. Il se proposa de l'aider à fuir, de lui procurer un sauf-conduit, de l'accompagner...

— Réfléchissez et faites-moi tenir une réponse d'ici une quinzaine, si vous vous décidez.

— C'est tout réfléchi. Votre générosité me touche, mais pour ce qui me concerne, je reste. Je vous promets cependant d'en parler à ma famille. Je connais d'avance la réponse. Mon seul regret sera de n'avoir pu, avant votre départ, embrasser mon petit-fils.

— Adrien... C'est un bel enfant. Virginie prétend qu'il vous ressemble. J'ai pensé à vous l'amener, mais vous savez le danger que l'on court sur les routes. Alors, c'est non ?

— C'est non, soupira M. de Marsanges.

14.

LA NUIT DES LOUPS

Automne-hiver 1791, Marsanges.

M. de Marsanges ne se lassait pas de le regarder, de lui parler avec les mains, les yeux et de légers grincements de voix qui agaçaient Diane. Lorsque l'enfant, excédé ou effrayé par ces mimiques, se mettait à pleurer, elle protestait avec douceur :

— Laissez-le en paix, je vous en prie. Vous voyez bien que vous lui faites peur.

Il se rebiffait :

— Allons donc ! C'est que vous l'avez langé trop serré et qu'il vient de mouiller ses couches. Vous devriez le changer et renoncer à le fagoter comme une momie !

— Ce ne sont pas vos affaires. C'est ainsi que l'on nous a élevées et nous n'en avons point pâti, à ce qu'il semble. Vous-même...

— Sornettes ! Il faut vivre avec son temps, laisser plus de liberté à ce petit corps qui ne demande qu'à s'épanouir, lui donner des bains froids en toute saison, comme Rousseau le recommande dans l'*Emile.*

— Votre Rousseau est un âne ! Félix semble mal à l'aise seulement quand vous faites vos simagrées. Le plus enfant des deux...

Il haussait les épaules et se retirait en maugréant.

Si Diane savait... Si elle apprenait que, lorsqu'elle lui confie, pour lui faire plaisir, la garde de l'enfant en lui faisant promettre de ne pas priser, il lui libère les bras, les jambes, lui parle, l'embrasse, le caresse... Oui, il lui parle. Il lui dit qu'il est un enfant de lumière, qu'il a la chair délicate et rosée des champignons des prés, qu'il sera vigoureux comme un hêtre et vif comme un bouleau dans le vent, qu'il doit grandir vite, afin que lui, l'aïeul, puisse le voir prendre son écorce d'homme. Cet enfant, c'est son grain de folie : il le charge de tous ses désirs, de tous ses rêves, de tous ses espoirs. Ce qu'il n'a jamais eu la volonté ni le courage d'entreprendre, c'est lui, Félix de Marsanges, qui le réalisera. Tout ce qu'il n'a pas osé vivre, c'est lui qui le vivra.

Dès qu'il entendait un bruit, une rumeur, qu'il pressentait le retour de la mère, il replaçait Félix dans ses bandelettes, et c'est alors que l'enfant se mettait à pleurer.

Colère de Diane :

— Que lui avez-vous fait encore ? Cet enfant, vous le rendrez fou ! Vous êtes décidément incorrigible...

Avant l'exil de M. de Lamase, à quelques jours de sa visite, M. de Marsanges avait pris une résolution : accompagné de Valentin, il se rendrait à Uzerche ; il voulait, pour la première et peut-être la dernière fois, voir son autre petit-fils, Adrien.

Le « Château-Lamase », comme on disait dans le pays en parlant de l'hôtel patrimonial de la famille, était une puissante et sinistre forteresse quadrangulaire, tout en hauteur, cantonnée de poivrières en chandelle aux quatre coins. On accédait aux appartements par un vertigineux escalier extérieur.

Né au printemps, alors que son père courait les chemins hasardeux de la contre-révolution, Adrien était un gros bébé d'assez belle carnation, doté du nez un peu lourd des Lamase et de l'œil vif et brun des Marsanges. Virginie, depuis ses couches, avait pris un embonpoint de matrone ; elle se négligeait ; sa rayonnante beauté de blonde n'était plus qu'un souvenir. Elle envisageait sans joie la perspective de l'odyssée vers le vague paradis que son père lui promettait. L'absence de François ne paraissait guère lui peser : elle lui reprochait de l'avoir abandonnée.

M. de Marsanges bredouilla quelques propos rassurants, essuya une larme en embrassant son petit-fils. Il sut gré à Jean de Lamase de n'avoir pas remué le couteau dans la plaie en renouvelant sa proposition.

Comme ils arrivaient à Treignac où ils comptaient passer la nuit, Valentin n'y tint plus.

— Pardonnez-moi, monsieur le Comte, dit-il d'un ton ferme, mais je comprends mal votre refus d'émigrer avec votre famille. Vous allez être de nouveau en butte aux révolutionnaires. Marsanges sera de moins en moins un asile sûr, et vous serez...

— C'est mon affaire ! trancha le comte. Je croyais que vous partagiez mon opinion sur ce sujet. Lamase vous aurait-il fait changer d'avis ? Vous a-t-il parlé en mon absence ?

Valentin fit claquer d'un geste machinal le fouet au-dessus de la croupe de Thabor qui peinait à monter un raidillon entre les châtaigniers.

Tandis que M. de Marsanges se dépensait en risettes au-dessus du berceau d'Adrien, M. de Lamase avait entraîné Valentin à la cuisine sous prétexte de lui offrir un verre de vin. Il lui avait dit :

— Ton maître est-il toujours décidé à rester ?

— Plus que jamais, monsieur le Marquis. Il n'acceptera pas d'abandonner ce petit-fils pour lequel il s'est pris de passion et il redoute de l'emmener avec lui.

— Le bâtard de Brival... laissa tomber M. de Lamase d'un ton méprisant.

Il ajouta :

– Je connais bien ton maître, son goût pour le défi, son sens exagéré de l'honneur, son mépris pour toute espèce de démission, son refus de composer. . Il ne semble vivre pleinement qu'en état d'alerte, dans la nostalgie de cette guerre d'Amérique qui lui a chaviré la tête. Si son refus n'engageait que lui, cette attitude serait honorable, mais il embarque toute sa famille dans cette nouvelle folie. S'il refuse de voir les choses telles qu'elles sont, il sera emprisonné comme beaucoup d'autres, exécuté peut-être, et il laissera sa famille exposée à tous les dangers. Comment peut-on être aveugle et égoïste à ce point ?

M. de Lamase avait eu des nouvelles de Paris.

La fuite de la famille royale, sa dramatique arrestation à Varennes-en-Argonne avaient réveillé une autre Grande Peur : celle d'une invasion des armées alliées. On avait beau, comme le faisaient La Fayette et quelques autres personnages équivoques, parler d'un « enlèvement » du roi, la quasi-totalité de la nation menait la politique de l'autruche et se cachait cette vérité : le roi et la reine, de leur plein gré, allaient, malgré des démonstrations fallacieuses contre les émigrés, rejoindre ces derniers et prendre la tête des armées étrangères qui, en trois ou quatre jours de marche, pourraient se trouver sous les murs de Paris. En dégageant le roi de toute responsabilité dans l'affaire de sa fuite, en l'accueillant à son retour comme la victime d'un complot, l'Assemblée avait tenté de dissimuler son embarras et son problème : remplacer l'autorité royale, mais par quoi ? Encore profondément attachée à la royauté, la nation se hérissait devant l'hypothèse d'une république dont le seul nom faisait peur ; elle ne voulait pas non plus d'un retour à l'Ancien Régime. La confusion des idées était à son comble.

— Si tu as quelque influence sur ton maître, avait ajouté M. de Lamase, fais-lui comprendre qu'il risque de laisser échapper sa dernière chance. Bientôt, il sera trop tard pour émigrer. Les frontières seront fermées et gardées par des bataillons de volontaires.

Valentin jugea inutile d'insister. Jusqu'à Marsanges, les deux hommes n'échangèrent que des propos sans conséquence. Ce n'est qu'en vue du château que M. de Marsanges dit à Valentin :

— Ma décision est prise, Valentin, je ne partirai pas, mais je ne vous retiens pas. Je vous aiderai même à émigrer. Le peu d'argent dont je dispose est à votre disposition. Que décidez-vous ?

— Mon choix est fait depuis vingt ans et il ne changera pas. Jamais je ne me séparerai volontairement de vous ni de votre famille.

Les champignons s'accumulaient sur la table avec les premières pommes de terre. Puis vint la saison des châtaignes, dont Valentin alla chercher un plein chargement à Treignac pour les faire sécher. A la première neige, on sacrifia les deux porcs que Riette engraissait. Il y eut une belle récolte de seigle et de blé noir. C'était presque l'opulence.

En revanche, l'argent se faisait rare. Les métayers à qui M. de Marsanges avait proposé le rachat de ses rentes faisaient la sourde oreille, temporisaient ou regimbaient : c'étaient de grosses sommes à débourser, et la plupart étaient trop pauvres. Il en allait de même dans tout le royaume : les paysans prétextaient des récoltes médiocres pour s'affranchir de la servitude des redevances.

De jeunes Corréziens en grand nombre abandonnèrent leur famille pour prendre du service dans le bataillon de volontaires qui, sous le commandement de Delmas, citoyen d'Argentat, devait se porter aux frontières pour faire face à la coalition. Mal vêtus, équipés de bric et de broc, ignorant le maniement des armes, ils traversaient en désordre les campagnes et les villes, pillant les paysans et les bourgeois, saccageant les châteaux, vidant les caves, courtisant tout ce qui portait jupon, volant des chevaux… Le rendez-vous étant fixé à Tulle puis à Limoges, la horde évita le haut pays qui n'eut connaissance de la tornade que par des témoins.

De retour d'Ussel, où il avait été prié de faire danser un groupe de volontaires avant leur départ, Félicien « Siouplaï » fit un crochet par Marsanges avant de rentrer chez lui, à Chavanac. Il s'était laissé pousser la barbe ; courte et frisée, elle lui allait comme au buste d'un philosophe hellène ; il l'ornait parfois d'une fleur suspendue à ses lèvres et qui était comme un clin d'œil aux filles.

Il demanda à voir M. de Marsanges pour une affaire importante. A Ussel, où il était resté plusieurs jours, il avait fait la connaissance d'une certaine Marie Troubady, qui se faisait appeler Manon par ses intimes. Apprenant qu'il demeurait à proximité de Marsanges, elle lui avait confié une lettre pour le comte.

M. de Marsanges reconnut sans peine l'écriture de Manon. La lettre le prévenait que le dossier de son affaire était sur le bureau de M. de Villeneuve et qu'on allait en débattre sans tarder. Elle avait appris la nouvelle par Guillaume Demichel, assesseur au tribunal, qui devait être de ses amis. Le billet se terminait par une mise en garde : « *Les gents d'Ussel ont jurez d'avoir votre tête.* » Elle ajoutait : « *Cele qui vous aime et panse bien à vous.* »

M. de Marsanges se sentit à la fois fondre de bonheur et d'inquiétude. Il replia lentement la lettre, la glissa dans le tiroir de son bureau.

— Vous a-t-elle parlé de moi ?

— Non, monsieur le Comte. Elle était trop occupée à danser et à faire la coquette avec les volontaires. Je n'aime guère ces gens : ils sont bruyants et hâbleurs, sans scrupules ni repentir. A l'heure où je vous parle, ils doivent être à Limoges d'où ils gagneront le département de l'Oise pour réprimer les troubles consécutifs à la circulation des grains. Bon débarras ! Maintenant, s'il vous plaît, je dois me retirer.

Félicien ne refusa pas un verre de piquette, accepta même sans se faire prier, du fait qu'il se faisait tard et que la neige s'était mise à tomber, de rester au château pour la nuit.

Retour de Marsanges où elles étaient allées acheter du pain, Diane et Estelle trouvèrent Marion en train de préparer une tourte aux pommes de terre.

— A qui appartient cette mule, au milieu de la cour ? demanda Estelle.

— Tu ne l'as pas reconnue ? C'est celle de ton amoureux :

Félicien. Il s'est laissé pousser la barbe. Nous le gardons pour la nuit. Il doit avoir des tas d'histoires à nous raconter...

Estelle s'assit en titubant au coin du feu, tendit ses mains vers les flammes. Elle se sentait déshabillée par un souffle de bonheur venu du fond de sa mémoire, nue au milieu de ces souvenirs qui lui collaient à la peau, le ventre brouillé d'émotion. Depuis leur dernière rencontre, lors de la gerbebaude, elle n'avait cessé de penser à Félicien et à cette « Dansarelle » dont il lui avait parlé et qui tournait dans sa tête. A force d'absence, il était devenu dans son souvenir plus séduisant, mais froid comme une statue, inaccessible. Et voilà qu'il réapparaissait, poussé vers Marsanges comme une feuille morte dans le vent d'automne.

— Ça ne semble pas te faire plaisir ? dit Marion pour la taquiner. Dieu sait pourtant que tu m'en as rebattu les oreilles, de ton Félicien ! Allez, va te changer : tu ressembles à une « boumiane [1] ».

— Laisse-la ! dit sèchement Diane. Estelle, tu n'as rien à attendre de bon de ce papillon. S'il te fait la cour, tourne-lui le dos et rabats-lui son caquet. Nous avons bien assez d'ennuis, sans...

— C'est mon affaire ! lui jeta Estelle sur un ton de défi.

Elle foudroya Diane du regard et partit faire un brin de toilette. Pour ne pas donner à penser qu'elle comptait séduire le musicien, mais avec la ferme intention de paraître à son avantage, elle se vêtit décemment mais sans excès de coquetterie.

— Ma pauvre Estelle, dit Diane, mordante, si tu te voyais... Tu ressembles à une paysanne à la messe du dimanche.

Au cours du souper, Félicien se montra jovial et prolixe. Il but sec le vin qu'on ne lui mesurait pas pour l'encourager, ce qui lui mettait le feu aux joues et donnait de la vivacité à ses propos. L'aimable frivolité de sa narration enchanta les filles mais laissa M. de Marsanges sur sa faim. Il se dit que Félicien traversait la Révolution sur sa mule à pompons et à clochettes avec l'indifférence d'un demi-dieu descendu sur la terre pour le divertissement des mortels, planant au-dessus des guerres et des révolutions qui ne le concernaient pas, comme s'il survolait une tempête sur un vaisseau aérien. Il n'était point sot, il avait l'esprit porté à l'observation, mais les réalités du monde glissaient sur lui comme la pluie sur les ailes d'un canard.

Durant tout le repas, qui fut plus long que d'ordinaire et fort

1. Bohémienne

plaisant, Diane ne cessa de surveiller, par-dessus Julie qui dormait, la tête sur ses coudes, le manège des deux « amoureux ». Estelle ne quittait pas Félicien des yeux ; elle buvait ses paroles, sensible surtout, semblait-il, au timbre de sa voix, à l'expression de ses traits, au mouvement vif et gracieux de ses mains. En revanche, Félicien ne semblait pas prêter à Estelle plus d'attention qu'aux autres convives, et moins peut-être. Par calcul ? Par indifférence ? Diane n'aurait su le dire. Ce dont elle était certaine, c'est que le motif de la venue de Félicien n'était pas le désir de rencontrer Estelle : il y avait cette lettre de Manon que son père lui avait fait lire.

Félicien régala la famille d'un petit air de cabrette qui fit fondre le cœur d'Estelle, puis Marion servit les infusions, comme chaque soir. Lorsque M. de Marsanges donna le signal du coucher, Estelle prit une chandelle pour accompagner Félicien jusqu'à sa chambre de l'étage. Diane la lui arracha des mains avec un regard menaçant, et l'accompagna elle-même.

Cette nuit-là, le petit Félix s'éveilla fréquemment, le ventre dérangé, le corps moite de fièvre. Diane dut se lever à plusieurs reprises pour le veiller ; elle s'assurait par la même occasion qu'Estelle n'avait pas quitté son lit pour rejoindre son « amoureux ».

Elle commençait à s'assoupir, peu avant l'aube, lorsque, dans la lumière de la chandelle qu'elle laissait brûler entre elle et le « benestou » où reposait Félix, elle surprit Estelle en train de se glisser avec précaution hors du lit qu'elle partageait avec Marion par temps froid et jeter sur ses épaules un manteau. Elle attendit qu'elle eût disparu pour se lever à son tour. Elle la rejoignit au fond de l'allée, au pied de l'escalier qui accède aux étages.

— Estelle, dit-elle, reviens te coucher tout de suite !

— Non ! dit Estelle. Je sais qu'il m'attend.

— Si tu t'obstines, je réveille mon père et tu auras affaire à lui.

Estelle posa la main sur la pomme du pilastre, monta à reculons une marche, puis une autre avec un air provocant. Diane saisit une canne au portemanteau et la brandit vers Estelle en disant d'un ton menaçant :

— Tu vas m'obéir, sinon je te brise les côtes.

— Si tu crois m'impressionner... Je n'ai pas de leçon de morale à recevoir de la putain de Brival !

Sous le choc de la canne qui s'abattit sur ses épaules, Estelle chancela, s'effondra, se redressa en gémissant.

— C'est bon ! dit-elle entre ses dents. Je ne veux pas de scandale, mais sache que je ne renonce pas !

— Nous verrons bien, dit Diane. Si tu manques à ce point d'amour-propre, songe au moins à mon frère. S'il apprenait que tu le trompes sous son toit, il te tuerait !

Estelle souffla comme une chatte en colère :

— Ton frère Hyacinthe ? Parlons-en ! Il mène la belle vie avec les Allemandes tandis que je me morfonds dans ce désert !

Réveillée par la sourde rumeur de la dispute, Marion surgit, précédant Julie.

— Ce n'est rien, dit Diane. Nous avons entendu aboyer le chien des Lafaye. Revenons nous coucher. Il fait tout juste jour.

Diane, transie de froid, se pinçait pour rester éveillée dans la pénombre du petit jour neigeux. Elle entendit son père se lever pour aller aux nécessités. Félix s'était rendormi. Le sommeil la surprit ; quand elle se réveilla en sursaut, ce fut pour constater qu'Estelle avait disparu. Elle s'en prit à Marion qui protesta : Estelle était libre ; elle n'en avait pas la garde ; d'ailleurs, dans cette maison, chacun n'en faisait qu'à sa tête, à commencer par elle, Diane...

Tôt dans la matinée, M. de Marsanges était parti chasser avec Valentin, histoire de rapporter un peu de viande fraîche. Le régisseur avait décelé, dans les parages d'une petite montagne, la Pradasse, une harde de chevreuils. Il tombait une pluie mêlée de neige qui tressait sur les lointains des charpies couleur de cendre.

Félicien descendit le premier de sa chambre en sifflotant, les mains dans sa ceinture rouge, le regard perdu dans le vague.

— Alors, dit Diane, provocante, tu as bien dormi ?

— Oui, demoiselle, malgré les rats. Ils ont mené la sarabande toute la nuit dans les combles.

Il ajouta en se grattant la barbe :

— Je ne vous apprends rien en vous disant qu'Estelle est venue me rejoindre ce matin. Elle vous garde rancune de l'avoir frappée. Que cela ne se reproduise pas, s'il vous plaît, sinon Estelle quittera cette maison pour venir me rejoindre.

Diane s'esclaffa.

— Allons donc ! Aucune femme n'est restée avec toi plus d'une semaine. Tu leur grignotes un peu le cœur et tu les jettes comme des pommes acides. Pourquoi ne ferais-tu pas de même avec Estelle ?

— Parce que je l'aime et qu'elle partage cet amour.

— Il faudra donc en parler à mon père, soupira Diane. C'est à lui que Hyacinthe a confié Estelle. Je doute qu'il soit d'accord pour la laisser partir. Il ne badine pas avec sa parole et avec les questions d'honneur.

Comme Félicien, l'œil pétillant de colère, allait répliquer, elle lui jeta au visage :

— Surtout, ne t'avise pas de me parler, toi aussi, de mes relations avec Brival, sinon je te troue la peau !

Elle le poussa vers la cuisine.

— La soupe est encore chaude. Tu manges et tu t'en vas. Ta mule t'attend dans l'écurie.

Adossée au montant de la cheminée, les bras croisés, elle regarda Félicien manger sa soupe avec effort, tant l'émotion et la colère lui barraient la gorge. Quand il eut achevé, elle lui tendit son chapeau et lui ouvrit la porte.

— Bon vent ! monsieur le musicien. Et merci pour les nouvelles...

Elle le regarda partir et ne rentra que lorsqu'il eut disparu au détour de l'allée de hêtres, dans un brouillard de neige et de pluie. Le cœur serré, elle se dit qu'elle allait de nouveau avoir à affronter Estelle. Cette dernière descendit une heure plus tard, le visage défait, la chevelure en désordre, le regard lourd d'inquiétude. Elle traversa comme une tornade les pièces du rez-de-chaussée avant de se planter devant Diane comme une torche ardente, lui criant :

— Où est-il ?

— Parti.

— Tu l'as chassé ?

— Il avait à faire.

— Où ça ?

— Au village, je crois.

Estelle virevolta dans un beau mouvement de colère qui entortilla sa chevelure autour de son visage. Elle revêtit le vieux costume dont Hyacinthe s'habillait pour ses promenades d'hiver, glissa un pistolet dans sa ceinture et partit sans un mot, repoussant Marion qui tentait de la retenir. Il semblait qu'aucune parole, aucune force au monde n'eût pu la retenir.

— Félicien... dit Marion, sévère. Tu l'as chassé, hein ?

— C'est beaucoup dire, répondit Diane, embarrassée. Je l'ai invité fermement à partir. Il n'a pas tenté de résister.

— S'il est descendu au village, elle le trouvera facilement.

— Il n'est pas au village. Il a pris une autre direction. Elle ne le retrouvera pas.

— Tu n'aurais pas dû le jeter dehors ! s'écria Marion. De quel droit l'as-tu fait ? Tu ne vois pas qu'Estelle est folle de ce garçon ? Si elle ne le trouve pas à Marsanges, elle ira le rejoindre à Chavanac, et elle ne connaît pas le chemin !

Très pâle soudain, Diane se laissa tomber sur le banc de la cuisine et, machinalement, se mit à éplucher les châtaignes pour le dîner. Elle n'eut aucune réaction lorsque Marion lui annonça qu'elle se lançait à la recherche d'Estelle.

— Tu ne voulais pas d'histoire, eh bien, en voilà une ! S'il lui arrive malheur, tu en seras responsable !

Diane repoussa les châtaignes, étala ses coudes sur la table, y laissa tomber sa tête, sentit les larmes lui piquer les yeux. Elle se savait capable d'autorité, elle qui régnait sur la petite communauté familiale, mais pas de cruauté. D'où lui venait cette manie de vouloir se substituer aux autorités défaillantes comme celle de son père, de François et de Hyacinthe lorsqu'ils étaient présents ? Le sort de son petit monde reposait-il sur ses épaules au point qu'elle pût se prendre pour une sorte de *pater familias* ? Elle était parvenue à séparer Manon et son père ; elle avait, dans le passé, fait obstacle aux projets de mariage de François qui tombait amoureux du premier jupon venu. Et voilà qu'elle s'opposait arbitrairement aux amours de Félicien et d'Estelle que la fuite de Hyacinthe avait rendue à la liberté. Après tout, peut-être ces deux-là s'aimaient-ils vraiment. Une idée angoissante s'insinuait peu à peu dans son esprit : et si elle se vengeait ainsi, inconsciemment, de ses propres déboires ? Si le bonheur des autres la blessait comme un défi ? Elle secoua la tête en gémissant, se frotta les yeux. Elle alla trouver Louis-Amour dans sa tanière aux herbes, lui raconta l'incident. Il hocha gravement la tête.

— Tu as peut-être raison, dit-il. Tu as peut-être tort. Ce qui est certain, c'est que tu t'es montrée trop intransigeante. Nous en reparlerons. Le plus urgent est de retrouver Estelle.

Il jeta son manteau sur ses épaules, lui demanda de prévenir leur père et Valentin dès qu'ils seraient de retour.

— Prends ton pistolet, dit-elle. Les loups commencent à battre la campagne.

Estelle n'était plus au village. Eléonore, la femme du forgeron Amadieu, l'avait vue passer, heurter l'huis du presbytère, sans résultat, le curé étant parti de bonne heure pour une extrême-onction. Marion trouva Sauviat en train de rafistoler des paniers d'osier dans la bergerie, entouré de ses fils. Il n'avait pas vu Estelle. Il questionna Marion ; elle se tut.

— Je t'accompagne, dit Tiénou.

— Toi, dit Sauviat, tu restes. C'est pas tes affaires.

Montant de l'est, une draperie d'un gris de schiste avait envahi le ciel. A la pluie succédait insensiblement une grosse neige indolente. Au milieu de la matinée, le pays sombrait dans le crépuscule.

Sur le chemin du retour, Marion rencontra Louis-Amour. Ils joignirent leurs voix pour appeler Estelle, mais sans résultat.

— Elle a dû se diriger vers Chavanac, dit Marion, mais elle n'y parviendra pas. File vers Celle. Moi, je prends le chemin des Maisons. Nous nous retrouverons à Lissac.

Vers une heure de relevée, ils se retrouvaient à Lissac, bredouilles. Ils avaient tant crié le nom d'Estelle qu'ils pouvaient à peine parler.

— Je crains qu'elle n'ait pris par le Longeyroux, dit Marion. C'est plein de loups et de marécages, mais bien découvert. Si elle s'y est engagée, je la retrouverai.

— Laisse-moi plutôt y aller, dit Louis-Amour. Je connais tous les chemins comme ma poche. Toi, monte directement sur Chavanac. C'est là que nous nous retrouverons, mais je crains que la nuit ne tombe avant que nous y arrivions.

Il lui donna son pistolet ; elle en aurait plus besoin que lui : les loups étaient de vieilles connaissances, et il savait comment les tenir à distance.

Sous la neige, le Longeyroux paraissait plus désert que jamais. De légères brumes planaient au-dessus de la Vézère qui serpentait au milieu des marécages. A peine s'était-il engagé dans cette solitude poignante que, Louis-Amour se sentit épié par les loups sortis des couverts, un troupeau de quatre ou cinq, sans qu'il s'en émût ni fît le moindre geste pour les éloigner, se contentant, de temps à autre, de se retourner et de les fixer intensément, ce qui les clouait sur place, ou de heurter les semelles de ses sabots.

Louis-Amour en profita pour examiner ses ruches qui n'avaient pas souffert du froid. Il perdit plus d'une heure à tourner autour des Cent-Pierres et des fonts bullidières sans trouver la moindre trace. De guerre lasse, transi de froid, essoufflé, il s'engagea dans un chemin qui passait entre le Puy Chavirangeas et le Puy Nègre, en suivant le sillon de la Vézère. Il s'arrêtait tous les cent pas pour reprendre haleine, le cœur battant jusque dans sa gorge, criant d'une voix éraillée le nom d'Estelle. Le troupeau de loups avait renoncé à suivre cette proie déconcertante, mais, de temps à autre, des mouvements d'ombre dans les buissons et les taillis signalaient la présence d'autres fauves. Il savait qu'au moindre signe de faiblesse ils se précipiteraient sur lui.

Il reprit sa progression harassante dans les fondrières, les bruges, les forêts loubatières, de plus en plus persuadé que cette recherche était inutile et qu'Estelle était bel et bien perdue. Il força son allure lorsqu'il aperçut les premières chaumières de Chavanac et qu'il respira l'odeur des feux de tourbe. Il avait perdu la notion du temps. Cette cendre qui recouvrait le pays, était-ce le signe de la nuit tombante ou les franges d'un nuage plus épais et plus sombre que les précédents ?

Félicien était en train de faire chauffer sa soupe. Il eut un sursaut d'étonnement en voyant surgir Louis-Amour. Il n'avait vu ni Estelle ni Marion. Personne. Il n'était pas au courant de la fugue d'Estelle.

La nuit était presque tombée lorsque Marion arriva à Chavanac, hors d'haleine, bredouille elle aussi, crottée jusqu'à la ceinture. Elle se laissa tomber à genoux devant l'âtre, incapable de proférer une parole.

— Estelle ne doit pas être très loin, dit Félicien. Je vais prévenir les gens du village et organiser une battue avec des lanternes. La soupe est sur le feu, le vin et le pain sur la table. Mangez et reposez-vous. Vous resterez coucher ici cette nuit.

Il s'habilla d'une grosse pelisse, décrocha sa lanterne qu'il alluma à une braise. Un moment plus tard, un cortège de lumignons passait au large. Rassemblés sur une petite place proche de la chaumière du musicien, les paysans se dispersèrent dans les alentours. Marion et Louis-Amour soupèrent du bout des lèvres, puis la fatigue fut la plus forte : ils s'endormirent, les coudes sur la table.

Il était tard dans la nuit lorsqu'une rumeur de voix les réveilla. Ils se précipitèrent vers la porte, l'ouvrirent sur un groupe guidé par Félicien.

— Nous venons de la retrouver, dit-il. Elle est là. Morte. Les loups lui ont dévoré la moitié du visage. S'il vous plaît, demoiselle, ne regardez pas...

On déposa le corps sur le lit de Félicien. Une femme du village demanda un linge pour envelopper le visage de la morte et de l'eau pour sa toilette. On fit sortir les hommes du village. Félicien et Louis-Amour allèrent attendre dans l'écurie.

— La pauvrette, dit la femme. Si jeune et si belle... Elle avait quel âge ?

— Vingt ans, dit Marion d'une voix étranglée par les larmes. Elle avait toujours rêvé de voir les loups de près.

La femme, qui était la gouvernante du curé, avait l'habitude de faire la toilette des morts. Aidée de Marion, elle enleva à la morte ses vêtements d'homme, raidis par le froid. La poitrine, déchirée par les griffes et les mâchoires, était maculée de sang et de boue. Les loups avaient dû la traîner, se la disputer jusqu'à l'arrivée des hommes. Une chaîne d'or, portant une petite émeraude, brillait entre les seins meurtris.

Le corps enveloppé dans une chemise de Félicien, la tête entourée de charpie découpée dans de vieux linges, un chapelet entre les mains, Estelle paraissait sommeiller lorsque les femmes firent rentrer Louis-Amour et Félicien. Le cabretaïre raconta qu'on avait trouvé le corps à peu de distance du village, au bord d'un étançon, au milieu d'une oseraie. Il y avait des traces de piétinement et de lutte dans la neige. Elle avait dû appeler, mais personne n'avait entendu. Elle était morte en regardant les lumières du bourg et la silhouette de l'église à la « Dansarelle ».

Félicien se laissa tomber sur le banc, essuya son visage baigné de larmes.

— C'est ma faute, dit-il. Jamais je ne pourrai me pardonner ni oublier. A trop aimer les femmes, un jour ou l'autre, c'est le drame. Elle, je l'aimais. Elle n'était pas comme les autres. Elle était... comment vous dire ? Je la regardais et un rayon de soleil me touchait le cœur. Ce matin, en revenant, j'ai composé une chanson pour elle, mais je ne la chanterai jamais. C'est la seule chose qui me restera d'elle. Ce sera notre secret. Si seulement elle avait pu l'entendre avant de mourir...

— Ta faute... dit Marion en posant sa main sur son bras. Ce n'est pas ta faute ni la sienne ni celle de Diane. Ce n'est la faute de personne. Il faut se dire que Dieu a voulu l'appeler dans Son paradis. C'est tout.

— Nous ne t'en voulons pas, dit Louis-Amour. Nous n'en voulons à personne.

Ils allumèrent une chandelle au chevet de la morte, allèrent chercher deux bottes de paille dans l'écurie, les répandirent devant la cheminée, avec des couvertures.

— Reposez-vous, dit Félicien. Demain, vous aurez un long trajet à faire. Moi, je veillerai. Je n'ai pas sommeil.

Félicien sortit d'un placard une petite écritoire en bois des îles et quelques feuillets. Il rechercha dans sa mémoire les paroles et la musique de la chanson qu'il avait improvisée dans le cahin-caha de sa mule, au retour de Marsanges. C'était un air gai ; il en fit une sorte de « plahn » funèbre, comme les troubadours des temps jadis en composaient pour célébrer une dame morte ou un seigneur tué au combat. Il écrivit longuement, corrigeant et recopiant, et parfois une grosse larme s'écrasait sur la feuille et diluait l'encre. Lorsqu'il eut mis la chanson au propre, il plia le feuillet, le glissa sous la chemise de la morte, entre ses seins.

Il n'avait pas senti passer le temps. En regardant par la fenêtre, il crut que l'aube était venue, tant la nuit, débarrassée de ses nuages, était claire, avec un tourbillon d'étoiles au-dessus du Puy de la Gaillère. Sa montre indiquait cinq heures. Il s'enveloppa de son manteau, chaussa ses bottes, décrocha son fusil et s'enfonça dans la nuit blanche en direction de l'étançon où l'on avait découvert le corps d'Estelle.

Il revint alors que le jour commençait à poindre. Il traînait derrière lui le corps ensanglanté de deux grands loups.

On ensevelit le corps d'Estelle derrière le château, près du couderc aux pommiers et de la balançoire accrochée à une grosse branche, où elle aimait se laisser bercer dans le vent et le soleil. Valentin tailla grossièrement une longue pierre plate, sur laquelle il grava une croix. Il suffit d'une journée de neige pour faire disparaître la tombe.

Malade de peine et de remords, Diane resta alitée plusieurs jours, refusant de manger et de parler à quiconque, n'acceptant de voir son enfant que pour lui donner le sein, seule dans la chambre des combles où le brasero ne donnait qu'une illusion de chaleur.

— Sois raisonnable, lui disait Marion. Si tu refuses de te nourrir, c'est Félix qui en pâtira. Et si tu mourais, que deviendrions-nous ? Notre père n'est que l'ombre de lui-même. Il a perdu le goût de lire, d'écrire et même de priser. Il reste des heures à regarder tomber la neige.

Il y avait près d'une semaine que Diane s'était isolée lorsque Marion lui apporta une lettre de Tulle que le piéton de Meymac venait de déposer à la cuisine. Elle ne venait pas de Brival, comme Diane l'avait supposé, mais de sa mère. L'écriture était ample, aristocratique, un peu tremblotante, avec de petites coquetteries de plume. La vieille dame avait appris la naissance de son petit-fils et souhaitait le voir, ainsi que sa mère. Elle écrivait, insoucieuse des investigations de la censure :

« *A mon âge, il m'est impossible de voyager et je crains que ces maudits révolutionnaires, si chers à mon fils, ne m'attendent au coin d'un bois. Je vous invite donc à m'amener l'enfant à Tulle. Je sais que c'est un fils et qu'il s'appelle Félix. C'est un joli nom. Je compte que vous répondrez à ma requête dès que l'état des chemins vous permettra de voyager sans encombre. Il me tarde de vous voir, ma fille. Ne faites pas trop attendre la vieille dame que je suis et qui voudrait, avant de mourir, vous connaître et connaître son petit-fils...* »

Diane descendit elle-même porter la lettre à son père qui sursauta en la voyant, la pressa contre sa poitrine et pleura dans son épaule. Ayant lu la lettre, il hocha la tête.

— La brave femme que voilà ! dit-il. Tu ne peux la décevoir. Il faudra te rendre à Tulle, dès que possible.

Il paraissait avoir retrouvé le goût de vivre, tournait en claudiquant dans la pièce, battant des mains dans son dos, ce qui était le signe d'une intense alacrité, libérant une fanfare d'éternuements après la première prise qu'il s'autorisât après plusieurs jours de privation.

— Père, dit Diane en interrompant ses évolutions et en le prenant aux épaules, me pardonnerez-vous ?

— Je vous pardonne tout, ma fille, sauf de nous avoir privés de votre présence plusieurs jours durant.

Il ajouta avec un petit rire grinçant :

— Et maintenant, passons à table ! J'ai une faim de trente-six diables et vous avez besoin vous-même de vous requinquer. Regardez-vous ! On dirait que vous sortez du Carmel !

Après le dîner, on installa Diane dans un rayon de soleil, près de la fenêtre donnant sur la cour. Accroché à sa mamelle, Félix tétait goulûment en pétrissant la poitrine de ses mains potelées. Lui aussi paraissait renaître. Julie ne le quittait pas des yeux ; elle pensait à ce que lui avait dit Gaspard : « Si tu veux de moi, nous nous marierons et je te donnerai une ribambelle de marmots. Tu seras comme une reine... » Elle avait haussé les épaules : elle ne parvenait pas à imaginer qu'elle pût donner naissance à un enfant ; elle se considérait comme un être à part, ni homme ni femme — une sauvageonne asexuée.

Diane avait annoncé qu'elle se rendrait à Tulle passé Noël, à condition que le temps le permît. Elle était possédée par la hâte fébrile de rencontrer la vieille dame. Ce qu'elle n'ajoutait pas, c'est qu'elle mourait d'envie de revoir Brival, bien qu'elle doutât qu'il fût à Tulle, pris qu'il était par ses obligations de député. Il ne donnait plus signe de vie, et elle refusait de le relancer, consciente que cette longue bouderie était le prélude à une rupture définitive. Il lui manquait, pourtant, de corps et de cœur, et ce n'étaient pas les promesses ardentes de Sombreuil, dont elle n'avait pas non plus de nouvelles, et pour cause, qui auraient pu lui faire oublier les étreintes de son amant, dont le souvenir hantait ses nuits et ses jours.

Elle se demandait qui avait bien pu prévenir Mme Brival de cette naissance. Picharou, peut-être...

Il était là, justement, dans la cour, en train de jouer à la balle dans la neige grisâtre avec Florent. Elle le fit appeler. Pressé de questions, il roulait des yeux effarés, bredouillant des réponses indistinctes.

— N'aie pas peur, lui dit Diane. Je ne te reprocherai rien, je ne me fâcherai pas, mais j'ai besoin de savoir la vérité.

Picharou finit par avouer qu'il avait accompagné à Tulle ses deux fils qui s'étaient engagés parmi les volontaires pour aller se battre aux frontières. Ils avaient bu dans une taverne ; on l'avait fait parler. Oui, il avait raconté qu'il y avait eu une naissance au château de Marsanges. Rien de plus.

— C'est bien, dit Diane, mais, à l'avenir, tâche de mieux tenir ta langue, chenapan !

Diane profita d'une accalmie pour se rendre à Tulle.

Le « pluziau », ce vent tiède et mollasson qui souffle de l'ouest, avait commencé à faire fondre la neige. De préférence au cabriolet qui aurait eu du mal à circuler dans les charrières détrempées, elle choisit de partir à cheval, seule avec Félix, malgré les objections de son père qui redoutait la fatigue et les dangers de ce voyage, mais se rangea à son avis : Valentin devait rester au château pour le cas où se produirait une nouvelle surprise.

Diane s'éloignait de Marsanges sans regret. Depuis la mort d'Estelle, l'ambiance était devenue contractée, oppressante, chargée d'électricité. Estelle, malgré sa futilité, ses caprices, avait le don d'éloigner les orages, de dissiper les malentendus, de raccommoder les déchirures avec son intarissable bonne humeur.

Elle tenait Félix devant elle, lié à sa poitrine, et s'arrêtait de temps à autre pour lui donner le sein ou changer ses langes. Jusqu'à Treignac, elle ne rencontra pas âme qui vive, car elle évitait de traverser les villages et les hameaux. Après cette ville, elle chevaucha de compagnie avec un brave homme de peilharot, collecteur de peaux et coupeur de poils pour la chapellerie, qui travaillait, disait-il, « pour les Amériques » et en tirait vanité. Son fils aîné, qui l'assistait d'ordinaire dans ses tournées, était parti avec Delmas aux frontières où, si l'on en croyait les gazettes, « ça ne tarderait pas à chauffer ».

— Rien ne va plus, citoyenne, dit-il. Les volontaires ne manquent pas contre les troupes de Léopold, mais ils ne reçoivent pas les armes et les équipements qui leur avaient été promis. Ils ont faim et froid et, sauf votre respect, mon grand commence à faire du sang par le fondement. Vous croyez que la guerre va éclater ?

Diane avoua son ignorance des choses de la politique Le peilharot, lui, avait son idée sur la question.

— La vérité vraie, dit-il, c'est que nos petits gars, aussi mal équipés qu'ils soient, donnent la pétoche aux altesses. Si vous les aviez vus partir... Ils chantaient, s'embrassaient, juraient d'abattre les tyrans, de mettre la paille au cul des émigrés. Avant leur départ, Brival leur a parlé. Ce qu'il leur a dit, je l'ai là, dans la tête. « Vous allez faire rayonner sur le monde entier les lumières de la liberté. Vous êtes les porte-flambeaux de la Révolution en marche ! » Voilà un homme qui sait parler au peuple, citoyenne. J'en avais les larmes aux yeux.

En entendant le nom du député, Diane avait sursauté. Si le bonhomme avait su que le fardeau qu'elle portait contre elle était le fils de celui qu'il admirait tant...

— Brival, dit-elle. Est-il encore à Tulle ?

— Je l'ignore. C'est un homme très occupé et qui voyage beaucoup, entre Paris et la Corrèze. En voilà un qui se démène et sur qui on peut compter. Pas le même genre d'homme que son oncle, Joseph, l'« évêque de la Solane », comme on dit. Il a l'apparence d'un constitutionnel, mais pas le cœur. C'est pas lui qui célébrerait la messe avec la pique à la main et le bonnet rouge sur la tête, comme l'évêque de Périgueux !

— Il y a longtemps que je ne suis pas allée à Tulle. Comment tournent les événements ?

— Les esprits sont fort échauffés, même depuis qu'on a exécuté ce traître à la nation, Massey, et que le Royal-Navarre a été rappelé. N'allez pas mettre votre joli nez dans le Trech : il y a un fusil à chaque fenêtre et on s'y bat entre bonnets blancs et bonnets rouges. Nous sommes mieux dans nos campagnes, pas vrai ?

Le peilharot s'était arrêté récemment chez un notaire d'Uzerche qui avait reçu des nouvelles fraîches de Paris. Depuis l'hécatombe du Champ-de-Mars — « l'œuvre des royalistes, des gardes soldés, des aristocrates déguisés en patriotes » — la capitale était au bord de la guerre civile. L'Assemblée hésitait encore entre une royauté constitutionnelle, envisageable depuis que le roi avait approuvé la Constitution, et la République. Les députés passaient leur temps à se chamailler, alors qu'il y avait tant à faire, et d'abord ramener la paix dans les provinces du Midi, en Vendée, en Bretagne, où les prêtres rebelles soulevaient les populations contre l'autorité.

— Moi, dit le peilharot, je crois qu'on devrait enfermer le roi, cet imbécile, ce traître à la patrie, rendre « l'Autrichienne » à son frère Léopold, puis décréter la République. Les Américains l'ont fait. Pourquoi pas nous ? Qu'on pose la question au peuple ! Il répondra « oui ». Mais ce sont des aristos qui nous gouvernent. Ils ne jurent que par Dieu, le pape et le roi. Capet a la partie belle : il communique en toute liberté avec la racaille des émigrés et les souverains d'Europe, et il s'engraisse avec la liste civile...

Le peilharot faisait étape à Seilhac où il avait des peaux à collecter. Diane poursuivit seule par le chemin du Roi, pressant Thabor pour arriver avant que cette fausse nuit qui enveloppait le paysage brumeux ne devînt tout à fait obscure. Elle atteignit les faubourgs de Tulle alors que s'allumaient aux fenêtres les premières loupiotes. Depuis le matin, elle n'avait mangé qu'une tranche de pain et une soupe qu'elle s'était fait servir dans une auberge de Treignac. Thabor commençait à donner des signes de fatigue — il avait près de vingt ans et s'épuisait vite. Félix, lui, ne paraissait pas souffrir du voyage.

Elle chercha vainement à se faire héberger dans plusieurs auberges de la ville qui « trempaient la soupe » et se retrouva bredouille en plein quartier du Trech traversé par des groupes patibulaires qui s'arrêtaient pour l'observer. Une dernière tentative pour trouver à se loger ayant échoué, elle décida d'aller demander asile à Mme Brival.

La vieille dame était déjà couchée. C'est la gouvernante, Flavie, qui ouvrit la porte ; elle suffoqua de surprise en reconnaissant Diane, la fit entrer et demanda à un vieux serviteur qui faisait office de factotum de prendre soin du cheval. Comme Diane s'excusait de cette visite inopinée, Flavie s'écria de sa voix éraillée de paysanne :

— Madame sera ravie de vous voir ! Mais non, vous ne la dérangez pas ! Si vous saviez comme elle se languit de voir le petit... Madame est au premier étage. Suivez-moi, mais prenez garde : l'escalier est ciré de frais.

Flavie ranima le feu dans le boudoir attenant à la chambre de sa maîtresse, donna à Diane de vieilles langes qui sentaient la lavande (« elles ont servi pour M. Jacques, vous savez ! ») et alla annoncer la nouvelle à Mme Brival qu'elle aida à se lever.

— Diane, mon enfant ! dit la vieille dame. Venir seule, à cheval, avec ce trésor dans vos bras... Quelle imprudence !

Agathe Brival était encore très vive, remuante, prompte à l'enthousiasme comme à la colère. Elle reçut Diane enveloppée dans une houppelande mitée où disparaissait un corps de momie coiffé d'un bonnet tuyauté de dentelle grisâtre d'où s'échappaient des mèches raides et blanches.

— Montrez-moi vite ce trésor ! dit-elle. N'a-t-il pas trop souffert de cette équipée ? Non, semble-t-il. Mon Dieu, comme il est beau ! Dodu comme une petite oie de Noël. Je craignais qu'il ne souffre de cet hiver dans la montagne. Doux Jésus, merci ! Il a l'air plein de santé et de vie. Le cher ange... Regardez comme il me sourit...

Elle ordonna à Flavie, qui mêlait ses incantations aux siennes, d'allumer le grand chandelier, se pencha de nouveau sur l'enfant, jeta un regard au portrait suspendu au-dessus du divan, et s'exclama :

— C'est son grand-père tout craché ! Flavie, vous qui l'avez connu...

— Dieu soit loué ! dit Flavie en faisant la grimace, il ne lui ressemble pas.

— Sotte ! vous n'y entendez rien. Mon défunt, dans sa jeunesse, avait ce visage allongé, ce menton menu, ce regard expressif...

Elle tint à embrasser Diane et lui laissa sur les joues des traces de l'onguent à la violette dont elle avait barbouillé ses rides pour la nuit.

— Ah ! ma chère petite, quelle joie vous me faites !

Flavie intervint discrètement : Diane avait besoin de nourriture et de repos plus que de compliments. Que Madame revienne se coucher et garde ses épanchements pour le lendemain.

— Suis-je étourdie ! dit Mme Brival. Je vous laisse. Cette maison est la vôtre, ne l'oubliez pas. Dormez bien, tous les deux.

Diane soupa de bon cœur d'un bouillon et d'une omelette. Elle posa à Flavie la questiòn qui lui brûlait les lèvres : Brival était-il à Tulle ? Il y était, mais il rentrerait tard, après le repas civique des Amis de la Constitution.

— Ne vous troublez pas, ajouta Flavie, si vous entendez du tumulte et des coups de feu. C'est ainsi chaque nuit ou presque. Cette ville est folle...

C'est le bruit d'une querelle qui éveilla Diane. Elle reconnut sans hésitation la voix de Brival et celle de sa mère, qui semblait ne pas s'en laisser conter. Flavie avait ranimé le feu qui pétillait allègrement, disposé sur un plateau le déjeuner et l'avait placé devant la cheminée afin qu'il se tînt chaud. Diane se sentait une grosse faim au creux du ventre, mais dans la tête un besoin de sommeil plus gros encore, Félix l'ayant éveillée plusieurs fois dans la nuit. Le divan où Flavie avait installé un lit de fortune était une véritable relique grinçante, mais Diane aurait dormi sur un tas de cailloux. Quant à l'enfant, il sommeillait, un fil de salive au menton, dans une vieillerie de berceau qui avait été celui de Brival.

Diane s'assoupit dans le bourdon de voix où perçaient les aigus de la vieille dame qui semblait chanter un opéra. Il était question d'un prêtre félon qui n'aurait pas dû se trouver là, mais aux Récollets, avec les autres prisonniers. Elle entendit la voix de Brival barytonner : « Vous avez donc juré de me compromettre aux yeux de mes électeurs ? » Puis Diane sombra de nouveau dans le sommeil.

Quand elle en émergea, Brival était à son chevet, assis sur un tabouret, en train de bercer Félix. Elle laissa ses paupières mi-closes pour l'observer sans qu'il s'en doutât. Il avait un peu grossi, mais avait gardé cette finesse des traits qu'elle aimait. Une trace de savon à barbe lui était restée près de l'oreille. Il observait l'enfant avec gravité ; elle eût donné beaucoup pour savoir ce qui se passait dans sa tête.

Elle lui tendit la main. Il l'embrassa avec chaleur.

— Ta mère, dit-elle, trouve qu'il ressemble à ton père.

— Ma mère est folle. C'est une manie de vieille femme que de chercher des ressemblances à tous les enfants. Comme si c'était important...

Il lui apporta le plateau, le déposa sur le tabouret et s'assit près d'elle. Il lui donna à choisir entre le café et le chocolat : elle choisit le chocolat ; elle n'en avait pas consommé depuis son dernier séjour à Tulle. Elle le lui dit et il sourit.

— Cela t'aura fait au moins un souvenir agréable, car pour le reste...

— Je t'aurais tué, tellement tu m'avais exaspérée.

Il lui beurra une tartine de pain blanc et frais qui la changeait de celui de Marsanges, noir et rassis.

— Quand tu es partie en claquant la porte, dit-il, j'ai soupiré d'aise, comme si tu venais de me libérer d'une rage de dents. Deux jours après, j'étais sur le point de courir à Marsanges.

— Pourquoi ne l'as-tu pas fait ?

— Les affaires... Le tourbillon des affaires m'a emporté. J'ai souvent envie de rompre avec ce mouvement infernal qui me porte presque malgré moi aux honneurs, qui me force à mentir sur moi-même et sur les autres, à prononcer des discours auxquels je ne crois guère, à paraître en société alors que je n'ai qu'un véritable désir : prendre la route de la montagne et m'y perdre avec toi.

— Allons donc ! Tu es encore en train de faire du théâtre. Cette vie est faite pour toi et tes ambitions sont satisfaites. Cesse de me conter des fables, à moi qui te connais bien.

Il lui beurra une nouvelle tartine, la pria doucement de ne pas réveiller leurs vieux démons. Il avait vécu des mois très difficiles : ceux qui avaient précédé et ceux qui avaient suivi son élection, au cours desquels il avait dû mener une lutte inlassable contre ses amis et ses ennemis, pour ses idées et contre elles, contre lui-même parfois...

— Ne m'accable pas, dit-il. Je ne sais plus très bien ce que cache ce paravent que je suis devenu. Ce qui est certain, c'est que je suis un homme de la Révolution, que je lui ai voué ma vie et quc je mourrais pour elle si mon sacrifice pouvait être utile. Je suis aussi, hélas ! à l'image de cette époque, un homme de confusion et de contradiction. Les rêves généreux que j'avais nourris tombent en poussière. D'autres se dessinent, auxquels je crois sincèrement, puis ils se désagrègent à leur tour sous le choc des événements. Ce qui nous manque, c'est un génie qui pourrait mettre de l'ordre dans cette chienlit. Nous ne manquons pas de talents politiques, mais ils sont corrompus, comme l'était Mirabeau, comme le sont Danton ou Barnave. Seul peut-être mon ami Robespierre a échappé à la corruption, mais il manque de générosité, de chaleur, d'enthousiasme : il est froid, dur, dogmatique, et je crains le jour où il deviendra l'homme de la situation.

Il lui beurra une autre tartine. Elle reprit du chocolat en songeant à ce que l'on disait de la crise des subsistances à Tulle : ces enfants qui mendiaient, ces femmes qui faisaient la queue devant des boulangeries presque vides, ces vieillards qui mouraient de faim dans leurs taudis...

— Pardonne-moi, dit Brival. Je parle de moi et j'oublie l'essentiel : pourquoi ne m'as-tu pas dit que tu attendais un enfant de moi ? Crois-tu que j'aurais douté de ma paternité et que je t'aurais abandonnée ? Tu m'as fait un bel enfant, Diane. Ma vie peut en être changée et la tienne aussi.

— Tu me connais bien mal si tu t'imagines que j'aurais pu déposer cet enfant à ta porte. J'ai tenté de le détruire dans mon ventre, mais il s'est accroché à la vie, ce petit monstre. Tu n'aurais jamais rien su si ta mère...

— Je sais ! trancha-t-il. Elle a toujours rêvé de me voir marié, avec une ribambelle de gosses autour de moi, et d'elle surtout. Le mariage... Comme si j'avais seulement le loisir d'y réfléchir ! Je n'aime guère les enfants, tu le sais, et pourtant, celui-ci...

Il se détourna et, pour cacher son émotion, alla tisonner le feu.

— Tu t'es querellé avec ta mère ce matin, dit Diane. J'ai compris qu'il était question d'un prêtre.

— Le dessein de ma mère, cette vieille folle dangereuse, est de me compromettre. Elle attire des prêtres insermentés qui lui confient sur leur condition des histoires horribles et fausses qu'elle va colporter ensuite auprès des vieilles chattes aristocratiques qu'elle retrouve dans les minables salons de Tulle. Notre demeure est en passe de devenir un refuge de la contre-révolution : celle des bonnets blancs. On m'en fait parfois le reproche et cela m'exaspère. Sais-tu que sa nouvelle lubie est d'émigrer, comme ces vieilles momies : les sœurs du roi Louis XV ! Dieu sait pourtant qu'on ne l'importune pas...

Il revint s'asseoir au chevet de Diane et lui prit la main.

— De toutes les femmes que j'ai connues, dit-il, tu es la seule avec qui j'aurais aimé vivre, malgré la divergence de nos natures et notre tempérament querelleur. Les autres : celles de Paris et de Tulle, je les prends, je les quitte comme mes chemises. Il suffit d'une tache grosse comme un grain de blé pour que je les jette. Toi, ma Diane, tu n'es que netteté de la tête aux pieds. Si j'étais artiste, j'aimerais te peindre. Je placerais près de toi un grand lis afin que l'on constate que tu es plus pure que lui.

Il lâcha la main de Diane, mit son front entre ses poings comme s'il s'efforçait de faire jaillir une réponse rebelle.

— Pourquoi est-ce que je ne t'épouse pas ? Peux-tu me le dire ?

Elle fit la seule réponse qu'il n'attendait pas et qui parut le blesser :

— Qui te dit que j'accepterais ? Je ne suis pas faite pour les tourbillons de la vie. Les seuls que je supporte sont ceux que je souffle moi-même et que je maîtrise. C'est mon petit théâtre et mon seul divertissement. Tes tourbillons à toi, je ne les supporterais pas : ils font trop de bruit et on y croise beaucoup trop de gens que je n'ai pas envie de rencontrer.

— Alors ?

Cette interrogation lapidaire sonna en elle comme le premier mot d'un livre. Derrière, il y avait tout un monde à inventer, toute une vie à imaginer. Ce livre, elle pouvait, dans l'instant, le fermer ou s'y hasarder. Elle ne savait que faire, que dire ; elle devinait que, quelque réponse qu'elle lui fît, cela risquait de l'engager pour longtemps, pour toujours peut-être, et elle n'avait pas envie de décider. Elle n'avait envie que de sentir sa main dans celle de Brival, d'écouter sa respiration et celle de son enfant, de regarder à travers la fenêtre le clocher de la cathédrale baigné dans une mousse de soleil et de fumée.

Il comprit son embarras et vint à son secours.

— Je suis aussi incertain dans mes relations sentimentales que dans mes comportements d'homme public. Ma mère me reproche mes « engagements », comme elle dit, et elle a bien tort : elle battrait des mains si elle savait que je marche sur des œufs et que je ménage une justification à chacune de mes attitudes. Tu as bien fait de ne pas répondre à ma question. Il n'y a rien à répondre. Je vais repartir pour Paris et toi pour Marsanges. Nous pourrions tirer le rideau, et *finita la comedia* ! Mais il y a ce petit bout d'homme, qui pourrait un jour nous demander des comptes et qui fait que le rideau ne sera jamais tiré entre nous. Nous nous reverrons, ma chérie. Il le faut. Pour nous et pour lui. Si tu décides d'épouser quelqu'un d'autre, je ne t'en voudrai pas. Quant à moi, je resterai célibataire. J'imagine mal une femme partageant ma vie : elle serait désemparée, malheureuse, et elle ne me rendrait pas heureux.

Il lui parla de Charles de Sombreuil. Elle lui raconta sa dernière visite, son insistance, lui confia qu'elle avait été sur le point de céder, mais qu'elle l'aurait regretté, sachant qu'elle ne pouvait abandonner les siens. Elle parla aussi d'Estelle et de Félicien, de leurs brèves amours, de cette mort tragique dont elle était aussi responsable que la neige et les loups. Elle lui parla enfin de son père qui attendait une assignation à comparaître devant le tribunal du district, à Tulle.

— Je suis au courant, dit Brival d'un air sombre. Vous jouez de malchance. Qui a tué ce Redon ?

— Valentin, mais mon père se tient pour responsable et a refusé que Valentin s'accuse. La famille de Redon a été dédommagée, mais cela ne suffira sans doute pas à éviter un jugement.

Brival avait obtenu, quelques jours avant, la communication du dossier : il était difficile à défendre, et Villeneuve n'était pas de ses amis.

— Dis à ton père de prendre garde. Redon a un fils aîné qui marche sur ses traces, en pire. De la graine de bandit, toujours le doigt sur la détente. Il s'appelle Colin. Ne quittez jamais Marsanges sans une arme et, au besoin, tirez les premiers. Au point où vous en êtes...

— Il a failli y avoir deux morts dans notre camp, dit Diane. Regarde !

Elle releva sa chemise, découvrant la blessure au flanc que lui avait faite une balle. Un demi-pouce de plus et elle mourait avec son enfant. Il embrassa les lèvres rosâtres de la plaie, laissa glisser sa bouche sur le ventre et les cuisses, tandis que la main de Diane s'égarait dans la chevelure brune et frisée, la nuque lourde et tiède.

— Cesse, je t'en conjure. Ta mère pourrait entrer...

Elle lui souleva la tête, constata qu'il pleurait.

— Si tu savais comme je t'aime, dit-il.

— Je t'aime moi aussi, Jacques Brival, plus que moi-même, plus que tout.

— Alors reste ! Tu me suivras à Paris. Nous y serons en moins d'une semaine en diligence. Mon appartement est assez vaste pour que tu aies ton indépendance. Tu pourras m'aider, gommer mes excès de plume et de parole, me montrer mes faux courages et mes vraies lâchetés. Si tu savais comme je me sens seul dans cette foule ! S'il n'y avait pas mes amis les Roland, je serais perdu.

Il avait loué un appartement dans l'immeuble qu'habitait cette famille, à l'hôtel Britannique, rue Guénégaud, près du Pont-Neuf. Roland avait soixante ans, sa femme trente-six. Ils s'adoraient. Roland était un inspecteur des manufactures, auteur de nombreux ouvrages et qui avait des vues sur tout. Sa jeune épouse l'assistait ; elle était, en tout bien tout honneur, l'amie de quelques révolutionnaires en vue. Leur modeste salon était un creuset d'idées où l'on venait puiser. Brival le premier.

— Et notre enfant ? Qu'en ferions-nous ?

— Nous pourrions l'amener avec nous ou le laisser à ma mère qui lui trouverait une nourrice. Depuis la fuite des aristocrates, le marché est encombré.

— S'il n'y avait que lui..., soupira Diane.

Elle redoutait que son père fût retenu à Ussel et incarcéré. Dès lors, c'est sur elle que reposerait le sort de la famille tout entière. Partir équivaudrait à fuir ses responsabilités. Elle ne pouvait s'y résoudre, mais l'essentiel était qu'ils se revoient, elle et lui, le plus souvent possible. Elle annonça qu'elle repartirait le lendemain, à l'aube. Il sursauta : il avait prévu de lui faire rencontrer ses nouveaux amis parlementaires et ce curieux personnage installé en Corrèze depuis peu : l'abbé Jumel, envoyé de Paris par l'abbé Grégoire pour être vicaire épiscopal... Elle secoua la tête. C'était non.

Il se leva en soupirant. Elle lui dit qu'il était beau, et il se rengorgea. Il était vêtu avec une élégance britannique : gilet rayé mauve et blanc sous la redingote à queue-de-pie, culotte arrêtée au genou, cravate de mousseline blanche ; un carrick brun à plusieurs rangs d'épaules l'attendait sur un fauteuil.

— Tu ressembles à une gravure du *Mercure galant,* dit-elle.

De toute la journée, Diane ne sortit que pour faire ses dévotions à la cathédrale que les autorités avaient réouverte mais dépouillée de tous les « attributs de la superstition ». En flânant le long de la Corrèze, elle reconnut les lieux où le capitaine Massey avait été assassiné. Elle rentra pour le thé que Mme Brival avait fait servir dans le boudoir. En son honneur, la vieille dame s'était mise en frais : robe de satin et de taffetas, bonnet tuyauté, poignets de dentelle et des bijoux en veux-tu en voilà. Elle paraissait d'excellente humeur. Elle avait fait la leçon à son fils, lui avait parlé d'honneur : il avait fait un enfant à Diane ; il devait l'épouser !

Diane la laissa parler, opinant et souriant. La pièce était chaude. Les deux matous somnolaient sur le tapis, devant la cheminée. L'enfant gazouillait dans un rayon de soleil et le thé était chaleureux.

— Nous reparlerons de tout cela avant le départ de mon fils, dit la vieille dame. Je vous ai fait dresser un lit dans la chambre voisine pour les nuits prochaines.

— Pardonnez-moi, dit Diane, mais je dois rejoindre ma famille dès demain.

Brival rentra de bonne heure, excité par les heures passées avec ce « fou de Jumel ». Ils dînèrent ensemble, laissèrent la vieille dame évoquer son départ pour l'Allemagne : elle attendait son passeport (« elle l'attendra longtemps », murmura Brival).

Ils passèrent la plus grande partie de la nuit à parler et à faire l'amour. Peu avant l'aube, alors que Félix venait de s'éveiller en larmes, elle le changea et Brival insista pour qu'elle le couchât entre eux, dans leur lit. Au matin, malgré les affaires qui l'attendaient dans son cabinet, il l'accompagna jusqu'à Treignac où ils dînèrent joyeusement. En la quittant, il l'embrassa tendrement et lui dit :

— Maintenant, je sais que je ne pourrai jamais me séparer de toi.

De mauvaises nouvelles attendaient Diane à Marsanges. La première lui arracha des larmes ; la seconde, que Marion lui annonça, lui fit l'effet d'un trait de foudre.

Un pli graisseux et froissé d'avoir voyagé entre peau et chemise, à la barbe des argousins, était adressé à Estelle par Hyacinthe. Il lui demandait de le rejoindre, lui indiquait l'itinéraire pour Cologne, la personne de Limoges qui lui prêterait un rouleau de louis et un faux passeport. Malgré la présence de François et du « Chevalier du Diable », qui à lui seul était tout un théâtre, il s'ennuyait chez les Allemands. Les Lamase étaient bien arrivés, après de nombreuses péripéties. Il terminait par une chanson de mots : « *Je t'aime, mon cœur, plus que je ne t'ai jamais aimée. Je t'attends...* »

Diane pleura dans l'épaule de Marion et, par précaution, jeta la lettre dans le feu.

— Il y a autre chose, dit Marion. Père a reçu ce matin son assignation. Il était comme fou. Il s'est enfermé dans sa chambre et n'a pas reparu depuis. Je crains qu'il n'ait pris une funeste résolution.

Diane laissa Thabor aux mains de Florent qui ramenait son troupeau dans la nuit tombante, courut jusqu'à la chambre de son père en tenant Félix dans ses bras. Elle frappa plusieurs fois à la porte, sans résultat.

— Père, dit-elle, refuseriez-vous d'embrasser votre petit-fils ?

L'oreille collée à la porte, elle perçut le bruit d'un fauteuil déplacé, d'un pas traînant sur le parquet, le grincement du loquet. M. de Marsanges apparut dans la pénombre, les traits altérés, les vêtements en désordre, sans sa perruque. Il tendit les mains vers Félix.

— Mon petit... Mon tout-petit, dit-il en sanglotant. Il n'a pas pris froid, au moins ? Laisse-le-moi un peu...

— Il a très bien supporté le voyage. Je vous ai ramené du tabac à priser.

Des bouteilles vides étaient posées sur le bureau qui semblait dévasté par un ouragan. Pas la moindre lumière, pas de feu dans la cheminée. De toute évidence, M. de Marsanges était ivre.

Diane demanda à voir la lettre d'assignation : M. Ambroise de Marsanges était convoqué pour la semaine suivante, afin de comparaître par-devant M. Villeneuve, président du tribunal d'Ussel, pour affaire le concernant. En recevant ce pli que lui remirent deux gendarmes, il avait pensé à se pendre ; il était comme fou d'humiliation.

— Vous devez déférer à cette convocation, lui dit Diane. Il s'agit sans doute d'une simple mesure d'instruction. Vous n'espériez tout de même pas que cette affaire resterait lettre morte ? Soyez courageux. Songez à Félix.

— Mais je suis courageux ! hurla Ambroise en arpentant la chambre d'un pas chancelant. Je l'ai montré en Amérique et ici même, face aux émeutiers ! Mais, devant la justice, à quoi sert d'être courageux ? A rien, et moins encore quand il s'agit d'une parodie. Ils vont me juger, me pendre !

— Il existe encore des avocats honnêtes et compétents, protesta Diane. Brival se chargera volontiers de vous en trouver un.

— Votre Brival ! Ne me parlez plus de ce suborneur, de cet arriviste, de ce révolutionnaire, de ce... de ce... Je ne veux rien lui devoir, vous entendez !

D'un geste du bras, il montra les murs où pendaient de travers des portraits d'ancêtres.

— Ils vont se retourner dans leur tombe ! rugit-il. Moi, Ambroise de Marsanges, comparaître devant un tribunal pour des crimes dont je suis innocent ! Me voilà déshonoré ! Je vais mourir comme le dernier des criminels, pendu à la lanterne.

Diane parvint non sans peine à l'apaiser. Elle le conduisit par la main à la cuisine, lui confia Félix tandis qu'elle préparait une bouillie d'orge et que Marion mettait de l'ordre dans sa chambre et y rallumait du feu. Il fallut l'aider à se dévêtir, l'obliger à boire une tisane pour le sommeil, préparée par Louis-Amour qui assistait, muet et impuissant, à la scène.

— S'ils le gardent et l'emprisonnent, dit Marion, qu'allons-nous devenir ? François et Hyacinthe partis, nous voilà seules. Sans un homme à la maison, comment nous en sortirons-nous ? Valentin a assez à faire avec sa propre famille.

— Et moi, protesta doucement Louis-Amour, je suis encore là !

— Oh, toi, dit Marion, sorti de tes herbes, je ne vois pas très bien à quoi tu pourrais nous être utile. Tu n'es pas un homme, tu n'es pas une femme. Tu n'es rien !

— J'accompagnerai père à Ussel, je porterai témoignage, je dirai que c'est Valentin qui a tué Redon !

— Imbécile ! On te répondra que Valentin était aux ordres de ton père. D'ailleurs, père n'acceptera jamais. Il s'est longuement querellé avec Valentin qui voulait aller se dénoncer. Un bon avocat sera préférable à toutes tes arguties !

— Un avocat..., soupira Diane. Certes, mais avec quoi le paierons-nous ? Nous n'avons plus d'argent. Ce qui restait, père l'a remis à la femme de Redon. Il faudrait engager ses derniers bijoux, vendre des moutons, des terres même, et pour quel résultat ? Seul Brival aurait pu nous tirer d'affaire, mais il repart pour Paris et il a d'autres chats à fouetter.

Cette nuit-là, Marion dormit dans la chambre de son père. Il eut un sommeil agité, parlant haut, divaguant, rejetant draps et couvertures. Elle ne ferma pas l'œil de la nuit. Le lendemain, il avait repris ses esprits et paraissait même détendu. Il fit sa toilette, s'habilla comme à son ordinaire, déjeuna de bon appétit, face à Julie qui le regardait bouche bée, sans bien comprendre ce qui se passait. Il flâna dans la cour et poussa jusqu'à la ferme du Pradeloux en lisant Voltaire.

L'après-midi, il envoya Valentin à Meymac, avec un mot pour le notaire, Me Lafont, lui demandant de se rendre à Marsanges. Il désirait dicter son testament.

Le surlendemain, par une fête de neige et de soleil qui sentait le printemps, Me Lafont survint, accompagné de son clerc. C'était un homme de bonne compagnie, qui époussetait la poussière de son étude déposée sur ses vêtements chaque fois qu'il en sortait ; il savait regarder le monde et les hommes avec d'autres yeux que ceux du tabellion. Il s'intéressait beaucoup aux « objets de l'antique », comme il disait, et avait installé dans son cabinet une armoire qu'il n'ouvrait que pour les intimes, où il rangeait le fruit de ses collectes autour des temples gallo-romains des environs. On le trouvait parfois en compagnie de son clerc, dont il s'était fait un émule, piochant et grattant autour des ruines monumentales des Oussines.

Il entra dans la pièce comme un coup de printemps, le teint avivé par l'haleine de la neige, essuya ses yeux qui pleuraient de froid et s'exclama jovialement :

— Eh bien ! Que se passe-t-il ? Seriez-vous à l'article de la mort pour me faire courir les chemins avec ce temps à ne pas mettre un sans-culotte dehors ? Vous avez pourtant le teint frais...

Diane lui pinça le bras. Il se moucha bruyamment pour cacher son embarras, s'ébroua, se débarrassa de son manteau entre les mains de son clerc, Mathieu, un saute-ruisseau au visage coloré qui faisait fort joliment danser son catogan sous le tricorne. Il ajouta, en tirant un oignon de son gilet :

— Il va être l'heure de dîner et j'ai une faim de loup. Rassurez-vous ! j'ai apporté de quoi nous régaler tous. Vous savez qu'il n'est pas dans mes habitudes de partir sans biscuit à travers la montagne où il peut arriver toutes sortes d'inconvénients.

Aidé de Diane et de Marion, le clerc s'occupa de dresser la table. Il avait l'habitude. Des fontes des deux chevaux, il sortit un chapon dodu, un pain frais, un saucisson et deux bouteilles d'un vin vénérable. Diane s'amusa à observer son manège : il tournait autour de Marion comme un bourdon, en cercles de plus en plus rapprochés, jusqu'à la frôler ; loin de le rabrouer, elle faisait la coquette. Il déboucha les bouteilles pour goûter le vin, tendit le verre à Marion qui rougit.

— Ainsi, dit-il, nous saurons ce que nous pensons l'un de l'autre. C'est un vin de Saint-Chamant, près d'Argentat. Il est à la fois vif et onctueux.

Diane se dit qu'il ressemblait à Brival quand il goûtait lui aussi une bouteille, et elle ferma les yeux sur le souvenir vertigineux de leur dernière nuit.

Me Lafont fit signe de passer à table, en s'excusant de devoir écourter le repas.

— Le travail sera plus long et minutieux que je ne pensais. Vous avez, monsieur de Marsanges, un domaine important mais très morcelé et mal exploité. Comment pouvez-vous vivre, payer un régisseur, alors que les redevances vous sont réglées au compte-gouttes ou pas du tout ?

— Nous vendons quelques moutons, dit M. de Marsanges, et Louis-Amour son miel, ses herbes et ses recettes miraculeuses. Il n'y a pas de quoi faire des folies...

— Je m'en doute. Sauviat est plus riche et vit mieux que vous. S'il n'était pas aussi ambitieux et grippe-sou, il aurait fait un excellent régisseur.

— Ne me parlez pas de ce brigand ! dit M. de Marsanges. Il est la cause de presque tous nos malheurs.

Pour changer de propos et montrer que chacun avait sa croix, le tabellion parla des soucis que lui donnait la vente des biens confisqués à l'Eglise. Des gens fortunés, qui souhaitaient se concilier les faveurs des gens en place, achetaient des presbytères, des bâtiments conventuels, des domaines, dont ils n'avaient que faire ; d'autres, qui s'engageaient dans des transactions en espérant des bénéfices mirobolants, risquaient d'être déçus ; des petits malins se groupaient, faisaient acheter par l'un d'eux, insolvable, des biens dont ils se trouvaient possesseurs sans avoir eu à délier les cordons de leur bourse.

— Sans vouloir vous effrayer, dit Me Lafont, des bruits courent selon lesquels l'Assemblée se proposerait de faire avec les biens de la noblesse, émigrée ou non, la même opération qu'avec les biens d'Eglise. Si ce projet se réalise, nous allons être envahis par une nouvelle marée de « papillotes » — je veux parler des assignats...

Il ajouta d'un ton plus jovial :

— Que cela ne nous attriste pas trop, mes amis ! Le navire peut virer de bord plus brutalement qu'on ne l'imagine. Que Léopold, Guillaume et Catherine cessent de débattre du bien-fondé d'une intervention pour passer à l'action, et nous aurons deux cent mille alliés aux frontières, de vrais soldats, autrement équipés que ces gueux de volontaires qui grelottent sous la pluie et la neige. Que pourraient-ils contre toutes les armées d'Europe, conduites par le plus grand stratège de tous les temps : Brunswick ?

Il eut un regard sombre vers Mathieu qui souriait ironiquement en dépiotant une aile de poulet.

— Quoi que tu en penses, cette révolution s'achèvera dans la chienlit. L'Assemblée n'est qu'un ramassis de jeunots, de médiocres, d'incapables et de filous. Savez-vous que l'on compte, parmi les sept cent quarante-cinq députés, des jeunes de vingt-six ans ? Ton âge,

Mathieu ! Quatre cents d'entre eux sont des avocats, c'est-à-dire des bavards impénitents, qui vont nous ficeler une constitution de fantaisie. Aucun député ne représente le district d'Ussel, et je m'en réjouis.

— Laissez-leur le temps de s'affirmer ! protesta Mathieu qui sentait la moutarde lui monter au nez. Vous les jugerez sur les résultats de leur mandat.

— Voyez le béjaune ! Cela n'a que l'expérience du gynécée, de la nursery ou de l'auberge et cela prétend réformer le monde ! Savez-vous que je l'ai rattrapé par le fond de ses basques alors qu'il entrait chez les Jacobins, une cocarde au chapeau ?

Ils se chamaillèrent, puis Me Laffont bâilla et demanda la permission de faire un petit somme. Il s'installa les pieds dans la cendre et fit un rot majestueux avant de s'endormir.

Mathieu décréta qu'il ferait la vaisselle. Marion s'esclaffa : ce n'était pas un travail d'homme.

— C'est simplement pour le plaisir de votre compagnie, lui répondit le clerc.

La sieste du notaire terminée, M. de Marsanges s'enferma avec lui et son clerc dans son bureau. Ils ne devaient en sortir qu'à la fin de l'après-midi, fatigués mais souriants. Me Lafont céda à l'insistance du comte qui le priait de rester pour la nuit. Ils dînèrent des reliefs de midi, d'une grosse soupe de pain de seigle et de châtaignes blanchies. M. de Marsanges fit éclater la cire d'une vieille bouteille et dit avec émotion :

— C'est la dernière. Elle a dix ans d'âge. C'est avec vous, mon ami, que j'ai décidé de la boire.

— C'est beaucoup d'honneur que vous me faites, monsieur le Comte. Je vous souhaite de profiter encore longtemps des bienfaits de votre domaine, mais vous auriez dû garder cette bouteille pour le jour où notre bien-aimé souverain retrouvera son trône.

— Ce jour-là, dit à mi-voix M. de Marsanges, je ne serai plus là.

Ainsi qu'il l'avait prévu, M. de Marsanges partit pour Ussel accompagné de Louis-Amour, en cabriolet. Thabor était mal en point : il avait la fièvre et il était à craindre qu'il ne parvînt pas au terme du voyage. De plus, il lui manquait un fer ; on le ferait ferrer au Mas-Chevalier ; le forgeron ferait crédit.

La neige modelait le paysage, se tassait sur les reliefs comme la peau sur les os d'un mort. Par bonheur, à la suite de quelques journées de temps sec, les charrières étaient praticables. Louis-Amour avait placé dans le caisson des sachets d'herbe et des pots de miel qu'il comptait vendre sur le marché, de manière à épargner la petite somme qu'ils avaient emportée et qui servirait tout juste à régler les frais de l'auberge. Marion leur avait préparé un en-cas : des châtaignes blanchies enveloppées dans une touaille pour les tenir chaudes, deux tranches de pain dur et une bouteille de piquette

— Votre cheval ne va guère bien, leur dit le forgeron en ferrant Thabor. Vous aurez de la chance s'il ne crève pas en cours de route. Ménagez-le. Quand vous arriverez, vendez-le à un équarrisseur et achetez-en un autre.

Comme ils arrivaient en vue d'Ussel, plus tard que prévu, en raison de l'allure modérée imposée par Thabor dont les naseaux libéraient de grosses morves grisâtres, M. de Marsanges dit à son fils :

— Tu devras rentrer seul à Marsanges. Pour moi, c'est la fin du voyage. Je n'ai rien dit à tes sœurs pour ne pas les affoler, mais je ne reviendrai pas. Je me suis entretenu avec le notaire de cette assignation. Il est de mon avis. Si les révolutionnaires me prennent, ils ne me lâcheront pas. Tournemire lui aussi m'avait prévenu, et Jean de Lamase...

— S'il y a une justice, père, vous ne serez pas inquiété.

— Il n'y a plus de justice. Celle de l'Ancien Régime était borgne ; celle d'aujourd'hui est aveugle. Je te le dis : c'est la prison et la mort qui m'attendent. Ça me fait honte, mais je n'ai pas peur. En revanche, je crains le pire pour vous. Vous allez connaître des moments difficiles, et ce ne sont pas vos brebis, tes herbes, ton miel, ou la bonne volonté de Valentin, qui vous tireront d'affaire. Mon fils, il faudra que tu sortes de ta tanière, que tu t'armes de volonté et de courage. Maintenant que je ne suis plus là pour leur en imposer, nos ennemis vont redoubler de malfaisance. Méfiez-vous de Sauviat, ce vautour ! Dès qu'il le pourra, de quelque façon que ce soit, il tentera de vous chasser de Marsanges. Promets-moi de faire bonne garde.

— Je vous le jure, père. Pardonnez-moi si je n'ai pas été le bon fils, courageux et responsable, que vous auriez mérité que je fusse. Je me rachèterai. Vous pouvez compter sur moi.

Ils firent rapidement le compte de ce qu'ils pourraient négocier : quelques vieux meubles, dont ils ne tireraient pas grand-chose, des terres incultes, des bijoux...

— Les bijoux..., soupira M. de Marsanges. J'ai puisé inconsidérément dans ce trésor pour une de ces faiblesses propres aux hommes de mon âge, que je prenais pour une passion. J'ai agi avec la même légèreté pour notre domaine, en le laissant à l'abandon. Je m'en repens aujourd'hui, mais je suis impardonnable. Puissiez-vous, ainsi que mon petit Félix, ne pas trop souffrir de mon incurie.

Il eut un rire nerveux qui fit sursauter Louis-Amour.

— Je m'aperçois, dit-il, que je viens, pour la première et sans doute la dernière fois, de te tutoyer.

Il ne s'était jamais senti aussi proche de lui.

Ils descendirent à l'auberge des « Trois Pigeons », place Saint-Jean, près de l'hôtel des seigneurs de Ventadour dont la tour centrale se dressait dans la belle lumière du soir. Des puanteurs de boucherie venaient des coursières proches vomissant dans les caniveaux sang et tripaille, ce bouillon de misère qui empestait toute la ville.

Le palefrenier examina Thabor, hocha la tête.

— Il est au bout du rouleau, votre canasson. Avec un vent un peu fort, il ne tiendrait pas le cap. Vous devriez vous en débarrasser tant qu'il tient encore sur ses jambes. Je connais un équarrisseur. Il vous en donnera tout au plus dix livres, et encore en assignats. Ça fera des repas de princes pour les miséreux de l'hôpital et les hôtes de la pension Bronde.

Louis-Amour demanda quelle était cette pension et si elle prenait des clients.

— Et comment ! Mais je ne vous conseille pas d'aller frapper à sa porte : c'est le nom qu'on donne à la prison.

— Et le cabriolet ? demanda Louis-Amour. Tu m'en donnes combien ? Il est en parfait état. Nous avons fait cercler les roues il y a moins d'un an. Avec un peu de peinture, il sera comme neuf.

Le palefrenier se gratta le coude avec énergie, avança une somme dérisoire : dix livres, plus le mulet dont Louis-Amour aurait besoin pour le retour. Justement il y en avait un à l'écurie, laissé pour compte par un ci-devant, aujourd'hui client de la pension Bronde. M. de Marsanges et Louis-Amour l'estimèrent de bon aloi et conclurent le marché.

— Maintenant, père, dit Louis-Amour, nous voilà presque riches !

Il essayait de plaisanter, mais le cœur n'y était pas. Les larmes aux yeux, ils regardèrent Thabor partir dans la dernière clarté du jour. Ils le virent se retourner en résistant à la longe, tenter vainement de hennir son angoisse, le train arrière ployant comme sous une charge trop lourde.

— Tu te souviens ? dit M. de Marsanges. Je l'avais acheté aux Tourdonnet il y a une vingtaine d'années, à mon retour d'Amérique. Vous en étiez fous. Il était votre compagnon de jeux. Vous le montiez avec les oripeaux et les armes des Indiens que j'avais rapportés de la guerre. Ce bon serviteur nous aura été fidèle jusqu'à la mort.

Il ajouta jovialement :

— Et maintenant, nous allons faire un bon repas. Pour moi, ce sera sans doute le dernier, car cette pension Bronde ne doit pas être le *nec plus ultra* et je veux, avant de rejoindre mon vieux Thabor, un souvenir qui me fasse chaud au cœur. Ce sera mon dernier caprice.

Les premiers à table, ils choisirent un coin proche de la grande cheminée, soupèrent d'une gigue de brebis, d'une truite de la Sarsonne, d'une fricassée de champignons et de pommes de terre qu'ils arrosèrent de deux bouteilles de vin du Quercy qui égaya leurs agapes.

— Je vous trouve une mine radieuse, père, dit Louis-Amour. Si je puis me permettre, vous n'avez pas la mine d'un condamné.

— J'ai la mine que je me fais, mon fils. Ce soir, j'ai décidé d'oublier demain, de ne penser qu'à l'heure que nous vivons, et tu vois que ça réussit. Dans la vie, tout est question de volonté. Heureux ceux qui peuvent oublier parce qu'ils l'ont décidé, mais ce n'est pas toujours facile. Somme toute, après ce balthazar, il ne me manque que peu de chose.

— Dites-moi, père, ce qui vous manque. Si je puis vous l'offrir...

M. de Marsanges secoua la tête, rectifia l'équilibre de sa perruque, s'enferma dans son silence. Ce qui lui manquait... Il pensait vertigineusement à Manon, aux repas qu'ils avaient partagés, chez elle, entre deux chandeliers, à la liberté de leurs propos, à leurs confidences. Il aurait aimé la voir une fois encore, la dernière L'apercevoir aurait suffi à son bonheur. Il préféra mentir à Louis-Amour qui l'interrogeait d'un regard anxieux.

— Ce qui me manque, dit-il, c'est la certitude que vous vivrez heureux sans moi. Alors, je partirais sans regret. Je ne vous ai pas rendu la vie facile.

Il écouta distraitement la protestation de Louis-Amour. Ils avaient connu un bonheur d'une qualité rare. Dans quelle famille auraient-ils trouvé cette liberté qui était leur privilège ? Marsanges était un humble navire qui allait de son allure de plaisance lorsque la tempête l'avait démâté. Il n'était pas fait pour les gros temps, voilà tout.

— Vous avez été le meilleur des pères, dit-il, et nous vous aimons.

Leur attention fut distraite par l'arrivée d'un groupe bruyant de porteurs de cocardes qui, avec un ton et des mines d'habitués, demandèrent une table et commandèrent des cruches de vin. Il y avait deux femmes parmi eux : une grosse Junon trop fardée, la taille ceinte d'une ceinture tricolore « à la nationale », avec une énorme cocarde sur son chapeau à plume, qui parlait haut et riait fort. L'autre était Manon.

— Mon fils, dit M. de Marsanges, je crois qu'il est temps de nous retirer.

Louis-Amour protesta . partir maintenant que la salle s'animait... Il commanda une autre bouteille. M. de Marsanges s'était mis à trembler comme si, soudain, il se trouvait plongé dans la glacière de Hyacinthe. Tout à l'ivresse légère qui l'embuait d'un amer plaisir, Louis-Amour ne s'aperçut de rien.

Alors qu'ils buvaient leur premier verre, Manon se dirigea vers eux et s'assit sans façon, face à la cheminée où l'on venait de déposer une broche chargée d'un chapelet de chapons.

— Eh bien, dit-elle, si je m'attendais à vous trouver ici ! Compliments, Ambroise : vous avez une mine superbe, et votre convive de même. Bonsoir, l'« herboriste » ! Je te vois parfois sur le marché. Je t'ai même acheté des herbes l'été dernier, mais tu ne m'as pas reconnue, ou tu as fait semblant. Vous êtes venus pour vos affaires ?

Elle avait pris quelque rondeur sans perdre de cette fraîcheur, de cette vénusté qui faisaient les délices d'Ambroise. Sa toilette ne péchait pas par excès de modestie : elle faisait un peu trop « citoyenne » avec la cocarde de dentelle de son chapeau. Elle portait au cou un pendentif qu'Ambroise reconnut instantanément.

— Des affaires de première importance, dit Ambroise.

Elle posa son menton dans l'angle de sa main et sourit tristement.

— Si c'est pour ce que je crois, c'est en effet une affaire grave. Je suis au courant des malheurs qui vous arrivent. Ce n'est pas pour vous décorer sur la place d'Armes qu'on vous a convoqué. Je sais que vous n'êtes pas un criminel, que tout s'est fait en dehors de votre volonté, mais il y a dans votre dossier tant de chefs d'accusation dont le moindre suffirait pour qu'on vous demande des comptes...

Elle soupira, but dans le verre d'Ambroise dont le cœur battait si fort qu'il le sentait jusque dans sa gorge. Elle poursuivit :

— M. de Villeneuve, le président du tribunal, n'est pas de mes amis. C'est un homme froid, austère, d'esprit jacobin, borné et incorruptible. En revanche, j'ai parlé de votre affaire avec un de ses assesseurs : Demichel. Lui, c'est tout le contraire : un brave garçon qui se mettrait en quatre pour me décrocher la lune. Il a convaincu son collègue, Chastagner, de mettre une sourdine à l'instruction. Ils l'ont fait traîner le plus possible, mais il fallait y mettre un terme. Vous serez interrogé demain. On va certainement renvoyer votre dossier au tribunal criminel de Tulle.

Elle posa sa main sur celle d'Ambroise et il sentit un fluide électrique le parcourir de la tête aux pieds.

— Tout peut encore s'arranger, dit-elle avec un regard de biche, et je vous le souhaite du plus profond de mon cœur. Vous n'avez pas, comme le ci-devant Chabanne, la réputation d'un aristocrate qui refuse avec arrogance l'ordre nouveau. Vous n'êtes pas de ces chevaliers du poignard qui voudraient faire un sort à la Révolution. Vous pourrez faire appel à mon témoignage quand vous voudrez. Je suis ce que je suis, mais l'injustice me révolte.

On l'appelait de la table voisine. Elle se retourna, fit signe qu'elle arrivait.

- Courage, dit-elle. Vous vous en tirerez.

Elle se pencha vers Ambroise, l'embrassa sur la bouche et frictionna d'un revers de main la chevelure de Louis-Amour qui rougit violemment.

— Eh bien, mon père, dit-il, il semble que vous n'ayez plus lieu de vous inquiéter outre mesure. Je vous l'avais bien dit : cette affaire est moins grave que vous ne l'imaginez. Cette Manon n'est pas un esprit médiocre, malgré sa futilité et sa vulgarité apparentes. Aujourd'hui, elle vous rend d'un coup les générosités que vous lui avez témoignées.

— Finissons cette bouteille et allons nous coucher, dit sèchement M. de Marsanges. Demain, tu auras un long chemin à faire.

A peine s'était-il couché, Louis-Amour sc mit à ronfler avec une délicatesse de chat. M. de Marsanges, lui, mit longtemps à trouver le sommeil. L'oreille aux aguets, il écoutait les voix qui venaient de la grande salle. Avant de gagner sa chambre, il s'était discrètement renseigné auprès de la femme de l'aubergiste au sujet des gens qui entouraient « Mlle Troubady ». Il y avait là quelques notables : Charlat aîné, fils du teinturier, Antoine Laveix, marchand drapier enrichi dans le commerce avec les armées, Jean Arzelier, bourgeois, Michel Laborde, chirurgien. La plupart étaient des responsables municipaux. Il y avait aussi le fils d'Augustin de Tournemire, une tête brûlée qui passait la moitié de son temps dans les cabarets et le reste en prison. Mlle Troubady ? Mieux valait ne pas en parler : une « pas-grand-chose ». La Junon à la ceinture ne valait pas mieux.

M. de Marsanges tendait l'oreille vers ces voix qui montaient à travers les interstices du plancher, confuses car tous parlaient en même temps. Il fut question des amendes que l'on avait infligées aux marchands et aux artisans — boulangers et bouchers notamment — qui n'avaient pas respecté la limitation des prix, de l'affaire Chabanne, ce ci-devant dont lui avait parlé Manon, des prêtres constitutionnels et des autres, de la création prochaine d'un club comme il en existait à Tulle...

Rompu de fatigue et d'émotion, M. de Marsanges s'endormit seulement lorsque la bruyante assemblée se dispersa. Il avait entendu à diverses reprises la voix de Manon et son rire, et il avait eu l'impression qu'elle haussait le ton pour qu'il l'entendît.

Il entra dans son sommeil comme par une porte de lumière.

Louis-Amour insista pour rester quelques jours de plus à Ussel. Son père l'en dissuada : ce serait inutile et sa place était à Marsanges.

Louis-Amour s'inclina. Il revenait du marché où il avait vendu ses produits en faisant un peu le charlatan. Avec la vente de Thabor et du cabriolet, déduction faite de la note d'auberge et de l'achat du mulet — un bardot solide bien qu'irrégulier dans ses formes, avec quelques traces de pelade — il avait en poche une assez jolie somme. Il ne partirait pas seul : un notaire et un géomètre prendraient en sa compagnie la route de Meymac — une assurance contre les brigands.

— Si j'étais libéré, dit M. de Marsanges, je rejoindrais le château dès que possible. Je puis en avoir pour une journée comme pour une semaine, peut-être plus. Embrasse tout le monde pour moi. Félix surtout. Dieu te garde, mon fils.

Louis-Amour remit à son père une petite somme d'argent et un gros cornet de tabac à priser avant de monter sur son bardot que le palefrenier avait doté d'une couverture, d'une selle de cuir râpé et ornée d'un collier de pompons rouges et de petits grelots, avec une cocarde tricolore sur le chanfrein. Il partit avant le dîner, avec ses compagnons qui l'attendaient à la sortie de la ville.

Son baluchon à la main, son assignation dans la poche, M. de Marsanges se dirigea en traînant la jambe vers le siège du tribunal. La salle de compagnie était comble. Songeant qu'il en aurait pour des heures à attendre, il décida d'aller retrouver Manon, hésita, puis renonça : à quoi bon souffler sur les cendres dont il ne savait ne plus tirer le moindre feu ? Il sortit un petit Voltaire de sa poche et se plongea dans sa lecture, observé comme une bête curieuse par ceux qui l'entouraient.

L'assesseur Demichel, ami de Manon, vint le rassurer : il s'agissait d'un simple interrogatoire ; l'acte d'accusation dont il avait eu à connaître était volumineux mais creux ; Villeneuve semblait assez bien disposé à son égard. En revanche, on le mettrait sous surveillance, pour sa propre sécurité, les esprits, à Ussel, étant fort échauffés contre les aristocrates, surtout ceux qui, comme lui, s'obstinaient — par défi, disait-on — à s'habiller à l'ancienne.

Le président Villeneuve reçut M. de Marsanges à deux heures de relevée. Sans s'informer s'il avait ou non dîné, il commença illico à l'interroger. C'était un jeune aristocrate au visage émacié, grisâtre, aux lèvres minces, qui lisait avec des lorgnons dont il jouait comme d'un hochet. Il parla beaucoup, écouta d'un air distrait et dubitatif en pianotant sur le dossier et en faisant des « hum… hum… » à tout bout de champ.

Une heure plus tard, il refermait le dossier et se levait.

— Nous aurons encore besoin de vous dans les jours qui viennent, dit-il, pour certaines confrontations. Nous allons vous mettre en sécurité.

— Vous voulez dire que vous allez m'incarcérer ?

Piqué au vif, Villeneuve réagit vivement.

— Qu'allez-vous imaginer, monsieur de Marsanges ? Nous prenez-vous pour des bourreaux ? Dites plutôt que nous allons vous protéger. Vous serez bien traité et, si vous avez quelque argent, vous ne manquerez de rien.

Il ajouta d'un ton très administratif :

— Je vous signale que votre nourriture et le salaire du gardien sont à votre charge…

15.

UN BEAU TEMPS POUR MOURIR

Colin Redon embrassa sa mère qui était en train de dévider le chanvre au creux de l'âtre. Il prit sa cape de berger, son large chapeau noir et décrocha son fusil rangé au-dessus de la cheminée.

— T'attarde pas trop, mon grand, dit la mère, et fais attention : les chemins sont pleins de brigands.

— N'aie crainte ! Je saurai leur répondre. J'en ai pour trois ou quatre jours.

— Tu veux toujours pas me dire pourquoi tu pars et où tu vas ?

Négligeant de répondre, Colin ouvrit la porte sur la lumière blanche de la neige. Le village de Vinzan était calme comme une banquise. Dans le pré voisin, les moutons broutaient les pousses de genêt qui dépassaient la neige. Au loin, le clocher de Peyrelevade sonna huit heures. Dans les fonds, la nuit était encore emmaillotée dans ses draps de brouillard gris et sales.

Colin choisit de prendre la direction d'Audouze et de Millevaches en coupant, là où c'était possible, par des « escourssières ». Après, il piquerait sur Taphaleschas et, en marchant bien, il pourrait être à Ussel à la nuit. L'aîné des Redon était un gars solide, qui aimait marcher et ne répugnait pas à l'effort — il travaillait pour un maître chaumier de Peyrelevade, qui appréciait son habileté et son sérieux.

Dans les parages d'Audouze, il cassa la croûte avec des charbonniers qu'il connaissait, mais il ne s'attarda guère. Avec cette neige lourde qui collait aux sabots, il n'avançait pas assez vite à son gré et peinait beaucoup. Entre Saint-Sulpice-les-Bois et Saint-Germain-Lavolps, il se perdit, échoua dans un hameau perdu où on le remit dans le droit chemin.

La nuit le surprit dans les parages d'Alleyrat et il dut s'arrêter pour dormir dans une grange. A l'aube, il déjeuna chez les paysans d'une soupe qui lui remit du cœur au ventre. Il était à Ussel en fin de matinée.

Là, il savait où aller.

Assis sous un porche, son fusil entre les jambes et caché sous sa cape, son chapeau sur les yeux, il attendit que le repas de midi eût vidé les rues pour se rendre chez son oncle, un Redon qui tenait boutique de tabac et de frivolités. On lui fit place à table, sans lui poser de questions ; on savait qu'il venait à Ussel « pour affaires », et cela suffisait. Il fuma sa pipe dans la cheminée, somnola et partit en touchant le bord de son chapeau en guise de remerciement — il n'était pas causant et on le savait.

L'oncle avait fait le nécessaire. Il connaissait le gardien de la maison d'arrêt proche de l'hôtel de ville, un nommé Charliat. Une caisse de bon vin avait suffi pour le convaincre : il n'aurait pas d'ennuis ; on parlerait d'une évasion.

Colin ne se cacha pas trop : juste ce qui était nécessaire. C'était jour de marché et des paysans habillés comme lui étaient nombreux à s'attabler dans les cabarets ou à flâner devant les boutiques. Il préféra éviter la fontaine de Bourbouloux où les ménagères faisaient la queue pour puiser de l'eau ou laver leurs légumes en papotant avec les conducteurs de chevaux et de bœufs qui occupaient l'abreuvoir voisin.

A l'heure prévue — trois heures de relevée —, il heurta la grosse porte de bois qui s'entrouvrit aussitôt sur le mufle aviné de Charliat.

— Je viens pour la livraison, dit Colin.

— Le colis t'attend, répondit Charliat Tu pourrais presque le porter sous ton bras tellement il est léger.

Colin suivit le gardien. Un couloir aux murs pourris, une cour puant le salpêtre et la tinette aboutissaient à une porte ferrée.

— Ton colis est là, dit Charliat. Il suffit de pousser le verrou. Bonne chance, et pas d'imprudence. Souviens-toi : tu m'as pas vu et tu me connais pas. Moi de même. Je veux pas d'histoires pour une malheureuse caisse de vin. J'ai de la famille, moi, et...

— Tu parles trop, dit Colin. Salut !

Le « colis » était bien là : un petit vieillard grisâtre, allongé sur le bat-flanc, vêtu d'un drôle de costume d'aristocrate à l'ancienne mode ; une couverture sur le dos, il lisait un petit livre posé sur son genou. Il eut à peine un regard pour le nouveau venu et ne bougea pas.

— Debout, citoyen ! dit Colin. Suis-moi sans broncher. On va te changer de domicile.

M. de Marsanges se leva péniblement, rassembla ses affaires dans son baluchon, sans oublier son livre, coiffa sa perruque. Ils traversèrent la cour, longèrent le couloir. Charliat leur ouvrit la porte donnant sur la rue.

— Où me conduisez-vous ? demanda le prisonnier.

— Dans un autre endroit où tu ne souffriras ni du froid ni de la faim. Cesse de poser des questions et presse le pas.

— Qui êtes-vous ? Vous n'avez pas la mine d'un gardien.

— Tu le sauras quand nous serons arrivés.

— Vous avez un document justifiant ce transfert ?

— Je te le montrerai dans un moment.

M. de Marsanges s'arrêta au milieu d'un carrefour, peu avant la porte de la ville qui ouvrait dans la direction de Meymac.

— La « pension Bronde », dit-il, c'est par là, pour autant que je sache.

— Ce n'est pas là que nous allons.

Colin poussa rudement son prisonnier vers la porte. Quand ils l'eurent franchie sous l'œil soupçonneux d'un garde national et qu'ils eurent fait quelques pas, M. de Marsanges s'arrêta pour souffler.

— Marchez moins vite, je vous en prie, dit-il, je ne peux pas vous suivre. Ma jambe droite me fait mal. J'ai failli la perdre en me battant pour la démocratie américaine.

— Vous avez fait la guerre en Amérique ?

— Et je m'en flatte ! Quelle aventure, mon garçon ! Si les Américains vivent aujourd'hui en libres citoyens d'une république, c'est un peu grâce à moi. Je sens que vous aimeriez que je vous en parle...

— Je fais pas de politique, et l'Amérique, c'est loin, dit Colin, troublé. Tu voulais voir mon document de transfert ? Regarde !

Il écarta sa cape, montra le fusil qu'il tenait serré contre son flanc, ajoutant :

— Je peux te dire mon nom à présent : Redon. Colin Redon. Ça te dit quelque chose ? Je suis le fils de l'homme que tu as tué dans l'affaire de Marsanges.

— J'étais dans mon droit. C'était lui ou moi.

— C'était lui. Maintenant, c'est ton tour.

— Vous allez me tuer ?

— Je suis venu à pied de Vézan pour ça. Tu as peur ?

— Je n'ai jamais eu peur. Surtout pas aujourd'hui.

— Alors, tant pis pour moi. Tu ne me facilites pas la tâche.

— Où me conduisez-vous ?

— Nous sommes presque arrivés. Tu vois cet étançon, ce creux au milieu de la neige, là-bas, sous les saules ? C'est un endroit discret. Je viserai bien et tu ne souffriras pas. Si tu appelles au secours, personne ne t'entendra.

— Je ne crierai pas.

Colin s'arrêta, s'essuya le front comme s'il transpirait. Il regarda les collines étincelantes de neige et de soleil, suivit un vol de corbeaux au-dessus d'une prade sous un mur sombre de forêt. Il répéta :

— Tu ne me rends pas la tâche facile. Au fond, tu es un honnête citoyen et un brave homme. Je regrette presque ma décision.

— Alors, laisse-moi libre.

— Non ! Ce que j'ai décidé, je me suis juré de l'accomplir. Une affaire entre moi et ma conscience. Tu dois mourir, de la même manière que tu as tué mon père.

Ils étaient arrivés à travers un espace de neige vierge près de l'étançon. Il y avait sur le bord, abandonnée là, une banche de lavandière entre deux pierres plates destinées à recevoir le linge, où la neige s'était amoncelée. L'eau avait la netteté et la profondeur d'un œil sous les chatons de saule givrés, pareils à des larmes en suspens. On entendait murmurer l'eau vive : elle suintait entre des chandelles de glace.

— C'est un bel endroit pour mourir, dit M. de Marsanges. Un beau temps aussi. Quand je pense que j'aurais pu crever dans cette prison infecte, de faim et de froid, en compagnie des rats. Au fond, j'ai de la chance.

— Dans l'état où tu es, tu n'aurais pas fait long feu.

— Une demi-boule de pain noir par jour et de l'eau claire, c'est une mort lente. C'est peut-être ce qu'on cherchait. Ça aurait résolu bien des problèmes. Heureusement, j'avais mon Voltaire.

— Ton quoi ?

— Ce livre que j'ai dans mon baluchon : le *Traité sur la tolérance.* Je vous le donne. Il vous apprendra des choses édifiantes sur la justice des hommes. Ne le perdez pas : ce serait comme si vous jetiez au feu une poignée de bonnes graines.

— Je ne sais pas lire.

— Alors, je vous plains.

— Tu es prêt ?

— Je le suis. Faites vite. J'ai froid tout d'un coup.

Colin enleva sa cape au prisonnier, s'éloigna de quelques pas, arma son fusil, visa la tête. M. de Marsanges poussa un gémissement, tomba sur les genoux, bras écartés, le côté droit du crâne éraflé par la balle. Machinalement, il ramassa sa perruque, la remit sur sa tête, bredouilla :

— Vous m'avez dit que je ne souffrirais pas...

— Rassure-toi : le deuxième coup sera le bon.

M. de Marsanges se releva, ferma les yeux, pria intensément. Lorsque le coup partit, il bascula en arrière, la poitrine déchirée. Colin se pencha sur lui, constata qu'il vivait encore.

— Vous êtes vraiment trop maladroit, dit M. de Marsanges.

— Pardonne-moi, citoyen. C'est moi qui avais peur. Ma main a tremblé. A ce jour, je n'avais tiré sur personne.

— Je vous pardonne. Vous avez obéi à votre conscience. Si l'on avait tué mon père, peut-être...

Il sourit, regarda intensément le ciel, puis sa tête s'inclina sur le côté.

Colin traîna le cadavre jusqu'au bord de l'étançon, lui attacha une pierre au cou et le fit glisser dans l'eau, puis il se signa et fit une courte prière. Après avoir regardé le livre comme s'il tenait un objet magique entre ses mains, il le glissa dans sa chemise. Un long moment, il resta debout sur le bord, regardant le corps se dissoudre lentement dans la profondeur glauque, au milieu des herbes. Il écouta le murmure de la source, puis il dit à voix haute :

— Il avait raison : c'est un bel endroit et un beau temps pour mourir.

TABLE DES MATIÈRES

OUVRAGES DE MICHEL PEYRAMAURE

Grand Prix de la Société des Gens de Lettres
et Prix Alexandre-Dumas
pour l'ensemble de son œuvre.

ROMANS

Paradis entre quatre murs (Laffont).
Le Bal des ribauds (Laffont, collection « Couleurs du temps passé »).
Les Lions d'Aquitaine (Laffont, prix Limousin-Périgord).
Divine Cléopâtre (Laffont, collection « Couleurs du temps passé »).
Dieu m'attend à Médina (Laffont, collection « Couleurs du temps passé »).
L'Aigle des deux royaumes (Laffont, collection « Couleurs du temps passé »).
Les Dieux de plume (Presses de la Cité, prix des Vikings).
Les Cendrillons de Monaco (Laffont, collection « L'Amour et la Couronne »).
La Caverne magique (La Fille des grandes plaines) (Laffont, prix de l'Académie du Périgord).
Le Retable (Laffont).
Le Chevalier de Paradis (Casterman, collection « Palme d'or »).
L'Œil arraché (Laffont).
Le Limousin (Solar ; Solarama).
L'Auberge de la mort (Pygmalion).
La Passion cathare : 1. Les Fils de l'orgueil (Laffont).
2. Les Citadelles ardentes (Laffont).
3. La Tête du dragon (Laffont).
La Lumière et la Boue : 1. Quand surgira l'étoile Absinthe (Laffont).
2. L'Empire des fous (Laffont).
3. Les Roses de fer (Laffont, prix de la ville de Bordeaux).
Bordeaux).
L'Orange de Noël (Laffont, prix du salon du Livre de Beauchamp).
Le Printemps des pierres (Laffont).
Les Montagnes du jour (« Les Monédières »). Préface de Daniel Borzeix.
Les Empires de cendre : 1. Les Portes de Gergovie (Laffont).
2. La Chair et le Bronze (Laffont).
3. La Porte noire (Laffont).
La Division maudite (Laffont).
La Passion Béatrice (Laffont).

Pour la jeunesse
Éd. Robert Laffont (collection « Plein Vent »)

La Vallée des mammouths (Grand Prix des Treize)
Les Colosses de Carthage.
Cordillère interdite.
Nous irons décrocher les nuages.

Éditions de luxe

Amour du Limousin (illustrations de J.-B. Valadié), Plaisir du Livre, Paris. Réédition (1986) aux éditions Fanlac, à Périgueux.
Èves du monde (illustrations de J.-B. Valadié), Art Media, Paris.
Brive, commentaires sur des gravures de Pierre Courtois, éd. R. Moreau, Brive.
La vie en Limousin (texte pour des photos de Pierre Batillot, éd. « Les Monédières »).

Achevé d'imprimer en novembre 1989
sur presse CAMERON,
dans les ateliers de la S.E.P.C.
à Saint-Amand-Montrond (Cher)
pour le compte des éditions Robert Laffont
6, place Saint-Sulpice, 75279 Paris Cedex 06

Dépôt légal : mai 1988.
N° d'édition : 32282. N° d'impression : 2355.

Imprimé en France